剜烂苹果·锐批评文丛 第二辑

唐小林 著

当代文坛病象批判

作家出版社

唐小林

生于1959年，四川省宜宾市人。2006年开始文学评论写作，出版有文学评论集《天花是如何乱坠的》。在《山西文学》《文学自由谈》《作品与争鸣》《当代文坛》《南方文坛》《中国现代文学研究丛刊》《雨花》《天津文学》《边疆文学·文艺评论》《福建文学》《上海采风》《粤海风》《长江文艺评论》《文学报》《文艺报》《中华读书报》《中国青年报》等报刊发表文学评论数十万字，并入选《2014中国杂文年选》《2014中国随笔排行榜》《贾平凹创作问题批判》《文学报·新批评》文丛等多种选本。2012年6月，获《文学报·新批评》首届“新人奖”。2015年10月，获《文学自由谈》创刊三十周年“重要作者奖”。

目　录

第三辑　文坛批判

当代文坛“一根筋”(序)

陈歆耕

老家乡亲常用“一根筋”来表述对某人的看法。通俗、形象又语意复杂。似乎是说某人“憨”“迂”“愚”，脑瓜子不会拐弯；又似乎是说某人坚韧、执着，沿着既定方向义无反顾，用一首诗来描述是：“咬定青山不放松，立根原在破岩中。千磨万击还坚劲，任尔东西南北风。”

甭管怎么理解，与“聪明人”是不沾边的。脑瓜子“灵光”的人，绝对不会“一根筋”。这是两类完全不同的人。这个世界多“聪明人”，“一根筋”反稀缺。但真正能成大事者，往往是“一根筋”，而非“聪明人”。先贤有言“聪明反被聪明误”，有几人真正明白这道理?

以此来概括“打工评论家”唐小林，不知是否妥当?

我与唐小林的接触，是从电子邮箱往来开始的，而且是从一件并不令人愉悦的小事开始的。2011年6月初，《文学报·新批评》创刊后，稿源匮乏。编辑部一方面策划选题向专家约稿，另一方面向社会广泛征稿，对邮箱里的每一篇自由来稿都认真对待。只要符合专刊定位，不问名头、背景，即会采用。于是在自由来稿中发现了唐小林。谁知首发他的一篇来稿，就给编辑部惹了麻烦。那篇文章是批评一些期刊向作者收取版面费的，其中点到了《扬子江评论》。报纸一出，该刊编辑部负责人立刻来电“兴师问罪”。因是老朋友，语气尚属温和：“本编辑部从不收取版面费，对编辑个人管理也很严格，谅他们也不敢私下收费，批评失实，该何处理?”然后问作者何方“神仙”？答曰：“在深圳打工的业余作者。”经调查核实，原来是唐小林误信了网上“李鬼”盗用杂志名义收费的信息，导致批评“误打误伤”。最后了结此事的方式是，《文学报》刊登《扬子江评论》澄清事实的来函，及唐小林和编辑部的致歉信。经此风波，编辑部仍一如既往刊用唐小林来稿，因为他的稿件“靶标精准”、文字犀利、敢道真言，正是专刊所需要的。而唐小林的批评文字，在继续保持犀利风格的同时也变得更为严谨，在首届“新批评”优秀评论评选中获得“新人奖”。直至他来上海领奖，我才见到了真人面目：原以为是血气方刚的小青年，一见才知已是中年汉子。观其言行举止，敦厚温和，与杀气腾腾的文风似也不相谐和。虽通过办刊才知其名，其实他酷爱文学写作多年，已有不少文字问世，并非初出茅庐。

令人可喜的是，近年来唐小林进入了创作的井喷状态，他的稳、准、狠的批评文字，频频登陆诸多名报名刊，文章越来越成熟老到，受到整个文坛和文学批评界的瞩目。有人说，没有被他“批”过，都算不得名人。虽属调侃，却也道出了几分实情。他的“剑戟”所指，几乎皆为国内文坛一线名家、“大佬”，如果要列出名字，像冰糖葫芦那样可以有几串。让我感到诧异的是，他这般舞枪弄棒、一路冲杀，为何至今却未见有人冲出来与他对阵？不排除有人自视清高，不屑于与一位打工业余作者“纠缠”；当然，也许有人虽有不同看法，但以沉默来显示大度、包容；但更重要的原因或许是，他的批评文字从不玩所谓学院派理论家的“弯弯绕”，而是通过细读文本，进行考证比对，然后揪住作品中的“硬伤”实施“打击”，说的都是有理有据的真话。如果说他的文章达到“一剑封喉”式的力度，可能有点夸张了。但被批评者要推倒那些被揭出的“硬伤”，却也不那么容易，除了沉默，只能沉默。心中不快，奈若何？

也许有人说，这种批评缺少理论建构，属于“小儿科”类。但我觉得当下文艺批评存在的问题，恰恰是理论“产能”过剩，缺少的是此类指名道姓不怕得罪人的批评。宏观否定、个体肯定的滑头批评策略，为很多“砖家”玩得炉火纯青。更不要说对“美人香草”和“麻风病人”都一概赞美的“吹鼓手”，正成为“抢手货”，频频现身在各种高大上的论坛、研讨会上。

古人有言：“木秀于林，风必摧之”，“峣峣者易折”。以唐小林这般持续勇猛、不见有任何收敛之意的批评姿态，在感佩之余，也常常为他捏一把汗。担心“一根筋”绷得太紧，会在某个无法预料处发生断裂。因此，有机会见面时，我关心的不是他又写了多少批评文章，指名道姓“骂”了谁，而是提醒他注意劳逸结合，不必过于地“鞍马劳顿”，也会问候一下生活上有无困难。以目前的稿酬标准，又无固定职业收入，更无“红包”可取，靠写批评文章获得几文稿酬，大概连吃外卖、盒饭也很困难的。

前不久，在一个作品研讨会上，友人在就餐闲谈时向我传递一个信息：有人私下议论，说在下与《文学自由谈》老主编任芙康先生，培养了一批文坛“打手”。唐小林当然是其中代表之一。此“议论”当然不是褒奖，而是语含讥讽。此“议”着实让我受“惊吓”不小，几乎也如刘备与曹操煮酒论英雄时那般“失态”，将手中筷子滑落到地上。受“惊吓”不是因为“议论”中的讥讽，反是觉得“议论”者过于高估一份报纸或刊物主编的能耐了。所谓“打手”，岂是想“培养”就能“培养”出来的？办报纸和刊物，不是开武术馆，主编不是“教头”，更无武林秘笈可传。媒体只是一个平台或舞台，作者是演员，在这个舞台上，你能演出什么角色，全在个人修为。当编辑的充其量也就是拉拉幕布，调调灯光而已。但当今文坛确有某些报刊的编辑或主编，听作者尊称几声“老师”，就俨然以“老师”自居，如“武术馆教头”般气宇轩昂，得意于某作家因自己“帮忙”而成名，以为自己已经和正在“培养”很多“文学大师”，并正在写一部伟大的文学史。

对此，就一笑了之罢。

唐小林的上一部批评文集名为《孤独的呐喊》，现在又一部文集即将面世了。在表示衷心祝贺之余，也希冀他的“呐喊”不再“孤独”。

文学批评应“慎重”（自序）

在当代文坛，文学批评常常被误认为是抬轿子、吹喇叭一样的服务性行业。一些文学批评家自甘堕落，经年累月写出的批评文字，无异于鞍前马后的“文学谀评”。有的文学批评家，甚至早已成了专门为某些当红作家制作皇帝新衣的“文学裁缝”，文学批评的名声，更是一落千丈。明明是满身的“红肿”，却被说成是艳丽无比的桃花，这种罕见的文坛怪现状，正在越来越严重地侵蚀着当代文学的机体，如此恶劣的文学生态，不得不令人痛心和深思。若干年之后，喧嚣过去，热闹不再，人们从当代作家的作品里究竟会看到什么？绝不应该让他们只看到一地的鸡毛和蒜皮。

美国作家杜鲁门·卡波蒂在1957年接受《巴黎评论》记者采访时被问道：“你觉得批评对你有帮助吗？”卡波蒂毫不掩盖地回答说：“如果是在出版之前，如果批评是出自那些你认为其判断力可信的朋友，对，当然批评是有用的。可是，一旦作品已出版，我就只想读到或者听到表扬了。任何低于称赞的评价都叫人讨厌。如果你能找出一个作家，他肯坦言自己曾从评论家的吹毛求疵和屈尊俯就中得到什么教益，那么我就给你五十美元好了。我不是说，那些职业批评家个个都不值一谈——但是那些优秀的评论家却没有几个动笔的。最重要的是，我相信你应该在抵挡意见的过程中变得更坚强。”

有记者曾问加西亚·马尔克斯是否不喜欢批评家，马尔克斯直截了当地回答说：“确实如此。主要是因为我确实没有办法理解他们。”马尔克斯接着说，“对我来说，批评家就是理智主义的最典型例子。首先，他们拥有一种作家应该是什么样的理论。他们试图让作家适合他们的模子，即便不适合，也仍然要把它给强行套进去。

因为你问了，我只好回答这个问题。我对批评家怎么看我确实不感兴趣，我也有很多年不读批评家的东西了。他们自告奋勇充当作家和读者之间的调解人。我一直试图成为一名非常清晰和精确的作家，试图径直抵达读者而无需经过批评家这一关。”

纵观当今的中国文坛，像卡波蒂和马尔克斯这样“误解”批评家观点的人，可说是从来就不乏“知音”。有的当红作家居然傲慢地公开宣称不看文学评论。如阎连科就在《作家与批评家》中毫无遮拦地说：“想成大名的作家都是去找最坏的批评家，因为他们能把黑的说成是白的；想成大名的批评家，都去找那些优秀的大作家，只要你把白的说成黑的。”而与阎连科灵犀相通的贾平凹，则进一步发挥和阐述说：“作家和评论家就像两口子一样，在外是夫妻，在家是对头，相敬如宾的时候很少，如果有，那也是新婚时候的事。大多数情况下，评论家是妻子，严厉地指责、刻薄，甚至谩骂作家，作家一旦抗争，四周的声音就会偏向女方，因此许多作家选择忍受、不吭气。”在贾平凹的眼里，作家仿佛成了忍气吞声、饱受委屈的弱丈夫，而批评家却成了毫不讲理，只知道无理取闹的泼妇。这种“得了便宜还卖乖”的观点，在当今的中国文坛可说是大行其道，极有市场。在这种荒唐的逻辑中，批评家常常被妖化成为颠倒黑白的人。在如此极不正常的文坛风气之下，倘若谁要对某些当红作家的平庸之作进行一针见血的批评，哪怕是该批评家的批评再言之有理，持之有故，也会被某些作家强行罗织罪名，说成是企图借机出名的“酷评”，甚至被疑心生暗鬼地说成是“预设立场”“已经越过文学批评的底线”。而这所谓的“底线”，最多也只不过是某些作家私设公堂一样私设的判定标准。这种不是通过正常的文学争鸣来讨论文学、解决文学创作和批评中出现的问题的偏激做法，进一步将文学批评推向了舆论的风口浪尖，使文学批评家们在文学批评中动辄得咎、如履薄冰。

毋庸讳言，在当今的文学批评家中，确实有一批对文学缺乏感悟，审美瘫痪者，他们成天钻在牛角尖里，从书本到书本，从理论到理论，他们所谓的“学术成果”，只不过是为了搞定职称评定；

最高的“理想”，就是得到被评论的作家的高度肯定。而要想得到高度的赞赏，往往就必须不嫌肉麻，说一些毫不靠谱，将作家吹捧到天上去的话。每当看到那些可怜的批评家为了一点蝇头小利和所谓的“学术成果”，不顾事实地对某些当红作家进行疯狂吹捧，对读者进行大肆忽悠的时候，我就忍不住想发笑，并对那些缺血少钙的文学批评家白眼相向。一个真正的文学批评者，必须对文字怀有一颗敬畏之心，绝不能有失批评家的尊严。而李健吾先生的文学批评，可说是为我们树立起了令人敬仰的标杆。先生在《咀华集·咀华二集》跋中说：“人生是浩瀚的，变化的，它的表现是无穷的；人容易在人海中迷失。做人必须慎重，创造必须慎重，批评同样必须慎重。对象是作品，作品并非目的。一个作家为全人类服役，一个批评者亦然：他们全不巴结。”

有的作家在写作初期，籍籍无名，迫切希望得到文坛的承认，于是便不惜低到尘埃里，言辞恳切地请求批评家对其作品进行表扬性的“批评”，而一旦获得了大名，他们往往就会将批评家当作夜壶，撂到一边，置之不理，甚至恶语相向。在这种极不正常的文学生态下，作家和批评家之间的互相利用，早已成为有目共睹的事实。某些平庸的文学批评家为了迅速出名，便走上了一条专业吹捧当红作家的不归之路。他们的批评文字，最终也只能葬送在学术垃圾的坟墓之中。

本书中剜出的这一大筐“烂苹果”，来自我对当代文坛长期的观察和多年的跟踪阅读。胡河清先生说：“我一直以为，评论者应该同作为评论对象的作家保持一定的距离，并且不介入文学创作圈子的各种意气之争。只有在相对中立的非功利心态中，才能对作家们复杂的精神境界作出准确的描述。”遗憾的是，文学批评家与作家同时出现在新书的发布会或作品的研讨会上，早已成为当下文坛见惯不惊的一种常态。批评家一旦与作家称兄道弟，甚至勾肩搭背，其笔下的文字就很难保证客观公正。一根黄瓜被吹捧成山那样大，也就成了家常便饭。君不见，在当今某些批评家的笔下，到处都是打败马尔克斯和海明威的“大师之作”和“巅峰之作”。所幸的是，我与我批评的当红作家和批评家，以及那些大牌诗人从来就不相识，我写这些批评文字的目的，就是想告诉那些普普通通的读者，千万不要盲目地崇拜，千万不要见“佛”就跪在地上烧香磕头，当代文坛那些当红作家和所谓的“大师”，并非都像我们想象的那样高不可攀，只能仰视。

第一辑　作家批判

贾平凹为何越写越差？

2018年4月，贾平凹的长篇新作《山本》刚刚上市，继“文学裁缝”陈思和率先习惯性地为贾平凹做起了“皇帝的新装”之后，文学批评家李星对该书的评论《一部意蕴深广的百年之忧——读贾平凹长篇新作〈山本〉》以广告似的浮夸、火箭般的速度，向世界庄严宣告：

> 20世纪的拉美文学因一部《百年孤独》为世所瞩目，贾平凹新作《山本》由人而史，实为一部中国近代之《百年孤独》。它无百年之长，却显百年之忧。这是一部如海洋般广阔、大山般厚重纷繁的文学大厦，它写的是大山里一个叫涡的镇、一个家族从兴到衰的故事，但却有着鸟瞰中国社会数十年变迁的宏大视野。
>
> 《山本》是贾平凹65岁以后创作的第一部离开了他的故乡棣花镇这个地理背景的小说，以中华地理上的龙脉大秦岭为主叙事空间，但已从“看山不是山”到了“看山还是山”的人生新境界，不动声色地以饱满的现象，展现出人与历史、历史与人的深刻本质。我惊讶于他叙事的绵密，语言的智慧和隐含的机锋，更惊讶于他感觉的敏锐，细节的不与自己此前的任何一部小说重叠的新鲜和饱满。
>
> 四十万字的小说，他用笔三年抄了三遍，如果不是有如此的抱负和广大的胸襟，这样的劳苦、寂寞和孤独是难以忍受的。虽然我已到了该马放南山的年龄，但在有幸拜

读了烙印着他旺盛的生命信息的四十万字手迹，却不能不钦佩他非凡的事业意志和永不倦怠的文学创造力。

看到这种不诚实的浮夸和哥们儿义气的恭维，我真的很怀疑，李星是否读过马尔克斯的《百年孤独》。不然的话，怎么会得出如此不靠谱的结论呢？一个文学批评家岂能抛开文本，以不顾事实的赞美，来讨得作家的欢心？数十年来，在忽悠读者、神话贾平凹的过程中，李星可说是立下了汗马功劳，其与费秉勋、孙见喜、韩鲁华、郜科祥、穆涛、王新民等“贾平凹研究专家”联袂“唱戏”，八仙过海，各显神通，最终为中国文坛造出了一尊罕见的“大神”。孙见喜将贾平凹吹捧为“鬼才出世”、文曲星下凡，李星不甘落后，主动与孙见喜“牵手”，打造出了一部共同“造贾”的贴金之作《贾平凹评传》。

李星拿《山本》与马尔克斯的《百年孤独》相比，这不但是对马尔克斯的不尊重，同时也是对文学的不尊重，甚至是在公开侮辱读者的智商。当代文坛之所以“烂苹果”丛生，这与文学批评家们毫无底线的胡乱吹捧有着密不可分的关系。一个稍有一点文学素养的读者，绝不会相信《山本》这样大炒冷饭的平庸之作，会是李星们所飙捧的“一部如海洋般广阔、大山般厚重纷繁的文学大厦”。

迄今为止，贾平凹已经写下了16部长篇和无数的中短篇小说，但这些作品的艺术成就，恐怕都抵不上陈忠实的一部《白鹿原》和路遥的《平凡的世界》在读者心中的地位。陈忠实和路遥，对文学始终怀着一颗敬畏之心，他们从来就不会像贾平凹那样，因为害怕被文坛遗忘，即便创作早已经枯竭，却仍然在用快餐制作、自我重复的方式，每隔一两年就生产出一部长篇小说，并且自我炒作，矫情地宣称自己的小说“安妥我破碎了的灵魂”，“为故乡竖起一块碑子”，更不会把写作当成是苦差事，一脸苦相地告诉读者，自己在写作的时候，写坏了多少支笔，写了又撕，撕了又写，不仅写得异常痛苦，甚至还写坏了手指。贾平凹每一部小说的出版，几乎都伴随着各种媒体的疯狂炒作和批评家们一窝蜂似的瞎吹捧。《废都》

出版的时候，国内许多媒体，仿佛在一夜之间都疯掉了，竞相跟风炒作，甚至将其飙捧为当代《红楼梦》和《金瓶梅》。二十多年过去了，李星们不但从未消停，反而还在故伎重演，用当年炒作《废都》的方式，将《山本》吹捧为“中国近代之《百年孤独》”。

岁月不饶人，已经老去的贾平凹，即便还在写作，却早已是在坐吃山空，乃至反复折腾。从《秦腔》到《怀念狼》，再到《高兴》《古炉》《带灯》《老生》《极花》，每隔一段时间，贾平凹就会走马灯似的出现在众多的新闻媒体和新书发布会上，以平均两年一部长篇小说的速度，快马加鞭，与时间赛跑，粗制滥造出了一本又一本有名无实的雷同之作。从这些小说中，我们看不到贾平凹的写作有任何实质性的提高和飞跃，反而看到了一个越写越差、为写作而写作的文字搬运工。

这里，我们不妨来简单梳理一下贾平凹的创作轨迹：

贾平凹1952年出生于陕西省南部丹凤县棣花镇农村。母亲没有文化，父亲虽然是一名小学教师，却因为常年在外教书，很少有时间回到家里教育孩子，之后又受到不公正待遇，被关进“牛棚”，并不可能为贾平凹的文学写作打下牢固的根基。贾平凹在写作之初，根本就不可能阅读过多少古今中外优秀的文学作品和文学理论书籍，也并未受到过多少文学的熏陶，更谈不上有多少过人的文学天赋。只需读一读贾平凹在二十多岁时，与人合写的处女作《一双袜子》，及其早期出版的儿童小说集《兵娃》和短篇小说集《山地笔记》，就可以清楚地知道贾平凹的文学功底究竟如何。

贾平凹早期的创作，主要集中在两个方面：一面是邯郸学步，靠大量模仿；一面是投机取巧，靠迎合那个特定的时代捕风捉影地写作。《兵娃》的内容提要开宗明义地宣称：“这是一本反映农村中两条道路斗争的短篇小说集。兵娃和杏娃等红小兵，在学习无产阶级专政理论的鼓舞下，坚持原则和农村中资本主义自发势力以及阶级敌人的破坏捣乱进行了不调和的斗争。”在该书的后记中，贾平凹激动地说：“我断断续续写下了这一支支对新一代的赞歌！对文化大革命的赞歌！”贾平凹的写作，一开始就打上了一个时代鲜明的烙印。1976年，“文革”结束，科学的春天来临，贾平凹敏锐地感觉到了时代的巨大变化，笔锋迅速一变，转为对科技创新的歌颂。其描写农村女青年满儿和月儿姐妹俩努力学习科学文化知识，刻苦攻关，培育新品种的短篇小说《满月儿》，在一个呼唤科学，号召年轻人莫让年华付水流，鼓励勇攀科学高峰的时代，旋即引起了众多读者的强烈共鸣，赢得了文坛的高度关注和赞扬，一举夺得了首届全国优秀短篇小说奖。至于这篇小说的艺术性究竟如何，时间已经做出了很好的回答。数十年之后，贾平凹早期的这些小说早已经被彻底遗忘，几乎从不被人提起。

这种爆炸似的“成功”和快速成名，使初战告捷的贾平凹误认为，邯郸学步地模仿和投机取巧的跟风写作，是一条非常具有可操作性、秘而不宣的终南捷径。这一“创作”秘笈，只要自己不说，别人就不会知道，并由之前的小敲小打，发展成为在《废都》中对《红楼梦》和《金瓶梅》进行公开的仿制和顺手牵羊。难怪有学者直指《废都》为“一锅仿古杂烩汤”。在偶然与清代学者刘熙载的《艺概》邂逅之后，贾平凹囫囵吞枣地接触到了刘熙载的“怪石以丑为美，丑到极处，便是美到极处”的美学理论，其模仿安徒生的童话《丑小鸭》所写的散文《丑石》，可说是贾平凹对刘熙载的心慕手追。“以丑为美”从此成了贾平凹文学创作的“写作宣言”。这次食古不化、缺乏艺术鉴别能力的误读，使贾平凹在日后的创作中陷入了一个可怕的泥淖，始终不能自拔。贾平凹误以为，越是肮脏龌龊的东西，就越是具有艺术性；越是令人恶心呕吐的东西，就越是值得大写特写。

于是我们看到，拉屎、撒尿、放屁、手淫，鼻涕、口痰、蛆虫、虱子、肛门、生殖器，以及无穷无尽的脏话，就像洪水猛兽一样，成为泛滥在贾平凹小说创作中的“关键词”。顺着这些“关键词”往下捋，我们就可以清楚地知道，贾平凹小说的主要“配件”，无一不是以肮脏的描写为“主打”：

憋屎憋尿那是艰难的事，我使劲地憋，但终于憋不住了，就在路边拉了起来。夏天义又骂我没出息，还干什么呀，连个屎尿都憋不住！他和哑巴生气地前边走了。我拉了屎，觉得很懊丧，拉完了立在那里半天没动，但我用石头把那堆粪砸飞了，我的屎拉不到沟地里，谁也别拾去！

——《秦腔》

狗尿苔憋着劲又去捡，捡得十个手指头蛋都磨出了血，跑得脚上鞋也歪破了鞋帮子，秃子金催他，磨子催他，连长宽也催他，骂他俩干不了就不要来出工，这工分是好混的？累得他俩轮换去避人处去尿，去屙，趁着尿和屙歇一歇，尿和屙了搬起块料浆石把屎砸飞，说：你是秃子金！你是磨子！你是长宽！

——《古炉》

这一声枪响，使二水吓了一跳。他正蹲在一块地堰下拉屎，赶忙撕下一片瓜蔓叶子揩了屁股，提了裤子站起来。禾禾看见了他，眼睛红红的。他走过了几步，却返过身子又走近那粪便前，用石头将那脏物打得飞溅了。

——《鸡窝洼人家》

乡下人早起拾粪是雷打不动的功课，我的邻居老头就是这样，有一次中午我与他去赶集，半路上老头大便了，就蹲在地堰后拉下一堆，可他提了裤子已经离开了石堰，却又返过去，端一块大石头将他的粪便打得四溅。

——《病相报告》

冉双全说：就算他是人才，你得不到么！我以前在构峪老家，一泡屎拉不到自家地里了，又不愿意让拾粪人拾去，我就拿石头把屎砸溅了！

——《山本》

因为审美情趣出了问题，贾平凹在写作中处处暴露出嗜脏成癖，以污染读者眼球来获得写作快感的畸形爱好，再加之文学批评家们的集体失职，甚至毫无原则地一再纵容，在当代文坛上，才出现了这种古今中外文学史上罕见的、不堪入目的污秽描写。人们想象不到的所有肮脏和令人恶心的描写，都被贾平凹搜肠刮肚，挖空心思地一网打尽了：

夏天义没想到上善变化得这么快，原本鼓凸凸的一个皮球还要跳呀蹦呀，被锥子一扎，气嗤地就瘪了。他张着一嘴的黑牙往天上看，天上飞过一只鸟，鸟尾巴一点，一粒粪不偏不倚地掉在他的嘴里。

我爹在坟里不跟我说话，一只蜂却在坟上的荆棘上嗡嗡响。我说，爹呀爹，你娃可怜！蜂却把我额颅蜇了，我擤了一下鼻，将鼻涕涂在蜇处，就到坟后的土坎上拉屎。刚提了裤子站起来，狗剩过来了。……我说："你要不要粪？我拉了一泡。"他拿了锨过来，我端起一块石头，把那泡屎砸飞了。

——《秦腔》

草帘上睡着的马勺要拉屎，屁股撅在水田里拉嫌水溅了他，竟然摘了一片莲叶铺在草帘上就拉了，拉毕，提起莲叶四个角，啪地甩在稻田中去，一股臭气就顺着风吹过来。

马勺却突然尖声喊叫，爬起来在那里跳。两人跑过去，原来是蜂蜇了他的那东西，已经红肿得像个胡萝卜。狗尿苔说：呀，咋蜇得恁怪的！马勺说：快擤些鼻涕！蜂蜇了抹鼻涕能止痛，他自个先擤了鼻涕抹了上去，狗尿苔和牛铃也就擤鼻涕。

迷糊一出厕所就端起了锣，说：啊狗尿苔，吃凉粉呀不？狗尿苔说：你才在厕所吃了，还吃呀?！以为迷糊说诳话。但见锣里果然是凉粉，就说：吃哩！迷糊夹了一疙瘩凉粉给狗尿苔，狗尿苔发现了迷糊的手指上有一点粪便，说：看你这手，你这手！迷糊一看，有些急了，却立即把手指在嘴里一舔，说辣酱子，辣酱子！

——《古炉》

在镇北门外的沙滩上，玉米倒在地上，被野蜂罩着……玉米昏迷不醒……老魏头又是嘿嘿了一声，说：哎呀，这蜇得没个人样了么！蜂蜇了得用鼻涕抹，或者用尿洗。众人就开始擤鼻涕，白的黄的都捂出来，一把一把地抹在玉米的脸上、身上，但鼻涕不够了，他们喊：女的都转过身去！就掏了尿往玉米头上浇，嘴张不开，有人用柴棍撬开缝儿，让尿往里边流，又往耳孔鼻腔里射，但玉米还是昏迷不醒。

陈来祥能吃能喝，力气大，却老受伙伴们作弄，刚才和卖凉粉的唐景、挂面坊的苟发明、杨钟在街上走，杨钟就把手按在屁股上放了个屁，又立即把手伸到他的鼻前，说你闻闻这是啥，他竟真的闻了闻，惹得众人一阵嬉笑……

可怜的是到了春季，山里人无以为食，吃橡子和柿子拌稻糠磨出的炒面，吃草根树皮观音土，老老少少脖子上挂了钥匙，那种刻着槽的直把钥匙，不仅是为了开门锁，还是大便时能随时掏粪。厕所里野路旁总会看到屎疙瘩上沾着脓血，每个村寨里都有人屙不下来憋死了，或有人掏粪时血流不止，趴在那里半天就没了命。

翻过了三个垭，沿途又发现六七具尸体严重腐败，蛆虫白花花地从耳朵里口鼻里往出涌……

——《山本》

《山本》里杨钟放屁的恶作剧描写，完全是贾平凹对《古炉》恋污描写的自我抄袭：

你又闻到什么气味啦？狗尿苔说：闻到啦。得称把手放在自己的屁股下，努一个屁，又极快地把手捂在狗尿苔的鼻子上，说：你闻闻这是啥气味?!

贾平凹在写作中，无论写到什么样的场景，都一定要想办法往脏东西上靠。比如写受到惊吓，无一不是采取如下肮脏污秽而又雷同的描写：

蔡一风猛地瞧见前边站起了一个人，一枪又打过去，原来是楼过道头放置着的插屏镜里照出了他自己，玻璃哗啦碎了一地。他再说：起来！那人站起来，稀屎从裤管里往出流。

账房从十八碌碡桥回来，屎尿拉在裤裆里，人就吓傻了。

老虎走路慢，皮显得很松，像是披了件皮被单，杨钟和陈来祥直待到老虎无影无踪了，溜下树，才发现裤裆里有了屎尿。

——《山本》

文学大师马尔克斯在《百年孤独》中，也写到过惊吓：

乌尔苏拉·伊瓜兰的祖母被警钟长鸣和隆隆炮声吓得惊慌失措，一下坐到了火炉上。烫伤使她终其一生再不能履行妻子的义务。她只能侧着坐，还得借助靠垫，此外走路应该也出了问题。

如果是贾平凹来描写这一段，一定又是乌尔苏拉·伊瓜兰的祖母被吓得屎尿流了一裤裆，如何不能与丈夫进行房事，无奈的丈夫最终如何不能控制自己，只能对着墙壁，或者跑到厕所里去自慰。

不看不知道，一看吓一跳。贾平凹在写作中呈现出的病象是多方面的，但多年来，贾平凹始终是讳疾忌医。可以说，当代作家作品中的许多坏毛病，我们都可以在贾平凹的作品中清楚地看到。

一、醉心于暴力和怪异的性描写

贾平凹在新作《山本》中，对于暴力的痴迷和陶醉，可说是直追莫言的《檀香刑》。小说中，有将对方割了舌头又割喉管的；有用枪托敲破对方脑袋，掏出脑浆把麻绳塞进去，点天灯的；有将人皮剥下来做鼓敲的。更有甚者，不仅用两个指头将叛徒的眼珠子抠了出来，让一只鸡给叼跑，还继续对其施行惨烈无比的酷刑：

夜线子在问井宗秀：旅长，咋样个祭奠法，卸头还是剜心？井宗秀说：他不是不吭声吗，慢慢剐，剐到头了卸头，剐到心了剜心。夜线子和马岱就各拿了一把杀猪刀，口含清水，噗地在邢瞎子脸上喷了，从半截腿上开始割肉。割一条了，扔给早拉来的拴在北城门的两只狼，一只狼就张口吞了，再割一条，还是扔给两只狼，另一只狼也张口吞了。一个骷髅架子上一颗人头，这头最后砍下来也献在了灵桌上，祭奠就结束了。

贾平凹之所以喜欢在小说里乐此不疲地写土匪，这并不是因为他对土匪的生活有多么深入的了解和研究，而是因为土匪们血腥残暴的故事，更能迎合读者猎奇的心理需求，满足其商业写作的需要。基于这样的写作动机，在贾平凹的小说中，总是忘不了以“暴力+生殖器”这样血腥刺激的场面来渲染故事情节：

> 五十年前，中星爹也是我这般年纪，土匪在西山湾杀了人，要把人头运到清风街戏楼上示众，就抓了中星爹去运人头，中星爹也是一副挑担，挑担里盛着人头，人头的嘴里塞着割下来的生殖器。
>
> ——《秦腔》

> 也就是狼灾后的第五年，开始了白朗匪乱，是秋天里，匪徒进了城，杀死了剩下的少半人，烧毁了三条街的房子，那个黑胖子知县老爷的身子还坐在大堂的案桌上，头却被提走了，与上百个头颅被悬挂在城门洞上，每个头颅里还塞着各自的生殖器。

> 闹起白朗，一队匪兵又在磨坊里轮奸了他的女儿，匪退后，邻居的阿婆用烤热的鞋底焐女儿的阴部，焐出一碗精液。
>
> ——《怀念狼》

> 当年老槐树上挂着伪镇长的头，看的人里三层外三层，那头挂着，嘴里还夹着他的生殖器。
>
> ——《带灯》

> 开春之后，陆菊人的爹患鼓胀死了，她奔丧从纸坊沟回来，经过河滩一片蒲草丛，发现两只狗在那里撕夺什么，近去看了是具女尸，下身裸着，私处溃烂，竟还插着

半截秤杆，而一只脚已经被狗啃没了。

——《山本》

《秦腔》出版于2005年，《怀念狼》出版于2006年，到2018年4月《山本》出版，贾平凹由当年《废都》疯狂露骨的性描写，不断地“转型升级”，越写越离奇。像贾平凹小说这样黄段子之多，性描写之露骨，在当代作家中，恐怕很难有人可以与其相比。在当代文坛，一个不可思议的怪现象就是，诸如贾平凹这样一系列“性暴力+毛片”似的写作，不仅总是一路绿灯，而且还会受到陈思和、李星们的大肆吹捧。如果谁要对这样污浊的作品进行批评，反而还会遭到一些人的“群殴”，被说成是患有“道德洁癖症”。

《山本》中形形色色荒唐的性描写，简直是多如牛毛。有谁知道，垂垂老矣，写了几十年小说的贾平凹，居然还在用这种地摊文学的写作方式，来吸引读者的眼球，撩拨读者情欲，刺激读者的荷尔蒙。贾平凹小说中的男人们，总是欲火中烧，动辄就是偷窥、手淫，性暴力和由此产生的残酷杀戮也始终充斥在其小说的字里行间。在《山本》中，土匪头子五雷告诉手下，作战记功的方式，不要像过去那样割掉死者的耳朵，而是要割掉尘根来记数。想不到，五雷在和土匪王魁争风吃醋时，反而被一怒之下的王魁掐死，割掉了尘根。阮天保在生死时刻，抓住了史三海的生殖器，用力一捏，“那两颗卵子像鸡蛋一样被捏碎了”。李掌柜的儿子被当成人质枪杀之后，李掌柜立即就疯掉了。他疯疯癫癫，举起菜刀，割下自己的尘根撂向空中。井宗丞与杜英即便是在逃亡的野外，也仍然忘不了如饥似渴、争分夺秒地做爱，致使杜英不幸被草丛中的毒蛇咬死。井宗丞后悔莫及，一面解开裤子对死在怀里的杜英发誓，一面用手扇打自己的尘根，甚至恨不得将它扇死，并且企图割掉自己的尘根。因为没有刀子，他居然点燃火柴来惩罚自己的尘根，将毛烧焦，皮肉烧伤。周瑞政意淫房东的儿媳，半夜里偷走她的小袄拿去厕所，掏出尘根对小袄泄欲。一个兵蛋子觊觎女人，遭到上司训斥：“你个兵蛋子成什么家！”之后又因性功能障碍遭到嘲笑而疯掉，于是便将尘根阉割掉，一气之下扔到了尿桶里。《山本》中这种挥刀自宫的描写，与《秦腔》中傻子引生偷盗白雪的内衣遭到痛打如出一辙。

在多年的写作中，贾平凹已经摸索出了一套“肉蒲团”和“春宫画”似的写作秘笈，总是以刺激的描写来挑逗读者的眼球，从而形成了一种动辄拿“脐下三寸”来说事的“生殖器叙述”风格。其小说《饺子馆》，简直就像是一个品位低俗的荤段子。在整个《山本》中，这种畸形的性描写，简直就像黄河决堤，根本就停不下来：

> 不知睡了多长时间，井宗秀又醒了，人已经睡在被窝里，是媳妇在揉搓着他的那根东西。他说：睡觉。媳妇只是不听，还揉搓，他就完全醒了，说：它起来了你用去。后来真的起来了，媳妇便坐上去自己动，满足了，给井宗秀说五雷今日为啥喝酒，是他今日派人去龙马关踩点了。

> 井宗丞站了起来，往右边跨了一步，裤裆烂着，吊出来了尘根。

> 史三海赤条条睡在床上，双腿分开着，生殖器就那么晾着，上边生着菜花状的肉疙瘩。冉天保吃了一惊，说：队长咋得了瞎瞎病?!

> 女人说：你救我，我给你好东西。冉双全说：你有啥好东西，不就是长了个×吗，你给他不给我?！一把夺过女人抱着的一个包袱，一扔，就拽起女人的两条腿往开掰……你也别×她，她是白虎星！杨钟说：什么是白虎星？冉双全说：你不知道呀？她下边没有毛，谁×了就会短命遭灾的，怪不得保安队长死了！

> 麻雀吃多了，人脸上就潮红，浑身燥热，裤裆里动不

动就硬起来，家在镇上的就晚上回去一次，而镇上没家没眷的，便到厕所里自己解决。

黄山七说：我是不懂，长这么大了还没见过×哩。井宗丞一把将他按在石板上，说：你狗日的别有瞎想法呀，她是……是战友！黄山七脸在石板上蹭得疼，说：我还不能说吗？自己人不×自己人，我知道。

在数不胜数的性噱头中，贾平凹最自鸣得意的，是这样一段有关“性工具”的描写：

我说：“这是不是违犯法律和道德呢？”赵宏生说：“我给你法儿，至于你怎么用，给谁用，那是你的事。斧头可以劈柴也可以杀人，斧头仅仅是工具么。男人都身上带着×，难道能说是有强奸嫌疑吗？”

——《秦腔》

他说：刚才来的那人是不是你们一伙的？我说：那是翠花的堂哥。他说：来打架呀？我说：你怎么说他来打架的？他说：他手里提了个木棍。我说：提木棍就是打架呀？他说：出门提木棍那就是打架么。我说：你出门还带生殖器，难道你就是要强暴人?!

——《高兴》

派出所人说你们聚众赌博不该抓吗？五个人就矢口否认，派出所人便指着麻将桌子说摊子还没收拾哩就抵赖？尚建安强辩打麻将就一定是在赌博吗，我家里有菜刀是不是就杀人呀，我还有生殖器在身上带着就是强奸犯呀?!

——《带灯》

审问人拿出了一件东西，啪地拍在地上，这东西是从井宗秀身上搜出来的，说：为啥你就有凶器？井宗秀说：这不是凶器，是抹石灰腻子的刮刀。审问人说：刮刀是不是刀？井宗秀说：算是刀，如果带刀就是共产党，那我还长着鸡巴，也算是强奸犯了?!

——《山本》

透过这段关于“带生殖器”是否强奸的描写，我们看到了一个与陈忠实、路遥创作态度截然不同的文学投机者。为了写出《白鹿原》这部可以垫枕的当代文学经典之作，陈忠实不断地进行着新的冲刺和自我超越，苦苦寻找着属于自己的句子。仅仅是构思，就花了两年时间，写作又花了四年时间。而路遥在写作的时候，始终对文学胸怀着一种崇高的敬畏之心，在创作《人生》的时候，他每天工作十八个小时，分不清白天和夜晚。他用初恋般的热情和宗教般的意志，潜心投入到文学创作中，并进行了大量的资料搜集和准备工作，最终创作出了《平凡的世界》这部被无数中国人口口相传的经典之作。与之完全相反，贾平凹在写作的时候，不是在别人的作品中去找“灵感”，就是热衷于收集黄段子，甚至改头换面地将古今中外优秀作家的作品和精彩描写，投机取巧地拼凑到自己的作品中。

《三国志》记载，刘备入川之后，因天气干旱，粮食不足，遂颁布了禁酒令。因为酿酒会浪费大量的粮食，凡是酿酒者，一旦被发现，都将获刑入狱。有官吏在检查时发现，有的人家中有酿酒工具，决定按禁酒令将其与酿酒的人一样进行处罚。当时备受刘备器重的益州官员简雍，觉得这样做不妥，却又不便直接进行反驳。一天，他和刘备一起，见一男一女正好从大街上走过，便对刘备说：“赶紧将他俩抓起来，这对男女正要进行淫乱。”刘备非常诧异地说：“你凭什么知道?”简雍说：“因为他们都带有发生奸情的工具，与那些私藏酿酒工具的人一样，都应一起入刑。”刘备听罢，不禁恍然大悟，会心一笑。

二、通过大量模仿、投机取巧追求“高产”

贾平凹常常被评论家们誉为“高产”作家，但贾平凹的高产却总是和“移花接木”四个字连在一起。贾平凹早期的散文，明显有着对朱自清、茅盾，甚至古代的韩愈、金圣叹、龚自珍等的模仿痕迹。如:

这是一个柳的湖。柳在别处是婀娜形象，在此却刚健，它不是女儿的，是伟岸的丈夫，皆高达数十丈，这是因为它们生存的地势低下，所以就竭力往上长，在通往天空的激烈竞争的进程中，它们需要自强，需要自尊，故每一棵出地一人高便生横枝，几乎由大而小，层层递进，形成塔的建筑。

——贾平凹《柳湖》

如果美是专指“婆娑”或“旁逸斜出”之类而言，那么白杨树算不得树中的好女子；但是它却伟岸，正直，朴质，严肃，也不缺乏温和，更不用提它的坚强不屈与挺拔，它是树中的伟丈夫！当你在积雪初融的高原上走过，看见平坦的大地上傲然挺立这么一株或一排白杨树，难道你觉得树只是树，难道你就不想到它的朴质，严肃，坚强不息……

——茅盾《白杨礼赞》

啊，小桃树啊！我该怎么感激你，你到底还有一朵花呢，明日一早，你会开吗？你开的是灼灼的吗？香香的吗？我亲爱的，你那花是会开得美的，而且会孕出一个桃儿来的；我还叫你是我的梦的精灵，对吗?

——贾平凹《一棵小桃树》

那醉人的绿呀！我若能裁你以为带，我将赠给那轻盈的舞女；她必能临风飘举了。我若能挹你以为眼，我将赠给那善歌的盲妹；她必明眸善睐了。我舍不得你；我怎么舍得呢？我用手拍着你，抚摸着你，如同一个十二三岁的小姑娘。我又掬你入口，便是吻着她了。我送你一个名字，我从此叫你"女儿绿"好么？

——朱自清《绿》

七月十七日，是您（你）十八岁生日，辞旧迎新，咱们家又有一个大人了。贾家在乡里是大户，父辈那代兄弟四人，传到咱们这代，兄弟十个，姊妹七个；我是男儿老八，你是女儿最小。分家后，众兄众姐都英英武武有用于社会，只是可怜了咱俩。我那时体单力孱，面又丑陋，十三岁看去老气犹如二十，村人笑为痴傻，你又三岁不能言语，哇哇只会啼哭，父母年纪尚老，恨无人接力，常怨咱这一门人丁不达。

——贾平凹《读书示小妹生日书》

年月日，季父愈闻汝丧之七日，乃能衔哀致诚，使建中远具时羞之奠，告汝十二郎之灵。呜呼！吾少孤，及长，不省所怙，惟兄嫂是依。中年，兄殁南方，吾与汝俱幼，从嫂归葬河阳。既又与汝就食江南，零丁孤苦，未尝一日相离也。吾上有三兄，皆不幸早逝。承先人后者，在孙惟汝，在子惟吾，两世一身，形单影只。嫂尝抚汝指吾而言曰："韩氏两世，为此而已！"汝时尤小，当不复记忆。

——韩愈《祭十二郎文》

在散文《笑口常开》中，贾平凹写道：

著作得以出版，殷切切送某人一册，扉页上恭正题写："赠×××先生存正。"一月过罢，偶尔去废旧书报收购店见到此册，遂折价买回，于扉页上那条题款下又恭正题写："再赠×××先生存正。"写毕邮走，踅进一家酒馆坐喝，不禁乐而开笑。

读罢贾平凹这样的幽默，我不禁在心底发问：这样的事，果真会发生在贾平凹的身上吗？即使有人相信太阳会从西边出来，但我依然相信，这样的事是不可能发生在贾平凹身上的。总是标榜"我是农民"的贾平凹，最喜欢的就是把自己比作一个战战兢兢、挑着鸡蛋进城的农民。在《我有一个狮子军》中，贾平凹如此自述道：

我体弱多病，打不过人，也挨不起打，所以从来不敢在外动粗，口又浑，与人有说辞，一急就前言不搭后语，常常是回到家了，才想起一句完全可以噎住他的话来。我恨死了我的窝囊。

一向胆小怕事的"农民"贾平凹，哪里敢用如此不恭的方法来对朋友进行幽默？这则幽默，实际上是发生在英国作家萧伯纳身上的故事。据说，有一次萧伯纳在一家旧书店，翻看削价处理的旧书时，偶然发现了自己的一本剧作集。该书的扉页下方赫然有他亲笔给一位朋友题写的"乔治·萧伯纳敬赠"的字样。于是，萧伯纳当即买下此书，在题赠的下方写道："乔治·萧伯纳再次敬赠"。然后又将该书寄给了这位朋友。

在模仿金圣叹的《不亦快哉》中，贾平凹描写了这样一则幽默故事：

剧场里巧和一位官太太邻座，太太把持不住放一屁，四周骚哗，骂问："谁放的？不文明！"太太窘极不语，骂问声更甚。我站起说："我放的！"众人骚哗即息，却以手作扇风状，太太也扇，畏我如臭物，回望她不禁乐而开笑。

在这里，贾平凹大胆地抄袭了清代作者石成金编写的笑话集《笑得好》中一则叫《骂放屁》的笑话：

群坐之中有放屁者，不知为谁，众共疑一人，相与指而骂之。其人实未曾放屁，乃不辩而笑。众曰："有何可笑？"其人曰："我好笑那放屁的，也跟在里头骂我。"

由此我们看到，运用移花接木和顺手牵羊的手法变相抄袭，早已成为贾平凹的家常便饭。在《笑口常开》中，类似这样的抄袭可说比比皆是：

有了妻子便有了孩子，仍住在不足十平方米的单间里。出差马上就要走了，一走又是一个月，夫妻想亲热一下，孩子偏死不离家。妻说："小宝，爸爸要走了，你去商店打些酱油，给你爸爸做顿好吃的吧！"孩子提了酱油瓶出门，我说："拿这个去。"给了一个大口浅底盘子，"别洒了啊！"孩子走了，关门立即行动。毕，赶忙去车站，于巷口远远看见孩子双手捧盘，一步一小心地回来，不禁乐而开笑。

其实，这是几十年前早已在民间老百姓中广为流传的一则"荤笑话"。传说有一对夫妻，男的在县城里工作，女的在一个乡村小学教书。夫妻俩聚少离多，一个月最多也就只能见上一次面。一次，由于山洪暴发，男子很久都未能赶回到家中。好不容易赶回到家里，夫妻俩急欲亲热时，几岁的儿子却总是缠在父母身边，始终不愿离开半步。在万不得已的情况下，丈夫便急中生智地想出了让儿子拿着盘子去打酱油这样的绝招。又如：

入厕所大便完毕，发现未带纸，见旁边有被揩过的一片脏纸，应急欲用，却进来一个人蹲坑，只好等着那人便后先走。但那人也是没手纸，为难半天，也发现那片脏纸，企图我走后应急。如此相持许久，均心照不宣，后同时欲先下手为强，偏又进来一个背一篓，拄一铁条拣废纸者；铁条一点，扎去脏纸入篓走了。两人对视，不禁乐而开笑。

关于以上这则盗版幽默，作家左岸先生在其《给当红作家号脉》一书中说：“以京广大铁路为界，把中国划分为东西两大部分，有一个故事在东半区内是这样讲的：“两人入厕，全忘带纸，见地上脏纸一块，都想拿来用，又都不好意思，就都蹲着，牛犟起来，其中一位，家人见他久久不归，便打发孩子来看，那人冲孩子喊：‘去，回家拿块大饼子来，我跟他耗！’这个故事越过京广铁路，到了贾平凹那里，孩子被删去了，变成了一个拾废纸的，铁条一点，将废纸扔到垃圾筐里，背走了。”

举世闻名的丹麦童话作家安徒生，早已为我们所熟悉。其著名的童话《丑小鸭》更是妇孺皆知。童话中那只可怜的小鸭从一出世就不被人喜欢。它又大又丑，甚至大得怕人。一些鸭子常常当面就侮辱它：“呸！瞧那只小鸭的一副丑相！我们真看不惯！”由于丑，这只小鸭“到处挨打，被排挤，被讥笑，不仅在鸭群中是这样，连在鸡群中也是这样”。总之，它成了全体鸡鸭集体嘲笑的对象。可以说，贾平凹的《丑石》，正是一篇刻意模仿童话大王安徒生，邯郸学步之后而写出的山寨版《丑小鸭》。贾平凹只不过是将安徒生笔下那只形貌丑陋的小鸭，变成了他家门前的一块令人讨厌的石头：“它黑黝黝地卧在那里，牛似的模样；谁也不知道是什么时候留在这里的，谁也不会去理会它。只是麦收时节，门前摊了麦子，奶奶总是要说：这块丑石，多碍地面哟，多时把它搬走吧。”这块既不能垒山墙，又不能“为我家洗一台石磨”，连石匠看了都摇头嫌弃石质太细，既不能凿下刻字雕花，又不能用来浣纱捶布的丑石实在是太令人讨厌了！于是，贾平凹笔下的乡村孩子们，就像安徒生笔下那些总是欺侮丑小鸭的鸡鸭们一样，不但人人骂丑石，而且对其采取了联合行动，决计要将丑石搬走。众所周知，在安徒生的《丑小鸭》这篇美丽的童话中，那些小动物都是有生命的、拟人化了的生灵。因此讨厌、嘲笑甚至辱骂丑小鸭的丑，都显得极其自然和富有童心童趣，也非常切合人类在通常情况下的爱美之心。而在贾平凹的作品中，生硬突兀地让一群乡下人去骂一块不通人性的石头长得丑，这难免让人感觉就像那些吃饱了饭无所事事的精神病人，在大街上破口大骂那些飞驶而过的汽车一样，荒唐可笑而又不可理喻。

在童话《丑小鸭》的最后，安徒生为故事安排了一个非常迷人的结局。那只曾经丑陋无比的小鸭，出乎意料地华丽转身，最终变成了一只人人羡慕的美天鹅。在《丑石》中，生硬模仿安徒生的贾平凹，也照猫画虎地给文章安排了一个光明的结局。原来那块常常遭人臭骂的丑石，居然是一块具有巨大科学研究价值的从天上掉下来的陨石。这块丑石是怎样被发现的呢？贾平凹在文章中说："终于有一日，村子里来了一个天文学家。他在我家门前路过，突然发现了这块石头，眼光立即就拉直了。他再没有走去，就住了下来；以后又来了好些人，说这是一块陨石，从天上落下来已经有二三百年了，是一件了不起的东西。不久便来了车，小心翼翼地将它运走了。"更让人感到蹊跷的是，这位天文学家居然与文中我的奶奶——一位乡下老太太讨论起了美学和人生哲理：

奶奶说："真看不出！它那么不一般，却怎么连墙也垒不成，台阶也垒不成呢？"

"它是太丑了。"天文学家说。

"真的，是太丑了。"

"可这正是它的美！"天文学家说，"它是以丑为美的。"

"以丑为美？"

“是的，丑到极处，便是美到极处。正因为它不是一般的顽石，当然不能去做墙，做台阶，不能去雕刻，捶布。它不是做些小玩意儿的，所以常常就遭到一般世俗的讥讽。”

因为缺乏科学尝试，贾平凹根本就不知道，所谓的陨石，如果没有通过特殊的仪器进行检测，哪怕是专家，单凭肉眼也是不可能分辨得出来的。作为一位天文学家，倘若他真的是发现了一块巨大的陨石，我想，他肯定首先就会情不自禁地向人们讲述这块陨石的科学研究价值，而绝不是像当今那些饱食终日，有事没事就跑到乡村僻野四处收藏奇石的玩家们那样，只考虑怎样去欣赏它的美学价值和其中蕴藏的经济价值。

在贾平凹的小说中，到处都是这种移花接木的模仿痕迹。在《天狗》中，三十六岁赚不来钱娶妻成家的天狗，跟师傅学打井，爱上了漂亮贤惠、菩萨一样心地善良的师娘，却无法表达，一直默默埋在心里。师傅在打井时，不幸遇到井塌，被一块石头压住下边，导致下身瘫痪，使师娘从此成了一个没有性爱，守活寡的女人。为摆脱贫困，经师傅做主，让光棍的天狗与师娘成婚。三人的关系从此出现了可悲的畸形。贾平凹的这篇小说，明显就是从英国作家劳伦斯的小说《查泰莱夫人的情人》移花接木而来的。第一次世界大战结束后，克利夫回到庄园，因作战受伤瘫痪，无法在感情上满足妻子康妮，使其一直过着没有性爱的夫妻生活。春天，康妮在森林里遇到了庄园雇佣的园丁梅勒斯，从他壮硕的躯体感受到性的诱惑，于是，康妮不顾阶级与道德的禁忌，以青春的躯体，投入到干柴烈火般的性爱之中，重新体验到了爱的滋味。

移花接木可以快速地尝到甜头，到《废都》的写作，贾平凹便开始了对《红楼梦》和《金瓶梅》大面积的模仿和克隆。在《红楼梦》一开篇，曹雪芹描写了一个疯狂落拓、麻屣鹑衣的跛足道人，其一开口就道出的《好了歌》：“世人都晓神仙好，唯有功名忘不了！古今将相在何方？荒冢一堆草没了。……”形象地刻画出了人情的冷暖和世事的无常。在《废都》中，贾平凹邯郸学步地塑造了一个老叫花子，这位叫花子颇为神秘，出口成章就吟出了一首流传全城的谣儿："一类人是公仆，高高在上享清福。二类人做'官倒'，投机倒把有人保。三类人搞承包，吃喝嫖赌全报销。四类人来租赁，坐在家里拿利润。……"

《金瓶梅》中的西门庆，是清河县著名的大商人，同时也是一个把玩弄女人当饭吃的大淫棍。《废都》中的庄之蝶，是西京城著名的大文人，同时也是一个把玩弄女人当作主要职业的大嫖客。《废都》中的唐宛儿，其实就是当代的潘金莲。有学者指出："牛月清作为庄之蝶的名正言顺的法律上的妻子，在各方面也与西门庆的大太太月娘有很多相似处。而柳月呢，这个不无奴才意识，周旋于庄之蝶、唐宛儿、牛月清之间，一会儿帮男主子掩盖奸情，一会儿又帮女主子惩处唐宛儿的保姆，更活脱脱是《金瓶梅》中那个后来从奴婢上升到主人的春梅了，至于柳月偷看庄之蝶与唐宛儿偷情被发现，庄之蝶便'幸'柳月而堵其口的情节，更直接搬用《金瓶梅》中潘金莲与陈经济、春梅之间的蝇营狗苟之事。《废都》中大量的性描写，怕不能不是文坛掀起'《废都》热'的一个重要原因。而这些性描写，更主要是模仿《金瓶梅》的写实技法，许多西门庆与妻妾发生性关系的动作、方式，如'喜闻香莲'（庄与唐宛儿），'梅子嵌莲心'（庄与柳月）及写女子性器官的反应、口交等，都无不是对《金瓶梅》的令人吃惊的模仿。"

在小说《瘪家沟》中，那位做梦都想成为作家的石夫，对其临死时的那一段描写，完全就是《儒林外史》中守财奴严监生临死时的翻版。贾平凹对《土门》中刽子手，《秦腔》中三叔和《山本》中陆菊人吃芝麻的描写，也采取了同样的手段，是从晚清小说家吴趼人的《二十年目睹之怪现状》中改头换面地克隆过来的。正因为无论是顺手牵羊，还是移花接木的描写，都会得到文学批评家们热烈的掌声和廉价的吹捧，在《老生》中，贾平凹又毫无顾忌地将《三国演义》中曹操误杀吕伯奢和割发代首的故事，改头换面地抄袭于其中。在《三国演义》中，曹操在向董卓献刀的阴谋被识破之后，立即逃出城外，飞奔谯郡。路经中牟县，被守关军士捕获，交给了县令陈宫，陈宫被曹操的“忠义”所感动，竟然弃官与曹操一起出逃。三天之后，逃到了曹操父亲的结义兄弟吕伯奢家中。吕伯奢热情相迎，真心相待，在家中没有好酒的情况下，决计去西村买壶好酒来款待客人。而疑心生暗鬼的曹操，却误以为吕伯奢是企图邀功请赏，外出举报曹操和陈宫。遂与陈宫拔剑，不分男女老少，一连杀死吕伯奢一家八口人。在匆忙出逃的路上，又将吩咐家人杀猪，已买回两壶好酒和果菜的吕伯奢一并杀害。在《老生》中，贾平凹将这段著名的故事改头换面地写成游击队领导人李得胜想吃糍粑，和老黑两人来到青栎坞玩。在沟里寻着一户人家，这户人家的儿子在外为人做木匠活，儿媳也带着孩子回了娘家，就剩下一个六十岁的跛子老汉。老汉热情接待，旋即煮了土豆在石臼里拿木榧捣。在将土豆捣成泥状之后又拿去蒸。在闲聊中，李得胜告诉老黑说：“我就是共产党！”正说着，门吱呀响了，两人回头看，跛子老汉出了门，踉踉跄跄往屋后跑。李得胜唰地变了脸，误以为老汉是偷听到了自己是共产党，准备去秘密举报，遂将已经到了后山坡的一棵花椒树下，正在忙着摘下花椒叶往糍粑里放，做出美食款待李得胜和老黑的跛脚老汉一枪毙命。

又如《古炉》中这样的描写：“手电筒打亮了，就放在院中间地上，他们要看灯光到底打多高。我的神呀，就是高，一个白光柱子。高的直到天上星星。”“狗尿苔说：牛铃，你说人能不能顺着这光柱子爬上去？牛铃说：人爬不上去。狗尿苔说：能爬上去就好了，可以摘星星。”这段看似非常精彩的细节描写，只不过是对侯宝林和郭启儒先生合说的相声《醉酒》的顺手牵羊。在《醉酒》中，那个喝醉了酒却不愿意承认自己喝醉了的醉鬼打开手电筒，企图顺着光柱往上爬。这个醉鬼形象，可说是侯宝林和郭启儒先生这样的一代大师为我们塑造出的经典人物形象。又如：“他（狗尿苔）后悔的是把蓖麻叶挡了眼睛依然被别人看到了，怎样才能他可以看见别人而别人看不见他呢？隐身衣，隐身衣，他就又想到了隐身衣，什么是隐身衣呢？他开始在柜子里翻，他和婆的衣裳都装在柜子里，一件一件拿出来穿，他说：婆，婆，哎，你看见我了吗？婆说：把鼻涕擦擦。他擦了鼻涕又换上一个（件）衣裳，说：婆，婆哎，你看见我了吗？”读过我国古代《笑林》这本书的读者，都知道“楚人隐形”这个著名的故事。说的是古代有一个贫穷的书呆子在读《淮南子》这本书时看到，螳螂在捕蝉时可以用树叶作隐身衣，掩蔽自己的身体，巧妙地捕食到蝉。于是，他忽发奇想地将一片片树叶捡回家，然后粘贴在自己身上，对身旁的妻子说：“你看得见我吗？”开始妻子认真地告诉他说：“看得见。”但这位傻帽书呆子根本不相信妻子的话，反反复复地问妻子：“你看得见我吗？”这样整整一天，妻子不堪其烦，于是骗他说：“这次看不见了！”这位读书人高兴地信以为真，随即穿着所谓的隐身衣到集市上，明目张胆地抢劫别人的财物。可以说，贾平凹《古炉》中狗尿苔的隐身衣，完全是从古人的身上偷去的。

再如《山本》中的这段描写：

> 井宗丞看到冉天保拿着一杆长枪，有心要压压他，也是要看看他的本领，就说：你来了我得招待你一下，请你吃烧雁腿吧。从腰里拔出短枪，照着河沟里的三只雁，叭地打了一枪，一只就倒下了，另两只惊慌起飞。冉天保说：一只不够呀。举枪也打了两枪，空中的两只野雁正好飞过头顶，一只垂直掉下来，一只也垂直掉下来。

这段描写，分明出自《战国策》“惊弓之鸟”的故事。战国时的射箭高手更羸，与魏王在高大的台下，抬头看见一只飞鸟。更羸对魏王说：“我可以不射中鸟就能使鸟掉下来。”魏王说：“你真的有这么高的水平？”更羸说：“不信咱就试试看吧。”不一会儿，一只大雁从东方飞来。更羸随便射了一箭，故意不射中大雁，大雁就从半空中掉了下来。魏王惊叹地说：“你的箭术难道真的可以达到这种地步？”更羸解释说：“这是一只有伤的鸟！”魏王更是百思不得其解：“先生凭什么知道呢？”更羸解密说：“它飞得慢，鸣声又凄厉。飞得慢，是因为旧伤疼痛；鸣声凄厉，说明它长久失群，原来的伤口还未愈合，惊恐的心理还没有消除，一听见弓弦响声便奋力向上飞，引起旧伤迸裂，所以才跌落下来。”

因为是“克隆”，贾平凹这段描写，明显存在着多处硬伤。第一只野雁被开枪打死之后，以野雁的飞行速度，两三秒钟的时间，其余两只野雁早就不知逃到哪里去了。哪里还容得着井宗丞和冉天保二人在那里慢慢争论一只够与不够。《战国策》中的那一只惊弓之鸟，之所以会听到射箭声就掉下来，主要是由于它受伤之后受到了惊吓，伤口迸裂。《山本》中其余的两只鸟连伤都没有，一旦受到惊吓，一定会逃之夭夭，怎么会无缘无故从天空中掉下来，供井宗丞和冉天保作为美食？况且，以手枪有限的射程，怎么能够射中远处河沟里的野雁，贾平凹恐怕从来就没有想过，或者说因为对常识的无知，只能靠胡编乱造。

三、大炒冷饭，自己抄袭自己

贾平凹的小说，总是给人一种“似曾相识燕归来”的感觉。如贾平凹获得“茅盾文学奖”的长篇小说《秦腔》中关于疯子引生的一段描写：

> 我掏出裤裆里的东西，它耷拉着，一言不发，我的心思，它给暴露了，一世的名声，它给毁了，我就拿巴掌扇它，给猫说：“你把它吃了去！”猫不吃。猫都不肯吃，我说：“我杀了你！”拿了把剃头刀子就去杀，一下子杀下来了。血流下来，染红了我的裤子，我不觉得疼。走到了院门外，院门外竟然站了那么多人，他们用手指头戳我，用口水吐。我对他们说：“我杀了！”染坊的白恩杰说：“你把啥杀了？”我说：“我把×杀了！”白恩杰就笑，众人也都笑。我说：“我真的把×杀了！”白恩杰第一个跑进我的家，

> 他果然看见×在地上还蹦着，像只青蛙，他一抓没抓住，再一抓还没抓住，后来是用脚踩住了，大声喊："疯子把×割了！割了×了！"

阉割生殖器，可说是贾平凹在小说描写中的拿手好戏。早在贾平凹的小说《油月亮》中，就有一段如出一辙的描写：

> 尤佚人从来没有做过梦，当然更没有恶（噩）梦可言。但在一个冬天的正午，他睡在炕上似乎觉得做了一场梦。梦到有许多女人，全来到他的炕上与他交媾，到后就阳痿了，见花不起，如垂泪蜡烛。沉沉睡下又复做梦，且竟连续刚才，却又都是些男人，恍惚间骂他是狼。他就绰绰影影回忆起自己的娘在地里收麦子，疲乏了睡倒在麦捆上，有一只狼就爬近来伏在娘的身上，娘把他血淋淋地生下来了。醒来，一头冷汗，屋里正寂空，晌午的太阳从瓦缝激射下注。他爬不起身，被肢解一般，腿不知是腿手不知是手。"娘，娘！"他觉得娘还睡在炕的那一头轻轻叹息。"娘，我是你和狼生下的吗？"娘没有言语。他作想刚才阳痿的事，摸摸果然蔫如绳头，又以为娘知道了他的一切。"娘，是这东西让我杀人吗？我不要他了！我割呀！"窸窸窣窣在炕头抓，抓到一把剃头的刀，将腿根那个东西割下，甩到炕地。"娘，我真的割了！你不相信吗？"他坐起来，发现炕的那头并没有娘。娘早死了。炕地上那截东西竟还活着，一跳一跳的。

在贾平凹的小说中，只要一写到地形，则往往都要将女性的生殖器牵涉进去。《秦腔》中的疯子引生，虽然成天疯疯癫癫，却能与贾平凹其他小说中的人物灵犀相通，竟能将贾平凹独自发明的"瘪家沟"这一伟大而又神秘的性文化，准确形象地描述出来：

我说："我爹说七里沟是好穴位，好穴位都是女人的×形。天义伯，我爹是不是这么说的？"瞎瞎又踢了我一脚。夏天义看着我，又朝沟里看，他是看到七里沟也真的是沟里狭窄，到沟脑也狭窄，沿着两边沟崖是两条踏出来的毛路，而当年淤地所筑的还未完工的一堵石堤前是一截暗红色的土坎，土坎下一片湿地长着芦苇。整个沟像一条船，一枚织布的梭，一个女人阴部的模样。

又如：

"你瞧瞧这山势，是不是个好穴地？"舅舅说。我看不出山梁的奇特处。烂头说："像不像女人的阴部？"这么一指点，越看越像。"你们也会看风水？""看风水是把山川河流当人的身子来看的，形状像女人阴部的在风水上是最讲究的好穴。"

——《怀念狼》

一个椭圆形的沟壑。土是暗红，长满杂树。大椭圆里又套一个小椭圆。其中又是一堵墙的土峰，尖尖的，红如霜叶，风风雨雨终未损耗。大的椭圆的外边，沟壑的边沿，两条人足踏出的白色的路十分显眼，路的交汇（会）处生一古槐，槐荫宁静，如一朵云。而椭圆形的下方就是细而长的小沟生满芦苇，杂乱无章，浸一道似有似无的稀汪汪的暗水四季不干。

——《瘪家沟》

在贾平凹的小说中，男人们常常都是荷尔蒙过盛，欲火烧身。除了动辄手淫寻求自慰之外，贾平凹为其笔下的人物设计出的解决性困惑的良方就是不厌其烦地掏耳朵。如：

“我这阵想了。”他盘脚搭手坐在床沿，在席上掐个席眉（篾）儿掏耳朵。“一掏耳朵，注意力就到了耳朵上，下边就没事了。这是你舅舅教给我的。”

——《怀念狼》

小道士每天随便从身上可以搓下汗泥时，似乎明白人是女娲用泥捏就的。但总不明白道士是人作扮的，人既长有阳物，为什么偏要炼丹呢？便只有去八石洞汲取泉水时面对钟乳石，想入非非，玄思这八尊石头如此酷似女人，何不又于某日晚，当然更好是他们汲水之时变为活女人呢？一时似被一种什么东西刺激，浑身焦躁不安，忙盘脚静坐，以草掏耳朵。

——《故里》

庄之蝶听了，乐得直笑，一边用土块儿掷妇人，一边骂：“你在哪儿听的这黄段子？就是牛犄角你也是不怕的！”却突然蹲下来，让妇人给他掏掏耳屎。妇人说：“耳朵怎么啦？”庄之蝶说：“你一说那故事，我就不行，走也走不成了。掏掏耳朵，注意力在耳朵上一集中才能蔫的。”妇人说：“我才不管的，硬死着你去！一路先跑进村子里去。”

——《废都》

纵观贾平凹的小说，简直就像工业化的批量生产，其许许多多的情节和细节都有着惊人的相似之处。倘若写到血管、流血，就必定是用蚯蚓来作比。诸如：

马虎虫从夏天义的腿上掉了下来，腿上却出了血，一股子顺腿流，像是个蚯蚓。

张栓狗却手拿了一根木棍，歪着头挨家挨户敲屋檐上掉着的冰凌，哗啦，一串冰凌掉下来，哗啦，一串冰凌掉下来，一根冰凌落在他的头上，血从额上流出来，红蚯蚓一样蠕动。

——《秦腔》

而溢流出来的血水喷了王和尚一手，又蚯蚓般地一个黑红道儿钻进了袖筒。他没再敢动一下。

——《小月前本》

这一拳打得太重了，女人呀地在马背上平倒了上半身，呼叫着，喊骂着，四肢乱踢乱蹬，苟百都按着，看见勾拳打下去时指上的戒指同时划破了肚皮，一注奇艳无比的血蚯蚓一般沿着玉洁的腹肌往下流……

——《美穴地》

没想到这一摇头，他的头痛病犯了，双手一抱头，翠花就发现了，箭一般跑过去，用双爪为他梳头，疼痛显然是没有止住，脸色发白，额头上的血管蚯蚓一样暴起来，叫道："队长队长，你来给我砸砸！"

为了要清楚地拍下这只狼的形象，我举着相机从梁上往下跑，烂头一边叫喊着危险，一边提了枪来追我，山道上的荆棘挂破了我的衣服，脚脖和手也不知被什么撕烂了几处，殷红的血道如蚯蚓一般爬在脚面和手背上。

——《怀念狼》

我扇五富耳光，五富没有犟嘴，嘴角出了血，血道像红色的蚯蚓爬在下巴上。

——《高兴》

倘若要写撒尿，就必定会出现“尿股子”和“蛆”这样如出一辙的描写：

> 这一天清早起来，五富和黄八同时在厕所小便。他们两个人小便都是远离便池，而且撅着屁股，否则尿股子就会冲到墙上。他们的尿像水枪一样将一堆蛆冲得七零八落了，黄八问五富夜里做梦没，五富说做了，但做的是啥醒来就忘了。
>
> ——《高兴》

> 到了半夜，富贵也昏昏欲睡地趴在那里，他站起来，觉得要去解手，摇摇晃晃到了厕所。第一次到基地来的时候，他在这厕所里解过手，一泡尿冲得一米外的一窝蛆七零八落，现在遮遮掩掩立在那里，尿却淋湿了鞋面，他靠在墙上，有许多话要对施德说，但施德并没有来。
>
> ——《怀念狼》

四、装神弄鬼，高深莫测地故弄玄虚

“社会的管理是以法律和金钱维系的，而人却完全在他的定数里生活。”“一个人的名字，当然包括他的数字，就是咒与符，有的名字和数字会给你带来吉祥，有些名字和数字带给你的却是烦恼和灾害。”看罢这样的文字，或许你会误以为这是赵树理的小说《小二黑结婚》中的“二诸葛”或者“三仙姑”们又在那里装神弄鬼、妖言惑众了。可这是文学“大师”贾平凹在《我是农民》中“自报家门”时的一段肺腑之言。

对于一般读者来说，贾平凹这样的故弄玄虚固然与“二诸葛”的“不宜动土”和“三仙姑”们忌讳“米烂了”一样令人发笑，但对那些追星族一样的贾平凹研究专家们来说，要想自己的研究成果得到贾平凹的首肯，就必须首先在思想上始终与贾平凹保持高度的一致。如：“人的姓名虽说只是个代号，但从古至今，使用者却并不仅仅作代号视，总要赋予它另外的意义，或记生时产地；或叙生时曲折；或冀仕途通达，或盼富足昌盛，或明志，或祈天佑，或追求某种艺术的趣味。故此天下美而吉利的字眼都用在名字上。好的姓名是否一定给当事人带来幸运，似乎并不一定，不过根据不少名人的身世及名号看也不无一定的应验；再者，从取名者的主观动机出发，的确有以名号来预兆未来命运的，因此，姓名在很大程度上便成了谶语，姓名成了一种神秘文化。”（郜科祥《贾平凹的心阈世界》）

有了这样一系列的铺垫，贾平凹和贾平凹作品中的名字所包含的神秘的文化意蕴，就足以让贾平凹研究专家们写出无数本类似茴香豆的“茴”字究竟有多少种写法的研究专著了。比如贾平凹的“凹”字，尽管《新华字典》上都只有“āo”这样一个读音，但真要把贾平凹三个字念准可得考学问了。难怪贾平凹在《我的小传》中写道：“姓贾，名平凹，无字无号；娘呼‘平娃’理想于顺通，我写‘平凹’正视于崎岖，一字之改，音同形异，两代人心境可见也。”更有甚者，有的贾平凹研究专家，居然已经深入研究到了考证贾平凹的女儿贾浅浅名字的地步。据刘斌先生考证，贾浅浅的原名叫贾苇子，之所以改名为贾浅浅，是因为贾平凹有深层的考虑，亦即以浅求深之意。

“楚王好细腰，宫中多饿死。吴王好剑客，百姓多瘢疮。”贾平凹喜欢装神弄鬼，学者中也就多了一些像郜科祥、刘斌这样把贾平凹研究故意神秘化的人。只要认真读一读贾平凹的作品，我们就会发现，故弄玄虚，神神道道就像乌鸡一样，早已浸透到了贾平凹的骨子里。但贾平凹的这些作品，不是生搬硬套地模仿蒲松龄《聊斋志异》中的狐仙鬼怪，就是皮相地从马尔克斯的《百年孤独》中去变相移植。于是我们看到，马尔克斯的作品中人物的屁股上长尾巴，贾平凹作品中的人物屁股后面也就跟着长尾巴。这样的食洋不化、盲目模仿拉美魔幻现实主义文学、描红似的出乖露丑，可说是贾氏作品的“一贯风格”。

有人将贾平凹吹嘘为“鬼才”，贾平凹就欣然接受说：我多半是鬼变的。在《贾平凹谈人生》一书中，我们看到了贾平凹罕见的自我吹捧。有记者说：“你一直挺强调意念作用、灵力判断的，你身上的神秘主义色彩也很浓。关于你的出生就有很多传说，有说你出生前不久的一个早春，突然出现了一位布袍草履、腰系黄线双穗的道士，长得形骨奇异、气宇不凡，对着你家大院的破旧门楼端详了老半天，然后对坐在槐树下歇息的你家二伯说：‘这家里要出个人物’；你说你家乡的二郎庙前有一座魁星楼，魁星的笔尖恰恰指到你家的房脊，乡里人就传说你是魁星点出的‘商山文曲星’；还说你生那会儿，就有阴阳先生掐算，说是不宜在家，所以就去了二十余里外一个姓李的人家，后来平安坠地，因此起名贾李平。你似乎还有一些‘特异功能’，比方说夜里做梦，做到夜半起来小解，只要闭眼不让梦断，梦果然就不断，梦得绮丽古怪，醒来全能记得。而且经常梦里发生的事，过不久竟会变成现实；要是家里出什么事，也都有感应，比方说你父亲来西安检查病的那天，清早起来你的眼睛就无缘无故地红肿，下午他一来，你立即感到有悲苦之灾；2000年你为了写一本书，从西安出发到新疆，经过鸣沙山，当时你去那儿找三毛的衣冠冢，她的衣冠冢上没有任何的标志，结果没有找到，但你感觉她应该就在某个地方埋着，于是向她敬了几支烟，香烟燃烧得非常快，而且有几个小蜘蛛从远处飞快爬过来，爬到香烟边，然后你就在那个沙堆上写上了‘怀念三毛’。”

对于这样的当代神话，恐怕鬼听了都会发笑，但贾平凹却仿佛比神仙还要神仙地说：“各人有各人的敏感区，或者说，各人有各人生命里头的那种本来之才在那儿，这就反映我的天分在里头。”“谁叫我测字，让我判断，一般都比较准确。”“经常把好多人说得都哭了，人不到伤心处就不哭。”“《废都》里写了好多人死了，原来都有一个人物原型，叫谁死了，写完以后那个人后来就死了。”贾平凹在谈《废都》的创作体会时还说孟云房是有原型的，即其生活中的一个朋友，是个评论家。后来《废都》出来以后，他果然出家了，他儿子也出家了。更为神奇的是，连西安发生过的凶杀案、爆炸案和抢劫案这样一些特大的刑事案件，在公安机关都还没有得到可靠的线索时，贾平凹却依靠其神秘的感应，起码预测过三次，并将其中的一次特意交代公安局有关人士，后来好长时间破了案，与贾平凹的预测对比竟一模一样。在部科祥的贾平凹研究专著中我们看到，贾平凹不但能将别人肾上有问题看得一清二楚，甚至连远在大洋彼岸的美国总统尼克松去世，他都能准确地预测到。

贾平凹说："在西安我写过好多店铺的门匾，字写得满意的生意都非常好，凡是一拿到要写的店铺名，感觉不好的，或那天字没有写好的，生意就潦倒。""有一次路过一户人家，门口竖着一根废旧的电线杆，我感觉这一家有个光棍男人，去问了，果真就是个光棍。""那年我父亲得了胃癌，我接他在西安做了手术，然后送回老家。回去后，我发现院子里的一棵树上长了许多疙瘩，我脑子里嗡了一下，立即觉得这树上的疙瘩是对应着我父亲身上的肿瘤疙瘩，应该把它砍掉。"

因为自以为是非凡之人，贾平凹在写作时永远都摆脱不了装神弄鬼。这样的故弄玄虚，就像潜意识中一个永远做不完的噩梦，总是在贾平凹的小说中不绝如缕地反复出现：

> 突然间，我盯着了那棵痒痒树，我说："我能治好四叔的病！"夏雨说："你又疯了，你走吧，走吧。"夏雨把我往院外推，我偏不走。白雪对夏雨说："他说能治，问他怎么个治法？"我说："白雪理解我！"四婶和夏雨都不言语了。我说："四叔身上长了瘤子，这痒痒树也长了瘤子。"我这话一说，他们都看痒痒树，痒痒树上真的是有个大疙瘩。我说："这疙瘩原先就有还是最近长的？"四婶说："这也是怪事，以前树身光光的，什么时候长了这么大个疙瘩?！你说，引生，这疙瘩是咋啦？"我说："如果是新长的疙瘩，就是这树和四叔是通灵的。"当下取了斧头，三下五下将树上的疙瘩劈了。我又说："劈掉这疙瘩，

四叔身上的肿瘤也就能消失了。”四婶、白雪和夏雨都惊愕地看着我，那一瞬间，我是多么的（地）得意，我怎么就能想到这一点呢，我都为我的伟大感动得要哭了！

——《秦腔》

铁匠铺左邻的那家大门，正对了河对岸突伸出来的齿崖，我就说过此家人不兴旺，果然后来兄弟二人同时患了胃癌，门前的两棵榆树上也相应长了两个包，老二的媳妇嫌难看，用斧子劈了。我给表叔说：坏了，这老二要死了！老二真的死了，老大却活下来。

——《佛关》

不知什么时候梨树身上长出了个大疙瘩来，秘书又想：树原本好好的，怎么长了疙瘩，莫非树象征了师傅，若把这疙瘩砍了去，那师傅的肿瘤就消失不在了吧。秘书很为自己的聪明得意，拿了斧头砍那树上的疙瘩。韩起祥在屋里的床上听见了砍动声，摸起探路棍儿敲窗子。“黄甫你干啥的？”“梨树身上长了个瘤疙瘩，我把它砍了。”“砍下了？”“砍下了。”“那疙瘩原本是梨树为我转移肿瘤，你不让转移呀？”秘书丢了斧头，吓得就哭。韩起祥说：“我哄你哩。”韩起祥的手术伤口上很快就长出一个肉包儿来，硬得像核桃。秘书请医生复诊，医生出来说：得预备后事啦。

——《艺术家韩起祥》

十日后，阴阳师再来，察看房宅前后左右，突然指着一棵槐树说：“好了，病转了！”众人见那槐树身上有一个大疙瘩，皆不能解。阴阳师说道：“这本是要病人肚子里生个瘤子的，禳治后，这瘤子才转移到了树上。”说得牛磨子面如土色，心服口服。

——《古堡》

五、自我炒作，拼命“神话”自己的小说

1993年，贾平凹被某些炒作者飙捧为“当代《红楼梦》”和“当代《金瓶梅》”的《废都》，以无比“生猛”的性描写暴得大名。一时之间，洛阳纸贵，风头无两。贾平凹说：“书一出来，购书的人多，好多省份的人开着车，带着押车的，现钱去买。”这些人何以对《废都》有这样高的热情呢？这并不是贾平凹这部小说的文学艺术性很高，而是小说中无处不在的荷尔蒙刺激了众多读者的好奇心和阅读欲。但《废都》甫一出版，就遭到了众多有识之士的迅速抵制和反击。著名翻译家杨宪益愤然写诗抨击说：“忽见书摊炒《废都》，贾生才调古今无。人心不足蛇吞象，财欲难填鬼画符。猛发新闻壮声势，自删辞句弄玄虚。何如文字全删除，改绘春宫秘戏图。”

就是这样一部“春宫秘戏图”，贾平凹却称之为“安妥我破碎了的灵魂”的小说。在新闻媒体的一番热炒中，贾平凹自我炒作，告诉媒体：季羡林说“《废都》20年后将大放光芒”，马原认为“《废都》在中国现当代文学里空前地把当代知识分子的一种无聊状态描写到极致”。季羡林先生是否说过这样的话，如今我们再也无法核实和确认，但即便是季羡林和马原都说过这样的话，也并不能说明《废都》就好到哪里去。因为季羡林和马原都不是文学的大法官，代表着文学的最高法院，作出的是谁都必须执行的终审裁定。

为了“神话”《废都》，贾平凹巧妙地为《废都》写了一则自我吹捧的“软文”——《人和书都有自己的命运》。文中写道：“十二年前，《废都》脱稿的前前后后，我是独自借居在西北大学教工五号楼三单元五层的房间里，因为只有一张小桌和一个椅子，书稿就放在屋角的地板上。一天正洗衣服，突然停了水，恰好有人来紧急通知去开个会，竟然忘了关水龙头就走。三个小时后，搭一辆出租

车回来，司机认出了我，坚决不收车费，并把我一直送到楼下，刚一下车，楼道里流成了河，四楼的老太太喊：你家流水啦，把我家都淹啦！我蓦地记起没关水龙头，跑上楼去开门，床边的拖鞋已漂浮在门口。先去关水龙头，再抢救放在地板上的东西，纸盒里的挂面泡涨（胀）了，那把古琴水进了琴壳，我心想完了完了，书稿完了，跑到屋角，书稿却好好的，水离书稿仅一指远竟没有淹到！我连叫着：爷呀，爷呀！那位司机也跟了我来帮忙清理水灾的，他简直目瞪口呆，说：'水不淹书稿？'"

这则"神话"中究竟有多少真实性，相信读者自己会作出准确的判断。贾平凹在《我是农民》中写道："西安城这几年进行着大规模的改造，在南大街的一条小巷旁边长着一棵榆树，这榆树极丑，驼弯得厉害，而且又有一个突出的疽包，一个未朽却裂成的糟坑，常常上边爬满绿头苍蝇，但它长得很粗大。南大街是改造了数次的，每次将临街的名贵的长得繁茂好看的树都砍伐了，但这棵树因生得地偏，靠近垃圾坑，竟丑而长存。每当经过树下，我就觉得此树犹我。李白说：'天生我材必有用'。"瞧，一面到处宣称自己是农民的贾平凹，一面又自鸣得意地告诉人们说："我可能就不是活到世界上要做农民的，虽然生活在社会最基层的农民中，却每一步都经过了精密的计算，走到了该是我去的地方。"

贾平凹每写一部小说，都忘不了神话自己，刻意渲染其小说的伟大的意义。在写作《秦腔》之前，贾平凹就像古代的战士奋勇出征一样，发誓要为故乡竖起一块永不磨灭的碑子。其雄心之巨大，场面之悲壮，简直就像"风萧萧兮易水寒，壮士一去兮不复还"的壮士荆轲。贾平凹写道："当我雄心勃勃在2003年的春天动笔之前，我祭奠了棣花街上近二十年的亡人，也为棣花街上未亡的人把一杯酒洒在地上，从此我书房当庭摆放的那个巨大的汉罐里，日日燃香，香烟袅袅，如一根线端端冲上屋顶。"

从贾平凹以上这番自述中，我们分明看到了一个把功夫用在写作之外的贾平凹。写作对于贾平凹来说，更像是一场时装表演秀。

六、心胸狭窄，只喜欢听赞歌，傲慢地拒绝学术批评

在当代文坛，文学批评家们对贾平凹的赞美，可说是一浪高过一浪，从来就没有消停过。数十年来，各种名不副实的肉麻赞美，简直到了令人浑身起鸡皮疙瘩的程度。但文学批评家们仍然不嫌肉麻，处处绞尽脑汁地将这种肉麻的吹捧不断推向新的高度。贾平凹的《带灯》，其“语法错误”“不恰当的文白夹杂”“意象的重复”和“逻辑病象”简直是“惨不忍睹”，被学者称之为“满目疮痍”、令人无法卒读的平庸之作。但就是这样浑身毛病的作品，却被一些批评家们吹捧上了天：“《带灯》所带给中国社会和文坛的不只是一部伟大的小说，还有一种伟大的精神和伟岸的人格。”（李星）“在细细研读以后，我们觉得《带灯》，无论是在贾平凹的创作历程中，还是在中国当代文学史上，确实是一次突破，一次提升。”（栾梅健）“《带灯》是一部写给未来的小说。”（陈众议）在谈到《带灯》的时候，陈思和对小说中如此之多的病象不但视而不见，反而不顾事实地称赞贾平凹“功力在剧增”。

面对批评家们天花乱坠的赞美，贾平凹从来就没有表示过任何的不满，但对于那些敢于直面贾平凹写作病象的批评家，贾平凹却总是心情不畅，如临大敌，并且总是耿耿于怀，将他们的批评说成是“谩骂”，并且就像窦娥喊冤似的，大倒苦水：“最要命的是，没有学理的谩骂，自己明明是这样写的，他老理解到另一处去；他画个鬼，然后说是你，他再架起炮来轰。……你在强大的媒体面前，在一种声音的社会舆论下，你渺小、无助，只能逃避。”“现在就有一个人，我干什么他都写文字攻击，我浑身上下没有一样他感到顺眼儿，好像跟我前世有仇一样。我写什么文章他都说不对；我在大学带研究生，他说我没资格；我写字画画他还说风凉话。他肯定是把斧子丢了，老怀疑我是偷斧子的。我已经不生气了，一想起来就想笑。广州和北京有读者来信几乎都问我：他和你有什么仇吗？我

说没有呀，以前他说了我多少好话呀，他现在可是急了，是一种手段吧。”“他是我的文学托儿。我等着他出来骂呀，已经6年了，我干什么事他都骂。我写短篇，他骂；我写长篇，他骂；我到大学带研究生，他也骂。他是号称要把我骂到底的，兼骂莫言、余华、池莉、王安忆他们。他视力不好，但精力好，总是睁大了眼睛在关注着我，也真够累的。像他这样整天疲于奔命地指点文坛，究竟对作家创作有什么触动或启示呢？很遗憾，几乎没有，至少我没有拜领其赐。”“现代社会竞争激烈，出人头地的方式很多，他以骂出名，我确实理解，也很同情。”

一个伟大的作家从来就不会惧怕批评。只有那些内心虚弱、缺乏底气的作家，才会把文学批评视如洪水猛兽，把敢于说真话的文学批评家视如不共戴天的仇敌。果戈理面对那些对自己的作品一味进行赞美的作家非常生气，他总是真诚地告诉那些批评家，他最想听到的是批评家们直言不讳的批评，指出其作品的不足之处，而绝不是那种毫无节制的虚假的赞美。一个只喜欢赞美，拒绝批评，鸡肠鼠肚地把学术批评妖化成个人恩怨的作家，我们还能指望他写出什么伟大的作品？诚如丹萌在《贾平凹透视》中所说：“他的自私、自爱、自恋、自怜，是他性格中无法豁达起来的最大弱点，他似乎想以艺术上的天赋来掩盖这种弱点，看来是不现实的。而这恰恰又是束缚他迟迟不能写出传世之作的要害所在，他也许什么都具备了，就是不能具备那种灵魂深处的旷达，也许他至今还不能认识这点。”

七、故事弱智，缺乏常识，常常自相矛盾

在《高兴》中，仅有初中文化，在家时学习并不好的“煤球王”良子，到了西安之后，居然渊博得像个历史学博士，“出息得没有他不懂的”。他对小说中的主人公刘高兴说：“你们谁晓得秦国为啥打败六国统一了天下？”当读过高中的刘高兴迷惑不解时，良子却得意地告诉刘高兴说：“秦国人爱吃牛羊肉泡馍，战场上，秦

国人背着牛羊肉背着干饼子就出发了，兵贵神速，所到一地很快就做饭吃了，而那六国人没有牛羊肉泡馍，才淘米呀，洗菜呀，七碟子八碗地吃呀，秦国人已经杀进营了。秦国人打败六国是饮食打败的!”紧接着，“煤球王”良子还对刘高兴发表了另一通高见：“西安是没有菜系的，为什么，因为西安是十三朝古都，皇帝在皇城的时候，全国各地都要把他们的菜拿来竞赛，西安就如同是一个大饭桌，各类菜都来摆，慢慢就没有什么大菜了。”且不说这样的大谈历史符不符合小说中生活在底层、靠运煤为生的良子们的身份，更不用说这样的描写称不称得上是《高兴》中的一大败笔，其实，良子的这种对于历史知识的半桶水和故作惊人之语似的炫耀，恰恰让人看到了一个现实生活中喜欢到处乱发议论的贾平凹。关于秦国为什么能够打败六国，易中天先生在对中国历史作了深入细致的研究和思考之后指出：“在为兼并天下而征战不休的所谓‘战国七雄’中，秦原本是最没有‘资格’统一天下的。最有‘资格’的是齐。”“秦的成功，除秦国国君雄心勃勃，秦国上下同心同德外，还有两个直接原因，一是孝公的图治，二是商鞅的变法。”

为了向刘高兴表忠心，五富说：“‘文化大革命’中我是红小兵，我把毛主席像章别在胸肉上的，我也给你别。”他果然拿了别针就在胸肉上别，血流了一片，他的胸肉上以后就留下了第二个疤。又如：“清风镇没人吃过香肠，他以为是红萝卜，还心想这红萝卜怎么也用塑料纸包着多浪费的。”在胸肉上别像章这是何其荒唐的事，而同样令人难以置信的是，在许多进城的新一代农民工都已学会了电脑和外语，掌握了现代企业管理知识的今天，贾平凹《高兴》中清风镇的人居然还像生活在陶渊明的笔下，不知有汉，无论魏晋，没吃过香肠，甚至将香肠误认为是红萝卜。

在《古炉》中，“古炉”村是一个坐落于中国大西北的贫穷闭塞的小山村。在二十世纪六十年代的中国，工农业生产都还非常落后的情况下，像古炉那样贫穷的小村庄，如果一个公社有十辆牛车或者马车，就算是烧高香，谢天谢地了。然而，在贾平凹的笔下，却出现了“芝麻开门”似的天方夜谭——领导在强调了“一定要加强民兵训练和学大寨修梯田"之后，欣喜地对社员们说："公社新到了十辆手扶拖拉机的指标，原本没考虑给古炉村，鉴于古炉村工作出色，条件简陋，就拨一个指标给古炉村。"在当时古炉村村民们连饭都吃不饱的情况下，一个公社居然可以轻而易举地一下子就弄到十辆手扶拖拉机指标。这就犹如在今天，某个国家级贫困县的一个公社，一下子就得到了十辆宝马或者奔驰车一样不可思议。贾平凹长期居住在西安这样的大都市里，仅仅依靠闭门造车和凭空想象来追溯其曾经经历过的"文革"时期的农村生活，往往是靠不住的。要知道，"文革"时期的六十年代，中国的手扶拖拉机根本就没有投产。贾平凹先生笔下的那些贫困乡村的基层领导，何以具有如此巨大的特权，在国内厂家都还没有生产手扶拖拉机的情况下，居然弄到了十辆之多的手扶拖拉机？

"文革"这场中国历史上罕见的浩劫被认为是中国历史上最深刻的一场革命，绵延了十年。甚至有歌唱道："无产阶级文化大革命，就是好！就是好来就是好，就是好！"那时，谁要敢说"文革"的半个不字，那就是反对党中央，反对毛主席。但在《古炉》中我们看到，古炉村的那些农村领导们却像吃了豹子胆似的，说话毫不顾忌，口无遮拦。如："支书就给天布介绍公社张书记传达县委的指示，说现在出现重大的特殊情况，城里，包括县上，都很混乱，学生不上课了，工厂也闹腾得不上班了，都是要文化大革命呀。""支书说：唉，磨子，你也不看看这形势！榔头队咋样待我都行，文化革命么，刘少奇是国家主席说倒就倒了，县刘书记公社张书记都批成了那样，我还有啥说的？"要知道，在"四害"横行的"文革"期间，如果有谁胆敢如此公开地诋毁"文革"是"闹腾"，到处都乱了，煽动反党言论，恐怕早就脑袋搬家，上西天去了。

《山本》中，一个小小的麻县长和井旅长，脑袋一发热，就可以将县政府的所在地搬迁到涡镇。贾平凹根本就不知道，这样庞大的搬迁，是否需要经过国民政府的同意，所有的经费究竟从哪里来？而在一个县政府里，我们看到的就仅仅是一个麻县长成天在那里为自己忙来忙去，他的工作就只是埋头研究秦岭大山里的动植物。一支军队的开支，主要就是靠被井宗丞心仪，斗大的字都不识半升的农村妇女陆菊人担任总领卖茶叶，开一些所谓的连锁店来维持。而井旅长什么都不过问，只在需要经费的时候，才去找账房先生查看还有多少银元。如果陆菊人觉得井宗丞的支出不妥，就可以瞒报金额。井宗丞作为一个旅长，连自己士兵的基本给养都成问题，却还要养一个戏班子，幻想着“搞城市规划”。小说中的一些语境和描写，根本就不像是发生在上世纪二三十年代：

> 茶行举办了聚拜，先是设宴款待，陆菊人一一敬酒，吃喝完毕，撤去席面，就听取各分店今年的营业汇报，哪些做好了，哪些还没有做好，还有哪些困难是需要自己解决或需要茶行出面解决，再是畅谈来年计划和安排。他们差不多都有个汇报稿，照本宣念了，就对茶行改变经营方向、推销黑茶的决定称道，夸陆总领善于理财，精于管理，今年取得这么大的业绩，明年以美得裕牌号继续扩张，前景真是不可估量。

在那样一个兵荒马乱、土匪蜂起的年月，一个文盲的乡村妇女，连小小的涡镇都没有走出过，家里穷得叮当响，死了老公，成天带个拖着鼻涕的儿子和死去老伴的公公，靠开棺材铺过日子的人，却一下子就成了“善于理财，精于管理”的茶总领，并被井宗丞尊称为“夫人”。小说中明明写道，兵荒马乱的时期，涡镇的人为了逃命，时常胆战心惊，哪里还会有闲情逸致喝茶养生，乃至养心？在交通闭塞的秦岭大山中，陆菊人的这些连锁店，究竟将茶叶卖给什么样的消费群体？贾平凹在写作时，恐怕对这些疑问从来就没有过一下脑子。“销售、理财、管理”这样一些现代经营理念，怎么会穿越时空，一股脑地跑到了贾平凹笔下的上世纪初期，在偏僻的秦岭山中，被一个农村文盲妇女熟稔地玩弄于股掌？小说中故事和人物的荒唐，暴露的恰恰是贾平凹的无知。

贾平凹宣称：“一条龙脉，横亘在那里，提携了黄河长江，统领着北方南方，这就是秦岭，中国最伟大的山。秦岭的故事，就是我的一本秦岭之志。”但贾平凹写小说，始终都像是在沙滩上建高楼，在夜空里摘星星，缺乏扎扎实实的基础。贾平凹既没有陈忠实那样在暑热的季节里，一头扎进书海里，查阅县志，翻阅历史资料，进行田野调查的沉着和耐心，更缺乏对小说中故事发生的年代和人物性格的深刻了解，而仅仅是根据《山海经》上对秦岭的描绘，就以怪力乱神和胡思乱想的方式来瞎编故事。

尤其可笑的是，贾平凹写作了几十年，虽已被飙捧为“大师”，却居然连许多基本的句子都写不通顺，甚至病句迭出，如《山本》中这样的句子（着重号为笔者所加）：

> （1）陆菊人看着陈先生，陈先生的身后，屋院之后，城墙之后，远处的山峰峦叠嶂，以尽着黛青。
>
> （2）杨钟还和她商量着拿什么礼去行情，她正熬煎着拿什么礼着好……
>
> （3）涡镇人还在夸说着陆菊人，而五雷二反身住在了庙里不走了，人们又傻了眼，再不说了陆菊人的好，反倒抱怨这都是玉米的死导致的。
>
> （4）陆菊人说，啊你这话我记住了，我还要给花生说，让她也记住。

（1）中的“以尽着”和（3）中的“二反身”，都是方言不像方言，文言不像文言，现代汉语不像现代汉语，让人丈二和尚摸不着头脑的奇葩语言。（2）中的“着”字，完全是多余的蛇足。汉语中的“着”字，作为表时态的助词，通常用在动词的后面。（3）中的“了”字，同样是蛇足。（4）中的“啊”怀疑是笔误，读来很别扭，纯属多余。

我们在读贾平凹的作品时，之所以总是觉得疙疙瘩瘩，完全是因为贾平凹不懂语法，又不愿虚心学习。在当代，像贾平凹一样作品中硬伤不断的作家并不多见。囫囵吞枣，不认真读书，可说是我们这个时代许多作家的通病。贾平凹误以为比别人具有更高的语言文字天赋，不学古文也能搞懂其意思，自然不会去专心学习语法知识了。几十年来，贾平凹总是搞不清汉语中的时态助词“着、了、过”和结构助词“的、地、得”究竟怎么用。因为语言总是不过关，文史功底非常可怜，审美又出了问题，再加之成天迷恋于怪力乱神，无论再怎么勤奋，贾平凹依然是写到老，错到老，甚至越写越差。

迟子建小说的“痼疾”

在当代作家中，迟子建不仅是小说生产的大户，同时也是包揽各项大奖的获奖专业户。迟子建称：“1983年开始写作，已发表小说为主的文学作品六百余万字。曾获得第一、第二、第四届鲁迅文学奖，第七届茅盾文学奖，第七、十、十一、十二、十三、十四、十五、十六届百花文学奖，澳大利亚‘悬念句子文学奖’等多项文学大奖。”如此骄人的成绩，当代许多作家无论怎样努力，别说一辈子，恐怕两辈子也达不到。从事写作三十多年来，迟子建赢得了无数的鲜花和掌声，就连她的那些写作同行都对其非常钦佩，赞赏有加。王安忆赞美迟子建说：“她的意境特别美好，这种美好我觉得是先天生成（的），她好像直接从自然里走出来，好像天生就知道什么东西应该写进小说。”而苏童对迟子建的赞美，更是不遗余力：“大约没有一个作家的故乡会比迟子建的故乡更先声夺人了。她在中国最北端的雪地里长大，漠河，北极村，木头房子，冰封的黑龙江，雪泥路上的马车，我每次看到电视里播放如此的风光片或专题片时，我会想，迟子建以前竟然住在那样的风光里！大约没有一个作家会像迟子建一样历经二十多年的创作而容颜不改，始终保持着一种均匀的创作节奏，一种稳定的美学追求，一种晶莹明亮的文字品格……迟子建的小说构想几乎不依赖于故事，很大程度上它是由个人的内心感受折叠而来，一只温度适宜的温度计常年挂在迟子建心中，因此她的小说有一种非常宜人的体温。”作为一个作家，迟子建能够得到王安忆和苏童这样的写作同行的高度赞美，肯定是值得恭喜的事，但作为读者，我们千万不要把这样的友情评论当真。如果王安忆和苏童能够静下心来，认真读一读迟子建的小说，他们得出的结论或许就会完全相反。王安忆所说的“她的意境特别美好”，换一种说法就是矫情的诗意描写特别多；而苏童所说的迟子建“稳定的美学追求”，换一种说法就是缺乏新意和变化。

迟子建曾告诉记者：“我出版过的小说，我会做自己的第一个批评家和读者，拿到以后再看一遍，我会反思一下这里头有些什么东西不够充分，表达不够那么准确。我老想，我下一部作品，我要把它做得好一点，可是你做完了下一部作品以后，你回过头来看，又能发现一些遗憾，文学的局限，其实也正是文学的魅力所在。”看到这样的表白，我真为迟子建着急。迟子建难道就不明白“当局者迷，旁观者清”这样一个简单的道理？再高明的医生，也往往不知道自己的病根究竟在哪里，更不要说自己给自己做手术。许多作家常常把作品称作是自己的孩子，而再丑的孩子，在父母的心中都是最棒和最可爱的宝贝。文学的魅力并不是来自它的那些“遗憾”和“局限”，而是来自不断的超越和震撼人心的艺术感染力。读迟子建的小说，最让我百思不得其解的就是，迟子建对其小说创作的“痼疾”竟然浑然不知，或者说知道也放任不医。迟子建小说的“病症”之多，在当代作家中非常突出，或许可说是一位典型的“重病患者”。

一、用矫情的诗意把小说熬成一锅“鸡汤”

读迟子建的小说，我总是想起杨坤的那首《穷浪漫》：“记得那天／走过街边／回想起从前／骑着破车／唱着老歌／那么的（地）快乐／宁静的夜／你在旁边／笑容那么甜／抱紧一点／没太多语言／幸福如此简单／我们爱这样一种浪漫／就算没有钱再苦再难／感情不需要用来计算／永远其实并不遥远／我们爱这样的穷浪漫／平凡得只有吃饭洗碗／活在只有你我的世界里／真实的拥抱最温暖”。但生活并不是靠歌曲来维持的，歌可以这样唱着玩，日子却不能这样过。在迟子建的小说中，没有钱根本就不算什么，爱情本身就可以当饭吃。为了将小说写得更加煽情和夺人眼球，迟子建在小说中添加了不少男欢女爱，甚至令人荷尔蒙飙升的“大尺度”描写。《福翩翩》中的柴旺，年轻时在机修厂当车工，他和王莲花浪漫的爱情，就是因为一块石头。那年秋天，王莲花家里缺一块压腌酸菜缸的石头，她骑着自行车到乌吉河边去寻找。柴旺所在的机修厂，正好就在这条河边，每到夏日正午，柴旺和厂里吃过饭的工人们喜欢到河边洗澡。就在这时，他看见了把自行车停放在一旁，正在河中寻找一块菱形青石的王莲花。见她使尽了浑身力气，好不容易把石头抱着往前走了两步，又扑通一声掉进水里。柴旺主动来到河中，帮王莲花把石头从水中搬上了王莲花的自行车，从而赢得了王莲花的爱情，并结为夫妻。从此以后，这块石头就一直放在柴旺夫妇家中的酸菜缸上，数十年风风雨雨，成了他俩爱情的见证。因为这块浪漫的石头，柴旺和成了“柴旺家的”的王莲花，幸福得就像花儿一样。“柴旺家的在冬天走路的时候想柴旺，一想，身上就暖了。北风仿佛也就不是北风了，让她觉得舔着脸颊的是小猫温暖的舌头。”而柴旺自从娶了王莲花，日子过得实在是滋润得很。不管挣没挣到钱，只要柴旺一进家门，王莲花都会把温热的洗脸水端来，让他洗去一天的风尘，然后就是可口的热饭伺候，再就是俩人相拥着，在暗夜中合唱一折“鸳鸯戏水”的戏。再然后就是柴旺发出求欢的信号：我想吃“那一口”了。

《踏着月光的行板》中，家里穷得叮当响的农村青年王锐，爱上了同样穷得叮当响的林秀珊，当他发现林秀珊喜欢唱歌时，就在心里认定，林秀珊一定也喜欢听口琴。于是，请求家人出钱给他买口琴。父亲坚决反对，说买个口琴顶上几袋粮食了，不能浪费这个钱。哥哥也说，一个农民吹口琴是不务正业。为此，王锐绝食三天，母亲怕他有个三长两短，就偷着塞给他一百元钱。口琴在村里的商店绝无踪影，王锐去了乡里，乡里也没有，他又从乡里搭乘长途车去了县城，总算如愿以偿买到了口琴。回去时因为钱不够，只能坐到半途的张家铺子，王锐就一路走着回去，其间虽然搭过两三次农用三轮车。饿了，就偷地里的萝卜吃；渴了，就到路边的河里掬一捧水喝。夜晚宿在野地里，望着满天星斗，他不由得捧着口琴，悠然地吹着。他觉得每一个琴音都散发着光芒，它们飞到天上，使星星显得更亮了。因为这把口琴，王锐理所当然地赢得了林秀珊的芳心，洞房花烛之夜，林秀珊让王锐为自己吹口琴，因为怕家人笑话他俩，二人就把两床被子合在一起，关了灯，钻到被窝里去玩浪漫。把中国贫苦农民的生活描写得就像神仙一样浪漫和美好，除了当年杨朔在散文中大量这样干，在小说中这样干的，迟子建或许是第一人。

这种一看便知的虚假的“心灵鸡汤”，在迟子建的小说中数十年不变地到处泛滥。它就像是杨朔散文的小说版。杨朔称自己写作散文的时候，完全是用写诗的方法来写的。在杨朔的笔下，生活总是美得一塌糊涂，处处都令人陶醉。在《泰山极顶》中，一位须髯飘飘的老道人对杨朔说：“可惜天气不佳，恐怕你们看不见日出了。”杨朔却认为，这并没有什么遗憾的，因为他“分明已看见了另一场更加辉煌的日出，这轮晓日从我们民族历史的地平线上一跃而出，闪射着万道红光照临到这个世界上”。在迟子建的《起舞》中，丢丢因为一场意外事故，被推土机挖断了一条腿。但在迟子建的笔下，失去腿也好，胳膊也好，也都像流行歌曲所唱的那样，“天空飘来五个字‘那都不是事’”。迟子建写道：“丢丢并不觉得可惜。因为她在失去右腿的那个瞬间、在一生中唯一起舞的时刻，体验到了婆婆所说的离地轻飞的感觉，那真是女人一生中最灿烂的时分啊，轻盈飘逸，如梦似幻！”读到这里的时候，我的心在不断战栗，一个作家怎么可以写出这样无视生命尊严的奇葩文字！迟子建在小说中越俎代庖，充当人生导师进行空洞的说教，早已成为家常便饭。

二、故事弱智，把小说写成“天方夜谭”

小说漏洞百出，经不起推敲，这是当代作家急功近利的必然结果。为了追求高产，阎连科“短篇不过夜，中篇不过周”；莫言四十多天就制造出一部数十万字的长篇小说；贾平凹走马灯似的，每隔一两年就有一部大炒冷饭的长篇小说问世。在把写作当作体育比赛，比速度、比长度的大竞赛之下，迟子建早已把自己历练成了一个高产能手。其写作的数量，早已经超过了《西游记》《水浒传》《三国演义》和《红楼梦》四大名著的总数量。因为一味地赶速度，缺乏仔细打磨，迟子建的许多小说常常呈现出浮皮潦草的病象，其故事之荒唐，简直就像是发生在天上的故事。

《踏着月光的行板》中，林秀珊和王锐为了生活，只能在不同的城市打工。为此，俩人时常在周末和节假日猴急猴急地相会，在小旅馆里争分夺秒地寻求欢爱。日子虽然很苦，但他们却过得像吃了蜂蜜一样，开心又甜蜜。王锐给林秀珊买廉价的纱巾，林秀珊不惜将正式职工一样好不容易享受到的福利—— 一床拉舍尔毛毯低价转卖，再从银行取钱，凑钱为王锐买了一把口琴。中秋节前夕，俩人因为没有电话，不方便沟通，各自都急着往对方工作的地方赶，以致一再错过，耽误了难得欢愉的宝贵时间。在去寻找王锐的火车上，林秀珊遇到了一个胖男人“打开旅行包，取出一条脚镣，吃力地弯下腰，给瘦男人戴上，然后拉上旅行包的拉链，将包扔在行李架上，连打了几个呵欠，似是疲倦到了极点的样子”。这位被戴上脚镣的杀死两个人的重刑犯，在被便衣警察老王押解的列车上，不但丝毫没有恐惧，反而一身轻松，在听到乘警和老王开玩笑的时候，居然不易察觉地笑了。由于疲倦，便衣警察老王响起了鼾声。他大约知道犯人手铐脚镣加身是寸步难行的，所以睡得很安稳。而每当嗓子不舒服的林秀珊清理完嗓子后，这个犯人就会冲她眨眨眼，微微地一笑。林秀珊摆弄口琴的时候，抬头看犯人一眼，她发现犯人的眼神变了，先前看上去还显得冷漠、忧郁的目光，如今变得格外温暖柔和。迟子建写道：“犯人看着口琴，就像经历寒冬的人看见了一枚春天的柳叶一样，无限的（地）神往和陶醉。”

“鸡汤”已经下锅，迟子建就越写越离谱。林秀珊居然天真地要求给犯人打开手铐，让他吹一吹口琴。便衣警察老王连脑子都没过一下，就欣然接受了林秀珊的建议，对犯人说：“这也是你最后一次吹口琴了，就给你个机会吧！”说着，就为犯人打开了手铐。紧接着，一段充满诗意和浪漫的描写便在迟子建的笔下流淌了出来：

> 那小小的口琴迸发出悠扬的旋律，犹如春水奔流一般，带给林秀珊一种猝不及防的美感。她从来没有听过这么柔和、温存、伤感、凄美的旋律，这曲子简直要催下她的泪水。王锐吹的曲子，她听了只想笑，那是一种明净的美；而犯人吹的曲子，有一种忧伤的美，让她听了想哭。林秀珊这才明白，有时想哭时，心里也是美的啊！

这时的老王，也情不自禁地陶醉起来，随着旋律晃着脑袋，而车上的乘客也都没有听够琴声，纷纷要求老王：“再让他吹一首吧！”迟子建笔下的这位便衣警察，简直就像是一个二百五，林秀珊也好，乘客也好，个个都像脑子里进了水，或者严重智障。押送犯人通常都有严格的规定和执行程序，尤其是在押解死刑犯时，更是不能有丝毫的疏忽和马虎。首先必须给犯人戴上头套。一是为方便执行以后的特殊任务，而不在社会上留下影像；二是为了防止引起死刑犯家属的仇恨，结下不应有的社会矛盾，因为警察多是在本地生活；三是为了防止黑恶势力的渗透和报复。从来就没有听说一个警察单枪匹马就可以押送死刑犯，将其和普通乘客混杂在一起，还可以呼噜呼噜地睡大觉。迟子建有没有想过，一旦死刑犯在乘客众多的车厢里挣脱夺枪，将会是什么样的结果？

在《百雀林》中，周明瓦平素蔫头蔫脑，笨嘴笨舌，只喜欢爷爷的口技表演。九岁的时候爷爷死了，明瓦听不到口技时，身上的魂儿就不全了。他一天到晚打呵欠，而且害渴。水瓢不离手，夜夜尿炕。明瓦十一岁时，还是连话都说不清楚，他的父亲周巾因为妻子和村里另外两个女人一起去烫了头，认为妻子是“妖精”，一气之下用烛台砸向她，失手将其砸死，继而逃之夭夭。明瓦父亲的妹妹和叔伯兄弟分别收养了他十七岁的哥哥明斋和十四岁的姐姐明霞，而明瓦因为傻没有人愿意收养。想不到太阳从西边出来了，明瓦被抱养给了在县工商银行做保卫，家庭条件不错，结婚十年没有孩子的王琼阁。明瓦学习成绩不好，却当上了班级的劳动委员。尽管明瓦留过两级，但毕业之后，因为王琼阁的朋友的劝说，在兵源不足的情况下，政审和体检一路轻松过关，到天津当兵去了。这个脑子有问题的明瓦，不仅当了五年兵，养了无数头猪，并且还入了党，立过一次三等功。从部队复员后，明瓦因在部队的突出表现，轻而易举进入了公路管理站，然后结婚生子，做事比正常人都正常。明瓦不仅利用自己的关系，为姐夫二歪做生意申请营业执照，还给他做经济担保人，从银行贷两万块钱的款。我真不理解，明瓦这样脑子里像有糨糊，连话都说不明白的傻子，是怎么在部队里经受锻炼，被发展成党员，并且荣立三等功的。这种前后矛盾，吹牛不打草稿的小说，实在有辱读者的智商。

三、描写雷同，歪瓜裂枣的人物和夸张猎奇的性描写如洪水泛滥

迟子建在小说中迷恋于性暴力和性畸形的书写。通过这些人物非同寻常的性经历，制造出骇人听闻的性恐怖和稀奇古怪的性噱头。《群山之巅》中的侏儒安雪儿初中毕业时，身高只有九十二公分。但这个可怜的女孩，却遭到了村里游手好闲的暴徒辛欣来的强奸。《花牤子的春天》里的花牤子，打小就喜欢看女人的奶子和屁股，看见女人就动物一样总会发情，逮住女孩就往草地上摁，逮住上坟的寡妇就拖进废砖窑里干。最后，这个臭名昭著、一贯强奸女人的色狼，反而被阴险狡诈的陈六嫂“强奸”了！更为离奇的是，花牤子因为砍伐树林的意外事故，废掉了裤裆里的“凶器”。《第三地晚餐》中，生意人马每文因为常年在外奔波，其妻子与同是体育学院教练的吕东南产生了暧昧关系，他们经常以训练为由，深夜在游泳馆幽会，并且多次尝试在水下做爱。但就在马每文的妻子与吕

东南忘乎所以欢叫的时候，水流呛入气管，瞬间使她停止了呼吸，漂浮出水面。

看到迟子建这种一点技术含量都没有的描写，我真的想哭。一个会游泳的人，在游泳时呛水，就如同平时喝水被呛一样，绝不会因此瞬间就停止呼吸。而溺水死亡的人，更不可能马上就漂浮出水面，而是沉入水底，这是简单的科学常识。

迟子建小说中的人物，往往不是缺胳膊少腿的残疾人，就是一个比一个傻的木头人。《起舞》中的丢丢失去了一条腿，母亲刘连枝是个豁嘴；《第三地晚餐》中陈青的母亲缺胳膊；《福翩翩》中的刘家稳老师缺腿；而《百雀林》中的周明瓦，《采浆果的人》中的大鲁和二鲁，《罗索河瘟疫》中的领条，《伪满洲国》中的阿永，《旧时代的磨房》中二太太的儿子，《酒鬼的鱼鹰》中的娇娥和李金富的大儿子，《雾月牛栏》中的宝坠等，无一不是一个比一个傻。

用猎奇的心理来写小说，用夸张的性描写做“调料”，早已成为迟子建小说创作的不二法门。迟子建笔下的女人，虽然大都长得很令人恶心，但却性欲亢奋；迟子建笔下的男人，常常都是一些獐头鼠目、萎靡不振的酒鬼，他们到老都是把“性”当饭吃，调戏老婆，勾引邻居，对裤裆下的那些事乐此不疲。夫妻出轨，简直就像走马灯一样，在迟子建的小说中不断出现，并且描写雷同。只要写到做爱，几乎毫无例外地就要写到“叫床”，这些叫床的人，从来就不分时间和场合，一律是不管不顾地嗨翻天。在《穿过云层的晴朗》中，黄主人与胖姑娘做爱，隔着门都听得见他们一会儿高、一会儿低的大呼小叫，以致连黄主人家的狗都听得一愣一愣的。在《第三地晚餐》中，分别有两次“叫床”的描写。一次是陈青的哥哥和嫂子来到她家留宿，在床上哼哼唧唧地叫了半宿，这一叫甚至把陈青老公马每文的欲火也撩拨了起来；一次是张灵在菊花旅馆住宿，隔壁马每文二十多岁的女儿与著名的建筑设计师，四十多岁的徐一加叫床时夸张的声音，一直持续到天亮，如此充沛旺盛的精力，让张灵觉得自己都老了。在《起舞》中，刘连枝和老公傅东山一到晚上就开始“叫床”，这样的声音让其幼小的女儿丢丢感到异常好奇。在《百雀林》中，明瓦的姐夫二歪来到他家，吃饱喝足，一到晚上就与明瓦的姐姐在屋子里拼命折腾，又喊又叫地寻欢作乐。

纵观当代作家的写作，迟子建小说的雷同现象可说是非常惊人的，为了追求高产，迟子建居然采用自我抄袭的方式来复制写作：

> 她的衣裳还被扯开了一道口子，没有穿背心的她露出一只乳房，那乳房在月光下就像开在她胸脯上的一朵白色芍药花，简直要把她的男人气疯了。他把她踢醒，骂她是孤魂野鬼托生的，干脆永远睡在山里算了。她被背回家，第二天彻底清醒后，还纳闷自己好端端的衣裳怎么被撕裂一道口子？难道风喜欢她的乳房，撕开了它？她满怀狐疑地补衣裳的时候，从那条豁口中抖搂出几根毛发，是黑色的，有些硬，她男人认出那是黑熊的毛发。看来她醉倒之后，黑熊光顾过她，但没有舍得吃她，只是轻轻给她的衣裳留下一道赤痕。
>
> ——《采浆果的人》

> 我突然想起了依芙琳的话，她对我说，熊是不伤害在它面前露出乳房的女人的。我赶紧甩掉上衣，我觉得自己就是一棵树，那两只裸露的乳房就是经过雨水滋润后生出的一对新鲜的猴头菇，如果熊真的想吃这样的蘑菇，我只能奉献给它。所以这世界上第一个看到我乳房的，并不是拉吉达，而是黑熊……我知道黑熊放过了我，或者说是放过了我的乳房。
>
> ——《额尔古纳河右岸》

熊不吃有着美丽乳房的女人，这种弱智的故事，只能讲给幼儿园的小朋友听，但必须明确告诉小朋友们千万别当真，否则将会发生惨不忍睹的悲剧。再美丽的鲜花，在牛的眼睛里都只不过是一堆草；再美丽的乳房，在熊的眼睛里也只是两坨肥肉。过分在小说中宣扬凶猛动物的善良，怀念狼、美化熊，可说是当今小说家哗众取宠、异想天开的幼稚病。

四、移花接木，用复制+粘贴的方式来拼贴文字

缺乏独立思考，以文字的堆积来表示自己的存在，已经成为当代文坛普遍的现象。因为缺乏想象力，创作才能枯竭，许多当红作家进而开始投机取巧，大量采取“新闻串烧”的方式来写作。如余华、阎连科、贾平凹、刘震云等人的新作甫一出版，立即就遭到了广大读者的一片嘘声和吐槽。迟子建在小说中虽然不搞“新闻串烧”，却大量“旧闻粘贴”，其某些故事就是从故纸堆里翻寻出来，然后粘贴到小说中的。如：

> 我和老婆过得很恩爱，我们生了俩孩子，儿女双全了。可是好日子不禁过，它们像草原雨后的彩虹，虽然美，可是一眨眼，就不见了。多卧两岁时，我哥哥去世了。他是为救一只蓑羽鹤死的。有年夏天，哥哥到草原来，一天傍晚，他出去散步，发现一只受伤的蓑羽鹤在河水中扑通，要沉下去的样子，他就跳到河中去救。那年雨水大，水流急，哥哥不会水，他就被激流给卷走了。草原的牧民都喜欢哥哥，我们把他葬在河边的草地上了。
>
> ——《草原》

这则故事，可说就是对东北第一位养鹤姑娘徐秀娟故事的移花接木。徐秀娟勇救丹顶鹤的事迹通过媒体报道，尤其是经过歌曲《一个真实的故事》的传唱，一度广为人知。徐秀娟因为一只失踪的幼小丹顶鹤，一整天都在芦苇荡中蹚水寻找，从而疲劳过度倒在了沼泽地里。迟子建将这个故事当作自己的创作写进小说，编造得实在太离谱了。既然流水这样湍急，叙述人的哥哥别说是不会游

泳，就是会游泳的人跳进湍急的河水中，照样可能有去无回，何况哥哥还是一个不会游泳的人。另外，在湍急的水流中，如果仅仅是凭肉眼，未必就能看清是一只珍贵的蓑羽鹤在扑腾，而是一眨眼就不见踪影了。这位哥哥既然不会游泳，他为何要在“雨水大，水流急”的时候到危险的河边去散步？

迟子建小说中的许多描写，往往都缺乏原创性。如：

> 影片中的小姑娘救下了当年的连长，划船送连长脱离险境时，遭到日本鬼子的追击！这下好，葛一枪当真了，他扔下酒囊，抓起脚前的枪，对着银幕上的鬼子就是一枪！鬼子没影儿了，银幕被打了个窟窿，把我给心疼坏了。我责任大呀，一块银幕值多少钱呢，修复个枪眼多难呀。我停下放映机，告诉他们电影里的人都是假的，不能当真。
>
> ——《别雅山谷的父子》

这则故事明显蹈袭于陈佩斯的父亲陈强的一段亲身经历。在歌剧《白毛女》中，陈强成功地扮演了恶霸地主黄世仁，因为表演非常逼真，从而激起了台下一个新战士的满腔怒火，他忍无可忍，突然朝黄世仁的扮演者陈强开枪。如果不是旁边的班长眼疾手快，抬高枪口，陈强早就被“枪杀”了。后来部队首长规定，在观看《白毛女》之前，必须将所有的子弹退出枪膛，以确保演出者的安全。

移花接木，使迟子建的创作堕入了一个无法自拔的泥潭。在迟子建的作品中，我们往往都能看到别人作品的影子。如：

> 我只好对安草儿说，你不要以为优莲是死了，她其实变成了一粒花籽，如果你不把她放进土里，她就不会发芽、生长和开花。安草儿问我，优莲会开出什么样的花朵呢？

我说，总有一天会找到的，我们的祖先是从那里来的，我们最终都会回到那里。

——《额尔古纳河右岸》

以上这两段描写，完全是对《圣经》的复制。在《圣经·约翰福音》中，耶稣说："人子得荣耀的时候到了。我实实在在地告诉你们：一粒麦子不落在地里死掉，仍旧是一粒；若是死了，就结出许多籽粒来。"而后面一段则来自《圣经》旧约中的"创世纪"："你来自尘土，终归于尘土。"文学创作追求的是原创性和艺术性，迟子建用改头换面的方法来写小说，还谈得上什么真正的创作？

五、文字不通、逻辑混乱，奇葩句子屡屡出现

汪曾祺先生说："写小说就是写语言。"迟子建虽然获得过无数大奖，其小说的语言却始终令人不敢恭维。迟子建连许多常用词和成语都搞不懂，句子都写不通顺。正因如此，我们在读迟子建的小说时，总是有一种疙疙瘩瘩、莫名其妙的感觉。如（文中着重号为笔者所加）：

（1）我的房子位于哈尔滨南岗区革新街一带，它毗邻文昌街、奋斗路，沿街是累累的商行店铺，建材商店、副食品商场、酒店、粮油店……表店、鞋店等等不一而足。

（2）她满面狐疑地走了……我不放心地看了马孔多一眼，他睡得的确香，那双惯于嘲弄人的眼睛偃旗息鼓了。

——《向着白夜旅行》

"毗邻"在汉语中表示国家或行政区的连接，街道与街道之间相连，根本就不能说成是"毗邻"，而只能说成是"紧邻""相连"，

或者“相邻”“比邻”。而“累累”在汉语中，一是表示“屡屡”；二是形容积累得多，这种“多”往往是指由上而下的堆积，或连成串。

传说狐狸是一种多疑的动物，“满腹狐疑”是指一肚子疑问，而“满面狐疑”则根本就不能表达这样的意思。“偃旗息鼓”原是指放倒军旗，停敲战鼓，后比喻停止某种行动。睡觉闭上眼睛，怎么称得上是偃旗息鼓？

（3）天上要出大事故了，而这事故的发生地就在我的出生地，这真让人惊喜又令人忐忑不安。

——《观彗记》

迟子建对“大事故”感到“惊喜”，这并非其真的幸灾乐祸，而是因为对“事故”一词一知半解。所谓“事故”，是指意外的损失或生产、工作上发生的灾祸，如工伤事故、交通事故等。这里的“事故”实际上是指“奇观”。

（4）布基兰是个林业小镇，两三千人口吧。

——《布基兰小站的腊八夜》

“人口”是指居住在一定地区内的人员总数或一个家庭人员的总和。这里的“人口”应改为“人”。

（5）黑脸人看着孕妇，觉得她是坐在一朵巨大的莲花上的女人。这种时刻，另一个面黄肌瘦、神思恍惚、嘀嘀咕咕的女人形象不知不觉地隐退了。她带给他的仇恨和屈辱也渐渐如水中的冰块一样分崩离析。

——《逆行精灵》

“分崩离析”这个成语，出自《论语·季氏》：“邦分崩离析，而不能守也。”形容国家、集体或组织的分裂瓦解。“崩”表示倒塌；“析”表示分开。冰块在水中渐渐融化，哪里谈得上是倒塌？

（6）“这人也真是个缘份，我跟了老爷这么多年，不养不生的，现在依了另外一个主，反倒是有了，我可真没想到！”

（7）他很勤快，除了把他份内的活干好，还帮着其他佣人做些杂事……

——《旧时代的磨房》

在汉语中，“缘分”和“分内”（分外）都属常用词，但就是这样一些常用词，却经常将许多当红作家绊倒。由于他们起点低，语文基础差，往往分不清楚“分”与“份”的区别，在“时无英雄”的年代迅速成名，之后就凭着这样可怜的语文基础，在当代文坛一写就是几十年。像莫言把“流火”当成是天气炎热；贾平凹称自己为“寡人”，还觉得是非常谦虚。如此洋相百出的当代作家们，拿什么去跟鲁迅、沈从文、张爱玲等现代作家相比？

（8）当年溅在裙摆上的那星星点点的处女血迹，虽然经过了近半个世纪时光的敲击，已经暗淡如一片陈旧的花椒，但它们仍然散发出辛辣的气味，催下了丢丢心底的泪水。

——《起舞》

花椒从来都是一粒一粒的，怎么成了“一片”？它的气味主要是麻和香。我不知道迟子建何以会得出花椒辛辣的结论？

（9）齐如云不漂亮，但她肤色白皙，身材俊美。好的肤色和身材，天生就是女人的一双“招风耳”，她也因此比面容姣好的女人要引人注目和耐人寻味。

——《起舞》

说肤色和身材是一双“耳朵”（招风耳），本身就够荒唐了，迟子建明明是想表达齐如云身体的令人羡慕之处，却又自相矛盾地说成是“招风”。在汉语中，所谓“招风”，是指惹人注意而生出是非。如此表达，实在是词不达意。

（10）等到想起它们，有一些已垂垂老矣，早已过了食用的最佳期。

——《门镜外的楼道》

“垂垂老矣”是指人的年龄渐渐老了，它与食物是否过期可说是半毛钱的关系都没有。

（11）领条再一次回头看了看死狗，现在它身上的皮毛已有被拖烂的地方了，这段俯首贴耳的路途使它面目全非。

——《索罗河瘟疫》

迟子建在这里根本就没有搞懂“俯首帖耳”究竟是什么意思，不然，她就不会把“帖”写成“贴”。既然这条路都“俯首帖耳”（被驯服）了，何以又会使领条的狗面目全非？

（12）你们该去找教堂的就去，该找队伍的就去找，男孩子不能这么没出息地一辈子窝在这两亩三分地上，现在也没那么多好地可种了。

——《伪满洲国》（上）

“一亩三分地”是一句俗语。满族原是我国北方的游牧民族，清王朝建立之后，为了及时了解农时，熟悉节令，皇帝在惊蛰时分乘龙车从正阳门到先农坛耕地，这块当时为皇帝准备的地，叫作“演耕田”。每年由皇帝和皇后来亲耕，表示普天之下该种植五谷了，并以此显示皇帝对农业生产的重视，这块面积为一亩三分的“亲耕地”，就被人们推而广之地当作个人的利益和势力范围。

> （13）于是吉来仍高高兴兴地上私塾，摇头晃脑地背“四书五经”……
>
> ——《伪满洲国》（上）

“四书五经”的“四书”，指的是《大学》《中庸》《论语》《孟子》。“五经”是指《诗经》《尚书》《礼记》《周易》《春秋》五部。这样的书，尤其是像《尚书》《周易》谁能背诵？过去的小孩发蒙，读的主要是“三百千千”，即《三字经》《百家姓》《千字文》和《千家诗》这样通俗易懂的启蒙读物。

> （14）别看海总是汹涌澎湃着，不绝如缕地把波浪层层叠叠卷起，而它的内心世界是无与伦比的空寂。
>
> ——《伪满洲国》（上）

“无与伦比”出自唐朝卢氏的《逸史》：“置于州，张宠敬无与伦比。”指事物非常完美，没有能与它相比的同类东西。迟子建显然是把这个成语的意思弄拧了。

知其然，而不知其所以然，囫囵吞枣地读书，匆匆忙忙地写作，确乎已经成为当代作家的一种“新常态”。迟子建小说的“痼疾”，其实也是当代许多当红作家的通病和常见病，令人遗憾的是，他们大都不把这些病放在眼里，以为只要批评家们不说，就可以一直扛下去。

刘震云的大作家“气象”

二十年前，一套由著名策划人贺雄飞主编的“草原部落”黑马文丛迅速火遍了文坛。这套书捧红了余杰，捧红了孔庆东，也捧红了名不见经传的摩罗。在这套书中，文人之间的吹捧就像半斤花椒炖小鸡，实在是太肉麻，堪称当代文学史上文人互相飙捧的标本。如余杰在为摩罗的《耻辱者手记》所写的序中说：“摩罗的文章可以看成是心灵的探测器。摩罗的出现，是中国文学批评界的幸运，更是中国思想界的幸运。”摩罗究竟是何方大神，居然具有如此经天纬地、扭转乾坤的神功？在阅读了这套丛书之后，笔者不仅对余杰，甚至对包括像钱理群先生这样的著名学者也产生了极大的怀疑。钱理群先生盛赞摩罗说：“鲁迅所开创的精神界战士的传统，正在更具有独立性的新一代这里断而复续了。在这样的背景下，摩罗的写作就超越了他个人，而具有了某种典型性，成为新一代青年中的杰出代表。”“这在世纪末的中国思想文化界，是一件非同小可的事。”

根据我数十年的阅读经验和观察，凡是将人吹捧上了天的，几乎都是书商在新书发行之时的商业炒作，诸如什么“当代的《红楼梦》”“一生必读”“感动千万读者”“伟大的中国小说”“史诗性巨著”“不读就会终身遗憾”之类的书。摩罗的出现，非但不像余杰所说的，是中国文学批评界的幸运，反而更像是当代文学批评堕落的证明。

在当代文坛，某些文学批评家不负责任地瞎吹捧和信口开河，可说是由来已久，早已成为一种积重难返的恶习，它给中国文学带来的伤害，远非三两天就可以彻底清除。尽管如此，笔者还是想以摩罗对刘震云的飙捧为例，剖析当今的批评家是如何对读者进行忽悠的。

在《大作家刘震云》一文中，摩罗就像哥伦布发现了新大陆一样，惊呼发现了刘震云：

> 经过一年的消化与思考，经过一年的横向观察与比较，我终于从心底承认：当代中国的大作家已经至少产生了一位，刘震云就是当代中国文坛的大作家。我愿从今天起，停止关于没有大作家的抱怨和哀叹，而转为呼吁更多大作家的出现。

> 我们之所以把鲁迅看作本世纪中国唯一的大作家，决不是因为他的小说比别人的更漂亮，而是因为他以终生的写作，成了我们所云的先知、揭示者和启示者。……刘震云正是一位鲁迅式的作家，一位鲁迅式的痛苦者和精神探索者。像鲁迅一样，他在我们最习以为常、最迷妄不疑的地方，看出了生活的丑恶与悲惨。……刘震云身上，和刘震云的小说中，凝聚着民族精神生活最重要也最痛苦的信息。

> 在鲁迅逝去半个多世纪以后，他重新吹响了鲁迅的号角，向我们宣示了我们的全部耻辱、全部痛苦和独一无二的出路所在。这就是一个大作家的风范与气象。他所构筑的艺术世界，在气质上与鲁迅的艺术世界十分接近。但他所展示的民族生活更为广阔些，他所描绘的社会本相和历史本相更具主观色彩，可能也更具漫画效果。无论他装扮得多么冷漠、多么洒脱、多么玩世不恭，实际上，他是如此迫不及待、如此无可遏制地将他所发现的破解民族精神生活的密码毫无保留地奉献给读者，奉献给这个苦难深重的民族。

刘震云的出现，果真就是当代中国文坛大作家“零的突破”？果真就像摩罗所说的那样“重新吹响了鲁迅的号角”？在大量阅读刘震云的小说之后，我与摩罗得出的结论恰恰相反。在刘震云的小说中，笔者根本就看不到他的身上有什么所谓的“大作家气象”，而最深的体会就是，刘震云确乎是把自己当成了中国小说家中的“说书艺人”，把读者当成了喜欢扎堆捧场于勾栏瓦舍的列位看官。刘震云的小说，卖的是关子，耍的是贫嘴，图的是热闹，写的往往都是一些生活表层，甚至是新闻串烧一样未经深入思考的故事。与鲁迅小说对人性的深刻揭示及其深厚的思想性和艺术感染力，都有着无可比拟的天壤之别。

刘震云在小说《故乡相处流传》中，将读者熟知的曹操，描绘成一个爱放屁、有脚气、爱玩女人的小丑和无赖。这种解构历史人物，矮化传说中的帝王将相，将其还原为普通人，甚至连普通人都不如的写作手法，并非刘震云的发明。元代作家睢景臣就将“威加海内兮归故乡”、洋洋得意的汉高祖刘邦，写成了一个“做亭长耽几盏酒，你丈人教村学读几卷书。曾在俺庄东住，也曾与俺喂牛切草，拽坝扶锄”，“春采了桑，东借了俺粟，零支了米麦无重数。换田契强称了麻三秤，还酒债偷量了豆几斛”的流氓无赖。刘震云在小说中解构曹操，实在是毫无新意，只不过是将睢景臣啃过的馍重新再嚼了一遍，最多只能称之为邯郸学步。摩罗在文章中说：“在刘震云的小说中，曹操要杀死俘虏的一半，朱元璋要迁徙居民的一半，都是在儿戏中就决定下来的，而对‘一半’的选择，也是以儿戏的方法（扔硬币）选择的。这种人心的冷漠，在男女私情上得到了严重的表现。袁绍为了争夺一位漂亮的寡妇，不惜与曹操刀枪相见，打出一场战争。”刘震云这样的描写，可说就是对荷马史诗《伊利亚特》中特洛伊战争的移花接木。在该诗中，特洛伊战争以争夺世上最漂亮的女人海伦为起因，从而诱发了一场以阿伽门农和阿喀琉斯为首的希腊军队，进攻帕里斯和赫克托尔为首的特洛伊城的十年攻城之战。

读刘震云的小说，就像读贾平凹、格非们的小说一样，我们总是看到一些似曾相识的描写。在《一句顶一万句》中，老魏对城里来的河北戏班子里的一个旦角入了迷。戏在延津演了半个月，老魏场场不落。看着看着，魂被勾去了：

> 戏班子又到封丘演，老魏又跟到封丘。光跟有啥用啊？还是想跟她成就好事。这天后半夜，老魏扒过戏院的后墙，来到戏台后身。看一床前挂着旦角的戏装，以为睡到床上的是旦角，悄悄凑上去，脱下裤子，掏出家伙就要攮人。没想到睡在床上的不是旦角，是一看戏箱子的，过去是个武生。武生一阵拳打脚踢，把老魏的胳膊都打折了。老魏将胳膊藏在袖子里，又不敢说。

刘震云小说里的这段描写，分明就是对《红楼梦》里“见熙凤贾瑞起淫心”“王熙凤毒设相思局”的公开窃取。在《红楼梦》中，贾瑞觊觎王熙凤的美色，却被别有心机的王熙凤悄然识破，并借机对其进行了恶毒的戏弄。贾瑞本以为夜里等待自己的是王熙凤，哪知拉了裤子遇到的，却是贾珍的儿子贾蓉。在小说中，刘震云只不过是将贾瑞被泼了一桶尿粪，改成了老魏被打断了胳膊，但“胳膊折了往袖子里藏”这句俗语，本身就出自《红楼梦》。更为蹊跷的是，刘震云小说中的主人公吴摩西被打，干脆就将《水浒传》打人的描写直接照搬过来。施耐庵描写鲁提辖拳打镇关西，第一拳打得镇关西鲜血迸流，如同开了个油酱铺：咸的、酸的、辣的，一发滚落出来；第二拳打得他眼睖缝裂，也似开了个彩帛铺：红的、黑的、绛的，都绽将出来；第三拳打在他太阳穴上，却似开了全堂水陆的道场：磬儿、钹儿、铙儿一齐响。刘震云描写倪三打吴摩西时写道：倪三掏出两个醋钵大似的拳头，照吴摩西脸上乱打。“一时三刻，吴摩西脸上似开了一个油酱铺，红的，黑的，绛的，从鼻口里涌出来。”而县长老史不好女色，单单喜欢由男演员扮演的戏中女角，并与其进行肌肤之亲的描写，则完全是对《红楼梦》中呆霸王薛蟠对大观园中美丽的女性并无多大“性”趣，偏偏喜欢帅气的男演员柳湘莲的性取向异常的变相抄袭。而在《我不是潘金莲》中的女主人公李雪莲身上，我们总是看到执意讨说法、绝不妥协的秋菊打官司的影子。

如此投机取巧，公开“山寨”的描写，只能说明刘震云在写小说时，已经习惯于到别人的地里去收割庄稼，靠的是大量模仿和克隆，根本就谈不上有多少艺术的原创性，更谈不上有大作家出类拔萃的文学才华。刘震云在写作小说时，仅仅是把自己当成一个“说书艺人”。说书人在讲故事时，本身就是讲别人创作的东西，从来就不讲究原创不原创，他只需将别人现成的作品背熟记牢，从自己的嘴里说出来，让列位看官看得热闹就行。

刘震云堪称是当代文坛“任性写作”，无视读者感受，无视小说艺术的典型代表。其小说创作不是动辄以惊人的长度来吓人，就是以天马行空、让人读后不知所云来折腾人，或者说干脆就是用文字来侮辱读者的智商。其《一腔废话》，虽然被称为“长篇小说”，但读罢这样的“长篇小说”，我们得不到任何的艺术享受，反而看到了一个自以为是、喋喋不休的刘震云以小说的名义，在书中自说自话。无论是小说中的老杜、老马，还是孟姜女和蒋总裁以及老冯，他们都是不同名字的刘震云，在小说中大发议论。修鞋的老马，一开口就像一个哲学家，说出的话，居然都是成套成套的人生哲理：“既然这是疯傻的最高境界，那么穿过这个境界又是什么呢？那就会物极必反地饥就说饥，饱就说饱，就好像大和尚都是酒肉穿肠过，佛祖心中留，耶稣把自己挂到十字架上一样——作为疯傻理论的最初提倡者，我们不入地狱谁入地狱？”卖肉的老杜，同样也像个哲学家，他一开口，同样谈的是人生哲学：“不要想大的，要想小的，不要想远的，要想近的，不要想表面的，要想本质的，不要想概况的，要想具体的，不要想形而上的，要想形而下的，不要想别人的，要想身边的。”小说中，就连搓澡的老杨，也照样在说话时具有超乎寻常的理论水平。这种味同嚼蜡的无处不卖弄的所谓“小说”，只能用“故弄玄虚”“不知所云”这样的成语来形容。

在当代作家中，把小说当成鸡毛蒜皮一样的文字堆积，刘震云堪称一面“旗帜”。从刘震云开始，写小说就如同机器人写字，根本就不需要讲究什么艺术性，连标点符号打不打都无所谓，文字分不分行也无所谓。小说中的许多描写简直就像是小和尚念经，有口无心，不管是什么意思，只要从嘴里机械地念出来就行。如：

接着她们发现城中一排排都是店铺，熙熙攘攘的木头人，都南来北往在城中和店铺前穿梭。虽然脚步一颠一颠，脖子在困难地转动，但他们都在投入和卖力地行走和买货卖货。有卖木头罐的，有卖木头锅的，有卖木头碗的，有卖木头铲的，有卖木头锨的，有卖木头叉的，有卖木头犁的，有卖木头耙的，有卖木头椅的，有卖木头桌的，有卖木头鞋的，有卖木头衣的，有卖木头饭的，有卖木头酒的……

刘震云一写就刹不住车，就像相声中的“报菜名”，从147页一直写到148页，整整写了90多个“有卖木头……的”这种一成不变的呆板描写。在我看来，这样的写作不但是在折磨读者，简直是在把读者往死里整，仿佛不让读者读得抓狂恶心，气得口吐鲜血，就绝不善罢甘休。又如：

集体合影：

“赤色、橙色、黄色、绿色、青色、蓝色、紫色、粉色、绛色、灰色、金色、木色、水色、火色、土色、铁色、钢色，及各种混合色。”

只有等你们修炼得像我们一样已经成了赤色、橙色、黄色、绿色、青色、蓝色、紫色、粉色、绛色、灰色、金色、木色、水色、火色、土色、铁色、钢色及各种混合色和各种形状的人，你们接着才可以刺杀我们的影子呢！

再说，等我们也变成赤色、橙色、黄色、绿色、青色、蓝色、紫色、粉色、绛色、灰色、金色、木色、水色、火色、土色、铁色、钢色及各种混合色和各种形状的人，我们也已经成了你们换言之我们已经成了你们的影子我们再去刺杀你的影子不就刺杀着我们自己了吗？

我不知道，该书的责任编辑和出版商们是否真正能够读懂这种思维混乱、呓语和绕口令一样的游戏文字，而“呓语写作”无论在诗歌还是小说创作中，都已成为一种忽悠读者、冒充纯艺术的时尚，并受到一些无聊批评家的大肆吹捧。或许刘震云以为，越是让读者读不懂，就越能唬住读者，越是说明自己有文学大师的“气象”。真正的文学审美被肆意戏弄，正常的文学生态遭到严重破坏，这正是当今无辜的读者们所面临的严峻现实。众多读者在慨叹当代文学鲜有经典之作的时候，某些文学批评家却在狂热地把那些所谓名家的平庸之作吹捧为难得的经典。在当代文坛，有目共睹的一大怪现象就是，只要名作家一有新作，哪怕写得再差、让人无法卒读，也都几乎无一例外地照样受到众多文学批评家一如既往、好评如潮的追捧。在这些批评家的笔下，晦涩难懂的作品，被赞誉为“先锋之作”；结构混乱的作品，被歌颂为“艺术的探险”；啰唆唠叨的作品，被吹捧为“绵密的叙事”；文字失控的叙述，被讴歌为“语言狂欢”。读《一腔废话》这样的“语言狂欢”之作，笔者就像进入了春运期间的火车站，到处都是黑压压的一片，到处都是密不透风拥挤的人流，其空气之窒闷，混乱之不堪，并非语言可以形容和描述。

刘震云写小说，在乎的仅仅是插科打诨和话语的快感，根本就不会在意其小说究竟有多少艺术性。正因如此，故事粗糙，脚踩西瓜皮，海阔天空，东拉西扯，可说是刘震云小说最显著的特征。在刘震云看来，写小说就像哄傻子，哄到一个算一个，哄到十个算五双，小说中的人物描写从来就不需要逻辑支撑。《一句顶一万句》中的老詹是个意大利人，本名叫西门尼斯·歇尔·本斯普马基，他二十六岁来到延津，在延津传教四十多年。延津人皆不信主，老詹骑着他的那辆“飞利浦”脚踏车，到处艰难地传教，发展信徒。四十多年来，却仅仅发展了八个信徒。想想看吧，老詹平均十年才发展两个信徒，这两个信徒是否真的就信主，认真听老詹传教，本身就很值得怀疑，因为小说中明确说过“延津人皆不信主”，如此一来，老詹在延津传教怎么能够继续得下去呢？无人理睬老詹宣讲的教义，老詹处处碰壁，却像一个骗子一样在四十多年的通信中，欺骗几十年来一直关爱、信任自己的妹妹。他说自己在延津如何传教，延津的教堂如何雄伟，天主教如何在延津从无到有，四十年过去了发展到十几万人，以致其妹妹信以为真，认为老詹是他们家的骄傲。让人不明白的是，老詹为什么要用几十年风里来雨里去的坚守，来编造和支撑一个虚假的谎言？一个用谎言来装饰自己的人，他的传教还有什么真正的意义？老詹传教如此毫无成效，他四十多年来的生活经费究竟从何而来？他将如何向教会汇报他在延津的传教情况？倘若没有其他目的，他又何必用谎言来欺骗遥远故乡的亲人，满足自己的虚荣心？如果老詹的内心都如此虚荣了，他又怎么能够甘于寂寞，静下心来，四十年潜心传教？

更让人不可思议的是，老詹传教尽管一再遭到冷遇，却始终锲而不舍，天天骑着那辆自行车到处传教。但常识告诉我们，别说是自行车，一辆汽车即便是在乡村公路上风里来雨里去跑四十年，也早就成了一堆破铜烂铁，老詹的自行车怎么能在泥泞的乡村小道上一跑就是四十年而且不散架？老詹这个纸糊一样的人物，毫无感染力地出现在小说里，在我看来，无异于毫无生气的提线木偶。在刘震云的笔下，杨摩西也好，吴摩西也好，都缺乏落地生根的现实依据，他仅仅是刘震云无法自圆其说的小说故事中的一件任其驱使的道具。

刘震云小说的编造痕迹不但过于明显，而且始终呈现出一种一成不变的写作模式。夸张和漫画式的描写，以及雷同的故事已经成为其小说创作的家常便饭。在刘震云的小说中，男人不是在外面乱搞女人，就是一不小心老婆就跑了，或者自己的老婆与别的男人勾搭成奸，让自己戴上了“绿帽”。刘跃进的老婆跟小学同学，洛水县城关西酿酒厂的老板李更生做假酒，结果却被李更生拐跑。吴摩西的“吴记馍坊”旁边，有一个叫“起文堂”的银饰铺，银饰铺的老板叫老高。老高与吴摩西好歹也算是邻居和朋友，但就是这个老高，却拐走了吴摩西的老婆，并带着银饰铺里主顾留下的各种饰品一起私奔了。贩驴的老崔，常年在外，顾不了家，一年年关回来，老婆已跟一个货郎跑了。东北人赵本伟，跟朋友去太原做拉肉生意，结果车坏在路上，待车修好回到北京，女朋友杨玉环虽然是个并不漂亮的胖姑娘，照样出人意料地跟人跑了。牛小丽的哥哥好不容易花重金娶了个老婆，其老婆也神不知鬼不觉地跑了。总而言之，在刘震云的小说中，满地都是被人挖了墙脚、跑了老婆的窝囊废男人。

《手机》中的节目主持人严守一和大学教授费墨，总是在欺骗老婆，利用自己的名气争分夺秒地玩弄女人，甚至自己的学生。《我叫刘跃进》中的严格，不仅主动给贾主任找中国女人，还想方设法帮其物色俄罗斯和韩国女人。自己和女歌星的“床照”，也上了报纸。作品中夫妻之间总是防不胜防，后院起火成了家常便饭。男女之间的关系无一不是金钱和性的关系，所有的夫妻之间的日常生活都是相互瞒和骗。《我不是潘金莲》中的李雪莲，为了生二胎逃避政策，与丈夫假离婚，结果其丈夫假戏真做，与别的女人结了婚。李雪莲哭诉丈夫秦玉河与别人胡搞，其丈夫反诬李雪莲结婚之前与人睡过觉，是潘金莲。为了自证清白，李雪莲在向当地有关部门诉讼无果的情况下，痛下决心离开本地，直接告到北京。为此，一个普通的农妇，忽而就像大闹天宫的孙悟空，忽而就像亚马孙河畔热带雨林中的蝴蝶，居然掀起了一股强大的“蝴蝶效应”，年年告状，年年把当地政府，乃至市里和省里的有关部门和领导搞得胆战心惊、鸡飞狗跳。在这些小说中，夸张和戏谑的手法，早已成了刘震云习惯性地挠读者胳肢窝的“痒痒挠”，这种挠痒式的调侃和搞笑式的写作，与港台影视剧中以大量无厘头的表演来博取观众廉价的一笑，从而获得票房，完全属于同一种思维路径和商业策略。

于是我们看到，刘震云小说中的女人，总是一根筋地认死理，不是将“拧巴”进行到底，就是和自己的男人进行生死的对决。她们大都要么有着异乎寻常的生理特征，要么就是婚后很久都没有生育。《手机》中的叶靓颖，十九岁，二百一十斤，身胖却是平胸。马曼丽三十二岁，辽宁葫芦岛人。东北女人易满胸，但马曼丽却是平胸，并且声音沙哑，乍一听真像男的。但马曼丽的声音沙哑，却不是嘶哑，而是西瓜瓤的沙，听上去更有磁性，比正常的女声还要撩人。伍月理的是男孩头，胸大如同两只篮球。严守一在从伍月身上获得非同于妻子于文娟那样的快感之后，常常产生对伍月的性幻想，尤其是在喝醉酒之后，更是觉得伍月的两只“篮球”渐渐大得像个篮球场一样。

《吃瓜时代的儿女们》中的牛小丽，其哥哥牛小实只有一米五九，她却一米七六。牛小丽嘴大、眼大，鼻梁高，长得就像外国人。这种反常的生理描写，恰恰正是刘震云小说中惯用的挑逗读者的“性噱头”。后来牛小丽做“鸡”时身价很高，居然能够赢得省级领导的青睐，完全就是凭这一身外国女人的长相和高大威猛。牛小丽因为其哥哥牛小实花费八万块钱，从人贩子手中买来结婚的女人宋彩霞跑掉了，于是便决心找到宋彩霞，为哥哥追回那八万元损失。在寻找宋彩霞期间，因为身上带的钱花光，便不惜以卖身换钱的方式，长期做“鸡”来继续坚持寻找骗财逃逸的宋彩霞。这种毫无逻辑依据的弱智夸张的描写，只能说明刘震云在进行小说创作时，只忙着胡编乱造，而忘记了小说所需的艺术真实。

在数十年的写作中，艺术失真早已成为刘震云小说的常见病。在刘震云的小说里，很多描写都无法自圆其说。《我叫刘跃进》中的小偷青面兽杨志，跑到有钱人的别墅二楼去偷东西。这别墅的楼高，相当于平板房的五层。女主人进屋时，小偷杨志险些被发现，于是赶紧躲在窗帘背后。女主人并未发觉，只是忙着进浴室洗澡。这时的杨志却一反常理，不是立即带着装有贵重物品的鱼皮口袋迅速逃走，而是沉醉于偷看女主人洗澡。当被女主人发现，大声尖叫时，立即惊动了一楼的两个男人。杨志赶紧拉开窗户，往下跳。小说写道："这房子的楼层果然比别处的楼层高，青面兽杨志从楼上跳下，虽无摔伤身子，但崴了脚。但他顾不得脚，沿湖边拼命跑。沿圈跑过这湖，便是别墅的高墙。……门口两个保安，一个向别墅区内跑，一个向别墅区外追；两人边跑，边拿对讲机喊话喊人。青面兽杨志跳出别墅区，并没有马上逃，而是趴在一树棵子后不动；待保安跑过去，才一跃进了对面的小胡同，拼命撒丫子跑起来。"

这里的问题是：第一，既然是有钱人的别墅区，为什么主人连个防盗窗都没有安装？难道是为了小偷入室盗窃被发现时，方便往下跳？第二，小偷杨志从相当于平板房五层的高楼上跳下去，不死也得摔个半死，岂能毫无大碍，仅仅是崴了脚？第三，既然小偷杨志从如此高的高楼上跳下去，脚已经崴伤，为什么还能没有任何痛感，可以沿着湖边拼命跑？第四，脚已经被崴伤的杨志，凭什么可以徒手攀上高墙，跳到墙外不受伤，并且能够在湖边奔跑？如果一个普通的小偷都可以轻易攀上别墅区的高墙，这样的高墙就不叫高墙，而只能叫矮墙。第五，小偷逃过了保安，却遇到了刘跃进。这时的杨志虽崴了脚，却凭借手中的一个手包就可以砸到刘跃进，并且将其绊倒。待刘跃进爬起来往前追，小偷杨志却比夜猫子跑得还快，转向另一胡同，跑得看不见了。刘跃进一个正常的人，居然被一个小偷的手包打得绊倒在地下，并且跑不过一个崴了脚的小偷。如此有悖常理的描写，怎么能够说服读者相信这是真的？

刘震云小说中这种漏洞百出的描写随处可见。《我不是潘金莲》中的李雪莲与《吃瓜时代的儿女们》中的牛小丽，都是刘震云用漫画手法塑造出来的卡通人物。李雪莲为了证明自己不是潘金莲，二十年来，年年上京告状，搞得当地政府如临大敌，事态由县里发展到市里，乃至省里，有关部门年年防范李雪莲，甚至专门多抽调警力，换成便衣，并遵照领导的指示，让他们在李雪莲之前赶到北京，在人民大会堂四周悄悄撒上一层网。牛小丽为了替哥哥追讨回被宋彩霞婚骗卷走的八万块钱，原本准备结婚的她，居然在毫无线索、不知对方真实姓名和住址的情况下，孤身前往某省贫困山区去寻找虚无缥缈的宋彩霞。在花光身上所有钱财和未婚夫汇来的钱之后，居然一根筋地以卖身的方式来换取钱财，坚持寻找。对此我们不禁要问，牛小丽既非疯子，又不是神经病，她怎么会做出如此狗血的不合常理的举动？这种总是把笔下的人物当二百五的描写，使刘震云的小说始终弥漫着一股戏谑底层、拿他们开涮的奇怪气息。

除了各种硬伤之外，刘震云的作品往往缺乏精心的构思，可谓草率之作。如《一句顶一万句》中，误将《尚书·大禹谟》中的“四海困穷，天禄永终”说成是出自《论语》。其小说中许多段子，干脆就直接采用人所共知的新闻串烧。只要写到乡下人吃饭，就总是吃得一身汗。遇到山东人，就只能称二哥，而绝不能叫大哥。因为大哥是武大郎，代表着窝囊，代表着老婆与人私通，而二哥武松，则代表着威武和帅气。小说中人物的名字，更是到了如抓阄一样随便抓来的地步，如青面兽杨志、孟姜女、白骨精、杨玉环、董宪法、严格。其许多描写乃至句式，则都是程式化的。只要翻开刘震云的小说，“不是……而是……”“不……也不……”这样的句式，简直就洪水猛兽一样，在其小说中肆意横行：

不喜欢卖馒头不是不喜欢馒头或卖，而是卖馒头老得跟人说话。

收拾好包袱，推门出去，并没有马上出发；没出发不是怕天黑，而是肚子饿了。

虽是初夏，天气也热，胖子担心一车豆腐坏了；也不是担心豆腐坏了，是怕豆腐运不到德州，德州的主顾，被别的卖豆腐的顶了窝。

靠山一失去，吴摩西就不值钱了，房无一间，地无一垄，要钱没钱，要人没人，后悔当初打错了算盘。全不知她不是上了吴摩西的当，是上了县长老史的当；也不是上县长老史的当，是上了省长老费的当；也不是上了省长的当，是上了总理衙门的当。

——《一句顶一万句》

老袁走后，马曼丽又坐在那儿兀自生气。说生气也不是生气，而是思前想后，有些发闷。

来“曼丽发廊”不为理发，也不为按摩，就坐在发廊凳子上，踢着腿解闷儿。也不为解闷儿，是为了看人；也不是为了看人，是为了听听女声。

找提包不为细软，为找里面的一件西服。找西服也不为西服，为找西服口袋里的一张名片。

这一回在曹哥的鸭棚，又与前三回不同，是被打昏了。也不是被打昏的，是吊昏的。人被吊在顶棚的钢架上，身子悬着，脚不沾地，血走不上去，脸被憋得煞白，喘气越来越粗。也不是被吊昏的，是被熏昏的。

——《我叫刘跃进》

这种相声演员抖包袱式的句子，单看或者偶尔来一两句，似乎颇有点味道，但每一篇小说都用这样的句子来表现，就不得不让人怀疑作家的语言是否已经干枯，创造性是否已经衰竭。这里我们不妨再来比较一下《吃瓜时代的儿女们》中的两段描写：

小袁一边看手机，一边拿起水瓶喝水。没人喝水还能忍耐，看到别人喝水，杨开拓浑身所有的细胞都在焦躁。没吃饭之前觉得饿着难受，现在觉得渴了比饿了还要难受十倍。千万只虫子不但在噬咬他每一根神经和每一个细胞，还在拼命吮吸他身体里最后一点水分。

> 到了中午，冯锦华觉得肚子不饿了，知道人饿过了劲儿，麻木了，不知道饿了。但接着感到渴。这时想起，他昨天下午到现在，没喝一口水。不想起渴只是嘴里干燥，一想起渴，浑身所有的细胞都在焦灼。夜里觉得饿着难受，现在觉得比饿了还难受十倍。到下午，冯锦华觉得千万只干渴的虫子不但在噬咬他每根神经和每个细胞，还在拼命吮吸他身体里最后一点水分。

看到以上这两段自我抄袭的描写，我真不知道刘震云这样的"大作家"为何要如此投机取巧，对文字如此缺乏敬畏之心？杨开拓与冯锦华，两个不同的人在对干渴的感受上居然是如此毫厘不差，居然都是比饿了还要难受"十倍"。

在当代文坛，贾平凹素以大量自我抄袭、以旧充新、机械重复写作而广遭读者诟病，而像刘震云这样，在同一部小说中直接采取"复制粘贴"的手法来描写人物，这在笔者多年的阅读生涯中还是第一次发现。令人痛心的是，当代某些作家长期采用这种改头换面的写作方法来忽悠读者，已经严重侵害着文学的机体。如此有损文学尊严的写作，非但从未得到根治，反而愈演愈烈。由此看来，当代文坛的"烂苹果"不仅数量很多，而且已经烂到了一种令人瞠目的程度。

把写作当成耍贫嘴和文字游戏，这在刘震云的写作中早已成为一种新常态。以大量的新闻串烧来冒充故事，只能说明刘震云已经缺乏小说写作的创造能力。从这样轻率的写作中，谁还能看出刘震云究竟有多少大师的"气象"？

“江南三部曲”令人好困惑

2015年8月16日，第九届茅盾文学奖揭晓，格非的“江南三部曲”，就像一般人弄不懂的油价，一路飙升，获得60位评委中的57票，票数名列第一。王蒙的《这边风景》获得55票紧随其后。李佩甫的《生命册》以一票之差位列第三。金宇澄的《繁花》和苏童的《黄雀记》则分别获得了51票和40票。茅奖评委陈晓明在接受记者采访时说：“过去有获得茅奖的作家，此前没什么像样的作品，忽然之间获奖，之后再也没写出厚重作品。而单这一部获奖作品是不是经得起时间考验，也令人存疑。那么，这一次，我认为确实评出了‘好作家、好作品’。”陈晓明称，格非的“江南三部曲”透视了整个20世纪，揭露了桃花源与现实的困境。

看到这一结果和陈先生这样的评价，我不禁目瞪口呆。我真的很怀疑这60位茅奖评委是否都认真读过格非的《人面桃花》《山河入梦》和《春尽江南》这“三部曲”。如果他们都认真读过，而又把手中神圣的一票争先恐后地投给格非，我敢说，要么当代文坛真的就是“蜀中无大将，廖化作先锋”，要么就是评委们的艺术鉴赏眼光真的远离了文学。

1994年，格非开始有了创作三部曲的打算，但直到2003年初才开始动笔。格非坦言：“所谓的‘十年磨一剑’，不过是一个自欺欺人的说法罢了。2007年，《山河入梦》出版之后，我已经对三部曲的构架和写作的旷日持久感到了厌烦，甚至对于要不要再写第三部，也颇费踌躇。”这短短的一段话，明确向我们透露出了这样一个信息：格非的三部曲从创作之初，就面临着时断时续、写不下去的困境。至于什么原因导致格非这位学者型作家的创作伴有如此的困难，我以为，残雪对格非的评价，或许更能击中问题的要害：

“我认为《人面桃花》是格非写得最差的作品，实在搞不懂他为什么要写那样一个东西，而且写了十年（从作品看，很明显是没有冲动的表现）。我看过他早期的几个中短篇，那里头有热情，有冲动，有矛盾和迷惘，而且他的感觉也算好的。可是《人面桃花》里面有什么呢？我只看到一个过早衰老的中年人，利用自己有限的一点历史感悟在勉为其难地拼凑所谓的‘中国故事’。”对此，格非自圆其说地告诉记者：“长达十年的反思与沉淀之后，我从‘乌托邦三部曲’的首部《人面桃花》开辟了一条崭新的路径，我认为，作家不能单纯做社会的观察者，还要提供某种意向性的东西。”至于这种“意向性的东西”究竟是什么，或者说是否能够在格非的小说中奏效，真的让人脑洞大开，我们根本就感受不到。

格非的小说获得茅奖之后，各路书商更是喜出望外，笑逐颜开。某出版社在格非《人面桃花》的封底上如此介绍：“‘江南三部曲’是格非从上世纪九十年代中期开始酝酿构思，沉潜求索，到2011年终于完成定稿的系列长篇巨作。作者在坚守高贵艺术性的同时，用具有穿透力的思考和叙事呈现了一个世纪以来中国社会内在精神的衍变轨迹。”在我看来，将格非的“江南三部曲”与“中国社会内在精神的衍变轨迹”和“巨作”这样的词混搭在一起，纯属一种“愚乐”读者的商业推广和文学谀评。其肤浅的历史书写，与陈忠实的《白鹿原》相比，根本就不在一个档次。同样是茅奖作品，我们无论是读陈忠实的《白鹿原》，还是读路遥的《平凡的世界》，都能强烈地感受到浓郁的时代气息和心灵的震撼。陈忠实和路遥小说的字里行间，无不浸透着作家深邃的思考，散发着文学独特的魅力。陈忠实小说中的人物，如白嘉轩、鹿子霖、田小娥，路遥笔下的孙少平、孙少安兄弟，他们的形象无不鲜活地浮现在我们的脑海中。而格非“江南三部曲”中的主人公，简直就像是儿童电视节目中的卡通人物，无血无肉，幼稚可笑，总是给人一种生编硬造、极不自然的感觉。

格非小说的一大“标志”，就是喜欢炫技和掉书袋，并且刻意追求语言雕琢。其字里行间，到处弥漫着一股故纸堆里冒出来的陈腐气息。与莫言、贾平凹、阎连科这些从未受过正规学术训练的作家相比，格非读书多，恨不得把自己掌握的知识统统拿出来展览，倾筐倒箧地倾泻在自己的小说中。更让人百思不得其解的是，其中的许多描写，分明就是从别人的作品中“化”过来的。在《人面桃花》中，庆福与韩六、红闲、碧静、秀米等以扇骨敲击桌面，十击为限，作不出诗便罚酒的描写，简直就像是对《红楼梦》中薛蟠作诗的改写。曹雪芹笔下的薛蟠，不忌生冷地当着大家的面大诵淫诗。格非笔下的庆福，也是当着众多女性的面，色眯眯地看着秀米，说自己这枝“莺梭”可是硬邦邦的，明目张胆地以“女儿胸前两堆雪”这样的“薛蟠体”来公开调戏在场的诸多女性。

读《人面桃花》的时候，我总是在想，何以会有如此之多似曾相识的描写扎堆一起，扑面而来？如：

> 今天早上，窗口飞进一只苍蝇，先生或许老眼昏花了，伸手一揽，硬是没有捉到，不由得恼羞成怒。在屋里找了半天，定睛一看，见那肥大的苍蝇正歇在墙上。先生走上前去使出浑身的力气，抡开巴掌就是一拍，没想到那不是苍蝇，分明就是一枚墙钉。

我的天！这完全就是英国作家伍尔夫的小说《墙上的斑点》的“改写版”。伍尔夫在小说中写道：“我一定要跳起来亲眼看看墙上的斑点到底是什么——是一枚钉子？一片玫瑰花瓣？还是木块上的裂纹？”但出乎小说主人公意料的是，墙上的斑点原来是一只蜗牛。又如：

> 她在叫家里的账房，可惜无人答应。地上的花瓣、灰尘、午后慵倦的太阳不搭理她；海棠、梨树、墙上的青苔，蝴蝶和蜜蜂，门外绿得发青的杨柳丝、摇曳着树枝的穿堂风都不理她。

这段描写，初看的确颇有些别致和韵味，遗憾的是，格非的“灵感”，来自欧阳修的《蝶恋花》：“门掩黄昏，无计留春住。泪眼问花花不语，乱红飞过秋千去。”对古今中外经典名著的大量“改装”，让我对格非的写作产生了极大的怀疑。再如：

> 绿珠大概不喜欢牙齿相叩的坚实感，便用力地推开了他，喘了半天的气，才说：“很多人都说，女人的爱在阴道里，可我怎么觉得是在嘴唇上啊？”

经典的描写人人都喜欢，但绝不能将别人的创作据为己有。张爱玲在《色·戒》中写道：“‘到男人心里去的路通过胃。’是说男人好吃，碰上会做菜款待他们的女人，容易上钩。于是就有人说：‘到女人心里的路通过阴道。’”格非凭借自己读书多，常常用这种移花接木的手法对别人的作品顺手牵羊，如此的“创作手法”，实在令人不敢恭维。

而《山河入梦》的故事框架和人物设置，明显暴露出格非对英国作家哈代的经典之作《苔丝》的模仿痕迹。格非照猫画虎地将小说中的女主人公姚佩佩，克隆成20世纪的“中国版苔丝”。在哈代的小说中，美丽的乡村少女苔丝因为家庭贫穷，十六岁时就奉母亲之命，到有钱人家去“认亲戚”，不料在亲戚家被花花公子艾里克·德伯夺去贞操，以致怀孕。之后婴儿不幸夭折，苔丝不得不再度离开故乡，到一个牛奶场去打工，在此与出身牧师家庭却潜心农场的安吉尔·克莱不期而遇，并深深坠入爱河。新婚之夜，纯真的苔丝出于对安吉尔·克莱的信任和真诚的爱情，将自己曾经遭受艾里克污辱的不幸经历坦诚地告诉了对方，但苔丝的真情，丝毫也没有得到安吉尔的同情和原谅，一度狂热追求苔丝的安吉尔翻脸抛弃了苔丝，断然与其分手。此后，为生活苦命奔波挣扎的苔丝再一次遇到了艾里克，艾里克在苔丝面前大肆诋毁安吉尔。起初，被安吉尔无情抛弃的苔丝心中依然抱着一丝幻想，但日来月往，安吉尔却始终杳无音讯。为了无家可归的寡母和弟妹着想，苔丝不得已再一次与艾里克同居在一起。但离开苔丝后的安吉尔却突然从异国返回，终于找到苔丝，并且当面对自己曾经的背叛和冷酷表示虔诚的忏悔。为了斩断对自己的爱情造成巨大伤害的祸根，苔丝在极度的痛苦中，一怒杀掉了艾里克，最终被抓捕，判处死刑。

在《山河入梦》中，原本居住在大上海的姚佩佩，其父亲因反革命罪被逮捕枪毙，母亲也随之上吊自杀。在万不得已的情况下，成为孤儿的她，来到梅城投靠姑姑家。在梅城一家澡堂做临时工的姚佩佩，被前来洗澡的梅城县长谭功达看中，从而进入县长办公室当秘书。大龄未婚的谭功达，虽然对姚佩佩百般娇宠、万般喜爱，却始终不敢再和姚佩佩往前走一步。最后，天真美丽的姚佩佩被死了老婆的省委金秘书长施暴，面对凌辱，姚佩佩毅然奋起反抗，在挣扎过程中，被金秘书长死死抱住的姚佩佩，忽然抓起井边的一块石头，一口气狠狠接连砸向他的脑袋。潜逃的姚佩佩，最终被逮捕枪决。如此的故事和人物遭遇，难道与哈代的小说仅仅只是英雄所见略同的巧合？

事实上，《人面桃花》的主人公张季元和陆秀米与《山河入梦》中的谭功达和姚佩佩，更像是改名换姓的重复书写。爱情在小说中总是阴差阳错，张季元爱上了豆蔻年华的陆秀米，却不愿公开表达，而是一味深深地埋在心里，其唯一的倾泻方式，就是将这种匪夷所思的爱书写在日记里；四十多岁的谭功达，虽然已经官至县长，却简直就像是一个白痴，他深深地爱上了思想单纯、青春貌美的姚佩佩，但同样是始终将这种爱埋藏在心里。而大大咧咧的姚佩佩，虽然也喜欢上了谭县长，却老是不好意思开口，最终只能眼睁睁地看着爱情从自己的身旁溜走。让人无法理解的是，谭功达既然在未经组织批准的情况下，就敢利用手中的权力，直接将澡堂的临时工姚佩佩调到自己的办公室，这说明谭功达在追求女人的问题上，是一个不考虑任何影响和后果的人。因为成了自己的秘书，谭功达与姚佩佩便有理由经常一起外出，坐在小车里，谭功达也不难从姚秘书的身上嗅到雪花膏的香气。谭功达这样大胆的“举措”，的确不是一般人能够干得出来的。

在小说里，姚佩佩一面像一个懵懂的纯情女孩，一面又像是一个善于吊人胃口的情场老手，处处都在对谭功达“放电”。姚佩佩借故头上被撞了好几个大包，主动歪过头来让谭功达摸摸，检查检查，但谭功达却目光呆滞，“与那《红楼梦》中着了魔的贾宝玉一个模样”，姚佩佩知道谭功达又在犯傻做美梦了。在遇到村民拦车表达诉求时，姚佩佩躲躲闪闪，最后很自然地、顺理成章地蜷缩依偎在了谭功达的怀里。这时的谭功达，真是温香软玉抱满怀。他感到姚佩佩一头秀发拂到了他的脸。她脖子里的汗味竟然也是香的。她的身体竟然这么柔软！可这样的事，并非发生在什么隐秘的场所，而是发生在有县委小车司机在一旁的公务车里。如此的举动，无异于鸳鸯戏水、公开调情、大秀恩爱。但接下来的情节发展，却完全缺乏逻辑支撑。既然四十多岁单身的谭功达，已经别有用心地将姚佩佩搞到自己的身边，为什么又要脑袋进水，轻易听从媒人的撺掇和安排，走马灯似的与那些自己并不喜爱的女人频繁相亲呢？

在我看来，以格非笔下谭功达这样的情商和智商，无论如何也不可能当上县长的。谁会相信，一个近乎白痴，连自己的生活都不能自理的人，居然就是一县之长？谭功达出门检查工作，轻易就被一泡尿逼得抓耳挠腮，想上“大号”，却找不到一张纸。如果说司机小王身上没带纸，倒还勉强说得过去，而作为县长秘书的姚佩佩，跟随县长外出公干，怎么可能连笔记本也不带一个？在“十万火急”的情况下，姚佩佩给了谭功达一张手帕，而谭功达宁可不擦屁股，也要将绣花手帕留下来，还给姚佩佩。姚佩佩的脑子里则一直都在盘算着一个无聊的问题：既然他把手帕还给了我，那么他刚才在外面解手，用什么来擦屁股呢？如此不可理喻的一对男女，简直就是 对十足的二百五。

小说中，格非不惜以大量的文字来渲染谭功达的这种傻和洋相百出。上完“小号”的谭功达，竟连裤子都没有扣上，姚佩佩居然还盯着谭功达看，然后脸一红，飞快转过身，而谭功达的反应居然如此迟钝，秋裤的两根红裤带穗从里面钻出来也毫不知道。难怪白小娴的母亲，谭功达的“准岳母”说：“这人看起来的确有几分呆傻之气。不过，既然人家是个县长，呆傻一点也不碍事。”

谭功达一方面显得“呆傻”，但另一方面，在勾引和攻克女人上却非常大胆，并且表现出了卓越的智慧。在检查工作的吉普车上，他居然和姚佩佩大开“荤玩笑”：“我说你在工地上对我挤眉弄眼，你还不承认，可刚才是谁拽我袖子来着？”在与漂亮的文工团员白小娴单独相处的时候，他内心里的“野兽”早已冲出了栅栏。他在心中说道：“我的姑奶奶，我的亲姑奶奶。我要抱住你。我今天就是豁出去了！老子今天就豁出去了！什么也挡不住了！你答应也罢，不答应也罢，反正老子要抱住你！我要让你变成烂泥！变成灰烬！变成齑粉！我要天塌地陷，我要死……”之后，谭功达就以摧枯拉朽、排山倒海之势朝她猛扑过去，将她按倒在麦秸秆中。谭功达吃着碗里，看着锅里，将淫欲统统发泄在白小娴身上，这叫“实惠”；将意淫和无端的迁就，神经兮兮地倾注到姚佩佩身上，这叫“真爱”。在谭功达面前，姚佩佩凭什么就能像在自己父母面前一样，娇娇滴滴地放任自如，在谭功达的办公室里拉拉扯扯、推推搡搡？而内心如此放荡、疯狂发泄性欲的谭功达县长，何以会在四十多岁的时候，还是光棍一条？格非小说中的谭功达和姚佩佩，何以会表现得如此人格分裂？

在《人面桃花》中，陆秀米的父亲疯狂地幻想在普济建立桃花源，却根本不可能。秀米知道张季元对自己刻骨铭心的爱，是因为看到了张季元在莫名惨死之后留下的日记。在《山河入梦》中，谭功达不顾现实，一意孤行地幻想在梅城修建大水库，最终因为不能履职而遭到免职。谭功达爱姚佩佩，姚佩佩更是不能自拔地爱上了他。她在心底疯狂地慨叹，假如不是他因为偶然的机会从梅城浴室发现了她，进而把她调进县机关工作，她也不至于在心底里藏着那么深的报恩柔情，更不至于对一个四十多岁的糟老头子抱有什么幻想。姚佩佩曾给谭功达写信，并且疯狂地在心底发誓：“谭功达！你要再不来的话，我就要杀人啦！要杀人，要杀人！他妈的我要杀人啦！”根据姚佩佩的内心独白，我们完全可以断定，她完全就是一个丧心病狂的神经病。

但阴差阳错，谭功达最终也没有收到姚佩佩的信。他真正知道姚佩佩对自己火山爆发似的爱情，是在姚佩佩成为杀人犯，被公安机关通缉之后——他出乎意料地收到了姚佩佩冒着生命危险写给他的那些信。这与秀米在张季元死后看到的那些日记相比，看似换了汤，其实根本就没有换药。概而言之，在格非的“江南三部曲”中，贯穿始终的，都是悲催的爱情和畸形的婚姻。陆秀米从来就不懂什么是爱情。在张季元的日记中，她隐约知道了什么是桑中之约，什么是床笫之欢，在出嫁的前一天，她孤身一人躺在床上，拿起那本日记，凑在灯下翻来覆去地读，一边读一边和心中的张季元说话。她还从来没有和一个人赤裸的内心挨得那样近。恍惚中，她觉得张季元就坐在她的床前，他们就像是一对真正的夫妻那样谈天说笑。她对婚姻的绝望，简直是心如死灰：“这身子本来就不是我的，谁想要，就由他去糟蹋好了。”她甚至变态地希望，他的那个未来的老公老一点，或者有秃顶、麻脸一类的毛病，这样才使她的婚姻有点悲剧性。而谭功达在拖着油瓶的张金芳面前，与之前对白小娴的暴力泄欲相比，完全判若两人，表现出了罕见的木讷。他就像一个不谙世事的孩子，被动地接受着张金芳的勾引和“性侵”。这个呆傻的落魄县长在与张金芳泄欲之后，居然还要进行检讨，以致给寡妇张金芳造成了一种错觉，以为谭功达一直是个老“处男”：“你这个呆子！活了四十多年，我料你还没有闻过女人味！……”张金芳使尽浑身解数，终于使谭功达无条件投降，二人最终成为夫妻。和张金芳结为夫妻，并且有了儿子谭端午之后，谭功达照样是身在曹营心在汉，一心想着的是年轻貌美的姚佩佩。

在“江南三部曲”中，格非的写作模式就是，爱情总是阴差阳错、令人绝望。那些红尘中的男男女女，相爱的绝对成不了夫妻，成了夫妻的绝对不会有真爱。《春尽江南》中的诗人谭端午和妻子庞家玉虽然是名正言顺的夫妻，并且都是受过高等教育的知识分子，却总是如同行尸走肉。他们同床异梦，各自心照不宣地拚命在外面寻找刺激。总之，爱情在格非的小说中，总是虚无缥缈、不可把握的。格非笔下的“江南”，彻底陷入了一种肉欲的混乱之中。

花家舍也好，梅城也好，那里的人们，简直就像是动物园里的野兽一样，只顾忙着发情，从来就没有什么真正的爱情。为了追求肉体的快感，他们可说是争分夺秒地颠鸾倒凤，甚至不惜乱伦，随便到了毫无禁忌、想怎么干就怎么干的程度。难怪韩六对不解风月的秀米说："在花家舍，据说一个人甚至可以公开和他的女儿成亲。也不知是真是假。""这个村庄山水阻隔，平常与外界不通音信，有了这事，一点都不奇怪。"

在《春尽江南》中，绿珠向谭端午讲述了一个自己亲身经历的企图速战速决的做爱故事。那是和她沾点亲的一个做老板的姨父，绿珠与他相识前后还不到二十四小时，在乘坐火车的途中，他居然就要想占有她。在绿珠晚上起来解手的时候，她的姨父把她堵在了厕所里。绿珠谎称自己来了例假，她的姨父居然对她说，他不一定非要从"那儿"进去。当绿珠说她不喜欢乱伦的感觉时，其姨父则说，那种感觉其实是很奇妙的，并且心痒难搔地告诉绿珠，越是不被允许的，就越让人销魂。绿珠提醒姨父，如果她大声喊叫起来并报警的话，火车上的乘警是不会买他的账的。

尽管我们知道小说纯属虚构，但小说的虚构是为了让我们更加深刻地感受到艺术的真实和文学的魅力。格非先生这样的描写，确实是太低估读者的智商了。我们设想，如果绿珠和她的姨父乘坐的那趟列车不是特意为他们准备的专列的话，那么上面的乘客就一定不是少数。而火车靠近厕所的地方，恰恰也是乘务员工作和休息的地方，绿珠的姨父怎么胆敢在乘务员和众多乘客的眼皮底下公开发泄兽欲？要知道，火车上的厕所随时都会有人前去方便，绿珠的姨父即便是欲火焚身，又怎么敢在众目睽睽之下，将自己的侄女堵在厕所里图谋不轨？

或许正是因为缺乏精心的构思，格非的"江南三部曲"才如此地浮皮潦草，以致常常出现诸多一望便知的低级错误：

一、时间颠倒错乱。《山河入梦》第一句明确说出故事发生的时间是1956年，而县委机关的食堂，却在这时吃起了"忆苦饭"。所谓"忆苦饭"，是在10年之后，即1966年"文革"以后才开始的一项政治教育活动。吃“忆苦饭”的人，模仿旧社会穷人，用烂菜叶、芋头花、南瓜花、萝卜缨或野菜煮米糠、豆腐渣等各种难以下咽的食物做成饭食，供受教育的人食用。目的是让年轻人不要忘本，记住父辈在1949年以前遭受的苦难，珍惜社会主义的幸福生活、增强对党的感恩思想。因此这也是学校、部队、单位有意识组织的一种政治教育的社会活动。并且在小说中，居然出现了1969年之后才在中国上映的阿尔巴尼亚电影《宁死不屈》中的台词：“打倒（消灭）法西斯”，“胜利（自由）属于人民”。小说中明明说姚佩佩到县委工作是三四年前，到后来却变成了两年前。又如，谭功达在到达花家舍工作的当天晚上，宣传队居然就演出了《白毛女》。众所周知，“八个样板戏”之一的《白毛女》，完全是到了“文革”之后才开始在全国普及的，而谭功达在1962年就早已经被撤职，之后又被投进了监狱。这样的前后抵牾，只能说明格非在写作时根本就缺乏精心的构思，或者说对历史缺乏根本的了解。

二、人物年龄搞混。在《人面桃花》中，谭功达的出生时间是1911年，在第二部《山河入梦》中，却成了1912年。谭功达在地图上不经意地写出了一个算式：44−19=25。它表示的是谭功达的年龄与姚佩佩的年龄之间相差25岁。出生于1911年的谭功达到1956年，其实际年龄应该是45岁才对。但写到后面，谭功达所写的与姚佩佩之间的年龄算式，又变成了相差26岁。谭功达连自己的年龄都不知道，并且不会算，这样的文化水平，居然能够当上县长?

三、事件前后龃龉。小说前面说，谭功达住的房子原先是一个姓冯的曾经做过皮肉生意的寡妇的。1953年的时候，梅城“三反”，工作组将她传到街市口参加批斗会，这寡妇死活不依，遭到当众扒衣侮辱，当天晚上，冯寡妇就悬梁自尽了。冯寡妇死后，这间房子就作为无主房划拨给县干部住，但干部家属都说这间房子晦气、不吉利，挑到最后没人敢要，谭功达便只得自己搬了进去。但写到后面，这件事情的时间又成了1952年。而我们知道，“三反”的起讫时间，是在1951年底到1952年10月。1953年，全国的“三反”运动都已经结束，格非小说中的梅城，何以还在继续“三反”?

四、缺乏生活常识。《人面桃花》中，王观澄的后脖梗被人砍了一刀。刀似乎都有些钝了，碎骨头渣子粘在脑后花白的长发上。为了有一个完整的尸首，王观澄的管家婆子，让韩六给死去的王观澄脑袋缝了62针。格非不知道，如果脑袋被砍，用家庭做女红的针线是没法缝的。医用的针是特制的，并且富有韧性，而家用的缝衣针却是脆性的，遇到坚硬的东西很容易折断。以前的妇女在做鞋时，为了防止硬实的鞋底折断针，通常都是先用锥子扎进去，然后再将针沿着孔隙穿进去。而人脑袋上的骨头是特别坚硬的，仅仅是家用的针，怎么能够缝合得上？

又如，宝琛从庆港回来，带着4岁的儿子老虎。老虎生性顽劣，浑身如焦炭一般黑，油光锃亮。他身上只穿一条大红短裤，跑起来就像一团滚动的火球。园子里到处都是他闪电般的身影，到处都是叮叮咚咚的脚步声。他刚来没几天，就把邻居家的两只芦花大公鸡的脖子掐断了，拎到厨房里，往地下一摔，对喜鹊说："炖汤来我喝。"一个年仅4岁的小孩，刚刚完成蹒跚学步，再怎么跑得快，也绝对不可能跑起来像一团火球，身影如闪电，并且跑出叮叮咚咚的脚步声。如此小小的年纪，怎么可能跑得过芦花大公鸡？

五、故事荒唐弱智。作为一个40多的未婚县长，谭功达在进澡堂时，偶然遇到在此做临时工的姚佩佩，旋即怦然心动，在未经任何考核，未经组织讨论的情况下，就贸然决定将年仅18岁的没有任何办公室经验的姚佩佩调到身边担任秘书。之后在谭功达的办公室里，便只有谭功达和姚佩佩两个人，而姚佩佩则动辄耍小孩子脾气，甚至一天半日不和谭功达说话。我们要问的是，堂堂县长的办公室的工作，仅仅是姚佩佩这样一个没有任何工作经验的年轻女孩就能胜任的？在姚佩佩未到谭功达办公室之前，难道谭功达身边就没有秘书？如果没有，他的日常秘书工作究竟又是怎样来完成的？如果有，谭功达又是以什么理由再招聘姚佩佩，并将原来的秘书一脚踢开的？更为可笑的是，省委领导每次来梅城检查工作的，就只有一个寻花问柳的金秘书长。为了将姚佩佩搞到手，金秘书长一直企图将她调到省里。

奇怪的是，在“江南三部曲”中，所有的男人都像是流氓，所有的女人都会为爱，或者说为性疯狂。他们在泄欲时，个个都会不约而同地从嘴里吐出一大串诗一般的语言。老虎和翠莲脱光衣服，钻入被窝，紧紧抱在一起时，老虎听见自己说了一句：“我要死了。”黑暗中，他听见翠莲笑了一下说：“兄弟，这话一点不错，这事儿跟死也差不多。”谭功达在与老处女杨福妹做爱时，杨福妹顺势扑在谭功达的怀里，把脸埋在他的胸前，闭着眼睛道：“抱紧我！抱紧我！让暴风雨来得更猛烈些吧！”一个土得掉渣的老女人，居然在做爱时，说出了高尔基《海燕》中的名句。秘书长金玉在对姚佩佩施暴时，嘴里就像含着一颗糖，喃喃低语道：“姚佩佩同志，现在我要发动第二次革命，杀他一个回马枪，你不反对吧？我想让你见识见识什么是真正的魂飞魄散……”

六、毒咒也能应验。作为律师的庞家玉，通过黑势力，将租住在自己新购的房子里不肯搬走的医生李春霞赶了出去。恼羞成怒的李春霞，诅咒庞家玉活不过半年。就像神奇的巫婆一样，李春霞的毒咒果真就应验了。当庞家玉到医院看病时，恰巧遇到了该医院的医生李春霞。她看过庞家玉的诊断书，得知她患上癌症之后，很快就仰天大笑起来：“哟，恭喜你呀，你这是中了大奖呀！”看到这里，我真的是心在滴血，世界上居然还有如此恶毒的女人和医生！而令人难以置信的是，作为一个生性好强、受过高等教育的知识女性，以庞家玉多年律师的处事能力和人生经验，她怎么可能轻易就将自己的诊断书交给曾经的仇人李春霞看，自讨臭骂，让对方看笑话？

在小说中，诅咒庞家玉的，不只是李春霞，还有与庞家玉在婚姻中老是磕磕碰碰的丈夫谭端午。只不过他不是像李春霞那样公开地咒骂，而是在心中企盼。更让人打破脑袋也想不明白的是，庞家玉得知自己患了不治之症后，在从医院出来上自己的车时，却发现无论怎样也打不着火。在明知是旁边那个跑黑车的小伙子搞的鬼的情况下，庞家玉居然还上了他的车，让其送自己回家。汽车行驶没多久，这个家伙就对其进行骚扰，庞家玉不但不反抗，也不害怕。

当其胆大妄为地将右手搭在她的大腿上时，庞家玉甚至还希望其胆子更大一些。此时的庞家玉觉得，至少在那一刻，唯有那只手可以帮她忘掉悍妇李春霞那张脸，忘掉这个世界上所有的邪恶、算计、倾轧和背叛，忘掉像山一样压下来的恐惧。至少在那一刻，对于一个素不相识的年轻人来说，她那已被宣布无用的身体，居然还能派上用场。庞家玉出人意料地用自己的身体满足了他的无耻欲望。

在这个世界上，每一个人，即便是那些以卖淫为生的性工作者和殡仪馆里的逝者，都是有尊严的。庞家玉又不是疯子，她怎么会以如此荒唐的方式，用自己病重的身体来对一个素不相识的流氓进行无私的“奉献”？格非先生如此令人失望地描写一位身患绝症的知识女性，其内在的逻辑依据究竟是什么呢？难道一个即将走向死亡的女性的身体就如此下贱，可以任意遭人践踏而没有起码的尊严吗？

如此的“江南三部曲”，实在是令人越读越困惑。难怪《人面桃花》中的陆秀米会说出如此不可思议、没有尊严的话：“这身子本来就不是我的，谁想要，就由他去糟蹋好了。”

“神实主义”与“耳朵识字”

——阎连科小说病象分析

在当代文坛，阎连科是一位辨识度非常高的作家，其独树一帜的风格，在当代作家中恐怕无有能出其右者。对于阎连科的写作，从来就是褒贬不一，争议不断。有人惊呼，阎连科的小说是令人拍案叫绝的中国的“奇小说”，是纪念碑式的作品，丝毫不逊色于马尔克斯的《百年孤独》。对此，阎连科将自己称为“写作的叛徒”，并将其对小说的“发现”，升华为“神实主义”的创作理论。阎连科阐释说：“神实主义，大约应该有个简单的说法。即：在创作中摒弃固有真实生活的表面逻辑关系，去探索一种‘不存在’的真实，看不见的真实，被真实掩盖的真实。神实主义疏远于通行的现实主义。它与现实的联系不是生活的直接因果，而更多的是仰仗于人的灵魂、精神（现实的精神和实物内部关系与人的联系）和创作者在现实基础上的特殊臆思。有一说一，不是它抵达真实和现实的桥梁。在日常生活与社会现实土壤上的想象、寓言、神话、传说、梦境、幻想、魔变、移植等，都是神实主义通向真实和现实的手法与渠道”，“它在故事上与其他各种写作方式的区别，就在于它寻求内真实，仰仗内因果，以此抵达人、社会和世界的内部去书写真实、创造真实。”在《什么叫真实?》中，阎连科说：“我以为，生活是没有什么真实可谈的，只有一些经验可供你回忆，而今天真实的，也许明天就是假的了，今天我们误以为是假的，一段沉静的对白之后，也许我们就会看清它是真的了。一个作家，应该有自己的真实标准。应该创造自己的真实标准。应该坚信自己的真实标准。可以不相信生活的真实，但不能不相信自己内心的真实。重要的，是一个人要有属于自己的真实的内心。”有学者指出：“‘神实主义’称谓虽新，但理论则谈不上新颖。相当程度上是以自己方式

‘复述’了一些‘明日黄花’的话题”，“理论上显然没有超越加洛蒂们的看法”。阎连科这种虚无缥缈的真实和海市蜃楼一样的“神实主义”创作理论，就像那些沉溺于“人体科学”，坚信自己能够通过意念来发电，凭借其特异功能，完全可以通过耳朵来识字的江湖“奇人”，不用眼睛就能看清生活的真相。基于这种有悖常理，匪夷所思的创作理念，我们看到，阎连科的小说创作就像是误入了迷宫而不能自拔，以致乱象丛生。

一、妖魔化与类型化的乡村故事

在阅读阎连科的小说时，我们发现，在其思维定式的制约之下，阎连科认识世界的方式几乎就是非白即黑、一成不变的二元对立。在阎连科的笔下，纷繁复杂的现实社会，一概被简化为一个个妖魔化的故事。这就是，城市的发展是一部荒唐的闹剧，它完全靠“妓女经济”。一个地方的经济之所以飞速发展，立下汗马功劳的，必定是美容院、洗脚城、按摩院和宾馆茶楼里的小姐们；越是穷乡僻壤，甚至各种残疾人扎堆的地方，就越适合人类居住，越令人向往；那些身体健全的人，反而不如残疾人生活得舒心自在。在《受活》中，为了获得到残疾人聚居的受活庄落户的资格，县长柳鹰雀义无反顾，不惜用故意制造车祸，轧断双腿的方法来取得残疾人的认同，融入残疾人“受活”的世界。为了迎娶灵秀丽质的残疾人花嫂为妻，一个年轻的知府居然把自己的左手一刀砍掉，以此来赢得花嫂真正的爱情，并对花嫂说：“不残了你会嫁给我吗?”诸如此类比天方夜谭还天方夜谭的描写，在阎连科的小说中早已成了家常便饭。在《最后一个女知青》中，知青李娅梅好不容易通过各种努力才回到了日思夜盼的省城，并通过一路打拼，成了商界女强人。但李娅梅越是成功越是有钱，婚姻就越是不幸，大都市养尊处优的生活，无时无刻都让她感到身心疲惫，最后不得不逃离城市，回到自己当年下乡的那个偏僻山村张家营。小说中的主人公李娅梅，被阎连科塑造成了一个高唱着“归去来兮，田园将芜胡不归”的现代版的女陶渊明。倘若当今城市的发展和经济的繁荣，真的都像阎连科小说中描写的那样，有百害而无一利，只能给现代人的生活带来无穷的困扰和痛苦，那么人类最好的归宿就是回到原始社会，大家都去刀耕火种，茹毛饮血，甚至当个没有烦恼的傻子。英国作家伊丽莎白·鲍温在《小说家的技巧》中说：“小说是什么？我说，小说是一篇臆造的故事。但是，故事尽管是臆造的，却又能令人感到真实可信。真实于什么？真实于读者所了解的生活，或者，也可能真实于读者感到该是什么样子的生活。”阎连科的“神实主义”创作手法强调的所谓“内真实”，仰仗的所谓“内因果”，可说是把片面当成了深刻，把小说的虚构艺术等同成为胡思乱想和胡编滥造。

正是出于这种主观的“臆思”，在阎连科的笔下，农村的女人要想挣钱，唯一的出路就是到城里去出卖肉体做小姐；城里的女人要想赚大钱，就必定要去找那些钞票胀满腰包的外国人。除了张家营人，到城里看看，有几个女人不从外国人那儿挣钱？仿佛偌大的一个中国，都变成了一个巨大的淫窟，所有的男人都在不分白天黑夜地寻求刺激，所有的女人都在为了金钱而寡廉鲜耻，自甘堕落，而唯有小说中的张家营，才是阎连科心目中最后的一片净土。因此，女人卖身和性描写，就成了阎连科小说中乐此不疲反复书写的“重头戏”。某个乡村富裕了，就必定是这个村去城里做小姐的人多了。上级领导来农村视察，就必定是另有所图，他们觊觎的是那些如山花一样盛开在原野上的淳朴美丽的乡村女性。每当这时，村干部们为了巴结上级领导，无不如出一辙地像好客的东道主为客人奉送土特产一样，随意就可以将村里漂亮的年轻女性“馈赠”给那些垂涎欲滴的政府官员，而当地的村民们为了能够尽快摆脱贫困，人人都摇尾乞怜地赞成村干部们的这种荒唐行为。在阎连科这种漫画式的极尽夸张的描写中，几乎所有的官员，尤其是那些农村的基层干部，个个都是无法无天、利欲熏心、脑袋发热、乌七八糟的人渣。在《受活》中，起初只是一个小小副县长的柳鹰雀，居然狂妄到了想要花一笔钱，到俄罗斯去购买列宁遗体，安置在双槐县的魂魄山，然后大收门票，让全中国和全世界的人都像观看动物一样，发疯似的前来参观。《日光流年》中的司马笑笑就公然宣称：“我是村长，我就是王法。”在《金莲，你好》中，阎连科用揶揄的口吻写道：“刘街倘若是一个国，村长就是这个国家的皇上或总统，刘街如果是兵营，村长就是这座兵营的总司令，若刘街仅仅是一个大家族，那村长也是这个大家族中的老族长，德高望重的祖爷爷。”哪个党员、干部敢跟村长说一个不字，村长就会破口大骂，说“我不撤了他算我白跟共产党干了半辈子”。在《坚硬如水》中，即便是曾经给八路军送过信的老支书，同样是一个贪图私利、滥用职权的堕落分子。为了让才貌出众的高爱军能够成为自己的乘龙快婿，他居然冠冕堂皇地对高爱军说：“我是看你爹死得早，也算革命后代哩，在县一高学习成绩又不错，才同意你订婚的，结了婚生个娃儿我就把你送到部队上，在部队上入个党，回来我就把你培养成为村干部。”而那些要想出人头地的农村青年，只要攀上了村干部做女婿，其美好的前程便指日可待。在《炸裂志》中，炸裂村村长孔明亮既是一个生活在现代社会的土皇帝，又是耙耧山脉中诲淫诲盗的最大的“黑老大”。他利用手中的权力，不但将年仅十七岁、容貌姣好的程菁强行霸占，还公开煽动和授意炸裂村的村民们违法乱纪。于是，在私欲膨胀的炸裂村，为了钱，整个村子的人都疯掉了！男人们统统成了疯狂抢夺的飞车大盗，女人们则统统被赶到城里去做了出卖色相的“鸡”。为了能够尽快致富，炸裂村的男人们就像当年的“铁道游击队”一样，在偏僻的耙耧山脉中八仙过海，各显神威，对南来北往经过炸裂村的列车疯狂地进行抢夺。

阎连科的这些乡土小说，就像是从一条流水线上生产出来的工业品一样，完全是一种皮相的程式化的写作——因为村干部们个个无恶不作，坏得头顶长疮，脚底流脓，所以就如同种下了孽缘，必定会遭到恶报。他们不是老婆因病长期卧床不起，就是女儿个个长得像丑八怪一样，甚至连其侄子也都是个瘸子。在《金莲，你好》中，村长的女儿月丑得像个鬼：“脸上如小麦杂面地黑灰，无论如何有粉也是涂盖不下，盖得厚了，反而有些青色，如在冰天雪地冻了一番。加上她左边那只上吊的斜眼，每当看人的时候，那只眼球就躲到一侧，眼白铺天盖地地露在外边。还有她的双腿，那样的短，那样的粗，立在地上如两个麦场的石磙呢。”即便是长得如此之丑，月却偏偏还要臭美，即便是在初冬，有人早早穿了毛衣，月却偏偏还要穿着毛裙，腿上裹尸一样穿了一件紧身的呢绒弹力裤，露出自己的大腿。总之，不该涂的地方，月却要一个劲地涂，并以为自己是在乡间引领新潮流。如此的丑女，要不是其父亲是村长，恐怕即便嫁得出去，也只能是找一个残缺或是瘸秃。在小说中，一表人才，曾经发誓杀了他都不会娶村长家姑娘的老二，为了在村改镇后能够当上派出所所长，居然违背自己的良心，不惜以婚姻作为通向金钱和权力的桥梁，违心地娶了村长丑陋无比的女儿月。在长篇小说《坚硬如水》中，阎连科就像玩弄文字游戏一样，只是将《金莲，你好》中的月改换一下姓名，就成了老村长的三闺女桂枝。桂枝“在她姐妹几个中，长得柳不绿，松不翠，满坡黄土飞，比我小一岁，看上去比我大了三五岁。我不知道她为啥看上去竟会比我长五岁，是因为个子矮？因为皮肤黑？还是因为她爹是支书，所以她就胖，连头发也可以朝朝暮暮都像没梳的模样儿”。小说中的主人公高爱军，在见到桂枝的模样时，喉咙如塞了一团棉花想要吐出来。为了能够在不远的将来飞黄腾达，高爱军居然以婚姻作交易，和丑得令人恶心的桂枝结了婚。而《情感狱》中的连科，则完全就是高爱军的翻版。他“高中毕业，学习好极，爱过的姑女爹当县长了，她也远走入城了。一腔义愤回到村，曾为大队秘书的位置眼红过，为娶支书的丑女奋斗过，为当村干部、乡干部、县干部……朝思谋、夜思谋，到头来，仍还是站在自家田头上”。回到村里，连科为了今后的仕途，又开始赶紧追求长相丑陋的村长的三姑女，但即便是这样，连科企图通过与村长女儿的婚姻来改变命运的计划也最终化成了泡影。是副乡长的儿子夺去了连科眼看就要到手的婚姻。尽管村长的三姑女长得丑，但副乡长的男女孩娃却长得更是歪瓜裂枣，为了巴结即将成为乡长的副乡长，为了实现自己今后当村长的野心，颇有心计的三姑女，在快要与连科成婚时突然变卦。而被三姑女抛弃的连科，为了能攀上副乡长，又转而开始向只有小学文化，长相丑陋的副乡长的女儿发起了爱情攻势，并美其名曰是因为副乡长的女儿心好。总而言之，在阎连科的笔下，那些家境贫寒、有才有貌的农村青年要想出人头地，唯一的独木桥，就是找一个拥有实权的农村干部，与长相奇丑的女儿结婚。

由于写作视野总是局限于其固有的生活经历上，阎连科的乡土小说简直就如同克隆人，长得几乎都是一个模样。

二、以旧充新的大炒冷饭

莫言在与王尧对话时说："我记得在军艺读书时，福建来的孙绍振先生对我们讲：一个作家有没有潜能，就在于他有没有同化生活的能力。有很多作家，包括'红色经典'时期的作家，往往一本书写完以后自己就完蛋了，就不能再写了，再写也是重复。他把自己的生活积累、亲身经历写完以后，再往下写就是炒冷饭。顶多把第一部书里剩下的边边角角再写一下。"孙绍振先生的话，不幸在阎连科的身上被言中。阎连科究竟有多少同化生活的能力，这是一个有待学界深入探讨的问题，但阎连科小说中惊人的重复，却是当代作家中极为罕见的。其小说被某些学者广为称道的创新，最多也只是新瓶装旧酒式的形式上的"创新"。在阎连科的许多新作中，我们都能看到其旧作的影子。

如阎连科的《炸裂志》，完全就是一部将大量旧作进行搅拌和混搭的拼凑之作。小说的故事，几乎都在阎连科以往的小说中出现过，只不过《炸裂志》在表现手法上比以前的小说更夸张、更加极端。在发表于1997年的中篇小说《金莲，你好》中，村长去上边跑动，想把刘街改为镇，认为改为镇后的刘街的街道就成黄金宝地，生意就天天顾客盈门。为了让刘街在行政上从一个村委升迁成一个镇党委，他终日跑县里、跑地区，吉普车的轮胎都跑爆了两只。刘街上下都为改镇而出力，村长的嘴唇着急上火，燎泡白烂烂长了一层。为了对上级领导进行性贿赂，村长决定以到李主任家做保姆的名义，将漂亮的金莲“奉送”给不同意刘街改镇的李主任。村长对金莲说，你去村里给你开工资，每月要一千、两千、三千都可以。你这是帮刘街几万人的忙，帮了忙几万人都会感激你。你去了村里把老大（金莲因病死亡的丈夫）按烈士对待，在他坟前立块碑，将来你是烈士家属了，在村里无论啥都照顾你。在《炸裂志》中，阎连科对乡村干部用性贿赂政府官员和专家学者的狂想和描写，迅速登峰造极。炸裂村庞大的性贿赂团队的八百个姑娘哪也不要用，全部用在拉拢那些论证炸裂改市的院士、教授和专家身上。只要谁染拿下一个专家或教授，奖她五十万或者八十万；把一个权威人士染拿到床上了，最少奖给她一百万块或者一百二十万；如果这个权威人士刚好是投票的组织者，染了他最少奖给她二百万。2004年，阎连科发表了短篇小说《柳乡长》。小说中的槐花，因为家庭贫穷到九都市去打工，一年后又把她的二妹接到城里，两年后她们三姊妹在城里开了一个叫逍遥游的美容美发店，三年后包下一个娱乐城。那里的小姐保安都有几十个。钱儿呢，每日每夜就像关不住的水龙头一样哗啦哗啦往城外流。为了带动全村人发财致富，柳乡长把槐花当作全村人学习的楷模，并说：“我作为柏树乡的一乡之长，没别的报答槐花姑娘哩，我只能给槐花姑娘竖这么一块碑，只能号召全乡各村的百姓都向槐花姑娘学习哩。”为此，乡里专门在碑上刻上了海碗大的七个字：学习槐花好榜样。在《炸裂志》中，从小生活在农村的朱颖刚到城里才是一个理发店的服务员，后来却在省会开了一个娱乐城，一次洗澡能容下九百男人和女人，每天挣的钱都能买几辆小轿车，或者盖一栋小洋楼！乡长说：“咋能不给朱颖立碑呢?”朱颖不光自己家盖了楼，而且还帮乡里出去的一百多个姑娘家家都盖了瓦房和楼房。不仅如此，朱颖还主动动员上百个姑娘捐款，让刘家沟和张家岭两个村庄通了电、水和路。乡长说：“我作为一乡之长，没有别的报答朱颖这姑娘。我只能给朱颖姑娘竖这么一块碑。”于是，一块巨碑上镌刻了篮子一样大的十个字：致富学炸裂，榜样看朱颖。在我看来，《炸裂志》的写作，可说是当代作家自我复制的典型标本。阎连科的“创作”方法只不过是在其原作上稍微动一动手术，整一整容，这样就改头换面地成了一部被新闻媒体大肆炒作、被某些学者极力追捧的“神实主义”力作。如：

一村的青年男女便哗地（的）一下都去了。

人走了，村落像过了忙季的麦场一样空下来。可那人挤人的一车椿树村的青年男女们，被乡长亲自送到几百里外九都市里火车站旁的一个角落里，将卡车停在一个僻静处，乡长下了车，给每个椿树村人发了一张盖有乡里公章的空白介绍信，说你们想咋儿填就咋儿填去吧，想在这市里干啥你们就去找啥儿工作吧，男的去给盖楼的搬砖提灰，女的去饭店端盘子洗碗；年龄大的可以在这城里捡垃圾，卖纸箱，扫大街，清厕所，年纪小的可以去哪儿当保安、当保姆，去当宾馆服务员，总而言之哦，哪怕女的做了鸡，男的当了鸭，哪怕用自家舌头去帮着人家城里的人擦屁股，也不准回到村里去。说发现谁在市里呆（待）不够半年就回村里的，乡里罚他家三千元，呆（待）不够三个月回到村里的，罚款四千元，呆（待）不够一个月回到村里的，罚款五千。若谁敢一转眼就买票回到村里去，那就不光是罚款了，是要和计划生育超生一样对待的。

——《柳乡长》

全村的青年便哗地（的）一下都去了。

人走了，村里像过了忙季的麦场一样空下来。可那人挤人的几车炸裂男女们，被乡长和村长亲自送到几百里外市火车站旁的一个角落里，将卡车停在一个僻静处，乡长和村长下了车，给每个炸裂人——尤其是刘家沟和张家岭的人，都发了一张盖有乡里、村里双公章的空白介绍信，说你们想咋儿填就咋儿填去吧，想在这市里干啥你们就去找啥儿工作吧，男的去给盖楼的搬砖提灰，女的到饭店去端盘子去洗碗；哪怕去找朱颖做了鸡，当了鸭，用自家舌头去帮着人家擦皮鞋、舔屁股，也不准回到村里去。说发现谁在市里待不够半年就回村里的，乡里罚他家三千元；待不够三个月回到村里的，罚款四千元；待不够一个月回到村里的，罚款五千元。若谁敢一转眼就买票回到炸裂去，那就不光是罚款了，是要和计划生育超生一样对待的。

——《炸裂志》

阎连科几乎整章整章、整段整段地将《柳乡长》和其他小说用“复制 + 粘贴”的方法，写进《炸裂志》这部“神实主义”力作。在小说中，阎连科一如既往地施展了以“性”作为看点，以怪异的性噱头来吸引读者眼球的拿手好戏。在《风雅颂》中，小说的主人公清燕大学副教授杨科，在分析《诗经》中的《唐风·葛生》时说，这是写一对恩爱夫妻，正当他们共享幸福和欢乐时，丈夫不幸离开人世（可能是心脏病。也可能他和妻子做爱时，心脏病发作，他就死在了妻子的身上）。在接下来的描写中，《诗经》中做爱死亡的故事在现实中戏剧性地发生了——死了男人的付姐到城里打工，最后和两百多斤重的吴胖子勾搭在了一起，在和付姐做那事时，因为过度兴奋，吴胖子心肌梗死，死在了付姐的身上。在《金莲，你好》中，老大因为身材矮小，生理功能有障碍，在到武汉求医成功之后，兴高采烈地回到村子里，与妻子金莲做爱，因为过度兴奋，突发脑出血，暴死在了金莲的身子上。在《炸裂志》中，村长孔明亮的父亲在儿媳朱颖的唆使下，来到“天外天”销魂，最终因为极度亢奋，出人意料地死在了一个姑娘的身子上。如此之多的小说都在书写同样的故事，由此可以看出，阎连科的小说的确是喜欢拿“性”来找乐子。至于这些“性”描写究竟有多少必然性和艺术性，只有阎连科自己才知道。

三、粗制滥造的文字大杂烩

小说是语言的艺术。汪曾祺先生在《中国文学的语言问题》中说："写小说就是写语言。小说使读者受到感染，小说的魅力之所以在，首先是小说的语言。小说的语言是浸透了内容的，浸透了作者的思想的。我们有时看一篇小说，看了三行，就看不下去了，因为语言太粗糙。语言的粗糙就是内容的粗糙。"汪曾祺先生甚至把小说的语言提高到了作者人格的高度，认为小说的语言体现的是作者对生活的基本态度。阎连科一团乱麻的小说语言，几乎可以用"病入膏肓"来形容，其沉疴在身的病象，就像秃子头上的虱子，一望便知。遗憾的是，多年来，在众多专家学者对阎连科小说的研究中，不但鲜有人提及，甚至反而还被认为是阎连科小说语言的一大特色而受到赞赏。这里我们来看看阎连科的中篇小说《桃园春醒》中的一些描写（文中的着重号均为笔者所加）：

> 张海回家，进门时脸色是青色，朝门上踢了一脚，像那柳木大门，曾经是着仇家。媳妇在院里做饭洗菜，手在水里泡着，粉红着，两朵花一样，听见门的暴响，慌乱抬头，问说你又喝了？

> 喝吧，媳妇说，喝了醒酒。又说，晚上吃米饭，你在南方米饭惯了。

> 你是存心蓄意，要把这日子过得仓空屯泄，败家败财；存心蓄意，要把家里那点存钱花干弄净，分文不留不是?!

> 这当儿，有邻居耳了吵闹，风进来，群股着，一下把

院子里塞实挤满，都说打啥呀，打啥呀，多好的日子，有啥可吵可闹可打哩。

那边的婆母，六十几岁，辈正威处，坐在上方先自端起饭碗，动了筷子，却并没有真正夹菜，只是望着儿子，说快吃饭吧，一家人都在等你。

在读阎连科的小说时，我们总是有一种疙疙瘩瘩的感觉，那种古怪的语言，犹如一锅夹生饭一样，让人实在是难以下咽。我不知道，是阎连科根本就不懂得现代汉语的语法知识，还是为了要标新立异，故意与现代汉语的表达方式对着干。在现代汉语中，“着”是一个时态助词，它的主要作用是附着在动词之后，表示进行态。但“曾经是着仇家”中的“是”字，是一个表示判断的特殊动词，不能与表示时态的“着”字连用。而“粉红”显然不是动词，在其后面添加上“着”字，纯属不伦不类。“名词动用”是古代汉语中一种常见的语法现象，但名词用作动词，有其特定的规律性和习惯表达，并不是想当然就可以随便乱用。阎连科小说中一个生活在偏僻农村的妇女，怎么能说出“米饭惯了”这样在古人的文章中才有可能出现的话？阎连科在小说中，常常是脱离小说人物的文化知识水平和所处的环境，任意为其“代言”，说一些与他们的身份根本就不相符的话。农村妇女吵架，居然也像古代的冬烘先生写文章一样，文绉绉地雕词琢句，诸如什么“存心蓄意、仓空屯泄、败家败财”。像“有邻居耳了吵闹，风进来，群股着”这样犹如外星人一样的语言，使读者在阅读阎连科的小说时，只能是根据前后文的意思去瞎“蒙”。而像“辈工威处”这样的话，恐怕很少有读者能够说出这究竟是什么意思。在我看来，阎连科或许是把写小说当成了技术革新和发明创造。如将“本来”写成“本来着”，将“结果”写成“结果着”，将“可是”写成“可是着”，将“其实”写成“其实着”。所有这些“着”字，无一不是违反语法的附赘悬疣。正因如此，我们在读阎连科的小说时，无时不感到字里行间有着太多汤汤水水和花里胡哨成分。

阎连科小说语言的另一个显著病象，就是象声词的胡乱使用。在其小说中，像“叮叮当当”之类的象声词，简直就像决堤的大坝一样，汹涌而出，四处泛滥。如：

> 杜柏立在门口，朝西屋的棺材盯了一阵，走过去一下掀开棺盖，日光呼呼啦啦打在杜岩的脸上，他眯着双眼，如风吹了一样，身子叮叮当当猛然哆嗦起来。

> 他汗水落在她脸上，叮叮当当顺着她的额门往下流，把她的那颗痣洗得如一颗黑星星。

> 司马蓝按照瘦护士的吩咐，一动不动马趴着，听见刀子割皮的声音和他剥兔皮、羊皮压根不一样，剥兔皮、羊皮那声音是红得血淋淋、热辣辣，有一股生腥的气息在房前屋后叮叮当当流动着。

> 司马蓝用笔在手心上记下了一个钱数，太阳便从他们头上走将过去了。时光流水样叮叮当当。

> 秋阳黄黄爽爽一片，坟地新土的灿烂气息，在刚收过的油菜花的地茬里跳跳动动，叮叮当当。

> 司马桃花没有立刻说啥儿，她依旧把风箱拉得叮叮当当。
>
> ——《日光流年》

英国作家伍尔夫说：“在法国和俄国，人们严肃认真地看待小说。福楼拜为了寻找一个恰当的短语来形容一棵洋白菜，就花了一个月的时间。托尔斯泰曾把《战争与和平》改了七次。他们的卓越成就，也许有一部分是得之于他们所下的苦功，也有一部分是他们所受到的严格评判所促成的。”然而，对于像福楼拜、托尔斯泰这样的文学大师的创作方法，阎连科是不以为然的。阎连科甚至公然宣称：“真正阻碍文学成就与发展的最大敌人，不是别的，而是过于粗壮，过于根深叶茂，粗壮到不可动摇，根深叶茂到早已成为参天大树的现实主义”，“从今天的情况来说，现实主义，是谋杀文学最大的罪魁祸首”。对于现实主义恨之入骨的阎连科，愤然高举起“神实主义”的大旗，对现实主义痛加挞伐。然而，我们看到的是，阎连科粗制滥造和公式化的写作，不但根本无法超越福楼拜和托尔斯泰，反而使其小说在“神实主义”的装点之下，成了一种僵化死板的文字游戏。如写目光，无一不是用噼啪或者噼噼啪啪、砰砰啪啪、噼里啪啦这样的象声词来描写：

回头客把一张五十块的钱票递给四十时，极不尽兴地盯着藤像盯着一朵还未开盛的山坡上的花，眼里不断有火光噼噼啪啪响出来。

她们就那么天长地久地僵持着，两个人的目光在半明半暗的屋子里砰砰啪啪，撞落在地上如红火落地一样。一个屋子都燃烧起来了。

女人们像一片棉花样堆在路口上，一片哑然，一片苍白，眼里的惊愕石板样噼里啪啦砸在棺材上……

司马蓝的双眼噼啪一下，目光便被蓝百岁双腿上的疤痕打得青直了。

——《日光流年》

如果要写脸上的表情，则一定有如树叶，或者花之类的东西往下掉。如：

他们蹲在一边抽着纸烟，脸上又堆又砌地码满了“没有我们这水能流到村头的吗?”的兴奋，望着村里的女人和孩娃，眼角的孤傲和得意落叶一样哩哩啦啦往下掉。

竹翠说，你挑水呀四十姐?说这话时，脸上的笑厚厚实实堆得花叶样一片一片往下掉。

这样叫的时候，司马虎脸上的笑，就如熟透的红柿子，香香甜甜从脸上坠下来，弄得一地红红灿灿。

这样说着的时候，他仿佛一个弱笨之人，意外地种出了一片上好的庄稼，脸上的兴奋如糊在墙上不结实的泥皮，哗哗啦啦往地上掉，砸得村人的双脚直往他面前迎移，就把正说死活的司马笑笑晾在了边上。

——《日光流年》

阎连科小说中这种手工编织袋一样的毫无新意的描写，完全是一种专走捷径的写作。也就是说，阎连科的小说都有一种驾轻就熟的写作套路。如写求情，则一定是用下跪来表达。在《黄金洞》中，老大和爹包养的城市女人桃发生了乱伦关系，被爹发现后，为了求得爹的原谅，老大给爹跪下了，桃也给爹跪下了。《日光流年》中的司马蓝，为了发泄自己的情欲，在蓝四十面前山崩地裂地跪下了。司马蓝不仅把下跪当成了习惯和生活方式，动辄就在父亲面前下跪，而且还逼迫与村长蓝百岁有染的母亲，为了赎罪，山崩一样地给父亲下跪。在《受活》中，百姓们朝县长磕头，跪满了一个县城。在《最后一个女知青》中，同是下乡知青的“郝狐狸”，为了得到李娅梅的爱情，“如同悬着的木桩从半空中落下来”一样，又一次跪在了李娅梅的面前。李娅梅当年的一个同学，返城后待业，曾可怜地跪在一个主任面前想求份工作，说清道工、锅炉工都成。

在《金莲，你好》中，老二为了谢绝美丽的嫂子金莲的爱情，“仰着头天塌地陷地跪下了”。酒店赵老板把前台的迎宾小姐强奸了，在当上派出所所长的老二面前，不仅吓尿了裤子，并且失魂落魄地跪下了。在《风雅颂》中，清燕大学副教授杨科在目睹妻子和副校长李广智偷情时，居然万分窝囊，晴天霹雳地跪在地上向妻子和李广智求情：下不为例好不好？在《名妓李师师和她的后裔》中，李师师为了永远和周邦彦在一起，突然跪在了周邦彦的面前，说，邦彦，我生是你的，死也是你的。在《炸裂志》中，村长孔明亮的大哥孔明光与家中的保姆小翠勾搭在了一起，他们的父亲孔东德又与老大家中的保姆小翠暗中偷情，被儿媳朱颖发现后，孔东德不顾一家之长的尊严，匪夷所思地跪在地上，用膝走到朱颖的面前，用双手扒着她的身子说：“我老了老了，每天每夜都想小翠想得睡不着，想得用手抓床帮和墙壁，用手把我自己的身子揪得抓得到处都是青紫和淤血，都想半夜起来撞死和上吊。”阎连科在《炸裂志》中的这段描写，几乎就是《黄金洞》里父子乱伦的翻版。无跪不成书，人间无处不在乱伦，这一幕幕既荒唐又雷同的描写，或许就是阎连科所说的“神实主义”的“内真实”。

四、百孔千疮的知识硬伤

1982年，王蒙先生在《一个值得探讨的问题》中，谈到了中国作家的非学者化问题。

王蒙先生说：“靠经验和机智也可以写出轰动一时乃至传之久远的成功之作，特别是那些有特殊生活经历的人，但这很难持之长久。有一些作家，写了一部或数篇令人耳目一新、名扬中外的作品之后，马上就显出了‘后劲’不继的情况，一个重要原因就是因为缺乏学问素养。”三十多年过去了，与现代作家们学贯中西的深厚学养相比，当今一些著名作家的学养实在是不敢恭维。阎连科的小说尽管蜚声中外，但其文史知识的匮乏却非常令人揪心。如《炸裂志》中这样一段描写：

> 从北向南，爬上山的火车一般都是拉着矿石、焦炭和木材，从南向北来的火车都是拉着北方人要用的日用品，如电缆、水泥、建材和橘子、香蕉、芒果等在北方鲜见的鲜果实。

所谓“日用品”，是指人们日常应用的物品，如毛巾、肥皂、牙膏、梳子等。这里的电缆属于工业品，水泥属于建筑材料，而水果更是与日用品毫不沾边。阎连科先生怎么能够眉毛胡子一把抓，笼而统之地将其称为“日用品”呢？并且水泥本身就是建材中的一种，阎连科在此将其与建材并列使用，无疑呈现出一种句式杂糅和逻辑混乱的严重病象。

在《受活》中，阎连科写道：“清朝盛世之期，国泰民安，有一个从西安穿过伏牛山到双槐县里做县任的年轻人，嫌了路途遥远，他就寻着捷道穿过耙耧山脉去伏牛山那边的双槐县，到了受活这儿，口干要喝水，到花嫂家里讨了一碗水，他就碰到花嫂了。”于是，这个年轻人便对虽然残疾却美丽清纯的花嫂一见钟情。这个七品知府就决定不再去双槐县做他的县官了。为了表示对花嫂的爱情，“知府就把他去上任的御书和御印及一路为进求功名背的书籍，一下子取出来，从梁上扔到了沟底去”。而花嫂的父母却对这位年轻人说：“我们一家人都是残人，哪能娶一个圆全健康的人来做女婿。”这样短短的一段描写，充分暴露出了阎连科可怜的文史知识。阎连科根本就不懂清代的行政区划和古代的官制。在我国的明清时期，一个省分为数道，道下分为府和州，府州的长官称为知府和知州。一个知府至少相当于今天的地委书记，让一个地委书记去做县官，无异于是严重的降职处分，怎么还能称之为“上任”？况且，一个堂堂的知府如果去上任，还不早已是前呼后拥，车马相随，哪里还用得着一个人翻山越岭，饥渴难耐，像个叫花子似的，跑到一个普通的农家去讨水喝？难道阎连科不知道《儒林外史》中就有

“三年清知府，十万雪花银”这样的说法？况且，在清代根本就没有七品这样低等的知府，只有七品的县官。而“御书”和“御印”，则是专指皇帝的书信和印章。想想看，清代的皇帝，再怎么糊涂，也绝不会把自己的书信和印章单独交给一个年轻人随意背在身上。更为可笑的是，这位年轻人为了表示对一个农家女子的爱情，就像扔掉一双破鞋一样，一股脑将“御书”和“御印”扔下了山梁。倘若真有这样的事情发生，这个年轻人和花嫂还不立即脑袋搬家，株连九族，满门抄斩？我们知道，在汉语中，“娶”字指的是把女子接过来成亲，而花嫂的父母却连嫁女儿和招女婿都分不清。脑袋稀里糊涂，这并非他们的错，而是因为阎连科汉语知识的根底不深，词不达意。

缺乏扎实的功底，只是凭着一股热情和闯劲什么都敢写，早已成了当今某些作家的一大通病。阎连科小说中花样百出的文史硬伤，真是让人大跌眼镜。阎连科在长篇小说《情感狱》中写道：“就那么一天，日子是古历黄道初九，清高宗乾隆一道诏书把我叫去了。我一到金銮大殿，文武百官分站两旁，齐刷刷地看着我。那大殿呀，金砖金瓦金柱子，连香炉、灯座都是金做的。到皇帝面前，我正要下跪，乾隆皇帝一招手，说：‘免了免了。’跟着，乾隆皇帝又摆了一下手，文武百官就都退出了大殿。这当儿，大殿里余下我和皇帝俩人啦。皇帝说：‘听说你的象棋杀遍天下？’我说：‘不敢皇上……’皇帝说：‘听说你从九岁开始下棋，整整下了六十年？’我说：‘不敢皇上……’皇帝说：‘我清高宗想和你下盘棋。’”稍有一点文史常识的人，看到这段如此缺乏古代文化常识的描写，恐怕都会笑掉大牙。“清高宗”，是乾隆皇帝死后的庙号，小说中的“我”，在乾隆皇帝在世时居然就称其为“清高宗”，他究竟有几个脑袋？更为荒唐的是，乾隆皇帝居然自称“我清高宗”，这不等于乾隆皇帝自己说自己是死人？

在《斗鸡》中，阎连科写道：“姥爷斗鸡是从清末开始的，那时候，老姥爷三十几岁，姥爷十几岁。老姥爷已经有了近十年的斗鸡生涯，每逢斗鸡，都要将姥爷带去，让姥爷从中取乐。”姥爷说，姥爷和方老板开斗是在午时。其时，太阳移至正顶，显得十分温暖，黄光如温水一样流淌在庙会各处。梨园班子的压台戏紧锣密鼓，各类买卖生意正处火口，吆喝声此起彼伏，接连不断。尤其卖饭的到了这个时候，把平生力气都用在了嗓眼上："该吃饭喽——包子啊——羊肉馅——"，"拉面拉面拉面——正宗的兰州拉面！"看到阎连科这样的描写，笔者不禁想到了如今那些劣质的古装剧。那些影视剧虽然描写的是古代，其背景和说话却完全是现代的，甚至居然出现了电线杆和高速公路。阎连科不知道，在清末的时候，根本就没有兰州拉面这样一个人人皆知的饮食品牌，正宗的兰州拉面是回族人马保子于1915年所始创的，其时已是中华民国。在《名妓李师师和她的后裔》中，初次相见，李师师向周邦彦弹了一曲《春江花月夜》。弹琴之时，周邦彦本是站着，待一曲过了，他不知什么时候坐了下来，双手扶着下颏，说："师师，《春江花月夜》好像很长的。"事实上，在宋代的时候，根本就没有《春江花月夜》这个名字的古曲，它的原名叫《夕阳箫鼓》，最早记载于清代姚燮的《今乐考证》。生活在宋代的李师师，怎么会弹出《春江花月夜》这支在当时根本就没有的古曲呢？

在阅读阎连科的小说时，我们总是看到那种大而无当、夸张无度的比喻和屡屡出现的语法修辞错误。如《黄金洞》中这样一段心理描写和叙述："我现在就想杀了桃，只消上前一步，把桃用力一推，桃就掉到身边的沟里了。沟有南京到北京那么深，沟底有好几个偷偷垒的炼金炉，炉边上都有铁砧子。"想把桃杀了的，是小说中的二憨，对于一个长年生活在偏僻大山里的傻子来说，他的脑子里怎么知道南京到北京的距离有多远？如果那个山沟真的有南京到北京那么远，肉眼凡胎的二憨又是怎么看到沟底那些偷偷垒起的炼金炉和炉边上的铁砧子的？这种"神实主义"的写作方法说明，二憨长的根本就不是一双肉眼，而是高科技的千里眼智能摄像头。如此不合逻辑的比喻和描写，难道真的就是阎连科所说的"被真实掩盖的真实"？

苏童老矣，尚能写否?

2009年，苏童的长篇小说《河岸》出版，美国哈佛大学王德威教授发扬一不怕抬轿闪了腰，二不怕肉麻酸了牙的“大无畏”风格，不吝赞美地说：“苏童的世界令人感到不能承受之轻，那样工整精妙，却是从骨子里掏空了的。在这样的版图上，苏童架构了一种民族志学。苏童再度证明他是当代小说家中最有魅力的说故事者之一。”与此同时，该书责任编辑王干更是开足了马力，和王德威一起联袂唱起了“双簧”，飙捧《河岸》是“超越《妻妾成群》《红粉》《米》的扛鼎之作，苏童在世界文坛的影响因此更为深远”。

令人遗憾的是，二位专家对《河岸》的评价出现了严重的偏差。如果读者盲目地轻信这样的专家之言，一不小心就会掉进沟里。坦率地说，苏童的这部小说，无论影响力还是艺术水平，都没法与其之前的许多小说相比。王德威也好，王干也罢，无论这些评论家怎样对读者进行忽悠，为《河岸》涂脂抹粉、喷香贴金，始终都不能掩盖其稀松平常的文学品质。以为有老本，只顾吃“文学利息”的苏童，终于将自己彻底榨干，从《河岸》开始，苏童的小说写作就像坐上了滑梯，明显呈现出一种急遽下滑的趋势。

众所周知，苏童素以才华横溢、想象力丰富、会讲故事享誉当代文坛。在苏童刚出道的那个年代，许多作家都还在文学的道路上学习爬行的时候，苏童一出场就迅速登顶，直接摸到了文学的“天花板”。然而，突如其来的成功给苏童造成了一个严重的错觉，它使苏童误以为，他的那些“妻妾成群”和“红粉佳人”的故事，就像优质奶粉一样，已经为其打造出了一个著名的“苏记”品牌，可以长久地喂养读者；其连锁产品“枫杨树村”和“香椿树街”系列，同样会令读者百吃不厌，乃至源源不断地培养出一代又一代的苏童食客和粉丝。但文学创作并非经营“老字号”食品，始终都采用同一种食材，对同一种味道始终保持不变。如果将苏童的《河岸》和后来获得“茅奖”的《黄雀记》与其之前的作品仔细比较，我们就会清楚地看到，苏童的小说并不是越写越好，而是越写越“油”，越写越差了。

一位曾经非常喜欢苏童小说的作家朋友告诉我，看了他的《河岸》，就开始觉得如今的苏童写得实在不怎么样，其名不副实的《黄雀记》根本就令人读不下去。对此，我甚至怀疑，如果写《黄雀记》的作家不是苏童，而是其他作家，它究竟还会不会获得茅盾文学奖这样众人关注的国内首屈一指的优秀长篇小说大奖。根据我对“茅奖”的观察和分析，它的评选标准似乎是多重的，有的侧重于题材，有的侧重于作家曾经的影响力，对于“陪跑”多年而又在当代文坛如雷贯耳的著名作家，好歹也得给个“人气奖”或者“安慰奖”吧。

苏童在接受采访时曾说：“一个作家写得得心应手了就应该警惕，对于作家来说，最柔软的圈套就是自己的圈套。”“随着写作的时间长了，对自我的要求渐渐变成一种爬坡的要求。对于向上的愿望，下落或者滑坡，才是一个作家的惯性。惯性是危险的，因此你要与自我搏斗。这就是为什么许多作家感慨越写越难、坡越来越高，你甚至不一定能有充分的体力来达到你对自己设置的要求和目标。所以写作越来越难也是作家充其一生当中的写作现象。”苏童对于写作很早就有自觉的意识，他说：“我最怕的事是重复我自己。假如两个都是噩梦，一个是你想改变而做了一个噩梦，另外一个是重复自己而做了一个噩梦，我情愿做一个改变的噩梦。”但现实却与苏童开了一个残酷的玩笑，在多年的写作中，苏童的小说始终都没有逃脱重复自己甚至重复别人的宿命。

在当代作家中，苏童小说的雷同现象与贾平凹的自我抄袭难分伯仲，其故事结构和人物设置往往是大同小异，你中有我，我中有你。《米》中的五龙，从乡下来到冯家米店前乞讨，因身强体壮，被米店冯老板收留，结果引狼入室，冯老板的两个女儿最终相继成为五龙的老婆。五龙靠心狠手辣一家独大，遂成为黑社会老大。但恶有恶报，被冯老板戳瞎一只眼睛后的五龙，仍然无恶不作，疯狂嫖娼，结果染上一身梅毒而无法医治。《罂粟之花》中的刘老信，在城里发财梦破灭之后，带着满身的梅毒大疮回到家中。《红粉》中从乡下来到城市的凶狠的玻璃瓶加工厂女厂长，长着一脸白花花的大麻子。被其管教的小萼曾经做过妓女，不但不服其管教，反而看不起她，并且讥讽她。在《城北地带》中，不服管教的小萼又变成了放肆勾引男人的金兰，麻脸女厂长又变成了嫉恶如仇的麻主任。由此我们看到，苏童的“香椿树街”系列小说，总是在讲述着一个个近乎雷同的故事。在这些故事中，男人总是猥琐窝囊的，女人总是苦命倒霉的。男孩总是调皮捣蛋，荷尔蒙旺盛，他们流氓成性、拉帮结派、打架杀人、无恶不作；女孩总是性格孤僻、娇小美丽、天真无邪、楚楚可怜、凄婉悲惨。她们的结局往往都只有一个，这就是被这些小流氓强奸，被流言蜚语无形地逼迫致死。在苏童的笔下，偷窥、偷情、父子乱伦、兄妹苟合、姐妹共夫、强奸、手淫、梦遗、性虐待、玩弄生殖器、暴力凶杀，无奇不有，所有畅销小说中必备的“元素”，都出现在苏童的作品中。为了将小说写得更加火辣刺激，苏童可说是绞尽脑汁，吊足了读者的胃口。正因如此，在苏童小说的字里行间，总是弥漫着一股荷尔蒙的气息。如：

他清晰地感觉到了女性肉体的弹性和柔软，胸腔里的那颗小石子依然在活动，现在它一寸寸地向下滑动，直到小腹以下。他知道裤裆处在一点点地鼓起来……

五龙突然体验到一种性的刺激，生殖器迅速地勃起如铁，每当女人的肉体周围堆满米，或者米的周围有女人的肉体时，他总是抑制不住交媾的欲望。

雪巧虚幻的视线里出现了一个硕大的男性生殖器，它也闪烁着翠绿的幽光，轻轻地神奇地上升，飘浮在空中。

我难免夜梦频繁，梦是安全的，勃起却是危险的，我的勃起比梦还频繁，不分时机场合，这是一个最棘手的麻烦事。

她记起了柳生青春期刀片似的腹股沟，他的生殖器像一根紫色的萝卜，在水塔的夕照里闪烁锥状的光芒。那光芒原始，蛮横，猝不及防，它剥夺一个少女的贞操，也刺伤了一个女人的未来。

聪明过人的苏童，在多年的写作中，早已经总结出了一条“规律”：性是作家刺激读者的兴奋剂，只要在小说中不断添加这样的“春药”，就会使读者难以控制，不愁没有读者，不愁小说不能畅销。可以说，形形色色的乱伦、干柴烈火似的偷情和稀奇古怪的火山爆发似的性交，之所以能够长期占领苏童的小说空间，恰恰是因为苏童在多年的写作中早已经尝到了甜头，掌握了一套挑逗读者“上钩”的成功密码。一旦破译这一“密码”，我们就会清楚地知道，苏童在写作中何以总对性欲发泄和生育的非正常状态表露出一种异乎寻常的热情和痴迷，从而百写不厌、乐此不疲。在《刺青时代》中，十九岁的锦红匆匆嫁给了酱品厂的会计小刘，但出嫁时锦红已有了身孕。有人造谣说，这是因为锦红与父亲王德基睡觉。虽然小说转口否定了这种说法，但这种激发情欲的描写技巧，的确撩拨起了读者火辣辣的想象和好奇，让锦红怀孕的男人究竟是谁，这的确成了苏童众多小说中的一道待解之谜。难怪在接下来的描写中，朱明仍在恶意攻击王德基的儿子小拐说：“他算什么人物？他姐姐跟他爹睡觉，肚子都睡大了啦。”

在《罂粟之家》中，刘老侠、刘老信兄弟二人为争夺刘家老太爷的姨太太翠花花，不惜反目成仇。最后，染上一身梅毒的弟弟在与哥哥的争夺战中，蹊跷地死于一场大火。哥哥争夺成功，而他的傻子儿子演义，在其继母翠花花生孩子的时候，却被女佣讥笑说，这个出生的孩子，是他家的长工陈茂偷偷下的种。在《城北地带》中，素梅的儿子叙德被曾经是妓女的金兰勾引，其老公沈庭方在此后不久，也与金兰有了一腿。在这场父子乱伦中，金兰肚子里的孩子真不知该叫沈庭方爸爸，还是爷爷。在《舒家兄弟》中，风流成性的老舒与他的邻居邱玉美总是在争分夺秒地偷情。老舒的两个儿子舒工和舒农也正处在青春发育期，舒农甚至不惜以跟踪父亲的方式，来偷窥他与邱玉美的颠鸾倒凤。邱的老公是个窝囊废，满足不了她，也不敢对她的放肆有所阻止。更为离奇的是，邱玉美的两个女儿涵贞和涵丽都长得非常漂亮，尤其是涵丽，可说是香椿树街出名的小美人。老舒的大儿子舒工喜欢上了涵丽，可舒工不知道，涵丽和涵贞都是他父亲与邱玉美苟合而生的同父异母的妹妹。兄妹乱伦，涵丽因为怀上了哥哥舒工的孩子，最终酿成悲剧。而不知内情的弟弟舒农却不屑地说："林涵贞最不是东西，她们一家都不是好东西。"在《南方的堕落》中，苏童一如既往地沉溺在这种"肚子里的孩子"无法确认父亲的游戏描写中。到香椿树街找亲戚的红菱姑娘，来到梅家茶馆向老板娘讨水喝，结果被老板娘的奸夫，自称是红菱姑娘表哥的李昌所收留。之后老板与红菱姑娘以及李昌之间的情欲博弈便逐渐拉开了帷幕。红菱姑娘肚子悄然变大，当老板娘质问她肚子里的孩子究竟是谁播的种的时候，红菱姑娘理直气壮地告诉老板娘说："我爹。"在《米》中，好吃懒做、爱慕虚荣、风骚的织云，就像是金兰的升级版，而这个织云，简直比做过妓女的金兰还要妓女，更加放肆。织云甚至公开挑战五龙说：这世道也怪，就兴男人玩女人，女人就不能玩男人，老娘就要造个反。于是，织云"造反"的结果就是，名义上做黑社会老大六爷的小二，暗中却与他的马仔阿保勾搭，公开嫁给父亲米店的长工五龙。当织云怀孕生下孩子之后，五龙还没有来得及高兴，就被黑老大六爷公开抢走，说那是他的孩子。殊不知，孩子真正的父亲却是阿保，黑老大六爷那么精明，却没有想到织云的肚子，已被自己的马仔抢先下了种，儿子并不是自己的。这种出人意料的戏剧性的"肚子之谜"，已经成了苏童小说的一种惯用模式，使苏童的写作陷入了深深的泥淖而始终无法自拔。

在《米》中，甚至出现了如此不可思议的描写：“五龙喜欢嫖娼，他随身携带一个小布袋，布袋里装满了米，在适宜的时候他从布袋里抓出一把米，强行灌进妓女们的下身。”五龙在与自己起先的姨妹，后来的妻子织云做爱时，最喜欢干的，也是将米塞进她的子宫里。后来他染上梅毒，临死之前，他还在念念不忘地回忆十八岁的时候，第一次与堂嫂在草堆里通奸的细节。

法国学者多米尼克·曼戈诺在《欲望书写——色情文学话语分析》一书中说：“当代文学最明显的特征之一就是所谓‘露骨’性爱描写情节大幅增加……文学对性爱题材的偏爱可以归因于文学影响力的下降。为了扩大文学的影响力，作家们开始在作品中加入暴力、色情、种族歧视、个人私密等越来越火爆的元素。”苏童在《米》中这种畸形的性描写，让人想起了被众多当代作家狂热追捧过的美国作家福克纳。在苏童的作品中，我们随时都能看到福克纳作品的影子。早年的福克纳，在写作和家庭生活上曾一度陷入了困境，为了尽快摆脱贫困，获得文学上的“声名”，福克纳挖空心思地构思出了一部自己后来引以为耻的长篇小说《圣殿》。福克纳在挖空心思写作这部小说的时候，早已经预料到了这部小说可观的“市场前景”。他兴奋异常地告诉书商说：“我正在写一本关于一个女孩被玉米棒子强奸的故事。”这部描写一个性无能的男人用玉米棒子强奸女孩的故事，的确为福克纳赢得了滚滚的财源，该书出版之后，仅仅一个月就销售了3519册。两个月之后，已销售到了7000册。但福克纳家族却始终对福克纳的这部小说不能原谅。苏童《米》中的织云，其实就是对福克纳《圣殿》中的主人公谭波儿的移花接木。谭波儿为人浅薄轻浮，性格冲动，与男人相处极为随便。她对男人最大的杀伤力就是用两条“美腿”勾引男人。她贪图富贵而堕落，与织云如出一辙，其堕落和悲惨命运，或许正是苏童小说《米》的故事之本。在福克纳的笔下，男人变态地往女人的生殖器里拼命塞玉米棒子，而苏童将其移花接木，就变成了五龙变态地往妓女和自己的妻子织云的生殖器里塞米。

不诚实的写作，是当代许多作家投机取巧、浪得虚名的“终南捷径”。事实上，苏童对福克纳作品的克隆，并非仅仅出现在《米》中。在《城北地带》中，沈庭方与儿子叙德共同与金兰发生了关系。一个是自己的儿子，一个是自己的丈夫，这让素梅实在是没脸见人，在一身耻辱和满腔怒火的情况下，素梅最终选择了向麻脸主任举报自己的丈夫沈庭方。为此，作为党员的丈夫咎由自取地被送进了学习班。在学习班里，沈庭方因为羞愧而选择了跳楼，所幸没有摔死。之后，回到家里的沈庭方反诬妻子与人有染，但素梅却义正辞严地告诉丈夫说，她外婆是受过皇帝贞节匾的，她家的女子世世代代从来就没有偷过汉子。尽管受尽委屈，她仍然一如既往地照顾沈庭方，用盐粒搓洗猪大肠，准备为他做一道拿手好菜。这时，羞愧难当的沈庭方趁妻子不注意的时候，骤然采取了出人意料的行动。小说写道：

> 素梅冲进去时，看见沈庭方手里抓着那把裁衣剪子，他的棉毛裤褪到了膝盖处，腹部以下已经泡在血泊中。我恨透了它，剪，剪掉。沈庭方嘀咕了一句，怕羞似的拉过了被子盖上身体，然后他就昏死过去了。素梅看见的只是一片斑驳的猩红的血，但她知道男人已经剪掉了什么。她原地跳了起来，只跳了一下，理智很快战胜了捶胸顿足的欲望。素梅拉开棉被，看见男人并没有把他痛恨的东西斩尽杀绝，它半断半连地泡在血泊中，还有救，还可以救的。

在《河岸》中，作为书记的库文轩，起先是被当成革命烈士的遗孤备受尊崇，而一旦失去这一光环之后，连妻子都与其离了婚。最后他与有夫之妇赵春美通奸，给赵的丈夫小唐戴上了绿帽子，致使其喝农药死亡。事情败露后，赵春美跑到船上与库文轩算账，库文轩躲在船上不敢出来。这时小说中出现了如出一辙的描写：

父亲的下身拖曳着一条黑红色的血线，他剪掉了他的阴茎。剪的是阴茎！他的裤子褪到了膝盖上，整个阴茎被血覆盖着，看上去还是完整的，但下半部分随时都会落下来，他的身体已经开始摇晃，慢慢地朝我这边倒过来。帮个忙，拿剪刀来，剪光它。他一边呻吟一边对我说，它把我毁了，我要消灭它。

在上世纪八十年代，所有热门的外国作家，如卡夫卡、博尔赫斯、马尔克斯、福克纳等，无一不遭到“先锋作家”们的集体“哄抢”。在苏童和莫言等诸多作家的小说里，到处都像地下管道破裂一样，汩汩喷涌出一些马尔克斯似的句子。而喜欢福克纳的当代作家，几乎都从福克纳的小说中找到了“灵感”。福克纳《喧哗与骚动》中的“傻子”，一夜之间就催生出了当代小说中无数个“傻子”，如苏童《罂粟之花》中的演义，韩少功《爸爸爸》中的丙崽，阿来《尘埃落定》中土司的儿子，贾平凹《秦腔》中的引生和《古炉》中的狗尿苔等。在《喧哗与骚动》中，福克纳的这段挥刀自宫的描写，早已经被绝顶聪明的当代作家们移花接木，不厌其烦地当成了自己的创作。福克纳写道：

威尔许告诉过我有个男人是怎么自己弄残废的。他走进树林，坐在一条沟里用一把剃刀干的。随着那把破剃刀一挥，只见两团东西往肩膀上后面飞去，同一个动作是一股血向后喷溅但是并不打旋。

在《秦腔》中，傻子引生暗恋上了美丽的秦腔演员白雪，以致总是意淫白雪，暗中跟着白雪，甚至趁人不注意的时候，偷取白雪的内衣。在被人发现遭到一顿痛打之后，引生觉得所有的东西都在羞辱自己，为了斩断烦恼，便毅然挥刀自宫。在小说中，贾平凹进一步发挥了自己的想象：

我掏出裤裆里的东西，它耷拉着，一言不发，我的心思，它给暴露了，一世的名声，它给毁了，我就拿巴掌扇它，给猫说："你把它吃了去！"猫不吃。猫都不肯吃，我说："我杀了你！"拿了把剃头刀子就去杀，一下子杀下来了。血流下来，染红了我的裤子，我不觉得疼。走到了院门外，院门外竟然站了那么多人，他们用手指头戳我，用口水吐。我对他们说："我杀了！"染坊的白恩杰说："你把啥杀了？"我说："我把×杀了！"白恩杰就笑，众人也都笑。我说："我真的把×杀了！"白恩杰第一个跑进我的家，他果然看见×在地上还蹦着，像只青蛙，他一抓没抓住，再一抓还没抓住，后来是用脚踩住了，大声喊："疯子把×割了！割了×了！"

值得一提的是，贾平凹在克隆福克纳的过程中，早已经产生了一种"自宫"情结，在其多篇小说，如《油月亮》《晚雨》《佛关》中，都一而再，再而三地出现了这种斩断尘根的描写。在苏童和贾平凹们的小说中，尘根不仅仅是尘根，而是一枚供其任意驱使，不断挑逗读者的道具。在我看来，当代作家的许多作品，无疑都被高估了。许多作家都不同程度地存在着克隆他人，移花接木，将别人的创作成果巧取豪夺地据为己有的现象。阎连科对自己在《小河小村》中对拉斯普京的小说《活着，并要记住》"高明"的移花接木沾沾自喜。莫言甚至不无得意地告诉那些初学写作的人说："其实天下文章一大抄，看你抄得妙不妙就是。怎样才能抄了别人又不让别人看出痕迹呢？这就只能靠自己琢磨。"这种公开教人在写作时明目张胆地行窃的奇葩言论，在中国文学史上或许真算得上是脸皮厚过脚皮，前无古人。

面对当代文坛恶劣的生态，残雪曾一针见血地说："许多作家都在文坛混，同那些所谓批评家抱成一团来欺骗读者。因为现在大多数读者还不够成熟，分不出作品的好坏。当今时代是作家们

'混'的黄金时代。为掩饰自己才华耗尽，就把'混'称之为'转型'。"苏童的拼凑之作《黄雀记》尽管写得很差，但出版之后，照样迎来了众多批评家和新闻媒体习惯性的叫好之声。有学者飙捧说："苏童的《黄雀记》虽然没有给人带来王者归来的惊喜，也让人神清气爽了一把：那个熟悉的苏童经过一番远行之后终于又回归故里。人们又一次踏入了香椿树街'这一腐败而充满魅力的存在'，再次沉浸在那黏腻潮湿的氤氲中，那里时不时有情欲凶险耀眼的闪电当空划过。""在《黄雀记》中，苏童回归了他擅长的写作领地中，不再执意去强行突破自己原有的风格……"但只要认真读过苏童小说的读者都会清楚地知道，《黄雀记》的写作，与马原所谓的"王者归来"之作《牛鬼蛇神》、贾平凹自诩为"化蝶之作"的《带灯》一样，都是当代作家们过气之后，企图继续"挣扎"，为了保持人气，而重复写作的再一次拼命折腾。在马原的小说中，许多描写几乎都是原封不动地照抄旧作。贾平凹的诸多作品，已经堕落成为自我抄袭的文字游戏。而《黄雀记》的写作，同样是苏童对其以往"香椿树街"系列故事的又一次大炒冷饭。其写作之粗糙，简直犹如一锅苏童小说的"大杂烩"。从这部小说中我们看到，苏童的"香椿树街"如今就像是一口枯井，里面可怜的几滴水，早已被苏童翻来覆去地汲取殆尽。在苏童的笔下，香椿树街本来就是一块现代文明很难顾及的阴暗之地，那里的孩子们始终如同生活在非洲的难民营中，大人只管生，却不顾养，更不要说给予基本的教养。这些叛逆的孩子，不是缺爹就是少妈，要不就是父母不和。他们在家中与父母作对，在外面与世人为仇，动辄打架斗殴，奸淫少女，甚至杀人放火。总而言之，香椿树街的孩子们都是一帮无恶不作、人见人恨的小流氓和小坏蛋。

基于这样的思维定式，苏童的《黄雀记》与其说是新作，倒不如说是苏童对其原有的小说进行的一次换汤不换药的"旧房改造"。

在《城北地带》中，处于青春期性欲勃发的红旗，将邻居家年仅十四岁的女孩美琪强暴。事发之后，美琪因为无法忍受人们歧视的眼光和种种流言蜚语，最后跳河自杀，红旗也因犯强奸罪被判刑。之后，红旗的母亲便在人们奚落和鄙视的目光中，为儿子的案情和能够早日减刑默默地奔走和忍受。在《黄雀记》中，柳生强暴了小美，却阴差阳错地将罪行转嫁到了保润头上，保润的母亲从此也是背上了沉重的思想包袱，为了儿子的案情整天过着苦胆泡黄连的日子。《黄雀记》中的许多故事，我们都似曾相识。在《南方的堕落》中，茶馆老板金文恺始终没有物色到贤妻良母，他只得将自己的金器私藏在一只手电筒里，然后私自出走，没有将这笔财富留给风流成性的老板娘姚碧珍。这个“手电筒藏金”的故事，经过改装，就成了《黄雀记》中将老祖宗的尸骨私藏在了一只手电筒中。之后，这只手电筒究竟埋在哪里，也就成了一个无法破解的谜。而这个寻找尸骨手电筒的故事，又经误传衍变成一个由手电筒变成金坛子的故事。围绕寻找金坛子，反映的是在物欲的驱使之下人性的堕落。整个故事不禁让人想起了美国作家马克·吐温的小说《败坏了赫德莱堡的人》。在马克·吐温的小说中，赫德莱堡曾经是邻近一带地方最诚实、最清高的一个市镇。这个被认为是不可败坏的市镇，却因为一个外乡人故意遗失的一袋黄金，道德迅速崩溃，人心顷刻瓦解。

我以为，《黄雀记》的故事纯属七拼八凑。它与莫言的《檀香刑》居然出现了同质化的描写。在《檀香刑》中，刽子手赵甲迷恋酷刑和杀人的艺术，将对受刑者的处决上升成一种表演和行为艺术。在苏童的笔下，小小年纪的保润却对绳子捆人产生了迷恋，他掌握的捆人花样多达二十种以上，很多花样都是他自己命名的，譬如民主结和法制结、香蕉结和菠萝结，还有什么梅花结和桃花结。其中法制结灵感来自五花大绑的死刑犯，线条烦琐，结构厚重，研制起来也较为麻烦。小说中写道：“毫无疑问，保润的结绳代表着最高品质，不给别人质疑的余地，委托人无不惊叹于保润华美神奇的技巧，连连称道，真的像一只菠萝呀，捆得好捆得好，真的没想到，你这么年轻的小伙子，捆人捆得这么精彩。”保润在心里承认，这种病态的捆人是一项如此奇妙的手工工作，其妙处无法言传，他或许是迷上它了。而保润的这门捆人的技艺，却是专门用来捆绑包括自己的爷爷在内的众多精神病人的。至于保润从何处学会的这门捆人“技术”，连捆绑自己的爷爷时也是如此心安理得，他的心理基础从何产生，苏童在小说中并未向读者做出任何合理的解释，或者说令人信服的分析。也许有人会说，苏童写的是小说，小说完全是凭空虚构的。但小说的艺术魅力恰恰在于，它虽然是虚构的，却能让读者觉得就像是真实的，或者生活中可能会发生的，而绝不是让读者一眼就看出那完全是作家胡编乱造的。

酷爱畸形的性描写，痴情于渲染骇人听闻的暴力事件，可说是苏童小说最显著的两大“标配”。《黄雀记》中柳生的姐姐柳娟犯花痴，为了到北京去见所谓的男朋友小杨，她甚至不惜以向上拉起毛衣，向那些路过的少年们露出乳房的方式来“募捐”筹款。其母亲邵兰英更是无比残忍，对女儿的惩罚就是，柳娟出来“募捐”一次，就用烟头烫她一次，一共五次，正好烫成了一朵桃花的形状。看到这里，笔者不禁要问，当代作家如苏童、莫言们何以会如此沉溺于这种令人毛骨悚然的暴力描写？这是出于文学艺术表现的需要，还是为了作品的畅销而采取的吸引读者眼球的商业策略？

在阅读苏童小说的时候，我常常会感到不寒而栗。我总觉得，苏童在写作中，就像是在和莫言搞恐怖竞赛一样，越残忍越能获得心灵的享受。莫言的小说采取的是淋漓尽致的描写，剥人皮、对死刑犯一刀一刀地割肉、从肛门里刺穿等残酷无比的玩赏性描写。而苏童采取的却是同室操戈，亲人相残。在《舒家兄弟》中，哥哥舒工长得眉清目秀，却热衷于打群架、谈恋爱，甚至强暴涵丽。弟弟舒农不仅畏畏葸葸，而且还老是尿床。在舒工的眼里，舒农说话的嘴唇都难看得像两条不断蠕动的蛆一样。但就是这位一向被舒工欺负，平日窝囊透顶的弟弟，却对舒工进行了一次彻底的清算。他买来了一桶汽油，趁人不注意的时候，将汽油泼向舒工所在的屋子，然后一气之下点燃大火，让舒工葬生于火海。在苏童的笔下，小小的家庭矛盾，往往都会被推向极端。《米》中年仅十岁的米生，因为偷卖掉家中藏金的盒子买糖吃，被发现后遭到父亲无情的残酷痛打，为此，他发誓要杀掉告发他的妹妹小碗。这时的米生，简直比职业杀手还要专业和沉着。他带着妹妹小碗来到米仓的米堆上捉迷藏，并谎称马上就去叫小哥哥柴生来找小碗。他告诉她好好藏在米堆里，这样谁都找不到她，连爹娘都找不到她。说着就拽过半麻袋米，用力搬起来朝小碗的头上倒过去，他看见雪白的米粒涌出麻袋，很快就淹没了小碗的脑袋和辫子。起初新垒的米堆还在不停地松动坍塌，那是小碗在下面挣扎，后来米堆就凝固不动了，仓房里一片出奇的寂静。

成人杀人并不算稀奇，但一个年仅十岁的孩子如此沉着冷静地杀人，而且杀的是自己的亲妹妹，这不得不令人毛骨悚然和不可思议了。小说写道："他知道自己闯下了大祸，但他已经做好了充分的心理准备。"这般描写实属荒唐。如此老练的杀人手段和出色的心理素质，即便是一个经过专业训练的职业杀手，也未必能够真正做到。它只能出现在阿加莎·克里斯蒂的那些推理小说里。苏童这样的描写，简直是把读者当成了猴子，以为随时都可以牵着他们的鼻子肆意戏耍，让读者对所有的描写从来都不会怀疑。毛姆在《小说的艺术》中说："真实性是小说家最力求达到的效果；他想让你相信，他讲的故事真的发生过，即使故事本身像敏豪生男爵的经历一样难以置信，或者像卡夫卡的《城堡》一样惊悚恐怖。"

长期以来，中国文坛一个不容忽视的现象就是，某些当代作家在获得读者无数的鲜花和掌声之后，不但再没有什么值得惊喜的作品问世，甚至越写越差，他们不断问世的作品，往往都是一种机械性的重复写作。如贾平凹、马原、阎连科、李佩甫的小说，无论故事，还是细节描写，往往都是在挥起锅铲，摆开架势大炒冷饭，改头换面地以旧充新。《黄雀记》的写作，不但没有突破其原来香椿树街的写作模式和描写的内容，反而就像是一次巨大的山体滑坡一样，让人看到了苏童在写作上一次不幸的坠落。

当年那个雄姿英发的苏童，难道真的老了，只能在岁月的时光中不断地反刍那些过去的作品，炒一炒曾经的冷饭？

当今小说创作的致命伤
——以李佩甫的《生命册》为例

茅盾文学奖是由中国作家协会主办，根据茅盾先生的遗愿，为鼓励优秀长篇小说创作、推动中国社会主义文学的繁荣而设立的一项著名的文学大奖，是中国具有最高荣誉的文学奖项之一。自1981年设立，由当时的每三年一届，到如今每四年一届的茅盾文学奖，总共颁奖十届。茅盾文学奖评选标准特别强调指出："要重视作品的艺术品位，鼓励在继承我国优秀传统文化和借鉴外国优秀文化基础上的探索和创新，鼓励那些具有中国作风和中国气派，为人民大众所喜闻乐见，具有艺术感染力的佳作。"令人遗憾的是，在获奖的数十部长篇小说中，别说是经典之作，就是真正为人民大众喜闻乐见，堪称具有艺术感染力的佳作，恐怕都仍然是凤毛麟角，而更多的，却是在评奖之日欢庆喧嚣一时，转瞬便被文学界遗忘，鲜有读者问津，轻易就被时间打败的平庸之作。一个举国瞩目，奖金高达50万元，理应代表我国长篇小说创作最高水平的国家级文学大奖，经过众多文学界有影响力的作家、理论家、评论家的层层把关和严格评审，居然有如此之多的鱼目被当成了珍珠，侏儒被说成了巨人，这背后的原因，无疑值得我们去认真思索和探讨。

在获得茅奖之前，李佩甫的长篇小说《生命册》出版之后，在文坛上并未引起多大的反响。它连作者之前出版的《羊的门》的艺术水平和影响力都没有达到。但在该小说获奖之后，这部文学含金量并不太高的作品的命运，却发生了意想不到的大逆转，迎来了无数的鲜花和掌声。本届茅奖唯一80后评委杨庆祥高度赞誉《生命册》说："这部作品更大气、开阔，更加元气充沛。它是作家垂问大地，俯瞰生灵，是城乡主题的集大成之作。我们知道，中国现代文学的一个基本母题就是'城乡书写'问题，从鲁迅最早提出的

‘侨寓文学’，到上世纪30年代老舍、沈从文的创作，都是城乡母题在文学书写上的不同变奏。‘人’与‘现代性’之间的这种复杂关系在现代书写中构成了著名的写作模式：对乡土文明的乡愁式的怀念和对城市文明病的憎恶和批判。李佩甫的《生命册》可以放在这一文学史的谱系中来予以观照。……他几乎天然继承了城乡二元的结构模式，通过这一模式展示了近50年中国的城乡发展史。”而另一位茅奖评委则不遗余力、登峰造极地飙捧《生命册》说：“它和过去的长篇小说有一个很大的不同在于，他是采用了第一人称的讲述方式来讲，几乎每一人物的背后，都可以看到人物原型。从反映生活的宽度、思想的深度、艺术表达的高度来讲，都是代表了当今文学创作的最高水平。”但在笔者看来，任何名不副实的浮夸，都无异于溜须拍马，最终只能是伤害文学奖的公信力，也绝不可能将一部稀松平常的作品捧上文学的神殿。概而言之，《生命册》的创作，无论在结构和人物刻画以及故事的讲述上，都根本经不起仔细的推敲，甚至存在着明显的缺陷和诸多的漏洞。

小说中的“我”，即吴志鹏，是一个喝无梁村乡亲们的百家奶、吃百家饭长大的孤儿，被乡亲们推荐并供养上大学、读研究生，在毕业后成了省财贸学院初展才华的一名青年教师。小说开始不久，作家写道：“在我的记忆里，无梁女人高大无比，屁股肥厚圆润，活色生香。我得说，我那时候已晓些事了，手可以刚刚够得着女人的屁股。站在石磙上碾篾子的女人，屁股都是紧绷着的，就像是一匹匹行进中的战马，一张张弹棉花的张弓，捏一下软中带硬，极富弹性，回弹时竟有丝竹之声。那时候，在初升太阳的阳光下，我会沿着村街一路捏下去，捏得女人哇哇乱叫‘吃凉粉儿’。我也承认，我还曾经摸过无梁大多数女人的乳房。在这个世界上，毫不夸张地说，我是见识乳房最多的男人。国胜家女人乳房上有一黑痣；紫成家女人乳房像是歪把茄子；宝祥家女人的乳房奶头极大，就像是一对紫红色的桑葚；三画家女人乳房像个大葫芦瓢；海林家女人的乳房下拖着，就像长过了的老瓠瓜；印家女人的乳头润着一片麻点点，像是撒满了黑芝麻的水豆腐；水桥家女人的乳房极小，就像是倒扣着的两只小木碗；麦勤家女人的乳房汗忒多，有一股羊膻味；大原嫂子的乳房细白，有豌豆糕的气味；宽家女人奶子又大又肥，饱盈盈的，像是个快要胀破了的气球……说这些，我不是要故意引诱你。我只是说，女人跟女人是不一样的。”这一段描写，与小说中的主人公吴志鹏的人格完全是分裂的，也不符合吴志鹏真正的性格和心路历程。一个吃百家奶、百家饭，小小年纪的农家孩子，不知道感恩不说，怎么还变成了一个老色鬼，成天像西门庆一样到处寻花问柳，对那些善良的哺育自己长大的无梁村的女人们，总是色眯眯地处处要流氓？倘若真是这样的话，小说中的吴志鹏究竟是人，还是畜生？而根据常识，一个人在吃奶的婴儿时期是根本不可能有记忆的，更不可能懂得什么是黑痣，什么是歪把茄子，什么是桑葚，什么是老瓠瓜。令人匪夷所思的是，吴志鹏在吃无梁村女人们的奶时，居然就能清楚地知道她们奶子的各种特征。真是流氓不可怕，就怕流氓有文化。吴志鹏这样的流氓在成为研究生之后，无梁村女人们的乳房就成了公开的秘密，被其淋漓尽致地意淫，并且公开暴露在光天化日之下。

可以说，《生命册》中的人物，几乎都是虚假夸张、没有血肉的漫画式人物。这些人物仅仅是作家对现实生活生吞活剥的图解成果。如小说中另一位核心人物“骆驼”，在他出场的时候，作家描写道：“‘骆驼’名叫骆国栋，是来自大西北的才子。骆国栋之所以被人称为‘骆驼’，不仅仅是因为他晒了一脸的高粱红，是他身有残疾。它（他）生下来就是个罗锅，且一只胳膊粗，一只胳膊细（那只细胳膊佝偻，几乎是废的），背上还多了一块类似于‘驼峰’的东西。但他绝顶聪明，连续三年考大学，连考连中，分数是足可以上清华的料，可每次体检，他都被刷下来了。可骆驼并不气馁，第四次，凭着他那扎实的古文底子，直接考上了研究生，成了我的同窗……那一年，研究生刚读了不到一个星期，骆驼又差一点被刷掉。因为他时常披着衣服去上课，显得吊儿郎当的，多次被辅导员训斥。后来辅导员发现：他的一只袖子是空的，他把那只患有残疾的胳膊绑在了身上，藏起来了。于是，辅导员就以他生活不能自理为由，坚持要他退学。这件事轰动了整个学院。那天中午，当他去学生食堂打饭的时候，学生们看见他，一个个说：骆驼来了。骆驼来了。他就是那个全省考分第一（笔者按：研究生考试并非高考那样的全国统考，各个大学要求和专业不同，考题也不相同，哪里有什么全省考分第一之说?），身有残疾，要被辞退的学生……我们虽然同情他，却没有办法。可骆驼却从容不迫，脸上看不到一丝沮丧的样子。他站在打饭的队列里，不时有人扭头看他，可他置若罔闻。在众目睽睽之下，他单手，从容地打了饭，坐在饭桌前从容地把饭吃完，而后又到水池前洗碗筷……这才找校长去了。没人知道他跟校长谈了些什么，结果是：他留下来了。一年后，他做了学生会的主席。三年后，他带走了中文系的系花。”看到以上这一段描写，我仿佛觉得不是在读小说，而是在听一个“励志大师”对一群愚昧的听众激情地讲述一个子虚乌有的弱智故事。试想，像骆驼这样身有严重残疾，连大学都没有读过一天的考生，能够被破格录取为研究生，即便是在今天，也一定是一个轰动全社会的爆炸新闻。该校的辅导员难道还会不知道骆驼是一位残疾学生，甚至故意刁难骆驼？并且骆驼既然如此自信，有征服校长、担任学生会主席、搞定系花的能力，他有什么必要将自己那只患有残疾的手绑在身上，且单凭一只手又如何绑在身上？况且，即便骆驼绑得住自己残疾的手，他绑得住背上的罗锅吗？倘若骆驼愚蠢和无厘头到了这种滑天下之大稽的程度，那么小说中的骆驼就不是聪明绝顶的骆驼，而是一个在生活的舞台上出乖露丑的红鼻子小丑。对此，我们不禁要问，对于骆驼这样一个不可思议的“罗锅”和“怪物”，中文系的系花凭什么要不顾世俗的目光，死心塌地地跟着他走？沙滩上不能建高楼，吹牛不能吹过头。写小说不是江湖郎中卖药，骗到一个算一个。

在接下来的一系列描写中，骆驼就像《西游记》里神通广大的齐天大圣孙悟空，上天入地，腾云驾雾，无所不能。他忽而就像是一位放浪不羁、仗剑走天涯的独行侠，忽而又像是一位商场上神机妙算、战无不胜的巨无霸。残疾的骆驼，居然可以在北京为书商当

"枪手"，一天写出八千字，在书商不履约的情况下，义无反顾地"单刀赴会"，以直接将刀口刺向自己胸口的极端方式相要挟，强迫书商俯首就范。骆驼还可以用一只手熟练地驾驶奥迪车在公路上高速行驶。更令人难以置信的是，作为一个"罗锅"和手有重度残疾的人，骆驼不仅常常出入娱乐场所，还居然敢于在舞厅里当众显摆，邀请女士跳舞。在商海中，骆驼不经意地撒一泡尿，就可以赚一千万，仿佛深圳和上海的股市，都牢牢地遥控在骆驼的手中，骆驼想赚多少就赚多少。可惜因为缺乏对股市和商场的了解，作家在描写骆驼的商业活动时，便只能停留在肤浅的议论和简单的描述这样的低层面上。如："骆驼是干大事的人，骆驼的天分一流。骆驼最伟大之处，就在于他浑身上下每一个毛孔都充满着洞察力。他几乎是一个先知先觉者……就在我沉醉于股市涨涨跌跌，每天都能挣钱的时候，骆驼经过分析，在电话里一再告诫我：打新（股）！只有打新（股）才能翻倍！……"又如："那年夏天，光头骆驼在五星级的北京饭店大堂里大步走着，穿一件黑色的油纱休闲褂，走路仍然是袖子一甩一甩的，不时摸一下光头，就像天生就该是走在红地毯上的人，天生就是领袖人物。他的气派也大（大约有厚朴堂价值一百亿的股票撑着），行走中，他的脚步重了，厚吞吞儿的，脚下就像铺满了金砖，仿佛无论走到哪里都是自己的家。"在笔者看来，一个拥有一百亿股票的公司，绝非三两个人轻松就能运转得过来，它必须拥有一个卓越而又庞大的商业团队。但在小说中，仅仅只靠骆驼与吴志鹏打几个电话，就能把巨额的财富轻松赚到手，把一些地方官员，甚至副部级官员忽悠得跟着骆驼的屁股溜溜转。骆驼高兴起来，一天给吴志鹏打几次电话，钱就像打开开关的自来水一样，哗啦哗啦不断地冒出来。骆驼说：知道你的身价（家）么？吴志鹏说：多少？骆驼说：一亿七。在某一天晚上，骆驼又给吴志鹏打电话说：看盘了么？吴志鹏说：怎么了？骆驼说：涨了，咱双峰公司，又涨了，大涨！吴志鹏问骆驼，说：多少？骆驼告诉吴志鹏：你四亿三了。看了这样一些不靠谱的描写，稍有一点正常思维的读者都可能认为这是在进行电信诈骗。与其说骆驼是在做生意，倒不如说是在开地下印钞厂，或者说是在对吴志鹏进行“人人都可以成为亿万富翁”的传销洗脑。

再看小说中另一位漫画式的人物“虫嫂”。笔者注意到，在小说中拿侏儒来说事，已经成了当今某些作家乐此不疲地勾引读者的拿手好戏。因为侏儒的特殊身份，作家在写作时就可以制造出一个又一个吸引读者眼球的噱头和撩拨读者情欲的看点。如在阎连科的《受活》中，那些健全的男人就以奸淫侏儒为难得的享受。他们公开高喊：“来干吧，她们人小眼儿小，又紧又受活——谁不干谁后悔一辈子！”在迟子建的《群山之巅》中，侏儒安雪儿“被辛欣来破了身，龙盏镇的人便觉得她与天再无关系了。他们开始探寻她坠落凡尘的先兆：她的肤色不那么透明了，走路有了声响，爱吃肉了，而且不像以前那么喜欢望天了。大家对她的来历，又有了新的演绎。说安平是法警，这么多年枪毙的人中，不也都是罪大恶极的，屈死鬼当是有的！辛欣来强奸安雪儿，真凶不是他，而是附在他身上的冤魂！冤魂借辛欣来的躯壳，来报复法警的杀身之仇”。在安雪儿被强奸之前，她能刻碑的名气已越来越大。附近乡镇出了丧事的人家，都带着墓碑找她。人们更加相信安雪儿来自另一个世界。在镇长唐汉成心目中，辛欣来强奸安雪儿，比杀掉他的养母更加十恶不赦。安雪儿是龙盏镇的一块招牌，或者说是一盏灯。他还想着将来在一心山建寺院时，请安雪儿做居士，参与法事，引来香客呢。虫嫂是《生命册》中一个屡偷不改的准侏儒。虫嫂与残疾人老拐的结合本身就颇具戏剧性，尤其是他们的性事。虫嫂简直就是以偷为生。偷了豆子偷西瓜，偷了西瓜偷枣子。当被看枣的老光棍捉住后，虫嫂就拿性和老光棍做交易。老光棍后来交代说，他和虫嫂“好”上了，啥话都说，他甚至还供出了两人最私密的话，说老拐办那事只一条腿使劲，不给力。在小说中，嗜偷成癖的虫嫂，完全就是寡廉鲜耻的代名词。她屡教不改，总是以性来勾引男人。就是这样一个被村里所有女人唾弃和屡屡殴打的女人，仿佛在一夜之间就立地成佛，成了人人羡慕和赞美的教子有方的当代孟母。她把讨厌读书的大儿子大国引上了正途，含辛茹苦地将其和二儿子二国和女儿三花培养成为大学生，并通过在城里捡垃圾赚取了一大笔存款。对此，全村人都看着这个小个子女人，人人摇头，觉得不可思议。一个偷了一辈子的女人，如今也光彩照人了。

丑小鸭变美天鹅和王子爱上灰姑娘的故事，只能发生在虚幻的童话世界里。一个屡偷不改，拿性做交易的女人创造出的教子神话，只能出现在《生命册》这种近乎弱智的“鸡汤小说”里。在这样的“励志”神话中，当年才十岁多一点，一跑就是三天，在县城的火车站一个人偷偷地扒火车，说是要去乌鲁木齐，结果被火车站派出所的警察扣住了的大国，在多年之后，居然咸鱼翻身，成了县教育局副局长的女婿。通过小说的描写我们知道，以大国的学习底子和长期厌学的心态，能否重新回归校园，在学习中不留级并完成学业都是一个巨大的问号。但太阳却偏偏从西边出来了，虫嫂的三个孩子都像孙悟空一样，一个跟斗就可以翻过十万八千里，一路过关斩将，毫无悬念地顺利通过高考这座独木桥。就像童话里那些美妙的故事一律都不需要现实的根据一样，《生命册》里的故事，完全不需要生活逻辑的支撑。先天罗锅的骆驼，聪明得就像诸葛亮，钱多得就像财神爷，再漂亮、再高傲的女人，在骆驼面前，都会一触即溃，俯首帖耳，乖乖地举起白旗，死心塌地地紧随其左右，心悦诚服地任其大肆玩弄。如此呼风唤雨的本领，总让人感觉《生命册》就像是一部当代的神魔小说。

毫无新意、互相模仿以及同质化的描写，已经成为当代作家创作中的致命伤。翻开当今众多作家的小说，许多大同小异的描写总是不请自来。许多作家不是在鲜活的现实生活中去感受生活，发掘人物，而是到捕风捉影的传说中去闭门造车和臆造生活。像道德卫士一样抨击和妖化农村女性，已经成了当代作家写作中的一种时髦。在阎连科的许多小说中，只要农村的女人到城里赚到钱，就一定是在娱乐场所或者发廊里做了“鸡”。在其被称之为“神实主义”的力作《炸裂志》中，男盗女娼简直成了乡下人快速致富的唯一途径。漂亮的朱颖刚到城里时，只是一个理发店的服务员，但因为做“鸡”，很快就在省会城市里开了一个娱乐城，一次洗澡能够容下九百个男人和女人，每天挣的钱就能买几辆小轿车，或者盖一栋小洋楼！在公安机关的一次扫黄行动中，主张农村女人到城里卖淫的乡长就不得不到公安局去捞人。一入门，就看见刘家沟和张家岭的十几个姑娘们一排儿蹲在一堵院墙下，每个都精赤条条，裸了身子，只戴了乳罩，穿着红红绿绿的三角裤头儿，在阳光下展摆身子。在《生命册》中，老姑父漂亮的女儿苇香就像一个熟透了的鲜艳无比的桃子，两只大美眼忽闪忽闪的，胸脯圆润饱满地挺着。小说中的吴志鹏在治安大队见到苇香时，发现她穿得是那样少，少得让人不敢看。她上身穿着一个米黄色的露着半边奶子的丝绸短衫，下边是米黄色的短裤，头发烫得像鸡窝一样，脚上趿拉着一双红拖鞋，半蹲在那里，真成了一只“鸡”了。做“鸡”之后，在“脚屋”里为人“洗脚”的苇香很快就成了令人刮目相看的富婆。坐在红色出租车里的苇香，在回到无梁村时，居然轰动全村。很快人们就知道苇香挣了大钱了。苇香回来后不久，就让村里批了一块地，十天之后，一座贴了白色瓷片的小楼拔地而起。和《炸裂志》中的朱颖在村里带人进城一样，苇香回到村里，一下子就带走了六个姑娘。不久，苇香又摇身一变，成了平原板材股份公司的总经理蔡思凡女士。笑贫不笑娼，人人都对卖淫致富的农村女性投来羡慕的目光。由此我们可以看出，阎连科和李佩甫的小说，不但像是从一个模具里生产出来的，而且更像是浸透着一股怨毒的讨伐农村女性的战斗檄文。炸裂村和无梁村的村民为了金钱，人人都可以寡廉鲜耻。在阎连科和李佩甫们的心中，当今的农村之所以物欲膨胀，完全是因为今日的乡村早已经完全“炸裂”了。这种站在道德高地对当今农村所进行的批判，就像是交通警察戴着有色眼镜在红绿灯前的瞎指挥一样，只能是把读者引向误区。

随波逐流，哪里热闹，就一窝蜂地往哪里挤，可说是当今作家的常见病和多发病。由于对现实生活缺乏深入的观察和鞭辟入里的剖析，和许多著名作家一样，《生命册》中的许多描写，都只是停留在对我们司空见惯的社会现象进行皮相的书写。在无梁村，梁五方因为冤案已经在上访的道路上走了三十三年，从一个年轻小伙子走成了一个弯腰驼背的小老头。尽管分管信访的女书记已领着县、乡、村的干部们，在无梁村的场院里为其当众宣布平了反，但一根筋似的被认为是“滚刀肉”的梁五方却根本就不买账。他四处告状喊冤，并上访到北京。在国庆节前夕，在北京搞社会治安大清查时，再一次被遣送回来。在县信访局的院子里，信访局长一见他，气不打一处来，说：五儿，你真是给脸不要脸呢！令有关部门头痛的是，梁五方要求有关部门必须把他跑了的媳妇给找回来，而梁五方的媳妇早已经嫁给他人，并且生育了孩子。同样，刘震云的小说《我不是潘金莲》中的李雪莲，二十年来，年年在全国人民代表大会召开期间前往北京告状，累计十九次。其中，被当地警察拦住十一次；半道上，被河北警察拦住过三次；还有五次到了北京，被追过去的警察在旅馆里找到三次，也就是被“劝回”三次；剩下两次，一次到了长安街，被北京的警察扣住；一次终于到了天安门广场，又被广场的警察扣住。总而言之，李雪莲已经成了当地政府部门一块久治不愈的心病。为了阻止李雪莲上访，有关部门什么办法都想过。市政府秘书长甚至公开下令：从县里多抽些警力，换成便衣，让他们在李雪莲之前赶到北京，在人民大会堂四周，悄悄撒上一层网。一个执着的上访户李雪莲，就可以使整个政府部门鸡犬不宁，如临大敌。在余华的《第七天》中，一个李姓男子当着警察的面，将无辜的张刚砍死。在后来的十多年里，张刚的父母一直努力为儿子争取烈士的称号。起先市公安局不同意，理由是张刚并非因公殉职。张刚的父母坚持踏上漫漫上访路。先去省里的公安厅，后去北京的公安部。市公安局对张刚父母的上访头疼不已。有一年北京两会期间，张刚父母曾在天安门广场打出横幅，要求追认他们的儿子为烈士。这让北京有关部门十分恼火，省里和市里的相关部门受到严厉批评。市公安局只好向上面打报告，请求追认张刚为烈士。省公安厅上报北京，北京一直没有批复。张刚父母仍然坚持不懈地上访，尤其是北京召开两会和党代会期间，他们都会跳上北上的火车，可是每次都被堵截在途中，然后关押在不同的小旅店里，等北京的会议结束，他们才被释放。在莫言的小说《四十一炮》和贾平凹的《带灯》也大同小异地涉及了令有关部门头痛不已的上访。

坐井观天，只能看到一片狭小相同的天。我们可以肯定，李佩甫、刘震云、余华等作家在创作小说之前，肯定没有开过碰头会，就小说中的内容和描写进行过深入的交流和仔细的磋商，但吊诡的是，他们小说中出现的情景和描写，竟会这样如出一辙。如贾平凹的《秦腔》和李佩甫的《生命册》就都不约而同地写到了因为情欲的困惑而导致的挥刀自宫。《生命册》中的春才，浓眉大眼，长相俊美，他一流的编席手艺赢得了太多的赞誉。姑娘们喜欢他，甚至到了非春才不嫁的无法自拔的地步。就是这样一位帅小伙子，在众多姑娘爱欲的围追堵截之下，始终岿然不动。为了斩断情丝，断绝姑娘们的后路，发病的春才终于毅然地挥刀自宫。而即便是没有了命根，也照样有女人愿意嫁给春才，和春才睡在一起。有一段时间，许是好奇心作祟，全村的人都想看看割了那物件后，春才是怎样尿尿的。小说中还写老拐和虫嫂怪诞的性交，写春才面对蔡苇香一对性感的乳房五毒不侵的性冷淡，写罗锅的骆驼对漂亮女人无往而不胜的征服和快意，写“我”和梅村光光地躺在床上一夜销魂的“赤诚相见”。形形色色，无处不在，猪肉炖粉条，大杂烩一样的“性乱炖”，不言而喻地成为《生命册》的“主打曲”。这些稀奇古怪的性描写，除了能够撩拨读者的荷尔蒙飙升，为无聊的看客们增加一点饭后的谈资以外，我们根本就看不到它对于提高小说的艺术性和读者认识社会、了解人生究竟有多少帮助。

肤浅、概念化，故事雷同，对当下社会生活现象进行简单的罗列和堆积，讲述一些网络乃至酒桌上常见的荤段子和新闻串烧，已然成了当今某些作家黔驴技穷的最后一搏。而《生命册》这样的作品，竟被某些评论家称作是中原作家群在新时期创作的经典作品，是中原文学的一个新高度、新成绩，具有一定的里程碑意义。这种通体完美的吹捧，只能说明文学批评的集体堕落。正如米兰·昆德拉所说：“小说唯一存在的理由是说出唯有小说才能说出的东西。”而绝不是像如今某些作家那样，写出的都是一些人们司空见惯的连瞎子都看得到的东西。尽管小说是一种虚构的艺术，但其虚构出来的故事，却必须呈现出艺术的真实，并具有撼人心魄的感染力。它使读者相信，作家在小说中所描写的故事，确乎应该在生活中发生或者极有可能发生，而绝不应该是那种一望便知的虚假故事。这种虚假故事的产生，一方面是由于作家缺乏必要的生活常识，另一方面则是由于作家缺乏文学的感知和丰富的想象力，不能书写出符合生活逻辑的感人故事。如《生命册》中反复出现的有关世界上最好的玫瑰——阿比西尼亚玫瑰的描写。穷得叮当响的吴志鹏，三天吃一块烤红薯，却要梅村等自己三年，三年后，他将会带着九十九朵阿比西尼亚玫瑰来迎娶梅村。多年之后，和吴志鹏一起打拼并赚得盆满钵满的骆驼，一直把这件事惦记在心上，让为骆驼已经打了三次胎的卫丽丽，从遥远的埃塞俄比亚空运到欧洲的阿姆斯特丹，然后又从阿姆斯特丹空运到亚洲的香港花市，给吴志鹏送来了阿比西尼亚玫瑰。试想，这一百朵二十五种花色的玫瑰，就包装在一个打有十字绢花的精美纸箱里，经过横跨三大洲长途的换机折腾岂不早已经变成了一把干盐菜？要知道，国外对于鲜花入境是有严格规定，并必须经过严格检疫的，一些国家甚至禁止鲜花入境。卫丽丽有何通天的本事让这些玫瑰在各个国家顺利过关？尽管小说中写到，这些玫瑰是在保持恒温和相对湿度的冷藏间里空运过来的，但哪一架飞机里会专门为骆驼和卫丽丽们的浪漫情怀设置这样一个冷藏间？要知道，此刻的吴志鹏连梅村究竟身在何处都不知道，即便是这些玫瑰没有枯萎，让吴志鹏拿在手里找不到梅村又有何意义？更让人百思不得其解的是，吴志鹏在面对服务生接收这些鲜花时，用手摸了摸纸箱，却猛又缩了回去，他居然发觉纸箱仍然是凉的。而当吴志鹏小心翼翼地打开纸箱，取出一朵玫瑰时，玫瑰秆也是凉凉的，花瓣上还沾着一点露珠儿。谁能相信，经过如此长久的时间，那些玫瑰花上的露珠儿还没有挥发掉？

由于对于深圳和上海这样经济发达的大都市的发展节奏缺乏真正的了解，以及对于商业运作的一知半解，《生命册》中的许多故事，仅仅只是对当今众多社会现象的捕风捉影，而很少属于自己观察和思索的结果。难怪有评论家一针见血地指出："时间的把握上，没有一个坐标，人物的年龄互相穿帮，时代模糊不清，显得叙事凌乱虚假。从整体来看，小说中多是宽泛的时间段，这些时间段通过一个个政治事件而'含蓄'表现出来。但有的事件跨度较大，不是一两年的事情。这样，小说主人公的年龄段失去了时间坐标。估计读者看整本书，也不知道吴志鹏、蔡苇香出生于哪一年，做某件事时大概是多少岁。这就缺少了读者对其'信'的基础。"这些表面热闹，貌似宏大叙事，实则缺乏艺术感染力的故事，很难不让读者疑窦顿生。就像贾平凹把《秦腔》一盘散沙似的描写自诩为"密实的流年式的书写方式"一样，李佩甫宣称："为了写好这个土地上的一群生命状态，我采用了树状结构。"而所谓的"树状结构"，不过是作家玩弄的一个文字游戏。事实上，该书在结构上，就像是一些中短篇小说简单的连缀，完全缺乏有机的内在联系。它与同是获得茅奖的路遥的《平凡的世界》和陈忠实的《白鹿原》这类结构严谨、气势恢宏、人物性格鲜明、匠心独运的经典之作相比，可说是高下立判。

曹文轩与安徒生有啥关系?

在中国，只要上过学的孩子，恐怕没有不知道曹文轩这个名字的。尤其是2016年4月4日，曹文轩获得“国际安徒生奖”，国内众多媒体便一度出现了集体兴奋得无法控制的状态。有媒体将曹文轩的获奖誉为“登顶世界之巅”，宣称：“来自中国的儿童文学作家曹文轩不负众望，顺利摘得这一世界儿童文学领域的至高荣誉，实现了华人在该奖上零的突破！继莫言2012年摘得诺贝尔文学奖后，中国的文学力量再次在世界面前展现了蓬勃的生机与无限的希望！”“国际安徒生奖为作家奖，一生只能获得一次，表彰的是该作家一生的文学造诣和建树。”曹文轩的小说，被众多的学校和老师推荐，被称为“‘中国故事，人类主题’的完美呈现”“至珍绝美，典藏中的典藏”。但曹文轩的作品究竟是不是配得上这样高度的赞美，是否真正达到了世界文学的最高峰，学术界和文学批评家们却很少去认真探讨和思考。

曹文轩在《读者是谁》中说：“我不是一个十分典型的儿童文学作家，因为我在写作过程中一般较少考虑我作品的阅读对象是儿童，更少考虑他们是我作品的唯一阅读对象。在书写的日子里，百般焦虑的是语言、故事、结构、风景、意象甚至是题目和人名之类的问题。我曾经许多次发表过一个偏颇的观点：没有艺术，谈论阅读对象是无效的。但我十分走运，我的文字引来了成千上万的儿童。当那些书以每年每种十万册的增长速度被印刷时，我暗自庆幸我所选择的文学法则。我要在这里告诉诸位：儿童是这个世界上最好的读者。”通过曹文轩的这段话，我们可以清楚地看到，儿童文学仅仅只是曹文轩写作的一个外壳。曹文轩说“儿童是这个世界上最好的读者”，这样的话并不靠谱。因为儿童毕竟是儿童，他们因为年龄、知识、判断力等诸多原因，并不能对自己阅读的书籍作出准确的判断。事实上，儿童是这个世界上最容易被误导、最好“蒙”的读者。曹文轩的小说，虽然被冠之以“儿童小说”，但却未必适合儿童阅读，尤其是像《天瓢》这样的小说，其描写之“生猛”，更是令人匪夷所思，百思不得其解。曹文轩在小说中近乎疯狂的玩赏性的性描写，恐怕让许多学生家长都会大跌眼镜，感到崩溃：

> 大堤上，有几十架水车正在往大堤外车水。踩水车的都是汉子，骄阳下，赤身裸体，汗津津、油亮亮的躯体，在阳光下犹如金属，光芒闪烁。随着身体的摇晃，裤裆里的家伙，大小不一，长短有别，但一律犹如钟摆。

> 那母花娇羞地打开花瓣，露出又红又嫩的花蕊。这花蕊长得好生奇怪，总让那些成年人无缘无故地产生联想：它绒绒的，中间留有一孔，那雄花的花棒，正巧插入那空（孔）中，真是天造地设的相拥。而就在人用手将那公花的花棒在母花的神圣之孔中上下抽动几下之后，那母花便从此有了孕气，慢慢开始于雨露里、阳光下结出了瓜。

> 杜元潮感到小肚子有点儿胀，站起身来，挺起肚皮，刚才还很绵软的小鸡鸡突然得到了某种力量，一下子变粗，并翘了起来，他低头看着它慢慢地抬起来，再一使劲，一股细细的清澈的尿液很有力地冲出，高高地飞向空中。这道尿在空中划了一弯优美的弧线，叮叮咚咚地落在了池塘里，其声清脆入耳。
>
> 彩芹清清楚楚地看到了杜元潮的小鸡鸡。杜元潮的小鸡鸡像一只没有长羽毛的还在窠里嗷嗷待哺的鸟。彩芹有心想用手去抚摸它，可是不敢，怕惊动了它似的。

柳家二傻子跟着兴奋，那根似乎变得更为粗壮的“桅杆”常是撑得风帆饱满，不知害臊地在人群中乱顶乱挤。见了姑娘小媳妇，竟然不要脸地双手端“枪”，嘴角流涎，色迷迷（眯眯）地笑着，叫着。

朦朦胧胧之间，他看到了那口荷叶田田的大荷塘，看到了那棵老槐树，看到了赤裸的彩芹，看到了她的腿间：微微隆起的中间，是一条细细的缝隙。他依稀记得，她打开双腿时，他看到了一番景象，这番景象使他不知为什么忽然想起了清水之中一只盛开着的河蚌的壳内。他甚至在李天猴又一次重复着那句使他刻骨铭心的脏话时，感到了自己的手正放在彩芹的那个使他觉得有趣又使他害臊的地方。

杜元潮仍将脸埋在彩芹的腿间，而两只哆嗦着的手，却沿着她发烫的腹部，慢慢向上伸去，直至高高举起触摸到了彩芹的乳房。

“还记得小时候吗？还记得小时候吗？……”她低下头来，依然不住地问。

杜元潮泪水哗哗地亲吻着她的阴户，虽然面目全非，但他依然看到了它的过去。

邱子东拼命地与戴萍做爱。长长地做，狠狠地做，花样翻新地做。一次，他们将小学校里的一张课桌整得瘫痪在了地上。

曹文轩获得的虽然是安徒生文学奖，但在我看来，安徒生如果是地下有知，恐怕也会气得立即昏死过去。叶君健先生在谈到安徒生童话的艺术魅力时说：“他写的童话具有很强的吸引力，甚至令人‘着迷’。这是他童话艺术的独到之处。更为重要的是，他以童话反映了他所处的那个时代及其社会生活，深厚地表达了平凡人的感情和意愿。他满腔热情地歌颂人民的优良品质，同时又尖锐地揭露出社会中形形色色的丑恶，以此来衬托人民的心灵美，使读者从感人的诗境和意境中发现真理，发现人类灵魂中最诚实、最美丽、最善良的东西，从而使人们的感情得到净化和升华。从这一点上讲，安徒生堪称是一位伟大的‘人类灵魂的工程师’。”

与安徒生相比，曹文轩的作品题材狭窄、想象力贫乏、故事粗糙、文字矫情，处处弥漫着对“脐下三寸”的迷恋。曹文轩痴迷的不仅仅是对人类的性行为的描写，更是无处不在的对动物交配淋漓尽致的描写：

> 一群乌鸦在林子里闹翻了天。它们穿行于雨幕中，鼓噪着。那雄乌（鸦）已瘦得只剩下一副骨架，可还不依不饶地追着雌鸦。雌鸦的声音显得有点凄惨。
>
> 一种无名小鸟的交配非常有趣：那雌鸟蹲在枝头，雄鸟飞上它的背，然后歪下尾巴，一阵扇动双翅之后，飞到另一根枝上，略梳羽毛，仰头快活地鸣叫两声，又再次飞到雌鸟背上，那雌鸟微微抖动身子，并不住地点头，雄鸟就这样起起落落，没完没了。

> “院子里，有只大公鸡正在往一只母鸡身上爬呢。”
> “爬上去了，爬上去了……”
>
> 人群里有个大人问孩子：“你老子往你娘身上爬吗？”

> 最终，公鼠蹿到母鼠的脊背，一口咬住母鼠颈上的皮，以它沉重的身体将母鼠压趴在地上。母鼠企图挣扎，但这种挣扎似乎是为了激起公鼠更强烈的欲望。之后，母鼠温顺地矮下前爪，使臀部高高地翘起，并竖起本来遮盖着羞处的尾巴，将它清晰地暴露给正蠢蠢寻觅的公鼠。随

即，母鼠的身体痉挛了一下，便发出了吱吱的声音。这声音是痛苦的，却又是快乐的。

在湿漉漉的草丛中，公狗在交尾，母狗神情痴迷到呆傻，公狗则是微闭着眼睛好像在思考重大的问题。还有好几条不同品种不同颜色的狗分散在草丛的各处，在静静地等待下一轮的机会。池塘里，无数的雄性青蛙爬到了无数的雌蛙身上。那雄蛙的个头只有雌蛙的四分之一大小，让人觉得它们的行为是不伦的。雄蛙的样子显得有点滑稽，而雌蛙的神情显得有点迷惑。水塘处处，但无一处水塘是平静的，雄性的鱼在玩命地追撵雌性的鱼，闹出许多浪花来。

——《天瓢》

其中一只绿尾巴公鸡，似乎兴趣并不在觅食上，常常双腿像被电麻了一般，歪歪斜斜地朝一只母鸡跌倒过去。那母鸡似乎早已习惯了它的淘气，只是稍稍躲闪一下，照样觅它的食。

——《草房子》

那只公鸭又大又肥。它的脑袋是紫黑色的，闪着软缎一般的光泽。那些母鸭，就在离它不远的地方，做着各自愿意做的事。其中一只身体娇小的母鸭，好像是公鸭最喜欢的，见它游远了，公鸭就会游过去。后来，它们就用嘴互相梳理羽毛，还用嘴不停地在水面上点击着，好像在诉说什么。过了一会儿，公鸭拍着翅膀，上了母鸭的背上。母鸭哪里禁得住公鸭的重压，身体顿时沉下去一大半，只露出脑袋来。说来也奇怪，那母鸭竟不反抗，自愿地让公鸭压得半沉半浮的。

——《青铜葵花》

这种密不透风的性描写，让人感觉不是在读小说，而是仿佛在看“动物性交大全”的毛片。在曹文轩的笔下，“性”无处不在。水面上泛起的泡沫，无一不是青鱼、草鱼、鲤鱼、鲶鱼、鳗鱼甚至黄鳝在滥情地交尾。东一家西一家的猪圈里，到处都是母猪让人心头战栗的呐喊。田野上，到处都是公羊母羊、公牛母牛叠成的一座座大大小小的山，这些“山”无不在微微颤抖着。如此之多的性描写，究竟是出于艺术的需要，还是吸引读者眼球的需要，只有曹文轩自己心中最清楚。

作为一个儿童文学作家，其作品首先是要为儿童着想，就像《小王子》的作者安托万·德·圣埃克苏佩里、《绿山墙的安妮》的作者露西·莫德·蒙哥马利、《哈克贝利·费恩历险记》的作者马克·吐温、《山羊兹拉特》的作者艾萨克·巴什维斯·辛格等伟大的作家那样，写出适合于他们的心智、有助于他们的发育和成长的优秀作品，而不是像曹文轩这样，一味沉溺在卡拉OK似的自娱自乐与放任无度、毫无遮拦的性描写中，甚至让人一看就非常恶心：

油麻地的天气，就像女人的裤裆，一年四季湿漉漉的。

朱小楼扔下斧头，拍了拍手，朝朱连成说道：“逼上屙泡屎，谁也日不成！”

《天瓢》的责任编辑安波舜在该书的“编者荐言”中赞美这部小说是其“苦苦等待了差不多20年的浸透着古典浪漫主义艺术芳香的唯美小说”。他自以为是地遽下结论说：“没有人可以拒绝这样的诱惑和享受。”

在曹文轩的笔下，有生理缺陷的人常常会成为其讥笑的对象。其小说人物的设置并不是出于艺术的需要，而是出于哗众取宠的需要。正因如此，“秃子”就成了曹文轩小说中供人取笑的“道具”。在曹文轩的小说中，秃子之多，秃子之滑稽，可说是闻所未闻，见所未见。《草房子》的第一章，干脆直接就用“秃鹤”为标题，并且从一开始就拿秃子来开涮：

> 秃鹤与桑桑从一年级开始，一直到六年级，都是同班同学。
>
> 秃鹤应该叫陆鹤，但因为他是一个十足的秃子，油麻地的孩子，就都叫他为秃鹤。秃鹤所在的那个小村子，是个种了许多枫树的小村子。每到秋后，那枫树一树一树地红起来，红得很耐看。但这个村子里却有许多秃子，他们一个一个地光着头。从那么好看的枫树下走，就吸引了油麻地小学的老师们停住脚步，在一旁静静地看。那些秃顶在枫树下，微微泛着红光。在枫树密集处偶尔有些空隙，那边有人走过时，就会一闪一闪地亮，像沙里的瓷片。那些把手插在裤兜里或双臂交叉着放在胸前的老师们，看着看着，就笑了起来，也不知道是什么意思。
>
> 秃鹤已经多次看到这种笑了。

我始终弄不明白，曹文轩究竟是在写小说，还是在故意建造“秃子集中营”，何以老是要拿“秃子”们的生理痛苦来博得读者的一笑？这种拙劣的表现手法，就像某些相声演员总是拿有生理缺陷的人来开玩笑一样，简直是把无聊当有趣。曹文轩小说中的秃子，无不是脸谱化的形象。秃子们不仅人长得难看，而且脑袋几乎无一例外地笨，蠢得像猪。在《流氓鸟》中，秃子干脆就被描写成恶霸。“鸟群直接飞临到马秃子头顶上空。它们先是急速地盘旋，大约十几圈之后，开始渐渐减速，并随着减速缓缓地下降。它们带起的旋风，使马秃子的衣服不住地飘动。马秃子怕草帽被风吹走，用手紧紧压住。”《根鸟》中的小秃子，是一个不依不饶，往空中一跳就带头“闹事”的人。《红瓦黑瓦》中的物理老师也是一个秃子，他的帽子被一个造反的高三（1）班学生抓下来扔到了地上。打篮球的秦启昌总是秃着个脑袋在球场上奔跑。他在打鸟时，同样是丑态百出。连乌鸦都不惧怕他，不但不躲避，反而还在他的秃脑袋上绕着乱舞乱飞，叫成一片，并将白色的粪便喷射在他的脑袋上，使其嘴里接连叫道："倒霉倒霉！"舒敏老师班上的二秃子，留了两次级，长得比班上最高的孩子还高出一个头，读到五年级时，都十四岁了，看上去更大，有十六七岁的样子。二秃子欺负女同学，在课堂上调皮捣蛋，不服管教，其母亲也是一个悍妇。她抓着二秃子的胳膊，到舒老师的门口指天跺地，破口大骂，足足两个小时，用的是最下流的语言。《山羊不吃天堂草》里的秃子三和尚，为人刻薄吝啬，一分钱不是掰开花，而是数着格子花，人长得丑不说，还长年戴着个假发，其老婆居然公开出轨，明目张胆地跟村子里的川子睡觉。三和尚无意中像摘下帽子一样摘下头上的假发，他的秃顶在寒夜的空气中被一束灯光照亮，就像一只葫芦之类的东西漂浮在夜色中。《拯救渔翁》中捕鱼老人已经老了，不能继续在河上捕鱼，但他辛辛苦苦开垦出的一块荒地，却被邻村的马秃子占了。一只名叫哇哇的曾经被老人救过的鸟知道后，想方设法和马秃子捣乱，在播种时率领一群鸟不住地鸣叫，让马秃子心慌意乱，在长苗时引一头牛踩踏青苗，在收获时偷食其收割好的庄稼。马秃子吃尽了苦头，只好把地还给老人。

曹文轩的小说，人物脸谱化，故事程式化，人为设计的痕迹非常明显。写来写去，都是一些翻来覆去、陈旧雷同的故事。其中的景物和环境描写，往往都是大同小异，多读几篇，就会让人生厌。小说中的主人公，往往都是一些家庭不幸，缺爹少妈，甚至先天带有残疾或者生理缺陷的孩子，如果先天没有残疾，后天也会被曹文轩故意"弄"成残疾，留下生理缺陷。总之，不把这些人物弄得歪瓜裂枣，贫病交加，曹文轩的小说就根本无法书写下去。《阿雏》中阿雏的父母，在他六岁那年的一个夜晚，因为坐船到邻村去看电影，小船超载而溺水身亡。《青铜葵花》中的葵花，三岁时妈妈就因病去世。不久，作为雕塑家的父亲因为到小船上写生画画，不幸落水身亡。《灰娃的高地》中的灰娃，其父亲本身就是一个跛子，不但老是喝酒，并且一喝就醉。与《红瓦黑瓦》中的二秃子一样，灰娃从小脑子就不好使，老师讲的课，他根本就听不进脑子，留两回级，坐在比他小两三岁的孩子们中间，高出一个头。《鸭宝河》里的鸭宝，脑子就像是进了水，常常受到孩子们的愚弄和欺负。《黑魂灵》中的傻子男，连话都说不清。《远山，有座雕像》中的达儿哥，是一个只有一只胳膊的独臂少年。《枫叶船》中的石磊，是一个连自己的父亲是谁都不知道的孩子。自尊的母亲受不了蔑视和耻笑的目光，在其出生不久，就将他交给了自己的舅父，去了千里之外的漠漠荒原。《野风车》中的二疤子，八岁那年爬树，不小心从树上摔下来，被地上的瓦片划破，虽没有伤着眼睛，但视力却受到了影响，并且左眼的上方留下了一块淡紫色的疤痕，形状也与右眼不太一样。看风车时，仰着的脸是扭着的。《细米》中的细米调皮至极，六岁的时候，拿了把雨伞爬到树上，然后把雨伞撑开往下跳，结果摔在地上，把一只胳膊摔断了。《山羊不吃天堂草》里的明子，很大了还老是尿床。《天瓢》中的杜元潮，从小就是个结巴，《草房子》中桑桑的父亲桑乔，在二十五岁之前，也是一个结巴。而这两位结巴都当上了教师，并且一个成了油麻地的党委书记，一个成了小学校长。

周作人在谈到儿童文学时说："以前的人对于儿童多不能正当理解，不是将他当作缩小的成人，拿'圣经贤传'尽量灌下去，便将他看作不完全的人，说小孩懂得甚么，一笔抹杀，不去理他。近来才知道儿童在生理心理上，虽和大人有点不同，但仍是完全的个人，有他自己的内外两面生活。"对于小说的写作，沈从文先生也说"要贴到人物来写"。曹文轩儿童小说最大的致命伤就是越俎代庖，强作解人，常常脱离儿童的心理现实，大肆抒情和滥发议论，用一些华丽矫情的句子来营造一种虚无缥缈的"美"：

小船横在河上，向东一个劲地漂去。

葵花眼中的老榆树，变得越来越小了。干校的红瓦也渐渐消失在千株万株的芦苇后面。她害怕到没有害怕的感觉了，只是坐在船上，无声地流着眼泪。眼前，是一片朦朦胧胧的绿色——那绿色像水从天空泻了下来。

葵花很孤独，是那种一只鸟拥有万里天空却看不见另外一只鸟的孤独。这只鸟在空阔的天空下飞翔着，只听见翅膀划过气流时发出的寂寞声。

青铜很孤独。一只鸟独自拥有天空的孤独，一条鱼独自拥有大河的孤独，一匹马独自拥有草原的孤独。

却在这时，一个女孩出现了。葵花的出现，使青铜知道了一点：原来，他并不是世界上最孤独的孩子。

——《青铜葵花》

葵花的孤独和青铜的孤独，简直就像是同一个模具里批量生产出来的“孤独”。这样的文字，实在是太过于文艺范儿了，它与小说中的主人公完全是两张皮。这样的心理，难道会是葵花这样一个年仅几岁的小孩所具有的？像青铜这样的乡村少年，居然能够超凡脱俗，如此“奢侈”地享受孤独，迎来葵花的出现，并且感悟出自己并不孤独，这实在太像一个失去爱情，而又重新获得爱情的文艺青年的做派了！它就像是在模仿张爱玲的经典之作《爱》：

于千万人之中遇见你所遇见的人，于千万年之中，时间的无涯荒野里，没有早一步，也没有晚一步，刚巧赶上了，那也没有别的话可说，惟有轻轻地问一声：“噢，你也在这里吗？”

投机取巧、移花接木，早已成为一些当代作家秘而不宣的创作“秘笈”。读曹文轩的作品，我们常常有一种似曾相识的感觉：

三和尚的老婆李秋云，是个长得极标致的女人。她人走到哪儿，哪儿仿佛都忽然地明净了许多。老人、小孩、男人和女人，都喜欢看着她。她长得不算高，身体很轻盈，春日里，走在堤边柳下，几只燕子在她身边来回地飞，让远处的人觉得她的那份轻盈，很像燕子。

——《青铜葵花》

小芹今年十八了，村里轻薄的人说，比她娘年轻时候好得多。青年小伙子们，有事没事，总想跟小芹说句话。小芹去洗衣服，马上青年们也都去洗；小芹上树采野菜，马上青年们也都采野菜。

——赵树理《小二黑结婚》

曹文轩的许多小说，往往都有别的文学经典的影子。三和尚和明子等三人来到城里打工，傻呆地观望着城市，有时互相说几句话，故意把话说得特别地傻，然后傻乐，以及明子面对城里公厕洁白的便池不敢撒尿的描写，让人不禁想到了刘姥姥初进大观园。而三和尚和明子等三人捡到"外国钱"，反映出的金钱对人性的考验，不就是对马克·吐温《百万英镑》的移花接木？

就故事的内容来说，曹文轩的小说几乎都是一种"程式化""鸡汤化"的制作。这种模式始终都是小男孩帮助比自己更需要帮助的小女孩，然后彼此产生一种说不清、道不明，朦朦胧胧的"爱"，构成一个凄美而又略带忧伤的故事。如像《青铜葵花》中的葵花，小小年纪就死去父母，无依无靠，被青铜的父母收养，从而成为异姓兄妹。小说中的描写，处处充满着矫情和煽情。兄妹俩从土中挖一点芦根吃，居然就成了世界上最幸福的人：

他们不时地对望一下，心里充盈着满足与幸福，一种干涸的池塘接受汩汩而来的清水的满足，一种身体虚飘而渐渐有了活力、发冷的四肢开始变得温暖的幸福。

他们摇头晃脑地咬嚼着，雪白的牙齿在阳光下不时闪动着亮光。他们故意把芦根咬得特别清脆，特别动人。

你一根，我一根；我一根，你一根……他们享受着这天底下最甜美的食品，到了后来，几乎是陶醉了。

《山羊不吃天堂草》里的明子，本身还是一个老是尿床的农村孩子，跟随三和尚来到城里打工，偶然遇到了患有不明病因，坐在轮椅上的紫薇，下决心要为紫薇做一副拐杖，帮助她站立起来。这时，曹文轩在小说中的描写，却完全脱离了一个农村孩子的心理和文化素质，变得极为“小资”：

明子倚在铁栅栏上。明亮的天色下，他第一回如此清楚地阅读了紫薇的面容。她的脸色实际上比他原先感觉的要苍白得多，眼中的忧郁也要比原先感觉到的要浓得多。她的头发很黑，眉毛更黑，一挑一挑的，如两翼鸦翅。鼻梁又窄又挺，把两个本来就深的眼窝衬得更深。明子很吃力地阅读着，因为，他总是记不住紫薇的面容。

这些明显带有人工雕琢的文字，是明子这样没有多少文化、出身卑微的农村孩子能够感觉出来的吗？如此极不符合明子身份的描写，显然是曹文轩在小说里替人捉刀。法国作家弗·莫里亚克在《小说家及其笔下的人物》中说：“如果某个主人公成了我们的传声筒，则这是一个相当糟糕的标志。”曹文轩笔下的人物，不管他们出生的环境和家庭以及文化背景如何，一律都成了不可思议的“曹字号”文艺小清新，他们一看到山水和天空，就想要描写和抒情；一看到夕阳和星星就立即像哲学家一样陷入无尽的沉思。《青铜葵花》中葵花，简直被曹文轩描绘成了一个“女版”的少年哲学家庄子。她常常在与一朵金黄的菊花说话，在与一只落在树上的乌鸦说话，在与叶子上几只美丽的瓢虫说话……

《远山，有座雕像》里患上传染病的小女孩流篱，在城外大河边的草地上，遇见了放风筝的独臂男孩达儿哥。达儿哥十岁时因为和小伙伴打赌，翻墙时被大石头砸了胳膊，粉碎性骨折而造成截肢。在曹文轩的笔下，达儿哥不仅是流篱眼中的英雄，而且无所不能。他不仅会游泳，而且特别擅长打篮球，是队里的主力中锋队员。别人完好的身体，也无论如何都防不住达儿哥，他满场飞跑，球到了哪儿，哪儿就有他。他奔跑时，不但不会失去平衡，而且就像空中飞人，高高跳起时，他长长的独臂几乎就要碰到篮圈，在输球的情况下，最后一分钟居然力挽狂澜，扳回败局，夺得胜利。达儿哥的心理素质超强，当发现流篱在注意他的空袖筒时，不但没有一丝自卑的神态，反而还露出了几分骄傲，好像那只空袖筒是什么荣耀的象征。如此不靠谱的描写，让人感觉达儿哥脑子里似乎进了水，但就是这样一个达儿哥，却成了流篱眼中的“男神”。这篇小说，就像儿童版的《麦琪的礼物》。在欧·亨利的小说中，丈夫吉姆有一块祖传的金表，妻子德拉有一头美丽的瀑布般的秀发。为了能在圣诞节时送给对方一件礼物，吉姆卖掉了他的金表，为德拉买了一套“纯玳瑁做的，边上镶着珠宝”的梳子；德拉卖掉了自己的长发为吉姆买了一条白金表链。他们为心爱的人，彼此舍弃了自己最宝贵的东西，换来的礼物到最后变得毫无用处。在《远山，有座雕像》中，达儿哥为了朦胧的爱，毅然将在比赛中获得的珍贵的球衣卖掉，为小流篱买了一条乳白色的连衣裙。小说最后，达儿哥的妈妈去世了，他坐在妈妈的墓前，一连三天，从早上一直坐到月亮消失在西方的峡谷里。而流篱这时也坐在他的身旁。她的奶奶在爸爸妈妈回城之后不久也去世了。于是，一段令人起鸡皮疙瘩的文字，出现在我们的眼前：

> 第三天的最后几个小时，达儿哥是动也不动地站在妈妈的墓前的。时间太久，他的双腿麻木了，重重地栽在地上。流篱跑过来，把他扶起来。星空笼罩着冬天寂寥的原野，世界一片混沌，远方起伏不平的山峦，像在夜幕下奔突的骏马，显出一派苍凉的气势。

这种看上去很美的文字，仅仅是为写而写，跟小说主人公的年龄、所处的环境和心境根本就不搭界。这种塑料花一样表面“好看”的文字，可说是曹文轩小说长期以来，久病不治而形成的沉疴。伊里亚·爱伦堡说：“任何小说，甚至幻想的或者乌托邦的小说，也都是以现实为基础的……任何艺术都不是也不可能超脱于现实。”而曹文轩的小说，往往都是对现实不管不顾，感觉良好的任性书写。

曹文轩说：“小说不能重复生产。每一篇小说都应当是一份独特的景观。‘独特’是它存在的必要性之一。因为它独特，才有了读者，而要使它成为独特，我们只有一条路可走，这就是求助于自己的个人经验——个人经验都是独特的。”但事情往往却很吊诡，曹文轩一方面强调小说不能重复生产，一面又在大量重复生产。其长篇小说《细米》完全就是对之前的小说《再见了，我的小星星》换汤不换药的重复书写。在后者中，主人公星星是一个总是让母亲头痛，很不听话，喜欢玩泥巴的孩子。其母亲就像抓住兔子的耳朵一样，拎着他的耳朵说：“这个鬼！你一会不盯住，他就捏泥巴，魂儿掉在泥巴里了！你看看！”但星星这种不为母亲喜欢的爱好，却被来此插队的苏州知青雅姐认为是艺术天赋的表现。雅姐的父亲是一个画家，她从小就受到艺术的熏陶，她要用自己的才华把桀骜不驯的星星培养成一个艺术家。在雅姐的潜心辅导和无微不至的关怀下，星星终于走向了一条通往艺术殿堂的崇高之路，为雅姐画出了一幅《姐姐的太阳》。在《细米》中，爱玩泥巴的星星就成了总是拿着刀子到处乱刻乱画的细米。细米这种“畸形”的爱好，令其父母伤透了脑筋。但偶然的一个机会，他的家里住进了一位来此插队的苏州知青梅纹，其父亲是一位著名的雕塑家，她理所当然地受到过父亲的指点和熏陶，非常懂得雕塑。当她发现喜欢到处乱刻乱画的细米的这一独特的艺术天赋之后，就毅然地对细米的父母说：“校长、师娘，将细米交给我吧。”“我来教他学雕塑。”在梅纹的热心辅导和耐心帮助下，细米的艺术潜质得到了充分的发挥，其雕塑作品很快就被送去参展。就这两篇小说的人物和故事来看，完全就是一种大炒冷饭的重复写作。

由于曹文轩在创作时陷入了一种可怕的怪圈，其小说的创作虽然产量很高，但艺术性却非常令人生疑。只追求产量而不顾质量，使其小说中常常出现自相矛盾的状况，甚至一看便知的硬伤。《红瓦黑瓦》中的马水清，三岁时母亲就去世，在上海工作的父亲并未把他接到身边，而是以每月汇寄三十元钱的固定款项，作为他与祖父祖母一起的生活费用，将他永远留在了乡下。他的祖父开过木排行，有许多积蓄，根本不需要这笔钱，于是就把这些钱作为马水清的零花钱。令我们难以相信的是，在那样一个工人靠工资，农民靠工分，其他学生每月仅有一元五角钱菜金的计划经济年代，马水清父亲这么多的钱究竟从哪里来？更令我难以相信的是，曹文轩作为一个北大中文系的教授，居然连一些基本的汉语常识都不懂：

> 我进屋时，他（她）们都已一个挨一个睡下了，只在男生与女生之间留下一小块地方。

在汉语中，如果表示男性的多数，用“他们”；表示女性的多数，用“她们”；表示有男有女的多数人，则一律用“他们”。从来就没有“他（她）们”这样叠床架屋的用法。吕叔湘、朱德熙先生在《语法修辞讲话》一书中指出：“‘他（她）们’听在耳朵里是莫名其妙的。在某些方言区的人听起来，倒像是‘太太们’。这个形式，书面上也没有需要，并没有人规定‘他们’不准包括女性在内。”

为了追求“高产”，曹文轩甚至在小说写好之后，连仔细检查一遍的耐心都没有：

> 我不喊了。将铺盖卷放在甲板上，然后一屁股坐在上面，杲头杲脑地望着那一条条在眼前晃来晃去的腿。

> 我又重新回到了大烟囱下。我所看到的，依旧还是一张陷生的面孔。

> 这里出产的女人，似乎对他都不合适，因此，快近四十岁的人了，依然还未成家。

> 叶深深静悄，明朗朗月高，小书院无人到。

这些一望便知的错别字，曹文轩在将书稿交给出版社之前，为什么就不能静下心来，认认真真地检查一遍呢？曹文轩一面称儿童是最好的读者，一面又在将这样粗糙的文字兜售给他们，这种做法是否对得起那些正在成长、渴望知识、热爱阅读、天真无邪的孩子？作为一个作家，首先应该对文字怀有一种敬畏之心，岂能草草下笔，仓促成书？

国际安徒生奖，是儿童文学的最高荣誉，被誉为“儿童文学的诺贝尔奖”。尽管曹文轩已经获得了此项殊荣，但我们仍然坚信，曹文轩的作品，无论是在品位、艺术质量，还是写作追求上，都与安徒生有着天壤之别，它们之间没有半毛钱的关系。

想要成为哲学家的莫言

在《莫言王尧对话录》一书中，莫言曾坦诚地说："你是一个80年代开始写作的人，如果说没有受到过欧美、拉美文学的影响，那就是不诚实的表现"，"像我早期的中篇《金发婴儿》《球状闪电》，就带有明显的魔幻现实主义色彩"。在莫言的长篇小说《四十一炮》的后记中，莫言又说："事情总是这样，别人表现过的东西，你看了知道好，但如果再去表现，就成了模仿。"我们知道，莫言写作长篇小说《食草家族》的年代，正是拉美文学在中国大爆炸的年代，作为初登文坛并已开始崭露头角的莫言，无疑是被魔幻现实主义的表现手法迷住了。他迫切地想要向外国的大师们学习，但或许是操之过急，在还没有来得及对魔幻现实主义进行彻底消化时，莫言的小说便开始食洋不化地"魔幻"起来。

在由上海文艺出版社出版的莫言的长篇小说《食草家族》的腰封上，我们看到了一句颇为醒目的广告语："充分展示作者'食草哲学'，将荒诞与魔幻发展到极致的艺术探险。"在该书"作者的话"中，莫言写道："这本书是我于1987—1989年间陆续完成的。本书表达了我渴望通过食草净化灵魂的强烈愿望，表达了我对大自然的敬畏与膜拜，表达了我对蹼膜的恐惧，表达了我对性爱与暴力的看法，表达了我对传说和神话的理解，当然也表达了我的爱与恨，当然也袒露了我的灵魂，丑的和美的，光明的和阴晦的，浮在水面的冰和潜在水下的冰，梦想与现实。"由此看来，莫言在小说中似乎真的就像出版商所说的那样，确确实实是想要在小说中充分展示自己的"食草哲学"。然而，不知道莫言是否深思过，其小说如此"满负荷"甚至"超负荷"，果真就能够承担起开启民智的哲学重任吗？事实证明，这对于并不充分具有哲学家天赋的莫言来说，就像是让汽车在机场跑道上奔跑，即便是想飞翔起来，但未必就能够如愿以偿。

我们知道，莫言的《食草家族》一共由六个梦组成。在其第一梦“红蝗”中，为了表现其自认为深刻的哲学思想，莫言可说是处处与美好的东西拧着来。莫言写道：“走在水泥小径上，突然想到，教授给我们讲授马克思主义伦理学时银发飘动，瘦长的头颅晃动着，画着半圆的弧。教授说他挚爱他的与他患难相共的妻子，把漂亮的女人看得跟行尸走肉差不多。那时我们还年轻，我们对这位衣冠灿烂的教授肃然起敬。”然而，就是这样曾经被“我”仰之弥高的教授，却与一个“我”所认识的像玫瑰花一样漂亮的女学生勾搭在了一起。仿佛在一夜之间，“我”心中的道德大堤一下子就崩溃了。教授也偷鸡摸狗呀！接下来，“我”在有了这个伟大的发现之后，又有了更惊人的发现：“起立时，他放了一个只有老得要死的人才放得出来的悠长的大屁，这使我感到万分惊讶，想不到堂堂的教授也放屁！一堆小蝗虫在他的裤子上跳着，如此强大的气流竟然没把娇小的蝗虫从他的肛门附近裤布上打下来，可见蝗虫的腿上的吸盘是多么有力量。”

为了说明温文尔雅、道貌岸然的教授之肮脏，莫言不惜走向了另一个极端，在小说中旋即为大便唱起了赞歌：“每当四老爷跟我讲起野外拉屎时种种美妙的感受时，我就联想到印度的瑜伽功和中国高僧们的静坐参禅，只要心有灵犀，俱是一点即通，什么是神圣的，什么是庄严的，什么活动都可以超出其外在形式，达到宗教的、哲学的、佛的高度。四老爷蹲在春天的麦田里拉屎看起来是拉屎，其实并不仅仅是拉屎了，他拉出的是一些高尚的思想。”“我们的家族有表达感情的独特方式，我们美丽的语言被人骂成：粗俗、污秽、不堪入目、不堪入耳，我们很委屈。我们歌颂大便、歌颂大便时的幸福时，肛门里积满锈垢的人骂我们肮脏、下流，我们更委屈。我们的大便像贴着商标的进口香蕉一样美丽为什么不能歌颂，我们大便时往往联想到爱情的最高形式、甚至升华成一种宗教仪式为什么不能歌颂？”

在这里，作为小说家的莫言悄然不见了，而作为哲学家和演讲家的莫言却激情豪迈地展现在我们眼前。于是，在《红蝗》中，文学的描写顿然变成了哲学的讲义，演讲稿一样的段落便接二连三地出现在莫言的小说里。如："你不要笑，这是个很严肃的问题，被欲望尤其是被性欲毁掉的男女有千千万万，什么样的道德劝诫、什么样的酷刑峻法，都无法遏止人类跳进欲望的红色沼泽被红色淤泥灌死，犹如飞蛾扑火。这是人类本身的缺陷，人，不要妄自尊大，以万物的灵长自居，人跟狗跟猫跟粪缸里的蛆虫跟墙缝里的臭虫并没有本质的区别，人类区别于动物界的最根本的标志就是：虚伪!""人是些什么东西？狼吃了羊羔被人说成凶残、恶毒，人吃了羊羔肉却打着喷香的嗝给不懂事的孩童讲述美丽温柔的小羊羔的故事，人是些什么东西？人的同情心是极端虚假的，人同情小羊羔，还不是为了让小羊羔快快长大，快快繁殖，为他提供更多更美的食品和衣料，结果是，被同情者变成了同情者的大便！你说人是什么东西？""'墨写的谎言，掩盖不住血染的事实'，翻腾这些尘封灰盖的陈年账簿子，是我的疯癫气质决定的怪癖，人总是身不由己，或必须向自己投降，这又有什么办法？"

众所周知，用文学来表达自己的哲学思想，在西方文学史上早已不乏先例。如法国存在主义哲学家萨特的长篇小说《恶心》，在小说中，作为哲学家的萨特第一次以文学的形式提出了存在主义思想的基本命题，即存在的虚无性本质。在小说中我们看到，萨特即便是要表达"世界是荒诞的，人生是没有意义的"这一存在主义哲学思想，揭示"在绝对的荒谬和偶然的存在面前，人对于自己存在的唯一感觉就是恶心"这样的命题，也没有像莫言在小说中那样，情不自禁地、急吼吼地跑出来，大呼小叫地进行空洞的说教，甚至激情般地进行"演讲"。并且在描述现实世界的恶心时，萨特也非常懂得什么是节制。如果要表现恶心，可以说萨特更有理由将大便和蛆虫之类令人恶心的污秽之物毫发毕现地描写出来，展现在读者面前。但果真是那样的话，萨特的小说《恶心》还能成其为优秀的西方现代小说吗？萨特还能成其为令人敬仰的哲学大师吗？倘若萨特也像莫言那样，以为自己是在反崇高，揭露人类道貌岸然的虚伪，就可以不顾读者的心理感受肆意恶心读者，那么莫言的《红蝗》也就可以与萨特的《恶心》齐名，当之无愧地成为中国人的哲学教科书。

在《食草家族》的第五梦“二姑随后就到”中我们看到，莫言自始至终都在模仿法国作家贝克特的荒诞派戏剧经典之作《等待戈多》。在荒诞派看来，外部世界是毫无意义的，它本身就是一个荒诞的存在。因此，在贝克特的笔下，人与我们生活的这个世界始终是处于一种冷漠和隔绝的状态。作品中的主人公弗拉季米尔和爱斯特拉冈无论怎样等待，也等不到虚无缥缈的希望——戈多。在莫言的笔下，我们看到，“她——随——后——就——到——”就像是一个庄严的宣告、一个严厉的警告、一个振聋发聩的提醒。“从大表哥的声音里，我听到了对于食草家族最后的判决，像红色淤泥一样暖洋洋甜蜜蜜的生活即将结束，一个充满刺激和恐怖、最大限度地发挥着人类恶的幻想能力的时代就要开始，或者说：已经拉开了序幕。”至于父亲的二姑姑究竟什么样子，乱纷纷的家族传说并没有给“我们”晚辈描述清楚。但据小说中“我”的父亲说，他的二姑姑的双手上，生着一层透明的粉红色的蹼膜，这是属于“我们”家族的独特的返祖现象。她更像“我们”的祖先——不仅仅是一种形象，更是一种精神上的逼近——所以她的出生，带给整个家族的是一种恐怖混合着敬畏的复杂情绪。果然，二姑奶奶的两个儿子——天和地，真的就成了令这个家族和整个乡里谈虎色变的冷面杀手，他们杀人如杀鸡。当天举起菜刀，往刀刃上吹了一口气，然后挥臂刀落，咔嚓一声响，麻奶奶一只手齐着腕断了。父亲说，埋到你们七老爷爷脖颈时，他鼻孔流血，眼球突出，脸色像茄子。天让痴子举着半截蜡烛照着明，自己掏出匣枪，对准你们七老爷爷的脑顶打了一枪，一股白色脑浆蹿了出来。在小说最后，莫言写道：“万事俱备，只等二姑到来，但二姑迟迟不来。”整个第五梦中，我们看到的是与莫言小说《檀香刑》中如出一辙的冷酷、比比皆是的血腥和杀人时不无得意的炫技，诸如酷刑中的什么“彩云遮月”“去发修行”“精简干部”和所谓“剪刺猬”等等数不清的酷刑。读来读去，笔者根本就看不出莫言要在这样血腥的场面和深奥的小说中表现什么？难道真的就像莫言在《捍卫长篇小说的尊严》一文中所说，“那些具有进步意义的小说很可能是一个思想反动的作家写的。那些具有哲学思维的小说，大概都不是哲学家写的”？

想要成为哲学家的莫言，“希望通过吃草净化灵魂的愿望”虽然很美好，但笔者却担心，这样的“食草哲学”最终只是毫无依据和现实意义的空中楼阁。

第二辑　诗坛批判

当代诗坛乱象观察

在一次文学活动上，主办方要求出席活动的作家和诗人合影留念，但其中有几位作家说什么也不愿过去。一位小说家直言不讳地说："一见那些疯疯扯扯写诗的人我都怕。"不知从什么时候开始，诗人已经成了一个很不招待见的群体，诗人已经成了不靠谱和怪异的别名。许多诗人不是靠写作的实力而存在，而是靠大量的集体起哄和炒作来证明自己的存在。多年来，我们几乎看不到什么稍微让人感动的诗歌，看到的却是无数的诗坛笑话。从"梨花体""羊羔体""海啸体""白云体"，到脱了裤子保卫诗歌，诗人吁求被富婆包养，再到"下半身诗歌"的《一把好乳》，以及余秀华的《穿过大半个中国去睡你》，这一切的一切，无不跟炒作和"性噱头"有关。

在诗坛日益混乱、堕落颓废的今天，中国的诗人们总是能够见缝插针地将自己的诗与"性"扯到一起。在某著名文学期刊的诗歌专号上，居然出现了如此令人咋舌的诗："我有一个秘密——/我爱上了垃圾箱边的疯子。我爱/他与一群苍蝇的窃窃私语，爱他与一匹饿狗/善意地对峙，我爱他听得懂小动物悲惨的命运/薄霜正在降临。我爱他把一打避孕套吹成球形"；"今晚向妓女学习如何与不爱者相处/在六合街，在加缪写过的那种/小门厅，今晚的湖南妹/是县城生活的导师。她随手/逮掉一根耻毛：如果这根针/扎不痛你们的手指……"；"正在此时X先生的精子/如万箭齐发升上天空/却找不到N女士的卵子/她总是改变自己的线路"。对此，我们不禁要问，这些诗歌与黄段子的区别究竟在哪里？

日前，笔者仔细阅读了由中国诗歌学会主编，周所同、吕达编选的《2016中国诗歌年选》；王蒙担任主编，宗仁发担任分卷主编的《2016中国最佳诗歌》和由中国作协创研部委托霍俊明编选的《2016中国诗歌精选》三本所谓的2016年诗歌“权威选本”。这些选本都在宣称是如何披沙拣金，为读者奉献出的是如何货真价实的精品。周所同在序言中说：“编定2016年度诗选，按惯例要有些交代文字，给读者也给自己。而编辑这类诗歌读本，遗珠之憾不可避免，推卸或承受都令人难堪。稍感宽慰的是，经过近一年来的追踪、翻阅、遴选和甄别，从数以千万计作品中，终于挑选出300余件，略去卷轶（帙）浩繁的工程及辛劳不说，掩卷之余，这些散着墨香的诗篇，便有了重量。”看了周所同先生的这段话，我就不敢相信这是真的，大半生从事编辑工作的周先生，肯定应该知道“卷帙浩繁”这个成语，而如果周先生在编书时稍微认真一点，就绝不会出现将“卷帙”写成“卷轶”这样的低级错误。在选本中，除了周先生将自己稀松平常的作品作为私货收入选本之外，我不知道，以下这样的诗，是怎样进入周先生们的“法眼”的：

在家里／我把头发扎起来／在头顶／竖起一根天线／我写诗的时候／感觉／李白在天堂／连接我的天线／给我信号

——游若昕《天线》

这样的诗歌，可说连及格线都达不到，编选者从数以千万计的作品中，怎么会选出如此索然无味、缺乏想象力、没有艺术性的作品呢？如果说这样的诗歌代表的就是中国诗人的真实水平，那么我敢说，中国的诗坛一定是出了问题。如果说这样的诗歌仅仅属于分行的文字，某些诗歌编选者何以会鱼目混珠地将其选入年度诗歌选本中呢？这究竟是诗歌编选者的艺术鉴赏力出了问题，还是有着不为人知的原因？

据笔者所知，这位作者出生于2006年。7岁的时候，她的诗作《身份》就被伊沙选入其编选的《新世纪诗典》中。为了吸引读者的眼球，伊沙不顾事实地宣称：“她不是早熟，而是天才，这样的天才我以前从未见到过，诗歌史上也没有过先例。她竟然还经常参加‘新诗典互动’，没有真本领，岂敢这么玩?”在我看来，这后面的一句话才是关键。参加伊沙诗歌活动的青少年，就能赢得诗歌史上天才诗人的美誉，这样的游戏，傻子都愿意参与。如此乱捣糨糊、“捧杀”儿童地瞎说，连一点底线都没有。在中国仅仅是唐朝，就有骆宾王、王勃、李白、李贺这样的神童诗人，伊沙如此罔顾事实的目的，不外乎是为了大肆炒作其主持的《新世纪诗典》。近年来，炒作“神童诗人”已经成为当代诗坛的一大“忽悠术”。稍微能够拼凑两句“诗”的少年，动辄就被某些别有所图的诗坛“前辈”吹捧成“诗歌神童”，他们几乎就像人工制造的塑料花，转瞬就消逝在了诗坛的泡沫中。周所同和吕达何以要参与这样的“造神运动”，这不得不令我们深思。

再看一首出自周所同选本中的“性诗”:

她们让故乡的天空荒芜／她们让城市的额头葱茏// 她们和男工友开下半身的玩笑，不脸红／她们和女工友谈论孩子老公和房事，声如蚊蝇／她们在高不及腰的茅房里猛地站起身来／撩起衣襟扎腰，擦汗，扇风，露出有妊娠纹的肚皮／通红的乳罩像两朵玫瑰，瞬间刺痛／一个路过少年的羞怯和吊塔愣怔的眼睛／她们夜里像隐忍绽放的海棠／用力推开比爬架子还要性急的男人：／“你又贪，明天在架子上腿软!”／即使例行“一周大事”，也会咬住嘴唇，被角／咬住透风撒气隔音很差的板房／咬住工友们的偷听和调笑／咬住男人粗壮的肩膀和沉重的喘息／咬住架子板搭成的床波浪似的摇晃／直至把夜的血管咬断……// 她们把该咬的都咬住了，包括生活的舌头／和快感来临时淋漓的叫声／可唯独没有咬住那个春天的梦，一生的花期

——英伦《姐妹》

拿农民工的性生活来说事，这是“打工文学”长久以来倾述苦难、赢得同情，吸引读者眼球的惯用伎俩。这种“直播”农民工动物一样原始性生活的诗歌，与其说是在关注他们，倒不如说是在拿他们的性生活来当众出丑，公开亵渎他们。在这首诗中，除了刻意渲染非常直观的性描写“镜头”，我们根本就看不出其艺术性究竟高明在何处。而这样的诗，居然也是编选者万里挑一的代表中国诗坛年度作品的优秀之作。

霍俊明在其选本的《编后记》中写道：“在我看来当下是有‘诗歌’而缺乏‘好诗’的时代，是有大量的‘分行写作者’而缺乏‘诗人’的时代，是有热捧、棒喝而缺乏真正意义上的‘批评家’的时代。即使是那些被公认的‘诗人’也是缺乏应有的‘文格’与‘人格’的。”遗憾的是，霍俊明明明知道当下缺乏“好诗”，却又在勉为其难地“精选中国诗歌”，这样在沙子堆里选来选去，最终选出的，照样还是沙子。如以下这样的分行文字：

> 十四岁，某日初潮／我怀着羞涩的心从树下经过／它开着白色的花。／二十三岁，恋爱时／满树的果子，散发出奇异的香。／几十个春天，从同一条冰融的河上／辗转而来。／我在两片窄小的叶子间／找到了闪电，一个骤然消失的词。／风晃动它的手臂，雨水先于泪水抵达了／我空荡荡的子宫
>
> ——小西《花椒树》

> 我和我哥／各持两把菜刀／轮番上阵／把案板上的羊肉／剁成了馅／鞭炮声中／全家围坐包饺子／饺子煮熟了端上来／一咬一口木头渣／一咬一口木头渣／一咬一口木头渣
>
> ——侯马《除夕》

前一首诗歌，简直就像一部暴露女性隐秘的“微电影”，只不

过这一回不再是像英伦的诗那样，写别人的性，而是以一个少女自己的“性”来说事。至于这首诗究竟想要表达什么，我们却根本就看不出。而后面一首，根本就谈不上是什么诗歌，最多就是一个茶余饭后的小笑话，或者说更像是一个手机“段子”。在这样的诗歌中，我们看到的最多就是把无聊当有趣。它与向人讲述某人板凳没坐稳，或者不小心踩到香蕉皮，摔了一个大跟头这样的低级笑话没有什么区别。

在宗仁发的选本中，除了“旷野春草茂盛，／一对麻雀／从废弃的水管中飞出／凹陷又圆满的贞操／衔着泥草，忙碌而哀伤……”“最后一次，他握住我的乳房又松开了手／像是早已接受这结局的虚无”这样思维混乱、呓语一样的淫荡之外，就是大量无聊的分行文字。如：

每天放学以后／就有一个声音／在楼下喊／如果是星期天／他几乎要喊／整整一个下午／一声接一声／喊一个人名字／开始很激越／然后有些不耐烦／到最后声嘶力竭／几乎绝望／王！梅！梅！／下来玩！／声音在楼与楼之间回荡／但是很少有人回应／我从窗户里往下看／王梅梅并没有出现／一个小男孩／站在垃圾桶边／踢着一只易拉罐／仍在低声念叨着／王梅梅／下来玩

——秦巴子《呐喊》

钟鸣村的表弟／来县城请我吃晚饭／叫我约几个朋友参加／我立即掏出手机／分别给几个朋友打电话／由于是星期六／一个在昭通／一个在小草坝／一个已有人请／一个要在家陪父母吃／一个无法接通／一个呼叫转移／一个已关机／一个打通了也没接／我再也没心思／接着打其他朋友了／只好告诉表弟／今晚就我们两个吃

——陈衍强《约人吃饭》

纵观当代诗坛，“性”和“无聊”，可说是备受诗人们追捧的两大“主题”。前者以“下半身”诗人为代表，后者以梨花诗人和白云诗人为代表。写“性”的诗人，很多人肯定写不过“大尺度”的李少君；写“无聊”的诗人，很多人恐怕写不过雷平阳。雷平阳的诗，总喜欢“标新立异”，卖弄一点小才气，甚至把伪诗当成“诗”，用“残忍”来引起关注，博取眼球，不让人恶心呕吐、毛骨悚然，就绝不鸣锣收兵。如：

> 这应该是杀狗的／唯一方式。今天早上10点25分／在金鼎山农贸市场3单元／靠南的最后一个铺面前的空地上／一条狗依偎在主人的脚边，它抬着头／望着繁忙的交易区。偶尔伸出／长长的舌头，舔一下主人的裤管／主人也用手抚摸着它的头／仿佛在为远行的孩子理顺衣领／可是，这温暖的场景并没有持续多久／主人将它的头揽进怀里／一张长长的刀叶就送进了／它的脖子。它叫着，脖子上／像系了一条红领巾，迅速地／蹿到了店铺旁的柴堆里……／主人向它招了招手，它又爬了回来／继续依偎在主人的脚边，身体／有些抖。主人又摸了摸它的头／仿佛为受伤的孩子，清洗疤痕／但是，这也是一瞬而逝的温情／主人的刀，再一次戳进了它的脖子／力道和位置，与前次毫无区别／它叫着，脖子上像插上了／一杆红颜色的小旗子，力不从心地／蹿到了店铺旁的柴堆里／主人向它招了招手，它又爬了回来／——如此重复了5次，它才死在／爬向主人的路上。它的血迹／让它体味到了消亡的魔力／11点20分，主人开始叫卖／因为等待，许多围观的人／还在谈论着它一次比一次减少／的抖，和它那痉挛的脊背／说它像一个回家奔波的游子

雷平阳这首名为《杀狗的过程》的诗歌，就像是莫言的小说《檀香刑》的诗歌版。如果不是分行排列，我们很难相信这是获得

鲁迅文学奖的诗人所写的诗歌。如此的写作路数，与莫言在小说中的大量渲染甚至把玩血腥和残暴，可说是一脉相承。在《檀香刑》中，对于犯人的处决，发挥的是莫言“天才”的想象力：“用一根檀香木橛子，从那人的谷道（肛门）进去，从脖子后边钻出来，然后把那人绑在树上。”刽子手在杀人时，充分演绎了莫言对于酷刑的迷恋，即刽子手的活儿一定要干得漂亮。除了对犯人进行斩首、腰斩这样常见的行刑方式之外，赵甲在对钱雄飞行刑时，采用的是“凌迟五百刀”；在对美丽的妓女进行处决时，刽子手“师傅的鼻子里，时刻都嗅得到那女子的身体惨遭脔割时散发出来的令人心醉神迷的气味……”

雷平阳不止一次地在诗中“迷恋”过“杀狗”。这段杀狗的过程，想来应该不是其亲眼所见。如果是雷平阳亲眼见到的事实，他怎么能够如此冷静地在一旁静观其变，而不上前去劝阻狗的主人，令其一味地残忍下去呢？或许有人会说，这是文学作品，诗中的内容完全是作者的想象，其目的主要是为了抨击人类的冷酷、丑恶和残忍。但文学作品中的杀狗和杀人，并不等于现实生活中真正的杀狗和杀人，非得要毫发毕现地将这样残忍血腥的场面彻底乃至过度渲染出来。鲁迅先生在其小说《药》中，也写过国民的愚昧无知和刽子手对革命者夏瑜的行刑，而鲁迅先生的描写，却使我们懂得了什么叫文学的克制和艺术。照雷平阳和莫言的写法，一个“人血馒头”，不知会被演绎得多么令人汗毛倒竖，肝胆破裂。雷平阳的诗对杀狗的描写，不但采取了照相似的实录，还采用了过度渲染的慢镜头特写。

当今诗坛之所以会出现如此之多匪夷所思的怪现状，这完全是某些诗人恶意炒作、兴风作浪的结果。李少君说：“在理论上，全球一体化时代，一个身处乡村的孩子，通过视频，可以接受和哈佛大学学生同样的教育；同样，他的创作也可以在一夜之间传遍全球”，“作为最自由的文体，诗歌尤其受网络影响。网络解构了文化的垄断，使得诗歌更加普及，蔓延至每一个偏僻角落，同时也改变了诗歌的流通发表形式，原来以公开刊物为主渠道的诗歌流通发表体制被无形中瓦解了。只要你的诗歌特点突出，就会在网上迅速传播”。作为一个大脑膨胀、喜欢炒作的诗人，李少君总是在片面地夸大网络的神奇作用。倘若一个视频就可以代替大学教育，让乡村孩子受到与哈佛大学学生同等的教育的话，那么其他所有的大学都应该关门，中国的学生们谁还会十年寒窗，拼命去参加高考？那些远离亲人，奔赴海外留学的莘莘学子，岂不个个都成了大傻瓜？事实上，即便是在网络发达的今天，李少君自己创作的诗歌，别说是传遍全世界，就是许多写诗的人，也未必知道其究竟写过什么像样的作品。

李少君的奇葩语言，让人想起了《一九五八年中国民歌运动》一书中，那些不靠谱的话：“跃进红花心里开，／张口花香喷出来；／山南海北齐歌唱，／唱出一个春天来……六亿人民就像一个爆发的原子海，汹涌澎湃，热浪奔腾，以雷霆万钧之势，冲击于天地之间，奇迹一个接一个，不断出现，人们每天早晨一张开眼睛，就从报纸传来了各地人们所创造的新的奇迹。‘奇迹，奇迹！’处处有奇迹，天天有奇迹。”在1958年，中国人创作诗歌的热情，远远超过了今天的网络诗人们，发表的渠道，也远比今天的网络诗人们要广阔得多。社员们田间地头，到处都在搭建赛诗台，公社广播站也成了社员们发表诗歌的主渠道。夫妻之间往往以诗歌的形式来谈论生活和农业生产，湖北省红安县一个仅仅二十几户人家的生产队，创作的诗歌竟要用千首万首来计算。全国各省出现了不少的诗歌县、诗歌乡、诗歌社。在一些诗歌之乡的墙上、门上、山岩上、田壁上、树上、电线杆上，甚至在商店的柜台上、酒桶上、磨盘上，到处都是诗歌。

作为网络诗歌的发动者和操盘手，李少君当然再不可能去写诸如“赶诗街，诗兴浓，／万首诗歌写不穷；／社会主义大迈进，／引吭高歌意气雄”或者“太白斗酒诗百篇，／神话流传两千年；／如今诗歌地连天，／愧煞长庚老神仙”等之类的诗（笔者按，李白从出生到今天都还没有两千年，由此可知，这些“诗”是怎样胡诌出来的）。李少君的诗歌，老是喜欢盯着女人的奶子和“脐下三寸”，总是弥漫着一股腥臊的荷尔蒙气息。如：“春天一来，男人就像一条狗一样冲出去／吃了壮阳药一样冲出去／趴在别的女人身上喘气、喊叫／深夜，又像一条狗一样回来／软踏踏（塌塌）地，倒在床上鼾声响起//老狗回来，小狗又急吼吼地冲出去//她坐在黑暗中，像巫婆一样／洞穿一切，一言不发”（《老女人》）“抽烟的女人与接吻的女人／一种是在呼吸间把自己麻醉／一种是在嘴唇间享受生活”（《一个戒烟主义者的忠告（续）》）“清早起来就铺桌叠布的阿娇／是一个慵懒瘦高的女孩／她的小乳房在宽松的服务衫里／自然而随意地荡着……”“不过，我的心可以安放在青山绿水之间／我的身体，还得安置在一间有女人的房子里”（《四行诗》）。读李少君的诗歌，我常常想起五代西蜀那些狎妓宴饮、耽于声色犬马的花间词人。但与李少君的这首《流水》相比，花间词人们至少还没有谁将裤裆下面的事写得如此露骨和淫荡：

每次，她让我摸摸乳房就走了／我在我手上散发的她的体香中／迷离恍惚，并且回味荡漾／我们很长时间才见一次面／一见面她就使劲掐我／让我对生活还保持着感觉／知道还有痛，还有伤心／她带我去酒吧，在包厢里／我唱歌，她跳艳舞／然后用手机拍下艳照再删除／我们最强烈的一次发作是去深山中／远离尘世，隔绝人间／我们差点想留下来不走了／可是她不肯跟我做爱／只让我看她的赤身裸体，百媚千娇／她让我摸摸她的乳房就抽身而去／随后她会发来大量短信：／“亲爱的，开心点，我喜欢你笑”／“这次心情不好，下次好好补偿你”／“我会想你的，再见！”／我承认我一直没有琢磨透她／她孤身一人在外，却又守身如玉／这让我为她担心，甚至因此得了轻度抑郁症／而她仍然笑靥如花，直到有一天／她从地铁出门，将自己沉入水底／随流水远去，让我再也找不到她

与沈浩波高调宣称“男人都亮出了自己的把柄，女人都亮出了

自己的漏洞”相比，后来居上的李少君，已经把沈浩波的《一把好乳》推向了一个新的高峰。从李少君开始，中国的诗人们不再只是书写“奶子”，而是直接朝着纵深“开拓”，直接抵达裤裆以下。这样的“性诗”，就像干柴一样，迅速点燃了中国诗人们的情欲，接踵而来的，就是余秀华火辣劲爆的《穿过大半个中国去睡你》。这首诗，在中国诗坛一夜之间，就掀起了一股巨大的旋风。而其恶俗的《千里送阴毛》，更是暴露出了中国诗坛可悲的堕落：

> “千里送阴毛，礼轻人意重”／给你发了这样一个信息，我就去泡茶了／秋天，该喝菊花茶了，祛火，止伤／我知道你会恶狠狠地大叫：你这个疯子，变态狂／这时候菊花一朵朵浮了上来／沉重，忧伤／我能怎么样呢，一万根鹅毛编成被子／你也拒绝取暖／而我的心早就送给你了，这皮囊多么轻／最轻的不过一根阴毛

因为“性”，李少君的“摸乳诗”《流水》在短短的几天内，在网上的点击量就高达20万。为了进一步扩大“战果”，其又进一步炒作，在“新红颜写作”和“草根性”两张牌上大做文章。前者侧重于以情色来挑逗读者，后者则是以人员的海量扩张来搅起一股股犹如“大跃进”时期一样狂热的“诗歌浪潮”。当李少君忽悠读者的“新红颜写作”遭到诗坛广泛的质疑之后，有学者赶紧出来捧臭脚说：“我想说，至少从它被命名起，它就真实存在了……‘新红颜’代表着一种解放性的吁请，一种对正待突出地表的种子的发现与培植。它有它鲜明的历史针对性和诗学针对性，它用鲜明的‘红颜’否定老迈诗学秩序的权贵，期待将一种潜伏的解放性诗歌力量呼唤出来，从而启示着新的视野和历史前景。这是‘新红颜’命名的最大意义。”为此，李少君就像老鼠跳在秤盘上一样，自己称自己说：“‘新红颜写作’的命名，堪称中国诗歌史上第一次对女性诗歌写作命名，即使在世界诗歌史上，也是少见的”，“新红颜写作的出现，可能会冲淡当代诗坛的争斗、暴戾、萎靡之气，回复诗歌

最基本的品质：真、善、美与爱”。至于被李少君垂青的“新红颜”诗人们究竟能否担当起拯救诗歌的命运，我们只需看看由李少君等人主编的《新红颜集》中的作品，就可以一清二楚了：

我喜欢你。轻轻地／叫我宝贝。／我假装没听见。你就急急地叫／压抑地叫。／像蜜蜂蜇在花瓣上。／我红着脸。我说嗯

——灯灯《我说嗯》

大雨中突然浮现，死去多年的外公／披着绿色雨衣，将小孙女紧裹在怀里。//将小孙女紧裹在怀里，披着绿色雨衣／死去多年的外公，大雨中突然浮现

——成都锦瑟《浮现》

我把油瓶子打翻／醋瓶子扶起。突然，整个房间里／一下子挤满了各式各样的瓶子：它们齐刷刷地倒下／又齐刷刷地站起

——兰雪《恐怖》

总有一些词叫我汗毛倒竖／比如道德感／比如真有缘／比如我爱你／但有时候我也会对你们这么说／纯粹是为了以牙还牙／以眼还眼

——何袜皮《报复》

以上“诗作”，可说几乎就是一种分行的“文字游戏”，从这些文字中，我们读不出感动，读不出美感，更感受不到它与诗歌究竟有多大的关系。

为了在诗坛掀起一股股泡沫，李少君居然将唐代的李白和孟浩然这样的大诗人，也纳入了其“草根诗人”的团队。李少君称：“林庚先生称唐文学是‘寒士文学’，有‘布衣感’，颇有道理。李

白、孟浩然这样出自偏僻之地的诗人，借助新技术的创造，读到流传至穷乡僻壤的文学经典，又能通过个人天才的创造获得认可，迅速进入文学的中心。这些寒士布衣的创造，成就了最伟大的文学高潮。”

林庚先生在《唐诗综论》一书中，将李白说成是布衣出身，这一说法，在学术上未必就站得住脚。据陈寅恪先生考证，他本是西域胡人，已被汉族同化。根据李长之先生的考证：“李白生于苏俄属的中亚细亚。家庭迁于广汉的时候，他已经五岁，我们明白他是华侨，我们就可以了解许多事情，例如他后来在朝廷作《答蕃书》证明他精通外国文字了，这在一个华侨子弟是当然有这种方便的。”李白说自己二十几岁的时候，在维扬（今扬州）不到一年，“散尽三十余万，有落魄公子，悉皆济之”。或许正是因为有了丰厚的家底，李白才能如此仗义疏财，在其《将进酒》中写出“天生我材必有用，千金散尽还复来”这样豪放的诗句。李白说自己“五岁通六甲，十岁观百家”（《上安州裴长史书》），“十五观奇书，作赋凌相如”（《赠张相镐》），这与李少君的李白出自穷乡僻壤的说法根本就不搭界。

因为缺乏文化常识，李少君完全不知道孟浩然究竟出生在怎样的家庭，更不知道，早在建安十三年（208年），曹操在控制了南郡北部之后，就置襄阳为郡，郡治在襄阳城内。土肥水美的襄阳是三国文化的主要发源地，历代为经济军事要地，素有“华夏第一城池”之称。在唐代，襄阳已是一个著名的历史文化古城，孟浩然同样是出生在一个富裕的书香家庭。有学者指出：“襄阳的开放与多元，让孟浩然自幼便受到了不同的文化思潮，养育出他不同凡响的行为品性。”我不知道，李少君是否知道“穷乡僻壤”这个成语究竟表示什么意思，怎么会将其生拉活扯地用在李白和孟浩然的身上？

如今，诗歌的娱乐化和垃圾化就像洪水猛兽，各种后台老板出资、操盘，大兵团作战，集体起哄的诗歌大奖，可说就是今日诗坛确立某些诗人地位的另一种江湖。多年来，中国的诗人们动辄就揭竿而起、党同伐异、占山为王。2016年，奖金高达10万元的第二届“陈子昂诗歌奖”，在一阵大声的聒噪之中，一度陷入“抄袭”的罗生门。尽管主办方坚称，是否抄袭需要裁决，但在一阵巨大的雷声之后，读者至今还是没有看到期盼中的“雨点”。2017年3月22日，2016年度陈子昂诗歌奖，将高额奖金颁给了诗人张执浩。其授奖词称：

> 张执浩善于在细微的日常事物（务）海洋中，打捞、萃取诗意的“珠贝”，接近“此在”生活和生命的内在本相，人间烟火之气浓郁，并在一种程度上触摸到了世界的本质和理趣的边缘，平淡而神奇，简隽又丰腴，兼具音乐的流动和画面的凝定，在朴素自然、具体质感的走笔里，彰显出一种理想的风格辨识度和极具个人化的艺术魅力。

当我从网上读到张执浩《奇异的生命》这首无病呻吟的诗时，我不禁疑惑，这样的“诗”怎么能与“念天地之悠悠，独怆然而涕下”的陈子昂拉扯在一起？这样的分行文字，与其说是诗意的“珠贝”，倒不如说更像是思维错乱的醉话，或者梦中的呓语：

> 两张纸屑在首义广场上空飞舞／婉转，轻逸／肯定不是风筝。我发誓／当它们降下来／以蛇山的沉郁为背景／我可以感受到它们的重量／而当它们高于山顶／我的视线无以为继／如此被动地飞／看上去却是主动的／阳光照在纸面上／我险些看见了黑暗的笔迹／而奇怪的是／那天广场上并没有风／两张纸屑飞累了以后／依然依偎在一起

这首诗，可说浑身都是毛病。起手就是一个明显的病句。所谓“纸屑”，是指纸的碎片。汉语中，在表示纸的数量多少的时候，通常都是用“张”来表示，而纸屑却不能说成是“张”，只能用“片”。根据整首诗的意思来看，这里的纸屑实际上应该是“纸”，如果是小

小的纸屑，仅凭肉眼根本就不可能看见其在广场上空高高地飞舞、旋转。更为吊诡的是，作者说这两张纸已经飞得“高于山顶”，但又说“那天广场上并没有风”。让人思维赶不上趟的是，没有风的纸怎么会飞上高高的天空？说两只鸟儿飞累了以后，仍然依偎在一起，这样的场面倒还形象、贴切，让人有点小感动，但说两张纸飞累以后仍依偎在一起，就近乎生硬和无病呻吟。一个广场上空有纸屑，我们感受到的不是所谓的“诗意”，而是该地卫生状况不好，有人乱扔垃圾。要知道，文学的“陌生化”并非不合情理地瞎扯淡和胡思乱想。就整首诗表达的意思来看，我认为，诗人在写作时的思维是极为混乱的。我不知道这种做作的诗是怎样打动众多评委，从而获得高达10万元的奖金的。倘若陈子昂地下有知，想必也会拍案而起，像当年扭转唐初诗风那样，痛斥今日诗坛的种种怪现状。

1980年代，徐敬亚与《诗歌报》主编蒋维扬一起，在《深圳青年报》和《诗歌报》上发起了一场“中国诗坛1986‘现代诗流派大展’”。一夜之间，处于地下的63个诗歌流派和社团风光无限地登上了中国诗歌的舞台。时隔三十年，那些曾经风靡一时的诗歌流派和诗人，早已人间蒸发，消失得无影无踪。取而代之的，则是诗人们博人眼球的集体起哄，形形色色的诗歌网站，迅速成为诗人们拼命争夺的主要阵地。换汤不换药的诗歌流派，则是什么下半身写作、垃圾写作、废话写作、智性写作、草根写作等。面对这样一股汹涌而来的扼杀诗歌的网络“诗歌”大潮，以及各路诗人唾沫横飞的口水大战，李少君欣喜若狂地宣称：“网络诗歌发展尤其迅猛，据不完全统计，当代诗歌网站已有近万家……很多诗歌新锐力量在网络平台迅速冒出，并引人注目。网络诗歌正在成为最具建设性的一支诗歌力量。”而另一位网络诗歌的鼓吹者王珂更是欢欣鼓舞，并进一步煽风点火地说：“网络诗将导致现代汉诗全方位的改变，甚至由此产生新的美学革命和文体革命。”但可笑的是，这些诗歌网站的影响力，几乎等同于卡拉OK厅里的自娱自乐，都是熟人在那里互相拍手叫好。这近万家的诗歌网站究竟为中国的读者们奉献过什么好诗，连鬼都不知道。李少君和王珂们的盲目乐观，最多也只是一厢情愿而已。

诗歌从业者的“奇葩”评论

晚唐诗人、诗歌理论家司空图在《与李生论诗书》一开篇就深深感叹：“文之难，而诗之难尤难。古今之喻多矣，而愚以为辨于味而后可以言诗也。”在我看来，司空图所说的“辨于味”，实质上就是说，只有懂得诗歌艺术和具有欣赏能力的人，才能够谈论诗歌。但吊诡的是，在当今诗坛，一大批并没有多少诗歌鉴赏能力而有极高学历的人，却在成天谈论诗歌，并且以此为业。这些来自学院，通常拥有硕士、博士文凭的高学历诗歌从业者，成了当今文坛诗歌研究的主体。这些美其名曰诗歌评论家的“研究”，大都谈不上对诗歌有什么真正感悟，而往往都是抱着一大堆彼此相同的资料，为“研究”而“研究”，这些“研究”使他们看似知识渊博，实际只是迷惑外行的学术“砖著”和高头讲章。

对于当今诗歌的弊病，流沙河先生直言不讳地指出：“现在好多新诗不耐读，因为没有秩序。”“一切美好的诗歌都有秩序。”流沙河先生认为，诗歌的秩序包括两个方面，一是语言，一是意象。“语言要条理通顺，简单、准确、明了。不能自由散漫。意象的秩序更加艰难。优秀的诗人可以把常见的意象组合在一起，给人新鲜感和震撼。”但当今的诗人，可说是中国诗歌史上罕见的浮躁的一代。他们对于前辈的诗作，不是进行艺术的继承和扬弃，而是动辄以推翻传统、另起炉灶的极端方式来显示自己的存在，夺人眼球。自从“第三代诗人”打倒北岛、打倒朦胧诗之后，诗歌就再也不讲“秩序”，再也不讲音乐性和节奏感，有的就像谁也不知道唱了些什么的“Rap”（饶舌）。诗歌的音乐性，完全被当成过时的敝屣，以致诗歌堕落成了徒有其表的分行文字。在看似热闹的广场舞一样集体起舞的诗歌写作中，大量口水诗歌以“口语诗歌”的名义，披上

"先锋"的外衣，将先前优良的诗歌传统连根拔掉。不断出现在各种文学期刊上的烂诗，更是受到了某些诗评家不遗余力的吹捧。这种自欺欺人的写作，造成的最大恶果就是，写诗再也没有门槛，凡是能够写几段分行文字，或者会敲回车键的人，都摇身一变成了"诗人"；诗集出版，从此成了出版毒药；写诗的人比读诗的人还多，最终成了当今诗坛的一个经典笑话。

对于这样一种文坛怪现状，与诗人同在诗歌这口大锅里混饭吃的某些诗评家们，不是去直面当今诗坛艳若桃花的红肿，为当今诗人陷入泥淖的写作对症下药，而是失去理智地对某些诗人的平庸之作进行长年累月的热情讴歌，对读者进行瞎忽悠。有的诗评家甚至十三不靠地盛赞说："有评论家和研究者说，新世纪的中国文学格局中，诗歌的成就要高于小说和其他文体，这似乎得到了国际的认同。在我看来，这并非就是诗歌的胜利，或者说是小说和其他文体的溃败，而是因为诗歌坚守了它的原点。"至于所谓的国际认同，或许只是个别汉学家，如顾彬之类的外国人对当今某些诗人的友情赞扬。在他们的心中，顾彬就代表"国际"，这就像在某些小说家的心中，马悦然就代表"诺贝尔文学奖"一样。至于所谓"诗歌坚守了它的原点"，更像是一句让人摸头不知脑的呓语，我敢说，即便是那些写诗的诗人和诗歌理论家，也根本就弄不清这样的"原点"，究竟指的是什么玩意儿。

更为蹊跷的是，诗评家们五花八门、光怪陆离的诗歌评论和八卦似的"研究"文字，居然堂而皇之地被当作学术成果大量炮制出来，这其中的原因，或许就像是一个文坛的哥德巴赫猜想之谜。以下几位诗评家，堪称当今诗评家中沉疴在身的典型代表，透过他们的奇葩评论和诗歌研究，我们可以清楚地看到，究竟是什么样的人在为当今诗坛的乱象摇旗呐喊，烈火浇油，制造新的混乱。

耿占春：越玄幻越快乐

在当代诗评家中，耿占春的文章素以艰深晦涩、掉洋书袋著称，就连其许多书名都起得跟玄幻小说似的，高深莫测，神神道道，诸如《沙上的卜辞》《隐喻》《观察者的幻象》《失去象征的世界》。耿占春的这些书，就像九娘娘的天书，根本就不知道究竟要表达什么意思。我在痛苦的阅读中不禁一声长叹：难道耿占春真的是在把学术文章当成玄幻小说来写，或者立志要写出一部理论版的《芬尼根守夜人》，目的是让中国的读书人难以下咽，彻底蒙圈？我们看到，中国古代的诗歌理论家，从来就没有引述过任何一位“老外”的理论著作，照样能够将自己的理论或者对诗歌的见解表述得一清二楚。但对耿占春来说，一旦没有外国人的理论和观点来为其撑腰打气，就彻底没有了底气。

在《失去象征的世界》一书中，耿占春恨不得将其理论仓库里所有的武器都一股脑用上，外国理论家在书中扎堆，简直挤得汗流浃背。诸如哈贝马斯、考德威尔、托多罗夫、布尔迪厄、安德烈·巴利诺、让·波德里亚、查尔斯·泰勒，等等，被耿占春拉扯出来为其诗学专著“捧场”和“站台”的国外学者，早已排成了一条长龙。而耿占春一贯采用的，就是这种高射炮打苍蝇的方法，武器看似非常先进，却根本就看不出什么效果，反而更加让人云里雾里，找不准北。在这部研究汉语诗歌的书中，耿占春以所谓“象征”为切入口，大谈中国古代的分类体系所依据的最基本的原则是“空间上四个区域的划分。四个区域有四种动物命名并主管。青龙为东，朱雀为南，白虎为西，玄武为北……”然后再进一步将每一个方位之间的区域一分为二，说就有了对应八个罗盘方位的八个分区和方向，它们依次与八种力量相联系。诸如此类喋喋不休，东拼西凑，与诗歌半毛钱关系都没有的裹脚文字，大量充斥在耿占春的这部“诗学砖著”中。这样下笔千言、博士买驴的文字，海阔天空，上下古今，始终就像梦游一样，在耿占春的书中肆意泛滥，一路横行："今天看来，除了研究汉朝的典章制度之外，《礼记》文本缜密的象征主义，它叙述上的形象与概念的融合，读来犹如一首宏大的象征主义诗篇。《礼记》不仅是一种对典章制度的解释，还是一个包容一切的象征主义的知识体系，其中的观察具有天文学和动植物学的精确性，然而又充满象征主义想象力。"

把文章写得如此貌似很有学问，其实并没有多少学术含量，而又能够在学术界大受青睐，让人"不明觉厉"，这并非一般人所具有的"特异功能"。我始终觉得，耿占春就像一个自我感觉良好，认为自己很会开车的老司机，总是喜欢猛踩油门，炫耀自己的"车技"，在高速公路上一路狂飙，以致跑掉了车轮。在分析诗人沈苇的诗歌时，耿占春从所谓的诗歌"自我地理学"，不厌其烦地一直谈到沈苇的散文集《新疆地理》，然后再谈到其中的文章《吐鲁番》，继而大量引用原文，并由此得出一个莫名其妙的结论："沈苇在《新疆词典》中创造了一种诗歌式的论证话语。"至于什么叫作"诗歌式的论证话语"，恐怕连耿占春自己都不知道，但从此诗歌界又冒出了一个石破天惊、横空出世的"新词"。

不仅如此，耿占春还满嘴跑火车地飙捧沈苇说："抒情话语变得无可争辩地雄辩。对现实世界的叙述充满修辞隐喻，以致我们不能简单地再把现实形象与修辞幻象加以区分。诗人创造了关于吐鲁番的诸事物的一个谱系：水=葡萄=翡翠之灯=少女=葡萄树，也许还要加上那孜库姆舞+木卡姆+宴饮+狂欢，她们等于活着的吐鲁番；可是还有另一个等式：故城=古墓=千佛洞=残片=摩尼教残卷='民俗活化石'村庄=红色灰烬的火焰山=博物馆=木乃伊和化石……而且这两个等式之间既存在着区分也存在着等同。在这个等式的深处，隐匿和显现着一个修辞幻象的基础：死亡=生命。沈苇的修辞学建构了万物互相等同的欢乐情景，建构了生与死的可逆性的话语。"如此应用加号与等号来罗列文字，故作高深地阐释诗歌，可说是耿占春的一大发明，它可以使那些对诗歌无知的读者，对其巫师一样装神弄鬼的文字崇拜得五体投地。

由此我们可以看出，耿占春诗歌评论最显著的特点就是，喜欢在文章中显才露己，卖弄学问。而这些所谓的“学问”，只不过是一大堆摆放在书中的僵死文字。中国古代的诗歌理论家们在阐述自己的诗歌理论或者评述诗歌时，往往只用极为精练的文字或者几个形象的比喻，就足以淋漓尽致地表达出来，但耿占春在分析诗歌时，中国古代的诗歌理论，他似乎根本就看不上，而是一律依赖于外国人的文艺理论。在分析王小妮的诗歌时，耿占春写道：“我将继续通过王小妮的诗来关注这样一个问题：我们的生活世界曾经是象征的，但现在我们已经置身于一个普遍去象征化的世界。诗歌的象征并不是一种孤立的文学现象，象征主义不是一种孤立的创造物，它依赖于我们语言的象征功能，事物普遍存在的象征作用，依赖于象征化的世界观。”或许，耿占春已经意识到这种梦幻似的文字很难有人能够真正弄得懂，于是便自己给自己铺设一个台阶说：“为了理解上的方便，姑且给语言的变化一个描写性的图式：从词语的立场上看，语言最初是‘象征的’，无论这种象征的基础是原始的自然宗教还是一神教的；其后语言演变为‘再现的’，福柯在《词与物》中把这个过程描述成17世纪以后才发生的，但在中国诗歌和文学中，语言的再现功能显然远为早于这个时间；在西方，自从马拉美开始，在语言的再现危机中转向语言的自我指涉功能。”

可以说，耿占春这种一味依赖外国理论的“诗学砖著”，完全是一种缺乏文化自信的表现，只能使读者越读越糊涂。唐代诗歌理论家司空图在《二十四诗品》中论述“含蓄”，仅用“不著一字，尽得风流。语不涉己，若不堪忧。是有真宰，与之沉浮。如渌满酒，花时反秋。悠悠空尘，忽忽海沤，浅深聚散，万取一收”这48个字，就将其论述得清清楚楚了。而耿占春尽管旁征博引，用了36万字来论述“象征”，考验读者的阅读耐心，但笔者在阅读之后，脑袋里始终就像有一桶糨糊，总是稀里糊涂。

霍俊明：萝卜快了不洗泥

翻开中国的文学杂志或者学术期刊，“霍俊明”这个名字就像地毯式轰炸一样，不断出现在我的眼前。1975年出生的霍俊明，在《文学评论》等中文核心期刊居然已发表论文100余篇，在其他期刊发表论文和随笔数百篇。看到这个数字，我不禁大吃一惊，如此的高产，在世界学术史上或许都是一个奇迹。霍俊明的写作，已经进入了一个“高铁时代”。

此刻，我的耳畔仿佛听到了霍俊明急速敲击键盘的声音。为了追求写作的速度和高产，霍俊明似乎快得连打标点符号的时间都没有，更不要说文章写好之后，再认真仔细地检查一遍。正因如此，霍俊明的文字，在众多的诗评家中“辨识度”非常之高，特点就是：文字粗糙，字里行间冒出的“泥沙”，就像恒河之沙。如这样的长句子：“但是，反过来当智性追求下的日常题材逐渐被极端化和狭隘化（，）并成为唯一的潮流和时尚的时候（，）无形中诗歌写作的多元化这一说法（，）是需要重新过滤和打量的。”（笔者按：括号中的标点为笔者所加）又如，这样一望便知的错别字：“在滇南高原我不其（期）然间与成片的红艳曼陀罗花相遇。”“2012年深秋（，）我和沈浩波（在）云南高原再次相遇。”更让人难以理解的是，霍俊明这样的博士后，连基本的汉语语法都没有过关，写出的文章总是疙疙瘩瘩，甚至连“的、地、得”这样的基本用法都分不清楚。如：

> 更多诗人的偏颇在于他们在很小的面积上找到身体的同时，急切而功利的（地）对欲望的奔走（，）却恰恰使灵魂再度受到忽略和沉沦。

> 我们不约而同的（地）认为（，）这是一个已经完全

摆脱了政治和意识形态的商业化、消费主义化的开放、自由和个性的写作时代。

这些一定程度上回归了中国传统诗论的评点方式(,)也是对当下新诗批评的一个有力的提请(醒)。

炫耀学识，卖弄理论名词，这在当今的批评家中已经成了一种传染病。霍俊明虽然比耿占春年轻，但在名词大轰炸方面，却直追耿占春。如：

而随着“空间转向”，空间诗学以及“地方性知识”的研究也随之呈现了诸多哲学思想以及社会思潮的交叉影响(比如结构主义和后结构主义对空间的具有差异性的理解)。其中代表性的空间理论“空间社会学”“异质空间”“空间对话”“诗性地理”“诗意空间”“想象性地理空间”“建筑的空间伦理”“光滑空间”“条纹空间”“多孔空间”“第三空间”等。在福柯看来20世纪必然是一个空间的时代，而空间在公共生活中显得极其重要。空间、地方、地域、场域、地景(landscape)等词一旦与文学和文化相关(,)这些空间就不再是客观和“均质”的，而必然表现出一个时期特有的精神征候甚至带有不可避免的意识形态。

我不知道其他读者在读到这样的“诗学理论”文章时，会不会直接“跳”过去，就我而言，与其说这是理论文章，倒不如说更像是霍俊明在跟相声演员练习“贯口”，一口气可以说出如此众多的“空间”和“地域、场域”。

霍俊明极具“创新”意识，立志要做一个语不惊人死不休的理论家。其文章比喻之怪异，恐怕连杜甫先生看了都会大吃一惊，天底下竟然有如此大胆的比喻：

江雪是一个不折不扣的发着高烧的时代“乡愁”诗人，而他又以骨刺一般坚硬、疼痛的方式刺向一个时代病困重重的子宫和躯干。

她的诗歌在寻找到精神渊薮的繁密卦象和真实不虚的纹路的同时（，）却并没有关闭个体和世俗的通道和可能。

雷平阳在诗歌中不断抬高精神的高度，最终个体想象视域中的神学景观就诞生了。

我认为，霍俊明在写作时，更像是一个装神弄鬼的巫师，以为自己可以上通神灵，下愚读者。我从来就不相信，一个诗人会有什么“骨刺”，可以刺向时代的子宫和躯干。请教霍俊明先生，时代如果真有子宫的话，这个子宫究竟在哪里？如果这个“子宫”是霍俊明无中生有凭空想象出来的，那么我敢说，霍俊明的文章就像是堂吉诃德的长矛，颟顸地刺向风车。如果真有诗人在其诗歌里寻找“精神渊薮的繁密的卦象和真实不虚的纹路”，我敢说，这样的“诗人”就是十足的神经病。我不知道，霍俊明在写作时为什么会有如此之多的不可理喻的奇怪想法。说雷平阳凭几首诗歌就能不断抬高精神的高度，产生神学景观，这不就如同说雷平阳能够抓住自己的头发直接升空，纯属天方夜谭吗？

谭五昌：在诗坛“飙高音”

2013年，由学者谭五昌主编的“中国新锐批评家文丛”隆重亮相，而主编者谭五昌的大作《诗意的放逐与重建》一书，也堂而皇之地选入其中。从此，我们便知道，中国文坛有一位叫谭五昌的“新锐”批评家。至于谭五昌究竟“新锐”在何处，我在拜读了该书以后，根本就没有任何发现。客观地说，谭五昌的诗歌研究，在写作思路以及具体的文本上，与当代一些学者不期而然地出现了严重的同质化倾向。这里我们就其有关“女性写作”的文章，与其他学者的文章进行比较：

> 翟永明在为自己的《女人》组诗所写的序言《黑夜的意识》中最早直接地挪用了“女权主义”的术语，并从阐释“黑夜意识”的角度给女性的诗歌下了这样的定义：“一个人与宇宙的内在意识——我称之为黑夜的意识——使我注定成为女性的思想、信念和情感承担者，并直接把这种承担注入一种被我视为意识之最的努力之中。这就是诗。”
>
> ——谭五昌

> 黑夜意识在女诗人创作中的突显，是随着个人和身体意识的觉醒开始的，她们对黑夜经验的观照，开始是通过身体去感受，到后来逐渐转为以灵魂去接近和审视。“一个人与宇宙的内在意识——我称之为黑夜的意识——使我注定成为女性的思想、信念和情感承担者，并直接把这种承担注入一种被我视为意识之最的努力之中。这就是诗。”
>
> ——刘波

> 女性诗人们普遍采取的一个女性话语建构策略便是大量寻找并使用女性身体语言或身体意象。这首先源于她们高度的女性觉悟，同时也受到美国“自白派”女诗人西尔维亚·普拉斯等人的强有力影响。
>
> “女性写作”的另一个艺术向度是普遍的“自白”性话语方式。女性诗人早期都深受美国“自白派”诗人（尤其是普拉斯）的创作影响，这一点已是中国当代诗歌界公认不争（的）事实。
>
> ——谭五昌

女性诗歌写作，首先要突出的就是“性别经验”，这种“性别经验”对于女诗人来说，就是将一些原来只能在闺蜜中私语的东西，用“独白”的方式，大胆地在诗歌中表现出来，这种方式，在女性诗歌出现的早期被认为是借鉴了美国“自白派”女诗人普拉斯的经验，此一说法，后来也得到了女性诗人们的回应与认可。

——刘波

陆忆敏的诗作《美国妇女杂志》则以直截了当的方式宣告女性意识的“猛然”觉醒，不啻是一篇女权意识的诗歌宣言……

陆忆敏从一本《美国妇女生活》（笔者按：同一本杂志，在谭五昌的文章中居然出现了两个名字。陆忆敏原诗的名字为《美国妇女杂志》，由此可见，谭五昌对其所研究的诗歌作品根本就不熟悉）好像“突然”获得的女性觉醒确实具有强烈的文化象征意义。

——谭五昌

像上海女诗人陆忆敏，她就因为一首《美国妇女杂志》，被认为是与翟永明齐名的源头性女诗人之一。

——刘波

在此，笔者无意去追寻究竟是谭五昌“借鉴”了刘波，还是刘波“借鉴”谭五昌，或者他们共同“借鉴”了其他的学者，但其中有一点是可以肯定的，这就是，他们的文章简直就像孪生兄弟一样，惊人地相似。

谭五昌在《在北师大课堂讲诗》中，对这样的“诗”推崇备至：

20米×48米／占地960平方米／这是您的公寓／23米×5.1米／占地117.3平方米／这是您的套间／6.5米×4.2米／占地27.3平方米／这是您的客厅／5.6米×3.4米／占地19平方米／这是您的卧室……0.2×0.3米／占地0.06平方米／先生，这是……测量员停顿了一下／您的盒子

这首名为《便条集之二五八》的诗，出自《0档案》的作者于坚之手。有学者指出："在过于'聪明'的于坚身上，看不出什么大气、锐气和正气，他给人越来越多的是妖气、土气和匪气……""当现代化变成世界唯一的未来之途之时，他的诗意诗思诗情渐渐消失，焦虑性、疯狂性和技术性已成为他诗学探索的审美表征。"在我看来，于坚的《0档案》和《便条集之二五八》这样的诗歌，其实就是皇帝的新衣，它们在中国诗歌史上留给读者的，也许就是一个荒唐的笑话。以口语诗歌的名义，将诗歌蜕变成口水，于坚已获得"成功"。想不到谭五昌却告诉他的学生们说："《便条集之二五八》一诗用非常日常化的口语方式创作，赢得了很多人的赞赏……诗里有一种虚构的成分，实际上这种表面非常写实的叙述充满了寓言性的，再次表明了于坚作为一个重量级当代诗人的过人智慧。"如果说于坚真的有什么过人智慧的话，这样的"智慧"就是能够让某些人在被当猴耍之后，还要服服帖帖地赞美他的口水一样的"诗"。

把诗歌评论写成"表扬稿"，用"飙高音"的方式，大肆讴歌诗坛风景独好，无疑是谭五昌的文章最清晰的"辨识度"。在多年的写作生涯中，谭五昌已经把自己历练成一名出色的捧人高手。他吹捧黑大春："人们根据黑大春在多年创作历程中始终保持着的坚定抒情姿态而将他称为中国诗坛'最后的浪漫主义者'。"吹捧海子："从某种意义上说，海子似乎是不可谈论的，他的生命存在与诗歌存在几乎类似于一个难以理喻的'巨型神话'……海子的追求与矛盾表现都超出了人的想象与理解限度……正是海子身上土地般本能的旺盛的原创性抒情才能，才最终成就了海子在中国当代诗歌史上的一个罕见的传奇。"对此，我想请教谭五昌先生：中国诗坛

的浪漫主义者从什么时候遭到了彻底的阉割，在黑大春之后就已经彻底灭种？在诗坛制造神话，毫无节制地吹捧，使谭五昌的诗歌评论常常沦为“谀评”。

刘波：在诗坛“笑熬糨糊”

在当今的诗评家中，刘波同样称得上是一位高产能手。仅我买到的就有《当代诗坛“刀锋”透视》《“第三代”诗歌研究》《诗人在他自己的时代》《重绘诗歌的精神光谱》四部刘波的“诗学专著”。但这些专著，并没有让我看到多少值得欣赏的学术价值。刘波书中的内容只不过是交叉出版，四部书中的文章和内容，往往是你中有我，我中有你。在学术著作出版难的今天，年轻的刘波在诗坛上“笑熬糨糊”，居然能一口气出版如此之多的诗学著作，这确实是一个令众多学人羡慕不已的奇迹。

但“多种地，多打粮”这样的思维，并不适合于学术研究。笔者发现，当今诗评家们的学术研究大都乏善可陈。其写作套路颇类似于“诗歌史”的写法，不外乎都是时代背景、著名诗人的观点、作品特色加点评，然后就是曲终奏雅，进行一番海阔天空的狂热飙捧。在同一条思维路径上行走的这些诗评家们，只顾一个劲地忙着写，却很少去考虑是否能够慢下来，静心写出一部令人竖起大拇指的诗学著作。诗歌研究者，没有必要像当今那些扰攘不休的“诗人”一样内心狂躁。一个从事诗歌研究的学者，首先应该懂得什么是真正的好诗。就此而言，刘波的诗歌观点和对某些诗人的评论可说是极为怪异的。我甚至怀疑刘波是否真正懂诗。

在《重绘诗歌的精神光谱》中，刘波写道：“朦胧诗人和海子所创造的箴言型诗歌，一方面赋予了那个特殊的时代以某种美学高度，另一方面，也让诗歌成了被简化的文学形态。有人就此认为，最好的文学就是能写出几个带有哲理性的漂亮句子，能最终让人记住。这种带有‘投机’性或简化的写作，其实为诗歌带来了一场美学灾难，最典型的莫过于汪国真。1993年前后，汪国真一度成为大学生和青年读者所喜爱的诗人，他的偶像性就在于以诗歌的名义来写格言警句，庸俗的浪漫主义精神对接人生的大杂烩，最符合一些有激情的年轻人的心理。汪国真的诗歌影响甚至一直还在，导致很多读者在诗歌阅读和理解上单一化，认为除了汪国真那样的诗歌之外，其他写作就不是诗了。”

刘波这样的偏激和煽情，可说是思维混乱的结果。当今的诗歌遭受读者前所未有的冷遇，这已是无可辩驳的事实。这样的板子岂能打在汪国真的屁股上？刘波在文章中气势汹汹地口诛笔伐汪国真，继而夸大其词地厚诬已故的汪国真先生的写作是“投机”性的写作，为诗歌带来了一场灾难。如此不负责任的信口开河，可谓有失学人品格。萝卜白菜，各有所爱。有人喜欢读汪国真，有人喜欢读于坚和伊沙，难道我们可以就此断定，喜欢读汪国真的人就是低级庸俗，喜欢读于坚和伊沙的人就是情趣高尚吗？在刘波看来，汪国真简直就是当代诗歌的敌人，必须坚决、干净、彻底地清除汪国真诗歌的余毒，才能使中国的诗歌走上良性发展的轨道。但从刘波对雷平阳的诗歌《杀狗的过程》的追捧来看，笔者倒觉得，刘波的审美趣味和诗歌鉴赏能力，未必就比那些汪国真的粉丝高明。

一个真正的学者，应该学会包容。许多读者不读当今诗人的诗歌而读汪国真，这或许正说明当今许多诗人的诗，连汪国真都不如。读者并非都像刘波认为的那样，个个都是傻子，有好的诗歌都不去欣赏。著名诗人流沙河先生就一针见血地说：“现在很多诗都是口语、大白话，甚至口水话。”既然是口水话，读了又有什么用？

在刘波的眼里，只要与传统和朦胧诗对着干的诗歌，就是有难度的写作，就是有创新的好诗。有一位叫余怒的诗人，本身并不为人们所知，其吸引读者眼球的方式，就是在写作中把胡思乱想排列成行，冒充诗歌。如其在《动物性》中写道：“艺术产生于困惑：一个女人／握着一个球。艺术使我敏感／从属于她／沉默中一顶说话的帽子／她拆字，拆一头动物”。对于这类或许连余怒自己都不知道想要表达的是什么的“诗”，刘波强作解人地分析说：“在他笔下，没有什么是固定的、恒常的，他需要打破的就是那些我们习以为常的超稳定结构。这样的思维方式转为词语，就是以想象推动每一个意象前行，而我们在读到下一句之前，根本想不到诗人会出什么招数，这是疑惑，也是诗意本身。”基于这种二六不着五的想法，刘波盛赞余怒的这首诗把“困惑和拆字联系起来了，诗意就在这种矛盾与结构中生成，且有让人回味的力量”。

以次充好是刘波飙捧那些平庸诗人的惯用写作方式。如以下这首叫《从画面中突出出来》的诗：

在视频里我看到桌子、椅子、灯泡、双人床、叠好的
被子、空气，尤其是她。像一个裹挟在嘴里的陈述句。
香水味凝成的空间感，形成一个倒三角。
猫趴在她的胸脯上，她用胸脯同它交谈。

整首诗犹如一个疯子的呓语。而刘波却称余怒诗歌的最后一句“她用胸脯同它交谈”当是点睛之笔，既是画面形象的展现，又是一种精神交流的转换。在我看来，与其说这是一种精神交流的转换，倒不如说是一种对荷尔蒙的肆意挑逗。但在刘波这样的诗歌研究专家看来，余怒之所以主张表述的歧义，其意图就是让语言中的现实变得复杂，让人有思考和审美的空间。余怒用这种色眯眯的“咸猪手”似的挑逗之词来刺激读者的做法，反而开阔了读者的思维，拓展了诗歌的美学空间。总而言之，余怒那些胡乱拼凑的诗歌，在刘波的眼里可说是通体完美。刘波激情无比地赞颂说：“余怒找到了自己写作的方向，同时也定位了自己的诗歌美学，这是一个相辅相成的过程。随着这两方面的融合，一种审美风格在余怒这里形成了自觉，自觉地拒绝简单，自觉地寻求难度。”“在当下，需要余怒这样的诗人，他会不断地为我们提供独特的创造和与众不同的审美。”“正是有余怒这样的诗人，或许我们才看得到现代汉语诗歌的希望和前景。”

专门从事诗歌研究的刘波先生，居然连什么是稻子和稗子都分

不清，竟然匪夷所思地把余怒这样忽悠读者的分行文字吹捧得天花乱坠，如此畸变奇葩的审美情趣，很有可能误导那些对诗歌鉴赏一知半解的读者。一个把伪诗当作中国诗歌的希望和前景的学者，一个自以为是，在中国的诗坛上指点江山的“学术莽夫”，只能把本已是一潭浑水的诗坛，越搅越浑。

诗歌为何被带进沟里？

有人说，如今的中国诗坛，就像是《东京梦华录》时期的开封，勾栏瓦肆，到处都是大声吆喝、杂耍表演的江湖艺人。自朦胧诗之后，当代诗坛迅速变成了烽烟四起的古战场。各路诸侯和神仙，纷纷揭竿而起，由看似表面的诗学观念之争，公开演变成诗人的话语权和江湖地位之争。这其中，尤其以“知识分子写作”和“民间写作”为代表，其间的口水大战和死磕互掐，无异于互相争夺诗坛蛋糕的一场集体内讧。

上个世纪末，以学者程光炜编选的诗歌选集《岁月的遗照》为导火索，引发了当代诗坛著名的“盘峰论战”，乃至旷日持久、唾沫飞溅的口水大战。长久以来，我们始终无法窥见事件的真相。这其中的是非曲直，可说是公说公有理，婆说婆有理，让众多不明真相的读者始终如坠五里云雾之中。但我们看到的事实是，争论者之间，仿佛都有一股发泄不完的戾气，彼此都真理在握，不把对方放在眼里，以致当年北京平谷的盘峰宾馆，成了当代诗坛一个著名的“火药桶”。江湖义气的诗坛从此失去了平静，再也放不下一张“百家争鸣”的学术圆桌。如此古今中外罕见的诗坛乱象和混乱局面，恰恰为曹丕在《典论·论文》中所说的“文人相轻，自古而然”，提供了鲜活生动的注脚。时隔多年，笔者对于这一聚讼纷纭的诗坛纷争早已失去了兴趣，只是想知道，原本的学术之争，为什么会发展成诗人之间意气用事和满腔怒火的对峙？诗人们争也争了，吵也吵了，但为什么总是写不出一两首真正为读者喜爱的经典之作？

可以说，当今的诗坛，早已是全身瘫痪，病入膏肓。有读者痛心疾首，愤然地感叹道：“如今的诗坛，疯子和骗子最多。”“这些年的诗坛，真所谓五毒俱全，鱼鳖海怪都在兴妖作乱。”诗歌遭到了诗人们的任意糟蹋、放肆玩弄。有的人为了出名，哪怕为得一个“骂名”，都可以寡廉鲜耻，不择手段。诸如什么“垃圾派”诗歌，怎样肮脏污秽就怎么写，读一首这样的“诗”，起码要令人恶心三个月；“下半身”诗歌，怎样吸引人眼球，就怎样大尺度地“亮出”人体器官。而某些诗评家不负责任的集体起哄和胡乱吹捧，更使本已混乱不堪的当代诗坛黑白颠倒，雪上加霜。那么，当代诗歌究竟是怎样被某些“著名”诗人带进沟里去的？

于坚：乐此不疲地制造赝诗

就年龄来说，于坚与北岛、舒婷、顾城、杨炼、王小妮等诗人应属同一个年龄段，但在朦胧诗洛阳纸贵、朦胧诗人备受追捧的年代，于坚的写作默默无闻、鲜为人知，没有在诗坛分得一杯羹。为了在诗坛迅速吸引眼球，于坚与第三代诗人要干的活就是，不管三七二十一，先将朦胧诗的王朝一脚踢翻，将北岛等朦胧诗人彻底打倒，建立其诗歌写作的独立王国。为此，于坚们哗众取宠地捣鼓出了所谓的“口语诗歌”和“民间写作”，以一种貌似新颖，实则忽悠的写作，迷惑了众多对于诗歌一知半解的门外汉，如此的“捣鼓术”，居然在日后大获“成功”。其实，早在西周初年至春秋中叶（前11世纪至前6世纪），在中国古代诗歌的源头《诗经》中，口语诗歌就已经大量出现。如：“蒹葭苍苍，白露为霜。所谓伊人，在水一方。”又如：“死生契阔，与子成说。执子之手，与子偕老。”

学者向辉一针见血地指出：“于坚喜欢以民间的立场，四处游说诗人要坚持独立精神和自由创造的品质……民间立场也是一种固有的诗学立场，不是匪气十足的‘江湖立场’。在《长安行》中，于坚盲目地夸耀自己的‘大师’境界，掩饰了自身对存在的麻木。他借古讽今，想象自己也像李白一样处于被压抑中。于是，一个在国内活得八面玲珑的人，居然也写起《长安行》这样差的诗来。”“把一连串的废话写进诗里，很可能是于坚的‘才华横溢’，他将形式主义理解为一种高尚而复杂的诗意，却从来就不去测度它是否具有必要的人性体温和心灵深度。”为了蛊惑更多的读者，于坚故意在诗坛制造混乱说：“诗歌就是存在，存在就是诗歌，并无所谓诗与非诗的区别。能指和所指是一致的。所以张戒在《岁寒堂诗话》中说：‘世间一切皆诗也，在山林则山林，在庙堂则庙堂，遇巧则巧，遇拙则拙，遇奇则奇，遇俗则俗，或放或收，或新或旧，一切物，一切事，一切意，无非诗者。’……其实那些具有伟大精神世界的诗歌，例如《红楼梦》《尤利西斯》《寻找失去的时间》《在流放地》无不首先是日常生活的史诗，而不是思想的史诗。”于坚这种把古人的糟粕当作精华，把死老鼠当作人间美味的诗学观，简直就是在中国诗坛公开乱捣糨糊。张戒的“世间一切皆诗”说受到于坚的高度赞赏，这说明于坚已经爱上了古人的偏激。张戒居然把白居易的《长恨歌》污蔑为“皆秽亵之语”。请教于坚先生，如果诗歌就是存在，存在就是诗歌，那么厕所也是存在，毛毛虫也是存在，我们能够说走进厕所就是走进诗歌，看见毛毛虫就是欣赏到了诗歌吗？倘若于坚非要把《红楼梦》《尤利西斯》《寻找失去的时间》《在流放地》说成是诗歌，我们只能认为于坚的思维已经进入了一种罕见的混乱状态。《尤利西斯》不但不是诗歌，而且连一部优秀的小说都谈不上。尽管这部小说在我国被炒得烫手，热得惊人，但真正读过并且能够读懂的人可说是寥若晨星。在世界文坛，乔伊斯的《尤利西斯》自问世之后，一直受到众多作家的质疑和批判，英国作家伍尔夫痛斥其为阅读的灾难。美国作家亨利·米勒说，乔伊斯的作品是专写给教授读的，他写得晦涩难懂。而另一位美国作家辛格则说乔伊斯把聪明才智用于如何让别人读不懂他的作品，读者要读懂乔伊斯，一本字典是不够的，他要借助十本字典。于坚是怎样读懂《尤利西斯》的，只有老天爷才知道。我绝不会相信，于坚会抱着十本字典去埋头苦读这样一部晦涩难懂的书。

事实上，于坚“大师”的所谓“诗学理论”，简直可说就是一地鸡毛的梦中呓语：

> 古代诗歌所歌咏的是生活中的司空见惯的事物，歌咏，并不是升华，而是记录。不要一看记录就想起书记员。汉语本身就是诗歌。汉语创造之日，就被创造成一套象征系统，形象思维。

> 对于汉语诗人来说，英语乃是一种网络语言，克隆世界的普通话，它引导的是我们时代的经济活动。但诗歌需要汉语来引导……我以为20世纪最后二十年间，世界最优秀的诗人是置身在汉语中。

> 我以为，世界诗歌的标准早在中国六七世纪全球诗歌的黄金时代就被唐诗和宋词所确立。

看到于坚这样天马行空、满嘴跑火车的信口开河，我真佩服其一本正经、大胆胡说的勇气。如果汉语本身就是诗歌，那还用得着于坚们来瞎搅和吗？我们不如直接读《新华字典》就行了。在于坚看来，中国的诗人都应该由以于坚为代表的“民间写作”和“口语诗歌”来引导；全世界的诗歌都应该由汉语来引导。但于坚是否考虑过俄语、法语、英语、西班牙语、葡萄牙语等国家的诗人们是否都会举双手赞成，无条件拥护？于坚们把诗歌写成口水和唾沫，居然还在幻想引导世界诗歌，如此的黄粱美梦，真是梦中娶媳妇——想得真是美。于坚说世界诗歌的标准被唐诗宋词所确立，这更像是自己给自己吸食兴奋剂，或者说打了鸡血之后产生的可笑幻觉。更为蹊跷的是，于坚所说的在古代真理是诗歌身体上的一个器官，以及“诗歌是人类语言世界中唯一具有生殖器官的创造活动”。这种不伦不类，拿裤裆说事的比喻，让我们清晰地看到一个想象力跟不上思维、语言跟不上嘴巴的于坚。这种夜郎自大的阿Q式的思维，其实正是一种极不自信的表现。

在当代文坛，于坚的成名，颇有些类似以“叙述圈套”唬人成名的马原。在当年的中国文坛，谁不把马原惊为天人？如果谁要说马原的作品很差，谁就会被认为是不懂文学的蠢货。正因如此，一些编辑即便硬着头皮也读不懂马原的作品，却仍在争先恐后地发表马原的作品。一些诗评家虽然读不懂于坚的“口水诗歌”，但仍然把《0档案》和《飞行》这样的文字大拼盘吹捧得天花乱坠。在《0档案》研讨会上，尽管飙捧之声不绝于耳，但谢冕先生不得不承认，北大中文系部分学生认为这部长诗是一堆语言垃圾。如以下这样干瘪枯涩，犹如语言僵尸一样的文字绝不能称作诗：

> 履历表　登记表　会员表　录取通知书　申请表照片　半寸免冠黑白照
>
> 姓名　横竖撇捺　笔名11个（略）
>
> 性别　在南为阳　在北为阴　出生年月　甲子秋风大作

更令人恶心的是，于坚在《飞行》中，直接把诗歌写成了“呕吐物”：

> 但现在让我们正视这架空心的波音飞机／八千里路云和月　没见着一只蚊子／十二次遇见空姐　五次进入卫生间　共享的气味　至少有八个国家的大使在那里汇合／乘客产自不同粮食的肚子　都被同一份菜单搞坏了／现在要耐心地等一等　守在门外的玛丽／里面的小子是黑田一郎　他是我们的尿路结石

如此茄子不像茄子，苦瓜不像苦瓜，污染读者眼球的“诗”，竟被诗坛的伪评家们吹成了“神品”。于坚诗歌在中国诗坛经年累月地受到狂捧，堪称是中国诗坛三十年之一大怪现状，留给我们的是无尽的思索和追问。在国内诗坛对于坚的一片赞美声中，荷兰学者科雷却逆流而上，对于坚的诗学主张和诗歌写作提出了有力的批驳。科雷称于坚的文章“飘忽无端、混乱无序、咄咄逼人”。对于坚的汉语引导世界诗歌的荒唐之言，科雷反驳说：“如果世界上最优秀的诗人真的都是用汉语写作，那么不禁要问，在中国以外的大千世界中的人们缘何被蒙在鼓里呢？这一切与于坚认为汉语是人类的福祉的观点格格不入。”

杨黎：江湖艺人的文字杂耍

杨黎在其《灿烂》一书中介绍自己为“第三代诗歌运动代表诗人”。杨黎究竟代表第三代诗人的什么呢？或许，杨黎代表的正是第三代诗人最高的杂耍和忽悠水平。以杨黎的诗歌为研究个案，我们可以一窥当代诗坛垃圾是怎样变成黄金、读者是怎样被当成猴耍的。

为了把诗歌搅成一潭浑水，杨黎采取的是和于坚相同的忽悠术，只是更变本加厉。杨黎大言不惭、王婆卖瓜地说：“天才是对才华的一种尊称，说到这种情况，我肯定是有才华的，我像个天才。”“因为他（惠特曼）是天才。我也是天才。”“所谓朦胧诗一代，总体来讲，它是传统的，从我们开始，这是真的，中国文学就是从我们开始，在我们之前就没有文学。”“我不是谦虚，我必须承认，所谓‘非非第一诗人’‘中国当代第一诗人’对我而言，实在是太小了。相比之下，我更喜欢‘废话教主’这样的封号，它终归体现了某个民族稀缺的幽默感和某个国家稀缺的宗教态度。”概而言之，杨黎的诗歌不仅代表了当代诗歌的最高成就，而且体现着一个民族稀缺的幽默感和一个国家稀缺的宗教态度。如此奇葩的自我膨胀，使杨黎的眼里只有放大的自己。在杨黎的眼中，当年一起在诗坛“打江山”的蓝（马）非非充满激情，一脸创世的样子；周（伦佑）非非太政治了，包含了政治的所有恶俗。在第三代之前，北岛、舒婷、顾城们的诗歌，一律都是农民诗歌。

有趣的是，杨黎与其本家杨炼，患的是同一种“狂妄病”。杨炼在受到德国汉学家顾彬赞美之后，旋即大脑膨胀地宣称：“中国有四大诗人，那就是——屈原、杜甫、李贺，和我杨炼。”无知和狂妄是一对孪生兄弟，疯疯癫癫更是当代诗人的传染病和多发病。杨黎的诗歌，除了诗坛的几个哥们儿互相吹捧之外，几乎不为人知，但就是这样一个玩弄文字杂耍的“江湖艺人”，却在虚妄的白日梦中幻想着别人五体投地的崇拜。杨黎写诗几十年，自以为是诗歌的天才，其对文学的理解，至今还处在幼稚和混乱的状态中。杨黎误以为，只要颠倒黑白，假装标新立异，或者故意装疯卖癫，就可以迷惑整个诗坛和天下所有的读者：“写作就是写字，写字就是把这个字写得没有意义，因为字都是有意义的，那我就把它写得没有意义，它让我达到所要达到的东西。”“流水账既是技巧也是本质。我认为最好的叙述方式就是流水账。”“其实，我认为压根儿就没有什么‘诗学’这一说。诗歌研究，说到底就是对诗歌写作真正的破坏。特别是那些‘细读’，简直等于否定了诗歌。”

为了确立其在当代诗坛的江湖地位，杨黎对当年的诗歌兄弟，日后企图“谋反”的伊沙进行了辛辣的嘲讽：“真正的大师就是要多写，像伊沙那样。我实在佩服他，每月一堆，他好像已经坚持了几年。我祝愿他，如果坚持到10年，那应该是一个奇观。”杨黎公开教训这位诗歌兄弟说：“只是有时候看不惯他，骂他两句。比如说他这个人自卑到极点，也自信到极点。他觉得他诗歌是写得最好的，行；他说他小说是写得最好的，行；他说他的随笔是写得最好的，行；然后现在搞翻译，翻译也是最好的，行。我想问他一句，有没有不行的？如果一个人连不行的都没有，这个人好恐怖。”但在我看来，伊沙想坐当今诗坛的第一把交椅，固然已成诗坛笑柄，但杨黎想做当今诗坛的太上皇，不同样是五十步笑百步，令人感到更加可笑和恐怖吗？

纵观杨黎的诗歌，其水平也就是江湖郎中卖狗皮膏药的水平，根本就谈不上什么艺术性。为了确立其在诗坛的地位，杨黎四处自我吹嘘，一面表演他的江湖术，一面宣讲自己的性经历，招募他的“废话诗”兄弟。在杨黎的书中，动辄就拿性来说事，甚至淫喻不断。如：“皮囊的高潮与思想的高潮，我认为后者要更深入和更广泛。因为说到底，高潮本身是一个文化问题，一个语言现象。”“它让我想起木乃伊、舍利子和标签，个人体验代替了个人行为而失去原始快感。”“那时我13、14、15、16岁，真正开始写作是16岁，那时我的写作和手淫一样频繁。”杨黎故意矫情地说：“我很保守，一个评论家说我是一个把龟头写得那样干净、漂亮和伤感的真实作家，我很惭愧。”杨黎果真像其所说的那样保守吗？请看杨黎的诗歌《打炮》已经“干净、漂亮”到了怎样的一种程度：

公元1980年8月3日夜／下着毛毛细雨，有点风／我打响了我生命中的第一炮。四周一片漆黑，／只有我充血的龟头泛着微微的红光。

一个男人加上一个女人／构成了打炮的全部事实；／一个男人，加上两个、甚至三个女人，／同样构成了打炮的全部事实；／一个男人，两个、甚至三个男人／加上一个女人，或无数个，／还是构成了打炮的全部事实；／一个男人他自己，／只要愿意，也可以构成打炮的全部事实；／一个女人却不能，／一个女人只能叫手淫。

“搂着我，搂着我，”我听见她的祈求／就像听见炮弹击穿钢板；／当然，我现在在等待一个人／她正在浴室洗澡／水的热气遮闭了她赤裸的身子／从乳房，到阴唇／我都闻到了“力士”的香味；我还等待进入／在川西偏远的小镇／她梦见黑豹奔跑在她的梦里。

当代的诗坛是一个病态堕落的诗坛。笔者在这里引用的，仅仅是杨黎“打炮诗”中短短的几段。杨黎的诗歌，呈现出两大特征：一是动物似的滥情，二是无聊病态的书写。2010年7月，杨黎个人诗歌巡回朗诵会在青岛遭到了广大诗人和读者的强烈反拨和抗议，面对杨黎用《打炮》来污染自己的耳朵，许多观众选择了迅速离开那样污浊的诗歌现场。以牺牲诗歌来换取名利，这是杨黎等废话诗人在当代诗坛这个江湖中的生存策略。被称为“废话教主”的杨黎，积极在诗坛发展其“废话诗”的“下线”，这其中最受杨黎欣赏的，就是何小竹。杨黎宣称，何小竹是他最好的朋友，也是最好的诗人。杨黎之所以欣赏何小竹的诗歌，这完全是因为其和杨黎一样，对于“废话诗”情有独钟。何小竹曾写过一首《在芳华横街橡皮吧门口》：“在芳华横街橡皮吧门口，／我看见／一辆桑塔纳轿车／在倒着走／这时杨黎正从门里／探出头来／我问，这车怎么倒着走／杨黎的头便缩了回去／然后乌青／出现在门口／我又问乌青／乌青看了看，呵呵／他说，那是在倒车”。值得注意的是，杨黎与何小竹，以及乌青，都是橡皮网站的合伙人。杨黎和何小竹以废话诗不断刺激读者之后，终于使乌青享受到了诗歌炒作的巨大红利。原本无人知晓的乌青，一夜之间突然爆红，家喻户晓。其口水一样的诗歌《对白云的赞美》，在读者的一片痛斥声中，进一步名利双收。而这样的“痛骂”，恰恰是杨黎与其“废话诗”的同道们梦中都想要的。而乌青在尝到甜头之后，又拼命反复折腾，其无聊之作《鸡很难过》也被新闻媒体再一次炒热。

伊沙：争分夺秒地炒作自己

伊沙在当代诗坛主动扮演的，是一个滑稽演员兼“小丑”的角色。在《十诗人批判书》中，伊沙对自己的批判突显出其表演的“天赋”。伊沙批判自己说：“我在小学五年级的时候就知道把信封的一角剪去就可以四处投稿。在毛没长全的时候就懂得做一个诗人好泡妞……用结巴的语言写一首关于结巴的诗，也许是我生命中最重要的一件事。于坚在第二年完成了他的长诗《0档案》，我在《大家》上读到它时已经更晚，我没有感受到许多先锋批评家所表现出的兴奋，因为我觉得于坚的语言实验已经落伍了，还属于第三代在

80年代中后期所玩的那一套……”曾经对于坚赞不绝口，把于坚奉为“大师”的伊沙，为了建立自己的“诗歌独立王国”，终于开始倒戈，并首先拿自己的师傅于坚开刀。在假装批判自己的同时，伊沙把于坚说成是已经过气的诗坛“老朽”，并不惜拿于坚开涮：“甭扯‘世间一切皆诗’，在最容易产生诗歌的地方——无诗。”

在伊沙的心中，总是充满着一股不可救药的戾气，好像谁都与他有着天大的仇恨。在《中国现代诗论》一书中，伊沙假借诗歌的名义，到处唾沫横飞，撒泼骂街，甚至总是把生殖器带在口头：

> 灵魂，体内的大鸡巴！所以，外在的宫刑也挡不住司马迁！有些写作者写得再好也如戴着保险套做爱，他们的好仅仅意味着那套子是超薄的、透气的、有棱有刺，上面还有着美丽的图案。

> 贱货，你也配提“工人阶级”？你他妈长得像一工贼！

> 我原本觉得你在放屁——为了证明你的气是通的！好好做，多放点儿，可以多吃点豆类食品，屁多还补钙。

> 写作如房事，在神圣时刻我是不呼口号的。

> 诗人是民族的阳具……于小说我已经做好了准备了！等到长篇再起高潮是命运的好安排！回头想想，马原是早射了……

> 买单者不同，台词就会各异——这才是他娘的“乌烟瘴气鸟导师”！50多岁的人了，活得像个拨浪鼓，没救了！……你这种阴B，我一天操疯一个，算是给人类积德了！

自己领鲁迅奖时就大骂先锋派，看别人领奖就高谈阔论永恒与无——此人无灵魂，徒有内分泌！

鸡肠鼠肚、大脑膨胀的伊沙，不仅满口污秽地把自己曾经的诗歌弟兄当作敌人，进行失去理智的刻毒报复和谩骂，而且在撒泼骂街时，念念不忘对自己进行疯狂的炒作：

我不是什么大师，只不过比大师写得好。

一个"老三代"伪大师早就说过：我是玩儿"写什么"的，不是玩儿"怎么写"的，结果怎么样呢？抬眼望一望，半个诗坛在写"伊沙体"而不是他的体！

跟你们这些不做人的非人相比，老子早就是圣人！

我自1991年开始，不论私下还是公开都讲自己是中国最好的诗人（不加之一）。从来不讲策略，从来不顾及任何人的感受——这就是我和其他人的一大区别！现在我再说一遍，我就是中国现代诗歌的MVP！

其实，伊沙写诗几十年，并未写出过什么真正值得称道的好诗。其得意之作《车过黄河》，与其说是向黄河撒尿，倒不如说是在向诗歌撒尿，在写作上拾的依然是韩东《有关大雁塔》解构崇高的牙慧。其《结结巴巴》尽管在语言上小有特点，却并非像伊沙自我吹嘘的那样神乎其神。伊沙"战天斗地"、经年累月的炒作和自来水一样的写作，为中国诗坛制造出的反倒是数不胜数的平庸之作。其《崆峒山小记》堪称当代平庸诗歌名副其实的"代表作"：

上去时和下来时的感觉／是非常不同的／上去的时

候／那山隐现在浓雾之中／下来的时候／这山暴露在艳阳之下／像是两座山／不知哪座更崆峒／不论哪一座／我都爱着这崆峒／因为这是／多年以来／我用自己的双脚／踏上的头一座山

邓程先生在《我为什么提名伊沙为庸诗榜榜首》中说："我不认识伊沙，对伊沙的为人也没什么成见。但选伊沙的《崆峒山小记》为庸诗榜榜首，是我提的名。在我看来，伊沙不懂诗为何物，这是毫无疑问的。从他的成名作《车过黄河》始，到这首《崆峒山小记》终，产生的都是垃圾而已。"尽管诗写得很差，但伊沙始终幻想成为诗坛的"大师"，在于坚等"第三代诗人"成功地"打倒北岛"，建立其农民起义的诗歌帝国之后，伊沙与于坚、杨黎这些一度亲如兄弟的"农民起义军"首领，旋即闹起了内讧。自认为诗坛第一的伊沙，对于坚的讥讽可说无处不在："于坚在去年和前年都曾说过世界诗歌的标准在中国的唐朝就已经确立以及《诗品》是鉴赏诗歌的标准之类的'屁话'（沈浩波语），我理解这是老于把什么样的经验都往建立理论体系上图谋（这代人或文人的毛病）而造成的捉襟见肘。"第三代诗人的窝里斗，突显出我们这个时代诗人的可悲素质。如果仅仅是学术和诗学观念之争，伊沙为什么要对于坚如此尖酸刻薄，破口大骂？

沈浩波：何以要亮出"下半身"

沈浩波这个名字，是与"下半身"紧紧联系在一起的。"下半身"与诗歌牵扯到一起，这完全是一种迅速成名和炒作的需要。但任何炒作都不能直截了当地说明自己是在炒作，而必须找一个冠冕堂皇的理由。在博取眼球成名的今天，以沈浩波为首的"下半身"诗人们，成功刺激到了读者敏感的神经。在诗坛的蛋糕几乎都被"知识分子写作"和"民间写作"分割完的当代诗坛，默默无名的

"下半身"诗人们为了迅速突围，就像那些草台班子以脱衣舞来吸引观众眼球一样，在当代诗坛集中火力地开始了以"性"为主打的诗歌表演。诗歌研究学者陈仲义先生为"下半身"诗歌开出了如此的一份"节目单"：《我的下半身》《肉包》《压死在床上》《每天，我们面对便池》《奸情败露》《为什么把我弄醒》《干和搞》《性生活专家马晓年与特邀主持人孙岩》《把爱做干》《伟哥准入中国市场》。陈仲义先生指出："单单看一下这些标题，就明了中国先锋诗歌写作场域某一梯队已经走到了怎样的地步。大量粗话、脏话，拌搅着原欲、冲动、力比多和荷尔蒙。感官的大联盟，串演其一出出黄段子或准黄段子，其中又夹带着简化小品、相声、幽默、笑话、卡通成分，共同把这股无拘无束、无遮无拦的性话语写作潮流推向高潮。"

"下半身"以诗歌的名义来书写肉欲，以思想解放的借口来"拯救"诗歌，这在古今中外的诗歌史上可说是一大"奇观"。沈浩波在为《下半身》撰写的发刊词中公开宣称："强调下半身写作的意义，首先意味着对于诗歌写作中上半身因素的清除。来自唐诗宋词的所谓诗意，我们干脆对诗意本身心怀不满。我们要让诗意死得很难看。让这些上半身的东西统统见鬼去吧……我们只要下半身，它真实、具体、可把握、有意思、野蛮、性感、无遮拦。所谓下半身写作，追求的是一种肉体的在场感。"基于这样一种"肉体的在场感"，沈浩波写出了不管诗歌死活，拼命强奸诗歌的垃圾诗歌：

他猛扑上去／一把撕开／这可怜女人／的衣衫／天哪／他惨叫一声／又是一个／平胸

——《强奸犯》

她一上车／我就盯住她了／胸脯高耸／屁股隆起／真是让人／垂涎欲滴／我盯住她的胸／死死盯住／那鼓胀的胸啊／我要能把它看穿就好了／她终于被我看得／不自在

了／将身边的小女儿／一把抱到胸前／挡住我的视线／嗨，我说女人／你别以为这样／我就会收回目光／我仍然死死盯着／这回盯住的／是她女儿／嗨，我说女人／别看你的女儿／现在一脸天真无邪／长大之后／肯定也是／一把好乳

——《一把好乳》

我呼吁／把普天下女人的胸／划分为两种／可以随便摸的／和不可以／随便摸的／并且每个女人／胸前都挂一大牌／上书：可以随便摸／或者：不可以随便摸／这样，当我走在街上／看到那些／丰乳肥臀的女人／就不用犹豫／不用彷徨／更不用把脸色／憋得象（像）猪肝一样

——《挂牌女郎》

如果说，杨黎写《打炮》还属于单枪匹马，到了沈浩波们的“下半身”，便演变成了大规模的“兵团作战”，写诗简直犹如集体性的“纸上嫖娼”。在这支队伍中，我们还看见了不忌生冷，大胆进行性描写的“诗中女杰”，如尹丽川的《为什么不再舒服一点》。沈浩波的得意之处在于，在一片诟病乃至痛斥声中，“下半身”写作和沈浩波这个名字，不但没有消失，反而越来越火。当代诗坛迅速掀起的性描写狂潮，绝非沈浩波们自觉的艺术追求，而是基于对读者眼球的撩拨和心理刺激。在出名难的今天，李少君写诗那么多年，从来就不为人知，一首“摸乳诗”，在天涯社区一周点击率就高达20多万；余秀华原本是一位农村妇女，写诗长期属于玩票，却因为大胆地描写“阴毛”和《穿过大半个中国去睡你》，在一夜之间就可以迅速爆红，诗集火速出版，成为读者手中的“香饽饽”和众多出版社拼命争夺的印钞机。对此，我们不禁要问，难道诗人和性工作者属于同一个行业？

就沈浩波的众多诗歌而言，笔者根本就看不出其有多高的文学才华，尽管有诸如霍俊明这样的诗评家在为沈浩波鼓吹：“沈浩波在诗歌写作风格上而言几乎从未‘执于一端’，他以先锋诗为主体，但也不乏在抒情、语言、意象、修辞方面的突破和尝试，风格多样、视域宽广、题材丰富，在同辈诗人甚至更广泛的诗歌界都属罕见。”但这样的吹捧，丝毫都不能为其诗歌披上金光闪闪的外衣。以沈浩波为首的“下半身”诗人们，用“暴露癖”的方式，掀起了中国诗坛大规模集体书写“裤裆下那些事儿”的恶劣诗风，写诗从此成了某些中国诗人集体描绘《春宫图》的“竞技比赛”。

商震：《半张脸》大过一张脸

商震在当代诗坛，可说是一个如雷贯耳的人物。但商震的“名气”，并不是因为诗歌写得特别好，而是因为其手中掌握着实权，是一个诗歌国刊的实际“操盘手”，决定着许多写诗人的“命运”。商震的诗歌以平庸出名，却照样可以赢得表扬家们的一片“赞美”之声。其诗集尽管叫作《半张脸》，但给人的感觉，却远远比许多诗人的一张脸还要有面子。倘若别人写出这样平庸的诗歌，恐怕立即就会被商震先生毫不留情地当场枪毙。我不知道，那些“赞美”商震诗歌的文章，是商震委托其赞美的，还是众多表扬家们奋勇当先，主动请缨的。

在《半张脸》中，批评家霍俊明再一次为商震的诗集热热闹闹地站起了台。其吹捧商震的方式，也是花开两朵，各表一枝。其一，盛赞商震的人格；其二，飙捧商震的诗歌。霍俊明肉麻地说：“商震是我们这个时代少有的具有‘风骨’的诗人。商震是敢于自我压榨、自我暴露和自我清洗的诗人。他敢于不留情面地撕下自己和他人的面具，他也敢于摘下神的面具甚至敢于撕下魔鬼的面具——这是一个与魔鬼下棋的人。实际上，商震的诗行里一直横亘着一把钢口绝好的剑，还有硬邦邦的结霜的胫骨。”“商震的很多诗歌具有

‘日常性’，具有现场感……‘还乡’‘栖居’‘诗意’‘乡愁’成了城市化时代被写作者用烂的词语。但是对于商震而言，‘还乡’却是来自骨髓的，是‘一滴酸楚的泪’苦熬成盐的过程。”而另一位诗歌评论界的大咖罗振亚宣称：“在许多人的先验认识中，诗与美是结伴而行的孪生兄弟，诗的语言必须或清纯或优雅或含蓄，这种观念在《半张脸》中同样遭遇到了革命性的变奏。为获得直取心智的艺术效果，性情率直的商震经常在结构诗歌文本的过程中，努力剪除枝杈，使诗硬朗得只剩下情感和灵魂的树干，语言更似一把快刀，干脆利落、简捷老辣，直指人心，令人无法逃脱。”商震的诗歌“有着鲜明的个人印记和很高的辨识度，阅读它就像品尝一坛好酒，入口清爽浓烈，滋味醇厚绵长”。

诗歌评论家们的“捣鼓术”，在对商震《半张脸》的吹捧中可说是暴露无遗。缺乏诗才的商震，其诗歌写作可说是平庸的代名词，哪里有霍俊明和罗振亚们吹捧的那么好？如《蜜蜂》这首诗：

任何一缕春风都有两面／正面是温暖的（地）催促花儿盛开／背面是冷峻的（地）逼迫花朵凋零／只有蜜蜂识破了春风的伎俩／相信只要是花儿／无论在枝上还是在水里／都有果腹的甜

恕我直言，商震这样的诗，与汪国真的诗歌几乎属于同一种写作路径，比汪国真的诗歌根本就高明不到哪儿去。汪国真的诗歌，好歹还能整出一两个“警句”，而商震的一些诗歌，更像是日常生活的“流水账”。如《平安之夜》：

连一丝风都没有／一滴酒都没有／我吐出的香烟／在我头顶环环缠绕／不言不语也不肯离去／／窗外公路上的车缓缓挪动／街边的霓虹灯冻得眨眼睛／我坐在家中／四堵墙和我一起发呆／一切都那么慢／连一只飞虫都没

有// 我很平安 / 像这四面承重的墙

诗评家的笔，媒婆的嘴。满脸的麻子，也可以被吹捧成西施和杨贵妃。在当代诗坛，“日常”已成为诗评家们对平庸诗歌习惯性的赞美之词。只要诗评家们愿意充当诗人的马前卒，为诗人站台，再稀松平常的诗歌，都可以被他们吹捧成为精妙绝伦的旷世佳作。

余秀华为什么这样红？

在当今的中国，余秀华爆红的速度，远远胜过了高速公路上的飙车，完全是火箭速度。其家喻户晓的知名度，丝毫不亚于那些一线的当红影视明星和歌坛大腕。如此的怪现象，即便是李白、杜甫和白居易们活在今天，恐怕也会惊叹，他们这些诗人中的诗人，在唐代的中国诗坛也没有像余秀华这样的影响力，用诗歌作为娱乐手段，居然搅起了这样一场神州大地无所不谈的全民大狂欢。

面对当今的诗坛，笔者不禁回想起一千多年前。那个群星闪耀的唐代诗坛，那些旷古绝今的伟大诗人，我们再也无法看见；那种撼人心魄的伟大诗篇，如今早已成了绝响。在一个写诗的人比读诗的人多的时代，不断捣鼓出的一起又一起诗歌事件，无不像癌细胞一样，病态地迅速扩散。从赵丽华的“梨花体”，到车延高的“羊羔体”，再到乌青的“白云体”，乃至余秀华的《穿过大半个中国去睡你》，这些诗人与诗歌的爆红，无一不是新闻媒体爆炒的结果和与诗无关的全民狂欢。在我看来，每当诗歌引起全民的过度关注，必伴随一次中国诗坛上诗人们的口水战和新闻媒体的集体发烧。只要我们带着一种客观冷静的心态对余秀华的诗歌进行艺术的分析，我们就可以清楚地看到，余秀华的诗歌虽然偶有一些灵光乍现的好句子，但有句无篇的余秀华，并非像某些鼓吹者所瞎吹的那样，是中国的艾米莉·狄金森。余秀华诗歌的成功，仅仅是全媒时代各路媒体合谋炒作的成功，余秀华最多不过是一个红遍大江南北的当红诗人，而并非一个出类拔萃的优秀诗人。

试想，如果没有农民、脑瘫、女人、婚姻不幸这样的标签，以及毫无遮拦的“性”描写这样一些附加的东西和余秀华的诗歌裹挟在一起，众多的新闻媒体还会对余秀华的诗歌如此关注吗？我们看到，余秀华的诗歌充满着一种火山爆发式的语言暴力，这种缺乏美感的随地吐痰似的语言，对于诗歌的艺术性来说，无疑是一种极大的伤害。就像1993年《废都》在中国迅速爆红，被读者争相阅读一样，一方面，是由于新闻媒体的大肆炒作；另一方面，则是因为作家在小说中赤裸裸的性描写，以及小说中那些故意忽悠读者的“□□□”。庄之蝶与三个女人的淫乱生活，理所当然地成了《废都》最大的看点，并不断地诱发出了无数中国读者想象的炎症。如果离开了一个女人肆无忌惮的情欲和歇斯底里的呐喊，《穿过大半个中国去睡你》这首诗，其艺术性几乎可以用稀松平常来判定。一个男人睡一个女人，这就像一条狗咬一个人一样，毫无新闻价值；一个男人穿过一个城市，到另一个城市去睡一个女人，这也见惯不惊。而余秀华懂得狗咬人才是新闻，她更懂得古今中外都是男人睡女人，哪有女人睡男人？用标题党的手法来制作诗歌标题，用女人对男人的消费来撩拨读者的荷尔蒙，让男人在性爱大战中从昔日的霸主和枭雄，沦落为被一个女人摁倒在床上任其享用的狗熊和软蛋，这才是余秀华诗歌的看点和被众多看客关注的关键所在。倘非如此，余秀华众多的诗歌，为什么从来就没有引起多少人的关注呢？人们谈论余秀华的诗歌，何曾离开过“睡你”这样一个火辣辣的词？

从某种意义上来说，余秀华写诗歌，就像是在写一种私密的心情日记，如裤腰带以下的那些事，是不宜公开发表出来，供人们阅读和欣赏的。余诗最大的特点就是，别人不敢写的她敢写，直截了当、不厌其烦地将男女的生殖器写进诗歌，这说明，余秀华吃的不仅仅是豹子胆，还有兴奋剂。只要写到性，余秀华就有一种难言的激动和亢奋。如：“我甚至忽略了你的体毛，和阴茎。”余秀华的这些诗歌，不但毫无诗意和美感可言，而且读来非常令人反胃。如《给奶奶洗澡》：

我搓她的背，搓她的胳膊，搓她的屁股
“疼，疼哪”她哇哇大叫
疼一疼就干净了。我对这个91岁的女子一点不手软

然后我拨弄她的乳房，她就笑了
它们耷拉的样子却不像垂头丧气
我把它们扯起来，一放，又垂下去了
“你也有，你也有”她嘟噜着
我又拉扯了两次
然后我掏出手机，给她照了一张
总感觉有许多隐匿
在这个下午飘荡，既沉重又轻悠悠

如果说，这仅仅是在用分行的文字来记日记，也未尝不可。但视这样的“日记”为诗歌，就无异于是在亵渎诗歌。把对性的恶搞和畸形的把玩当作诗，将性的发泄和欲火中烧的呈现当作展览，这无疑是余秀华诗歌中有目共睹的脓疮。在对余秀华的一片赞美声中，我们有必要逆流而上，对余秀华众多格调低俗的诗歌进行一次大“排毒”。如像《礼轻人意重》这首诗，开篇就流露出一股痞子气：“‘千里送阴毛，礼轻人意重’/给你发了这样一个信息，我就去泡茶了”。在该诗的结尾处，又出现了这样玩世不恭的诗句：“而我的心早就送给你了，这皮囊多么轻/最轻的不过一根阴毛”。看到这样的诗，我立马就傻了眼，我们不能因为余秀华是一个脑瘫病人，就对其诗歌中存在的毛病无原则地宽容和迁就。而当读到余秀华的《狗日的王法》这首诗时，我对余秀华诗歌的品质，终于有了一个更加全面的了解和评估。古今中外，有谁见过诗人把诗歌当作毒汁，向与自己有仇的人张口乱喷，甚至恨不得将对方置之死地而后快？诸如此类心理阴暗的诗歌，一旦大行其道，写诗就等同于泼妇骂街，甚至嫖客玩妓，将对方玩死在床上，也是理所当然。如《狗日的王法》：

土狗日的王法，没屁眼的王法
断子绝孙的王法，和他妈乱伦的王法
嫖妓女的王法，搞基的王法

流派的王法，带了一群母狗做编辑的王法
驴日的，狗捣的，王八戳的
鸡奸的，鸭压的，蚂蚁，蚂蚁怎么搞的
不死对不起共产党的王法
装腔作势的王法，虚情假意的王法
不学无术，鼠目寸光，小肚鸡肠
仗势欺人
狗说，王法是他的同类是狗的耻辱

世界上还有比这更阴毒的咒骂和更肮脏的语言吗？我实在是想象不出。对于这样一首玷污诗歌的诗，许多余秀华的粉丝居然还在为其大声叫好。他们纷纷在余秀华的博客中留言道："姐姐这样说话真爽"，"骂人都骂得酣畅淋漓，痛也快哉"，"写得好！希望你能保持自我"，"这是生命的抗争！是公道的呐喊！""女汉子的表达方式。赞一个"。在我们这个时代，真正的诗人往往是没有人去关注的。就像因自杀死亡的青年诗人许立志，其许多诗歌都在余秀华诗歌水平之上，但他在生前，几乎就是默默无闻，甚至在诗歌圈里也无人知晓。这里我们不妨来欣赏一下许立志生前呕心沥血写下的诗歌《省下来》，看一看余秀华的哪一首诗歌能够与这样的诗歌相比：

除了一场初秋的泪雨
能省的，都要省下来
物质要省下来，金钱要省下
绝望要省下来，悲伤要省下来
孤独要省下来，寂寞要省下来
亲情友情爱情通通省下来
把这些通通省下来
用于往后贫穷的生活
明天除了重复什么都没有
远方除了贫穷还是贫穷

所以你没有理由奢侈，一切都要省下来
皮肤你要省下来，血液你要省下来
细胞你要省下来，骨头你要省下来
不要说你再没有可省的东西了
至少你还有你，可以省下来

与余秀华相比，许立志的诗，没有那种生殖器的大展览和邋里邋遢的村言村语。在当今，众多写诗的诗人，有几个能够像许立志这样，无比深刻地写出我们这个时代那些生活在底层的人们撕心裂肺的痛？许立志对于人生的思索和他的诗歌的高度，是余秀华的诗歌很难企及的。如诗歌《梦想与现实》：

他们问我
你为什么老是一个人发呆
我说我没发呆
我在畅想未来
他们说
你那也叫畅想未来
你那他妈叫做（作）白日梦
要不就是老年痴呆症提前发作
我懒得跟他们争辩
继续畅想未来
我总觉得
在畅想的时候
灵魂会被梦想带走
留下我的身体
被一截又冷又硬的现实
洞穿

像许立志这样出类拔萃的优秀诗人，在生前就像是路边的一棵野草，谁也看不见。即便在其死后被少数几个人发现了，众多媒体也对其没有丝毫的兴趣。就其新闻的价值来说，许立志根本就没有余秀华天生所具有的诸多“优势”：女人、脑瘫、苦难、偏执，婚姻不幸，还有火山爆发一样，可以将所有看客的眼球都迅速吸引住的性描写。这一切的一切，都成了一个诗人必定会引爆诗坛，一夜爆红的秘密武器。倘若是一个男性的脑瘫诗人，像余秀华这样写一首《穿过大半个中国去睡你》，等待他的，恐怕不是一夜爆红、被迅速加封为作协副主席，而是无情的臭骂。

“臧棣神话”养成术

“臧棣神话”有多神?

在当代诗坛，有这样一位诗人：习惯以“大师”自居，酷爱大秀智商、高谈阔论、教诲别人。他就是臧棣。

臧棣说，他对自己诗里的哲学是绝对自信的：“我也可以毫不客气地说，我诗歌中的深度，在当代诗界也没多少人可以企及。我不会讳言，我的写作里存在着相当的难度。我也不会降低这种难度。我觉得我在诗歌批评上是有天赋的，原因就是我写批评文字时能真切地感受一种书写快感。”这番自白，确乎有大师的范儿。

臧棣作诗，如文字游戏一般地随意书写，似乎处处都充满着一种不可思议的飘忽，所以，许多读者根本无法消受他那些贴有“哲学标签”的诗歌，也就不是多么不好理解了。

臧棣特别喜欢掉书袋、秀智商，他的诗歌评论集《诗道鳟燕》就是一个典型的标本。且看书中似是而非、不知所云的表述：

> 在现代世界中，作为一种人文实践，只有诗还在真诚努力改变着我们对语言的新的使用，并借助这种新的使用，促进着我们自身的觉醒。诗歌文化在本质上基于这样一种信念，即如果想改变我们的生活，首先要改变我们的语言。现代世界中，和诗歌相比，大多数的语言实践都很程式化，并且备受现代意义上的工具理性的催眠。语言的

使用，普遍存在着一种惰性。在此局面中，可以说，只有诗歌在努力抵御着这种普遍的语言惰性。

常识告诉我们，语言中任何新元素、新内涵、新表述方式的使用，都不仅仅是凭诗歌就可以完成的；更新我们语言的，还包括小说、散文、影视、网络等，尤其是这些年大行其道的微信。当今的诗坛，看似热闹非凡，其实更像是一个大型的农贸集市，到处都是吵吵闹闹的吆喝声，而诗集似乎已成为出版“毒药”，写诗的人看起来比读诗的人还要多；尤其是在口水诗铺天盖地的今天，除了频频爆出的诗坛笑话、诗人之间的互相掐架外，我们的确很难看到臧棣说的“促进着我们自身的觉醒”的诗歌作品。

早些时候，一位诗人朋友发来一组臧棣的诗歌和一些读者的批评，要我说说究竟写得怎样。我感觉，臧棣的诗歌，就像天上飘浮的乌云，让人捉摸不定。你不能说这些乌云没有意思，但也不能说它有很大的意思，更不能说它有什么高深的哲学内涵、奇妙的艺术美感。我回复朋友说，我也不知道臧棣何以要把诗歌写成这种高深莫测的文字呓语。我读臧棣的诗歌，完全靠瞎猜。

或许臧棣以为，越是装神弄鬼，越能给人一种神秘感，越容易让人崇拜。难道这就是臧棣诗歌受到“追捧”的秘诀？在此我们不妨来看看臧棣的这首《泥狮子协会》：

泥捏的，全都很矮小，全都昂扬得彻头
彻尾，所以会有粗犷的表情
向孩子们虚构你正在到来。
全都很逼真，就好像他们真没吃过人。
全都经得起反复观摩，全都像是在非洲有很硬的后台。
全都不愿提及过河的事情。意思就是，
不能用泥捏的，全都像是替身们已变得太狡猾。

这种拧巴、生硬的语言，表达的是什么意思？难道作者把写诗当成了显示自己脑沟回的表演秀和智力游戏?

臧棣毫不隐晦地说:“对人类的创造性而言，诗的工作在某种程度上可以理解为一种游戏，诗人的终极身份也不妨说是‘游戏的人’。”有读者表示读不懂臧棣的这种游戏诗歌，对此，臧棣引用一位诗歌评论家朋友的话回应说:“诗不是用来看懂的，诗其实是用来感受的。”他说，每个人只要有足够的自信，即使是很难看懂的诗也可以理解。这种解释，只不过是在为自己的诗歌观念和诗歌作品遮羞。诗歌即便是讲感受，也首先要让读者进入诗歌语言，这样才能够真正获得感受。

臧棣的诗，文字枯燥，语言干瘪，缺乏灵气，大多是一些鸡零狗碎的分行文字。如这首《你所能想到的全部理由都是对的丛书》:

没养过猫，算一个。
没养过狗，算一个。

如果你坚持，没养过蚂蚁，算一个。
如果你偏执，没养过金鱼，算一个。

但是，多么残酷，我们凭什么要求你
凭什么要求我们应该比世界
更信任你，只能算半个。

全部的理由。微妙的对错。
所以，我们的解释不仅是我们的
失败，也是我们的耻辱。
好吧，诗写得好不好，算一个。

此外，我们没见过世界的主人，算一个。
没有办法判断身边的魔鬼，算一个。

这种枯涩呆板、毫无想象力的诗，缺乏对诗歌的尊重。

臧棣的诗歌究竟好在哪里？是否具有哲学功能？不妨读读他的这些诗句：

第三个小时，
揉面的感觉像和时间做爱。
包子和乳房之间，白花花的，
根本就容不下生活的敌意。

——《劳动节丛书》

成熟的木瓜一点都不无辜，
比乳房更乳房，几乎没给
身边的美人留什么面子。

——《热带水果摊丛书》

或许有人会说，笔者这是专拣臧棣的烂诗来举例。那什么才是他的“经典之作”呢？恐怕许多读者都和笔者一样，还真的挑不出来。难道是这首被众多评论家青睐的《菠菜》？

我冲洗菠菜时感到
它们碧绿的质量摸上去
就像是我和植物的孩子。
如此，菠菜回答了
我们怎样才能在我们的生活中
看见对他们来说并不存在的天使的问题。
菠菜的美丽是脆弱的
当我们面对一个只有50平方米的
标准空间时，鲜明的菠菜

是最脆弱的政治。表面上，
它们有些零乱，不易清理；
它们的美丽也可以说
是由烦琐的力量来维持的；
而它们的营养纠正了
它们的价格，不左也不右。

臧棣诗歌的随意性实在是太强了，他之所以高产，正是因为逮住什么就写什么。其作品始终改变不了那种平庸性质，散发着冬烘气和匠人气。诚如诗人梦亦非所说，臧棣喜欢使用假大空的词语，这些词在他的诗话中反复出现：伟大、秘密、神秘、高贵、神圣、好诗、忠诚、纯粹、精确、拯救、工作、存在、悬念、经验、谈论、天才、愉悦、最大、所有、精神、奇迹、天意、高傲、真理、品质、反抗、根本……猛一看是奇幻穿越小说，又一看是浪漫主义诗人们的骨灰。这些假大空的词语，让臧棣的诗话显出真理在手的权贵效果。

热度，在吹吹打打中升温

也许是“萝卜白菜，各有所爱”，对臧棣的创作，一些评论家给出了与我们截然不同、让我们不敢苟同的评价。

对前面提到的那首《菠菜》，评论家张清华称赞说：“直到读到这首诗，才发现菠菜真的是美丽的……臧棣并非不能关注巨大的事物，但他刻意要从日常的、最细小的事物开始，这同样是出自自信和勇气的结果。”描写一棵菠菜，就被夸成一种勇气，这也太敢说了。清代诗人袁枚的《苔》（“白日不到处，青春恰自来。苔花如米小，也学牡丹开。”）难道不比臧棣所描写的菠菜更寻常、更细小、更不起眼吗？口香糖居然被嚼出了牛肉干的味道，这让我不得不佩服这些评论家的嘴上功夫。

对《我喜爱蓝波的几个理由》，还是这位张清华评论说："诗中的解构力量不是来自诗人的破坏性冲动，而是来自他对诗歌和人生的坦然而超越性的认识。"这种天花乱坠的吹捧，不仅伤害了诗歌，而且极大地误导了读者的审美取向，拉低了读者的鉴赏水平。倘若哪天臧棣写出一首《我喜爱老婆饼的几个理由》，并从老婆饼甜甜的味道，联想到甜甜蜜蜜的生活，继而发现老婆饼里有一个美丽温柔的老婆，想必这类评论家又会大声惊叹：太神奇了！这就是臧棣诗歌努力追求的日常性和写作的智慧！这就是臧棣诗歌伟大的叙事艺术和语言的炼金术！

诗坛"哥们儿"对臧棣的集体吹捧和热炒，就像汽车拉力赛一样，总是呼啸而过，此起彼伏，从未消停过：

> 通观臧棣迄今为止的所有诗作，可以说他的每一行甚至每一个字，都是经过深思熟虑后写出的。他的诗是人们常说的用"智慧"写就的诗……臧棣始终保持着鲜明的创新意识。他是当代汉语诗歌技艺的集成者，也是开辟诗歌新径的领跑人。
>
> ——张桃洲

> 很晚我才意识到臧棣重要性的真正所在——他浩大的诗歌建设性。他积极拓展新诗的疆域；将汉语的诗性潜能激发到近乎全诗的境地。
>
> ——清平

> 臧棣一意孤行的写作胆识、持续开疆拓土的语言行动和他对诗学驳杂而精妙的见识，足以让他被视为一种现象来观察。
>
> ——陈先发

> 臧棣无疑是那位令人尊敬的源头性诗人。臧棣以其勤

奋的书写，渊博的学识，精湛的诗艺……积极参与了当代诗的转向。

——蒋浩

为了将臧棣的诗歌吹得神乎其神，有的评论者不惜搬出大量的外国名词和理论来：

在臧棣诗歌观念的发展过程中，各种新旧不一的西方文化理论，如后期象征主义（以瓦雷里为主）、结构主义（如罗兰·巴特）、原型批评（以弗莱为主）、存在主义（主要是海德格尔）都曾发挥了极其重要的影响，而以艾略特、瑞恰慈为主的“新批评”，更是起着不可估量的建构作用。

我就纳闷了，如果一个诗人满脑子都是一大堆西方文艺理论，成天都是这个主义，那个主义，这样的人还能够写诗吗？

对臧棣善于玩弄“智力游戏”这事，居然还有学者当面夸赞：“你在比喻上的语言‘拉伸术’也可以说是独步诗坛——与传统的比喻相比，你更在其中引入了抽象的智性维度，表现出‘玄学’色彩。在读你的诗歌时，我曾深深为你对博喻的使用所迷醉。”真是老鹰吃花椒——不怕嘴麻。

你唱我和，投桃报李

一些所谓的臧棣专访，很像具有吹捧性质的双簧表演。比如学者钱文亮对臧棣的访谈，就让人感觉到，与其说这是在向臧棣提问，倒不如说是在变着花样表扬：

西渡把你视为“源头性的诗人”，认为你的写作注定将哺育众多的诗人；胡续冬认为你对不同风格变动不居的追求，将为理想中的诗歌史添加更多的可供习得的路数；同时，张桃洲认为，你提供了这个时代诗歌所必需而恰恰为大多数人所不具备的一种技艺，把这个时代的诗歌导向了一条更加开阔的诗思路径；姜涛则把你的诗歌看作是“显示当代诗歌语言成就的绝佳范本”，你的一系列雄辩的批评文字，“在与诸多写作迷信的辩驳中，为当代诗歌建立起一种可贵的自我意识”。还有一些比较矜持和含蓄的肯定，像陈超，将你看作为“一个对存在有个人化想象力的诗歌从业者”；而燎原，则在将你归为“学院派写作”核心的同时，推测在你一生写作的终端是否“将会出现一个大师的形态”。

多年来，西渡与臧棣心照不宣的联袂表演，已经到了令人喷饭的地步。在西渡编选的《名家读新诗》一书中，还有多篇文章是为他自己唱赞歌的。如此“表扬与自我表扬”，可真是令人叹为观止了，但西渡和臧棣就敢这么干。在《名家读新诗》中，西渡在分析臧棣的《新建议》时，一开始就装神弄鬼、故作高深：

就本诗而言，如果我们能够发现这个“新建议”是什么，我们就找到了解读它的密码，从而有可能揭开这首诗的秘密，把它转译成我们内心的同情，并分享诗歌的秘密的快乐……我的解读试图通过填补诗行之间的空白，去重建和恢复这样一个过程。这样做当然要冒相当的风险。

臧棣写的不就是一首诗吗，整得这么神神道道干啥？仿佛谍战剧里情报人员破译密电码似的，又是转译，又是冒着风险。再看臧棣又是怎样把西渡的《一个钟表匠人的记忆》推向诗坛高峰的：

在我看来，西渡的《一个钟表匠人的记忆》不仅是一首取得了显著成就的当代诗作，而且集中体现了90年代诗歌的叙事性的诸多审美特征。……把记忆发明为一个角色，也许可以算作是诗人西渡的一项文学成就。

在当下文坛，文人之间的“投桃报李”早已是司空见惯，但当看到诗人臧棣和杨黎之间的互抛媚眼，我还是不免起了一身的鸡皮疙瘩。臧棣在接受诗人林东林的采访时说：“杨黎的诗歌智商在当代可以说是一流的。就诗的写作而言，他本人也是一个高手。他有很好的语感，更出奇的，他对诗的隐喻和文化效果之间的关系的敏感超过很多同代诗人。”他还说：“有个流窜到香港的诗人骂杨黎是诗歌流氓，我确实亮过一剑。”他还当即反击说：“就文学智慧而言，这人可能连给杨黎系鞋带的资格都没有。”这番赞扬，转眼就收到了回报——杨黎在其主编的《百年诗话：中国当代诗歌访谈录》中，称臧棣是当代中国诗人中具有获得诺贝尔文学奖实力的诗人。我们千万不要将这种满嘴跑火车的说辞当成国际笑话，在帮助诗坛好兄弟臧棣走出国门这件事上，杨黎的确是认真的，绝不是在扯淡。

冲冠一怒为“差评”

笔者尤其不能理解的是，臧棣都被捧成诗坛大师级的人物、被供上诗歌的神殿了，内心却出人意料地脆弱。他听不得一点点不同的声音，一旦遇到有人批评自己，必定怒火冲天，睚眦必报。

林贤治在《中国新诗五十年》中，批评臧棣“拈来许多词牌做题目”所作的诗“明显地都是生硬拼凑的产物”，一些作品“琐碎、无聊、陈腐、狎昵”，“毫无创造性可言”，也“不知美感何在”；同时，他对西渡所说的臧棣写出了“最具有汉语性质的诗歌”，更是提出了“不知持何根据”的诘问。林贤治的批评，言之有理，持之有据，完全是就文本说话，并且直接击中了臧棣诗歌写作的要害，同时还批评了西渡对臧棣诗歌毫无节制的吹捧。想不到，这种客观理智的学术批评，竟然遭到了臧棣的辱骂，而且，他把林贤治和先前批评过自己的北岛打包在一起进行“吊打”：

> 批评北岛和林贤治，是我觉得这两个人真的代表了一种比较恶劣的、霸道的、武断的、决不反思自己的批评文化。这不只伤害了我个人，而是伤害了整个诗歌。因为在当时的环境里，很多诗歌媒体就利用了他们的言论妖魔化中国的当代诗人，觉得他们跟这个社会没关系，让读者越来越远离诗歌，就拿它不断做文章。

根据这种表述和逻辑，北岛和林贤治批评臧棣，就成了一个蓄意颠覆当代诗歌的阴谋。

由此，臧棣将北岛对诗坛的批评上纲上线，视为对整个当代文学公然的羞辱和伤害，是一种“敌意言谈”。他用数万字的《诗歌政治的风车：或曰“古老的敌意”——论当代诗歌的抵抗诗学和文学知识分子化》，大肆抹黑北岛、妖化林贤治：

> 必须看到，北岛还有林贤治，对当代诗歌和痛苦的关系的想象及概括，并不仅仅代表着他们个人的文学趣味，而是代表着一种陈腐却又异常有势力的文学观念。这是一种对当代诗歌造成深度伤害却又从未得到过彻底清算的文学观念。

臧棣将北岛的“卑鄙是卑鄙者的通行证，高尚是高尚者的墓志铭”说成是严厉的指控是街头复仇，它实践的是一种复仇的快感，矮化了诗的正义，而北岛的文学地位全都是靠运气。

林贤治更是一钱不值，被说成是骨子里对当代诗歌有偏见，是一个粗暴的、道德说教的、缺乏良知的批评家……

臧棣在接受罗向前、钱一鸿、宋乾的采访时说：北岛的诗勉强算得上二流水准，却着了魔地进行脱衣舞式的表演；北岛的代表性，一是由于历史的运气，二是由于我们的文学史的观念和尺度的陈旧，三是由于西方的文学傲慢在翻译上的暧昧的体现，四是由于有意地精明地对下一代诗人的遮蔽。北岛的《时间的玫瑰》，就写作质量而言，尤其是就其中涉及的诗学话题而言，充其量只是一个二流诗人写的三流的诗歌随笔，只能算是一种消遣性读物——为了生计赚稿费嘛，写得匆匆忙忙，可以理解……几位采访者也一唱一和，参与"群殴"北岛。钱一鸿居然说："北岛也许确实很寂寞，所以多接受一点媒体采访，我觉得也可以啊。老臧，北岛说点傻话，其实，你仔细想想，不是也挺好玩的吗？"（值得注意的是，在臧棣其他"哥们儿"的文章里，也常出现这种帮着打架的场面，如余旸的《从"历史的个人化"到新诗的"可能性"》等。）

本来，这个采访是为了给臧棣抬个轿，却一不小心让臧棣掉进了灰堆里。有评论家指出："臧棣在批评北岛时，几乎不看优点，全看缺点的'破例'之作，其背后隐含的圈子之争，利益之争，昭然若揭了"，而"北岛的'不回应'倒是明智之举，否则中了臧棣的圈套"。在我看来，林贤治对臧棣的"不回应"，也有同样的意义。

"二流诗人"北岛的诗歌，影响了一个时代，"诗坛大师"臧棣的诗歌，影响的却仅仅只是一个朋友圈。这就是北岛和臧棣的区别。臧棣口口声声说北岛写作是为了赚取稿费，那他自己生产出的那些呓语一样的"协会诗""入门诗""丛书诗"，难道真的就是为了诗歌艺术和文学尊严的升华？既然臧棣如此瞧不起北岛，那他的诗集《就地神游》出版时，为什么腰封上居然还要借北岛的话来为其"站台"？臧棣有没有事先跟北岛打过招呼？由此看来，要么是臧棣对自己的诗歌没有自信，担心没有市场，找不到读者，要么是出版商、编者对臧棣的诗集没有信心。但不管是前者，还是后者，对于臧棣来说，这都是一个极具讽刺意味的大笑话。

从诗人的雷同　看人生的误会

读罢2012年第2期《文学自由谈》佚贺集辑的《"英雄所见略同"又一例》和2012年第4期上发表的倪红《〈"英雄所见略同"又一例〉之我见》两篇文章，我真的有一种悲从中来的感觉。原甘肃省作协主席的高平和原云南省文联副主席的晓雪，均是中国文坛上级别不低而且享誉一时的著名诗人，但读罢他们的这些"诗作"，我继而开始怀疑，二位老先生是不是年轻时就入错了行，错误地以为自己拥有诗人的才华，而误入了文学圈？我真的想说，本已是含饴弄孙的年龄，二位诗人一定要注意身体。以二位老先生目前这样枯涩的文笔，拜托就不要再这样劳神费力、冥思苦想地写什么诗，自己为难自己了。要知道，写诗不是演戏。真正的诗人，并非要像娱乐明星那样，要始终保持频繁的出镜率，才不会被观众遗忘。写不出就大可不必去硬写，诗人并非老中医，头发越白，胡须越长，就越受追捧，顶礼膜拜来问诊挂号的人就越多；更不会像土地里的辣椒，越老就理所当然地越红。如果自己是一个写了几十年诗歌的平庸的诗人，就千万不要"不甘平庸"，以为自己到了七老八十的时候还能跟年轻人一起拼，激情喷发地写诗。"庾信文章老更成，凌云健笔意纵横。"当今的中国文坛，有几个文人能够有庾信这样的天赋和文才？

从倪红的文章中笔者得知，晓雪近年来写了一百首"两行诗"，并先后发表在《诗潮》《红豆》和《光明日报》等报刊上。由此看来，晓雪老先生似乎是一位非常勤奋而且产量颇高的诗人。但通过倪红在文章中的对比和说明，我们才知道，晓雪先生在诗歌写作时往往又像是在偷懒和投机取巧。这就是，将自己若干年前发表过的一些诗作，稍加整容就又拿出来重新示人，发表在各种报刊上。这种自我重复，简直成了晓雪先生乐此不疲的一种诗歌“创作”方式。照这样的方式来创作的诗歌，无异于一种不折不扣的工业化生产。好诗本是心中出，试想，倘若晓雪不是曾经的云南省作协副主席，在文坛上浸染了那么多年，而是一个初出茅庐的诗歌写作者，像这种既无生命激情，又无艺术性可言的“诗歌”，能够轻而易举，并且接二连三地就在《光明日报》和《诗潮》这样的国家级报纸和知名杂志上发表吗？如：“开了会落的花才是真的鲜花，／永不凋谢的花肯定是假的。”如此枯燥拙劣，如同废话，毫无文采的文字，哪里谈得上是什么诗歌？这分明就是对邓丽君的歌曲《何日君再来》中“好花不常开，好景不常在”的移花接木。在我看来，高平和晓雪诗歌中“你中有我，我中有你”这样的现象，恰恰说明高平和晓雪两位诗人已经陷入了一个近乎荒唐的写作怪圈。他们错误地把写诗当成了克隆技术和开心好玩的文字游戏。在他们的笔下，流露出的往往不是诗人的激情和才情，而是一个毫无诗歌写作水平的人摆弄出来的一连串僵死的克隆文字。这里我们不妨来对比一下他们的如下四首两行诗：

一、不在于到达终点，
而在于途中的风景。

——高平《一闪念》　2010.3

不要只想着目的地，
而忽略了途中的无限风光。
——晓雪《两行诗抄》　2011年11月23日《光明日报》

二、没有奇思，
不会有妙语。

——高平《一闪念》　2010.3

没有奇思妙想，

哪会有佳作杰构、格言警句？

——晓雪《两行诗抄》 2011年11月23日《光明日报》

三、如果回应犬吠，

就加入了犬的行列。

——高平《一闪念》 2010.3

如果你回答疯狗的狂吠，

自己岂不降为它的同类了？

——晓雪《两行诗抄》 2011年11月23日《光明日报》

四、大人的语言是社论，

儿童的语言是诗。

——高平《一闪念》 2010.3

所有的大人都不如一个孩子，

因为他讲的是真话，是诗。

——晓雪《两行诗抄》 2011年11月23日《光明日报》

作为著名诗人的高平和晓雪，大概不会不知道这样一个故事：在欧洲阿尔卑斯山的山谷中，沿途的风景非常优美，但来此旅行的人，总是来不及仔细欣赏就匆匆而过。于是，当地人就在山谷的路旁竖起了一块路牌，提醒人们说："慢慢走，欣赏啊！"想不到，这样的名句，一不小心就被高平和晓雪两位著名诗人不费吹灰之力地克隆过去，变成了自己的诗。在第二首诗中，我们分明一眼就看到了古人诗歌的影子。唐代的黄檗禅师在其《上堂开示颂》诗中写道："尘劳迥脱事非常，紧把绳头做一场。不经一番寒彻骨，那得梅花扑鼻香。"在第三首诗中，高平和晓雪先生就像进行车辆改装一样，将成语中的"一犬吠形，百犬吠声"稍稍一变，就成了他们的所谓诗歌作品了。在第四首诗中我们看到，晓雪几乎是把《皇帝的新衣》中的故事原封不动地搬来，就成了在各种报刊上大小通吃的两行诗。由此看来，高平和晓雪先生在当代的诗人中，的确称得上是在克隆技术方面灵犀相通的两位高手。他们在毫无商量的情况下，竟然能不约而同地克隆了欧洲人，又克隆起了汉代和唐代的古人。恕我直言，对以如此的方法来写诗，我们还能指望高平和晓雪先生写出什么像样的诗歌来？

至于像高平的“爱说谎的老师，／没有资格骂学生说谎”和晓雪的“如果老师说谎，／能教育学生讲真话吗？”这样糟蹋诗歌的文字，与其说是诗歌，倒不如说更像是某个学生家长在与那些冤枉自己的孩子不诚实的老师大声吵架。我以为，高平和晓雪作为省作协的主席和省文联的副主席，写了一辈子的诗，居然把诗歌写成这个样子，这至少说明他们根本就不懂得什么是真正的诗歌。始终不得其门而入。倘若他们稍微懂得诗歌不但是一种语言的艺术，而且是文学中的文学，他们就会羞于将自己瞎折腾出来的那些让人大倒胃口的劣质文字，沾沾自喜地拿出来发表在各种报刊上。没有金刚钻，却偏要去揽瓷器活，这不能不说是他们数十年写作生涯的巨大失败和令人痛心的人生误会。令人百思不得其解的是，如此水平的两位诗人，却居然能够当上省作协主席和省文联副主席。我不知道，这背后究竟有着多少鲜为人知的奥秘？这多年的媳妇究竟是怎样熬成婆的？在我看来，一个省的作协主席或者文联副主席，至少应该是那个省文学写作的佼佼者。他的写作，无疑应该代表着其所在省文学创作的最高水平。而像高平和晓雪这样的写作水平，难道能够真正代表甘肃和云南省诗歌创作的最高水平吗？从高平和晓雪的这些诗歌来看，二位老先生虽然被称为著名诗人，但他们究竟写出过什么像样的好诗？可以说，对于今天的读者甚至许多的诗歌写作者来说，恐怕有许多人根本就不知道中国的诗坛上还有像高平和晓雪这样的两位“著名诗人”。或许，高平和晓雪先生对别人的模仿纯属无意，他们只是在僵化的思维中一直走不出其创作的怪圈。久而久之，他们就把别人的东西理所当然地当成了自己创作出的东西，并且堂而皇之地发表在了众多的报刊上。这种惰性的写作一旦被诗人当成习惯，并且感觉良好地照此一路写下去，中国的报纸杂志上无疑将会产生更多的文字垃圾。据笔者所知，晓雪先生不但将这些两行诗发表在了2011年11月23日的《光明日报》上，而且几乎就在同时，晓雪的这些所谓的两行诗又发表在了著名的《扬子江》诗刊上。我真不知道，像《绿风》《红豆》《诗潮》以及《光明日报》和《扬子江》诗刊的编辑们，为什么会把晓雪这样工业化生产、糟蹋诗歌的诗当成香饽饽，接二连三地发表出来？我始终搞不明白，究竟这些诗歌是人情稿，还是这些报刊的编辑们鉴赏能力确实是太低，分不清鱼目和珍珠？多年前，某著名作家居然将宋代大诗人黄庭坚的“江湖夜雨十年灯”说成是自己在梦中所得的佳句，并写成文章拿出来大肆显摆。这种与高平和晓雪如出一辙的创作，成了中国文坛上一个流传至今的巨大的笑柄。我以为，高平和晓雪的这些两行诗，甚至还远不如那些没有经过专门的诗歌训练的商家们的广告写得有灵气和富有诗意。如：“钻石恒久远，一颗永流传”（钻石广告），“牛奶香浓，丝般感觉”（巧克力广告），“孔府家酒，让人想家”（酒广告），“喝汇源果汁，走健康之路”（饮料广告），“不为诱惑谁，只为呵护美”（护肤品广告），“多一些润滑，少一些摩擦”（润滑油广告）。

在我看来，高平先生和晓雪先生这种“你中有我，我中有你”的写作，暴露出的只不过是当代文坛的诗人和作家们惰性写作、投机取巧的冰山一角。如果仔细阅读当代文坛某些著名作家的作品，类似这种纠缠如毒蛇，执着如怨鬼的“克隆”现象可说是屡见不鲜。想当年，马尔克斯的小说《百年孤独》中的那个经典的开头，不知被多少中国作家邯郸学步地克隆过。我们看到，即便是当今如日中天的个别“茅奖”作家，在其数十年的写作生涯中，同样大量采用了高平和晓雪先生诗歌创作中这样的克隆技术，同样是喜欢像晓雪那样，把自己发表过了的文字改头换面地重新组合又拿出来发表。如，某位作家一篇广为文学批评家们称道，并选入中学语文教材的描写丑石的散文，就明显克隆了安徒生的著名童话《丑小鸭》。在安徒生的童话中，那只长得非常难看的小鸭，仅仅是因为丑，就经常受到小伙伴们的欺负和谩骂。而这位“茅奖”作家的这篇散文，只不过是将安徒生笔下那只丑陋的小鸭生搬硬套地变成了一块丑陋的石头。在《丑小鸭》的最后，那只丑陋的小鸭最终变成了一只美丽的天鹅。而在这位“茅奖”作家的笔下，那块曾经老是被小伙伴们莫名其妙地辱骂，看似什么用都没有的丑石，却是一块罕见的具有极大天文价值的陨石。在该作家的获得“茅奖”的长篇小说中，有一段看似非常精彩的吃芝麻的描写。这段描写，在该作家的多部长篇小说中都曾先后出现过。然而，这段描写只不过是克隆了晚清著名小说家吴趼人的长篇小说《二十年目睹之怪现状》中的一段经典描写。也许，在反复的克隆中，这位作家早已把别人的东西理所当然地当成了自己的东西。在这位著名作家的诸多小说中，许多情节都是像晓雪写诗那样，是对自己作品的自我重复。他在多部长篇小说中反复出现的一段性描写，显而易见就是克隆了古代著名的小说《金瓶梅》。这位作家在小说和散文中的诸多描写，总是给人一种似曾相识的感觉。而在另一位“茅奖”作家的某一部著名长篇小说里，其中一段关于土匪的描写，却与沈从文《从文自传》中的一段描写有着惊人的相似之处。在沈从文的笔下，湘军军营中，有一天突然吹响了哨子，违反了军规的弁目刘云亭怎么也想不到引来了杀身之祸。他哭喊着向司令求饶，请求司令官的恩典，他跟随司令多年，没有做错过一件事，他的太太还在公馆里侍候司令太太。然而执法如山的司令毫不为私情所动，为了湘军的名声，他不惜挥泪斩心腹。他对刘云亭说：“刘云亭，不要再说什么话丢你的丑。做男子的做错了事，就应当正正经经地死去，这是我们军中的规矩。我们在这里做客，你黑夜里到监牢里去奸淫女犯（一个长得体面标致的为人毒辣的女土匪），我念你跟我几年来做人的好处，为你记下一笔账，暂且不提。如今又想为非作歹，预备把良家妇女拐走，且想回家去拖队伍。我想想放你回乡去做坏事，作孽一生，尽人怨恨你，不如杀了你，为地方除一害。现在不要再说空话，你女人和小孩子我会照料，自己勇敢做一个男子吧。”这时，刘云亭绝望地对司令说：“司令官你真做梦，别人花六千块钱运动我杀你，我还不干！”然而，铁面无私的司令官却像丝毫也没有听见刘云亭说话一样，把头掉向了一边，嘱咐副官买副好点的棺木。想不到，沈从文先生这段精彩的描写，却被这位“茅奖”作家克隆进了自己的小说里。在这位作家的小说中，十七岁的玲子姑娘是村中的第一号美女，玲子姑娘有一天大着胆子去找任副官，误入了军需股长的房子。军需股长是余司令的亲叔余大牙，贪财好色的余大牙借着酒劲将玲子姑娘强暴了。当土匪头目余司令知道后，立即将自己的亲叔叔绑了起来，说：“叔，我要枪毙你。”余司令的叔叔余大牙愤怒地吼叫着说：“杂种，你敢毙你亲叔？想想叔叔待你的恩情，你爹死得早，是叔叔挣钱养活你娘俩，要是没了我，你小子早就喂狗啦！”然而，余司令却扬手一鞭，打在了余大牙的脸上，骂一声：“混账！”接着便双膝跪地说，“叔，占鳌永远不忘你的养育之恩，你死之后，我给你披麻戴孝，逢年过节，我给你祭扫坟墓。”想想看，这样的描写与沈从文先生笔下的描写多么惊人地相似。难道这仅仅是英雄所见略同和偶然的巧合？

诗歌的娱乐化与垃圾化

朱光潜先生曾经说过："诗是培养趣味的最好的媒介，能欣赏诗的人们不但对于其他种种文学可有真确的了解，而且也绝不会觉得人生是一件干枯的东西。"然而，在二十一世纪的中国，诗歌已不再是文学皇冠上璀璨的明珠，而是被变成了娱乐的工具。内心浮躁的诗人们就像影视歌坛的娱乐明星，为了吸引人们的眼球，甚至不惜疯狂炒作，拼命地抢占娱乐疆域的制高点。在此不良之风的影响下，诸如"梨花体""羊羔体""废话体"和"海啸体"等各种以诗歌的名义糟蹋诗歌的无厘头事件，使这些原本默默无名的诗人在一夜之间红遍了大江南北。诗歌让大众如此疯狂，这说明诗歌娱乐化和垃圾化的时代已经到来。在这种唾沫四溅的全民的狂欢中，诗坛已成了娱乐圈，诗人们抑制不住内心的喜悦，欢欣鼓舞地额手相庆："娱乐化未必是坏事，娱乐化是新的传播方式。娱乐化引来更多的关注，如果不是赵丽华，中国诗坛不会这么受关注。"根据这种奇怪的逻辑，那些脱光裤子保卫诗歌的诗人，就应该是中国诗歌居功至伟的功臣。在众多的诗歌被视如敝屣，面临绝境之际，一位诗人奋不顾身的一脱，将诗歌和一个男人赤裸裸的身体捆绑在一起，出其不意地展现在了人们的眼前。

在中国诗坛日益娱乐化，媒体和诗人们都在忙着疯狂炒作的今天，我们究竟到哪里去寻找一首好诗？面对我们这个诗歌早已成为空壳的时代，著名诗人流沙河先生在接受记者采访时一针见血地指出："现在我们看到的更多的是无聊的诗，尽管它们也没啥害处，但太没有意义，太琐碎化，太非思想化了，有些甚至连技术水准也很低。我觉得，之所以会有这么多诗泛滥，是因为人们有一个误解——文学门槛高，诗歌门槛低。”日前，著名诗歌评论家谢冕先生忧心如焚地说：“白话诗，不能因为白话而忘诗，丢了诗意，没有诗境。我希望新诗诗人要自尊、自爱，那些废话、那些垃圾少要一点，尽量清除掉，让新诗也变得非常高贵，感觉有尊严感，能够很好地表达现代人的情感和思维。”

可以说，流沙河和谢冕先生的慨叹和忧虑，正是今日诗坛最真实的写照。江河日下的诗坛貌似繁荣，却是实实在在的虚肿，如此的现状，使诗人这个崇高的名字已经毫无尊严，诗坛的哥们儿义气和拉帮结派正在不断地侵蚀着诗歌。在诗歌的文学性越来越丧失的同时，其表演性却在不断增强。为了吸引读者的眼球，以“性”来挑逗读者早已成了某些诗人在写作中的惯用伎俩。这些诗人写诗的心态与薛蟠写诗的心态毫无二致，他们抱着的是一种对女性的玩赏心态，追求的只不过是一种荷尔蒙分泌的刺激和意淫的快感。

在诗歌的出版和发表已经没有门槛的今天，一夜之间，就可以冒出无数个诗刊诗报和诗集的主编。以担任主编、自办诗刊诗报、出版诗集来博取眼球，骗取公众认同的现象在今日的诗坛可说是屡见不鲜。许多集体起哄、自费出版的诗集，其阅读和欣赏的价值几近于零，但恰恰就是因为出版了这些诗集、编辑了这些诗刊诗报，某些沽名钓誉的所谓诗人，就迅速成了诗坛的“名人”，甚至受到了某些文学青年的极力追捧。因为，在注重眼球经济的今天，只要有人关注，就可能潜藏着商机，于是，写诗就成了某些打着诗歌幌子的诗人的敲门砖，他们中的有些人虽然并没有什么写诗的天赋，但在互相的哄抬和媒体的炒作之下，简直就像进入了精心设计的发射架一样，迅速升空，从而浪得虚名。与此同时，多如牛毛的垃圾诗，便更加充斥着报纸杂志和各种网络。在这个娱乐化的社会里，诗人已经蜕变成了演员，到处都在表演。

法国天才诗人兰波说：“一个人要想成为一个诗人，首先必须研究关于他自己的全面知识；他应该探索自己的灵魂，审视它，考验它，引导它。”那些不知道诗歌为何物的人，只知道拉帮结派，人五人六地在诗坛上瞎起哄，甚至发出一些奇怪的尖叫声。他们写出的诗歌，虽然可以在短时间内引起读者的大量围观，甚至迅速蹿红，但这种通过娱乐化来炒作的诗歌，其最终的归属也只能是遭人遗弃的垃圾箱。

鬼才相信的“预言”

纵观今日的诗坛，中国诗人们演出的闹剧，可说是一幕接着一幕，从来就没有消停过。从“梨花体”到“羊羔体”，再到早些时候喧嚣一时的“白云体”。三十年来，中国的诗人们尽管一蟹不如一蟹，但说起话来，却一个比一个更牛。热闹的诗坛没有给我们留下什么令人回味的经典诗歌，却留下了一个又一个令人喷饭的文坛笑话。诸如什么脱光裤子“保卫诗歌”，垂涎欲滴、五体投地地歌颂女明星的美丽。他们中有的人居然狂妄地宣称，自己的诗歌比李白写得好；有的甚至幻想要和王小丫一起到乡下去放牛，没人的时候，就偷偷亲一口；有的居然公开表示愿意被富婆包养，以便在衣食无忧的状况下更好地进行诗歌创作。总之，当今诗人的做派就是，不做出一点出格的事，不说出一些出格的话，仿佛就称不上是一个伟大的诗人。据悉，诗人伊沙在回访母校北师大时表示“不需要担心中国诗歌的未来”：“再给它一段时间，这个日子并不会像我们想象的那么遥远，一定可以重返诗歌的盛唐，而且在我有生之年一定能够看到。”“中国诗歌的整体水平要高于中国的小说”，伊沙给出的第一个理由是：“这是中国人的体形决定的。”中国人在体育项目上擅长的是乒乓球、体操、跳水，“中国人的智慧可能最擅长在一个方寸之地尽显风流”，诗歌就是“文字的体操、语言的乒乓球，适合中国人，火柴盒大的地方，文字的美到了没法翻译的状态”，“最终，你身体吻合度最高的文本，可能是你最擅长的”。看到这些天方夜谭似的呓语，我真的是笑掉了大牙。诗歌写作居然与体形有关系，诗人伊沙也许已经把诗坛当成健身会所。我真怀疑，伊沙在说这番话时身体是不是在发热，脑子是不是在发烧？不然的话，一个稍微对当今诗坛有一个基本判断的人，都不会说出如此近乎高热状态下才有可能说出的胡话。

我以为，当今的许多诗人，吵架和瞎起哄的时候比写诗的时候多。那些幻想通过诗歌来谋取功名和财富的所谓诗人们，就像农民起义军一样，在到处揭竿而起，攻城略地，占山为王。他们缺乏的是古代诗人们的学养和才气。在不能以诗歌的艺术品质来赢得读者的情况下，许多被名利逼疯了的诗人就开始用“功夫在诗外”的方式，寻找野路子。于是，像“废话体”和“下半身”这样的诗歌，便开始大量充斥诗坛，甚至大行其道，以致诗人这个崇高的头衔成了“疯子”和“神经病”的代名词。在我看来，如今的许多诗歌几乎成了诗人们茶余饭后插科打诨的文字游戏。如某著名诗人的《芳华横街橡皮酒吧门口》一诗：“在芳华横街橡皮酒吧门口／我看见／一辆桑塔纳轿车／在倒着走／这时杨黎正从门里／探出头来／我问，这车怎么倒着走／杨黎的头便缩了回去／然后乌青／出现在门口／我又问乌青／乌青看了看，呵呵／他说，那是在倒车”。早些时候，被文坛哥们儿疯狂炒作的先锋诗人乌青的《对白云的赞美》在网上一夜蹿红，在遭到读者的广泛质疑和抨击之后，“梨花诗人”赵丽华却挺身而出，说自己十几年前看过《对白云的赞美》后，即惊为天人。在赵丽华看来：“这样的诗歌是对以往过度修辞、故作高深、拗口诘牙（佶屈聱牙）的诗歌方式的一种反拨，是对宏大叙事和假大空的主流话语体系的一种颠覆，是对一切所谓所指、能指、诗意、寓意以及强加给白云的陈词滥调的比喻的彻底剔除。”对于那些质疑“废话体”的人，赵丽华甚至破口大骂：“历来有些傻×，喜欢对诗歌和诗人说三道四。”由此看来，在群魔乱舞的当代诗坛，即便是某些诗人把垃圾食品当作时髦食品和美味佳肴来享用，旁边的人也是根本不能对其发表看法的，否则一不小心，就会遭受到“梨花诗人”的一顿刻毒的臭骂。这就像阿Q头上的癞疮疤，你说那是一种病，绝对不值得欣赏，应该好好医治，他却会反过来说你这是在嫉妒他，你连生这样的癞疮疤都不配。正是因为这种老子天下第一的无知和狂妄，有的诗人才见谁都不买账，见谁都敢骂，甚至大言不惭地将鲁迅先生臭骂成一块“老石头”！

在笔者看来，说话尖刻，用剑走偏锋的方式来写诗和出位，可以说已经成了当代文坛某些诗人吸引读者眼球从而快速成名的终南捷径。甚至在号称“国刊”的文学杂志上，我们也可以赫然地看到，如“部队老中医”到处张贴的治性病的广告一样的诗歌：“我有一个秘密——/我爱上了垃圾箱边的疯子。我爱/他与一群苍蝇的窃窃私语，爱他与一匹饿狗/善意地对峙，我爱他听得懂小动物悲惨的命运/薄霜正在降临。我爱他把一打避孕套吹成球形”，“今晚向妓女学习如何与不爱者相处/在六合街，在加缪写过的那种/小门厅，今晚的湖南妹/是县城生活的导师。她随手/逮掉一根耻毛：如果这根针/扎不痛你们的手指……”，“正在此时X先生的精子/如万箭齐发升上天空/却找不到N女士的卵子/她总是改变自己的线路”。可以说，用“性”来吸引读者的眼球，早已成了当今诗坛的一大时髦。试想，倘若“下半身”诗人们没有把诗歌当作荤笑话和毛片来写的话，当代文坛谁会知道他们姓甚名谁？更让人百思不得其解的是，某些学者却把大粪当作黄金，在其开设的诗歌欣赏课程中，让当代文学专业的硕士研究生们来默读和鉴赏“下半身”诗人沈浩波的“代表作”《一把好乳》：“她一上车/我就盯住她了/胸脯高耸/屁股隆起/真是让人/垂涎欲滴/我盯住她的胸/死死盯住/那鼓胀的胸啊/我要能把它看穿就好了/她终于被我看得/不自在了/将身边的小女儿/一把抱在胸前/正好挡住我的视线/嗨，我说女人/你别以为这样/我就会收回目光/我仍然死死盯着/这回盯住的/是她的女儿/那张俏俏的小脸/嗨，我说女人/别看你的女儿/现在一脸天真无邪/长大之后/肯定也是/一把好乳”。该学者煞有介事地赏析道：“这首诗可以看成是处于苦闷期的青年人生理与心理状态的真实写照，是对女性的一种本能的窥视欲，有一种自然主义的特色，但沈浩波把它说出来。他的语言对社会道德发起了挑战。这种本能的欲望是每一个男人都有可能的一种冲动，但能大胆把它写出来的却十分罕见。”“当然，我们不能简单粗暴地否定沈浩波，我认为，他对先锋诗歌的追求在诗歌意识层面还是值得肯定的。”

如果说有些人写诗确实是写疯掉了，那么我敢说，有些学者研究诗歌也确实是研究傻了。如果说《一把好乳》这样践踏女性的色情诗也称得上是对社会道德发起的挑战，是在追求诗歌意识，并得到嘉许的话，那么，那些胆敢在光天化日之下抢银行的犯罪分子，不就成了敢于挑战社会法制的“真心英雄”？因为抢银行的犯罪分子绝对是真诚的，他想要的，就是钱。照该学者的推理，只要敢将心中乌七八糟的想法写出来，就是对先锋诗歌的追求，那么，只要敢将抢银行的想法付诸实施的罪犯，不就成了思想解放的先驱？我以为，作为一个文化人，至少应该有起码的良知和最基本的道德底线。如果青红不分，皂白不辨，就将那些有违社会道德、肆意践踏女性的诗歌作为精品来欣赏，并传授给自己的学生，这样的诗歌理论家就只能是在为伪劣的诗歌大肆张目，为乌烟瘴气的诗坛鸣锣开道，其学术研究也只能是伪学术。

我以为，当今诗坛的混乱，可以说是历史上罕见的。诗歌的写作和出版，已经没有了门槛。只要文坛的哥们儿姐们儿愿意拉帮结派，拼命炒作和吹捧，就可以使那些名不见经传的诗人在一夜之间迅速爆红。只要有几个钱，就可以当主编或者自费出版很多的诗集，就可以成为著名诗人，四处签名，亮相各种媒体，人五人六地欺骗读者。据笔者所知，某位“诗人”连一篇像样的文章都写不通，却能成为在各种媒体上频频亮相的诗坛“名家”。在该诗人的诗中，不是将其所在城市最著名的建筑物比喻成男人的××，就是将著名的街道比喻成女人的阴道，或者将落日比喻为种猪胯下硕大通红的睾丸。这些比黄段子更黄的“诗歌”，不但能够畅通无阻地公开发表和出版，还能够受到一些年轻诗歌写作者的顶礼膜拜和狂热追捧。一些诗坛名家和文学批评家也毫不检点地滥用自己的名气，为该诗人编辑出版的低劣的诗集作序和涂脂抹粉。以当今诗坛乱象丛生、“疯子”辈出的现状来看，著名诗人伊沙所说的当代诗歌“一定可以重返诗歌的盛唐”，就像说中国足球队一定可以战胜世界上任何一支足球劲旅一样，凭的是无知和无畏的勇气。倘若真的让盛唐的李白、杜甫、王维、孟浩然、王昌龄、王之涣、高适、岑参这样一支诗坛无敌战队来与当今的诗人们进行PK的话，作为当代诗坛诗歌代表队队长的伊沙先生将派哪些队员出场，并且将怎样接招呢?

第三辑　文坛批判

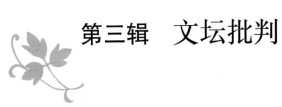

是谁败坏了批评家的名声

在当下的文坛，批评家总是处于一种十分尴尬的地位。一些当红作家，表面上与批评家们称兄道弟，其骨子里却很看不起批评家。他们公然宣称，不看批评家的文章，也从不考虑批评家的评论。言下之意，文学批评就像是和尚的梳子，毫无用处。他们甚至公开拿批评家开涮，取笑他们都是一些不懂文学创作、只会纸上谈兵的人。批评家在他们心中，最多只能是作家的跟班和轿夫。批评家只能对其作品锦上添花，溜须拍马。他们洋洋得意地讽刺批评家："爱把闲扯的小说说成是飘逸，把写花花草草的小说说成是诗意；作为一种回报，作家就把批评家那些连他自己也不甚明了的论文说成是深奥，把无逻辑的理论堆砌说成是渊博。"批评家何以在当下的文坛如此不堪，明里暗里都遭到那些当红作家尖酸刻薄的讽刺？虱子完全是一些自甘堕落、一味讨好当红作家的批评家们自己放在头上的，可谓咎由自取。

瓦尔特·本雅明在谈到批评家的任务时指出："'批评家的任务'应包括对现今的大人物的批判，对宗派的批判。是形象批评、策略批评。辩证的批评，是从个人评价以及作品自身的重要内容这两个方面来展开的。"李健吾先生说："一个批评者有他的自由。他不是清客，伺候东家的脸色。"但在当下的文坛，不愿当作家"清客"的批评家，不但会遭到某些作家的恶语相向，而且还会遭到来自批评家同行气势汹汹的"群殴"。那种对"大人物"一针见血、指名道姓的批评，无异于捅马蜂窝。为了讨好作家，有的批评家居然有失尊严地"捣糨糊"说，批评家的批评，首先应该得到被批评的作家的认可才是真正的批评，否则就没有意义，更不会得到文坛的承认。概而言之，那些当红作家的作品哪怕浑身瘢疮，也是绝不能批评，只能进行表扬的。在这种是非颠倒、乌烟瘴气的文学生态中，文学批评家争先恐后地为作家捧臭脚，已经成了当代文坛的一大“奇观”。谁要是能够人五人六地经常出现在某些当红作家的新书发布会现场或者作品研讨会上，把他们的平庸之作吹捧成“中国的《百年孤独》”“当代《红楼梦》”“当代《金瓶梅》”“给拉美魔幻现实主义注入了中国元素”“一部地方的百科全书”，谁就可能成为当代文坛上最走红的文学批评家。总而言之，半斤花椒炖小鸡，大家都不怕肉麻。如此一来，抬轿子、吹喇叭，便成了批评家们快速成名、秘而不宣的终南捷径。攀龙附凤的“文学谀评”便应运而生。

与许多现代作家从小所受到的良好教育和文学熏陶相比，许多当红作家往往是一些先天缺乏精神营养，后天缺乏文学修养，把文学当敲门砖，成名之后得意忘形不读书的人，更不要说其外语水平和受到的西方文化熏陶。快速成名、一夜爆红，使他们成了中国文学史上文化素质最差的一代“文学暴发户”。许多人在并没有读过多少文学名著，甚至连“的、地、得”都分不清楚，句子都写不通顺的情况下，凭着一股子用文学改变命运、走出贫困乡村的颟顸之劲，大量模仿古今中外的文学作品，以邯郸学步、移花接木的方式，在当年那个文学作品匮乏、作家产生断层的特殊年代猛然获得了成功。这种轻而易举的“成功”，给了他们一种严重的错觉，以为他们真的就是写作的天才和文学大师，几十天就可以写出一部数十万字的大长篇。他们有的居然“店大欺客”、舍我其谁地不许编辑修改自己的小说，哪怕是其中明显的病句和错别字，也绝不许改动，更不要说批评家对其作品的毛病进行实事求是的文本分析。一旦遭到批评，他们往往就会强烈地反弹，对批评家大泼脏水，有失体面地宣称批评家是想借批评自己出名，继而对其进行咬牙切齿的人身攻击。他们甚至可笑地揶揄批评家，你说我写得不好，那你自己写一部优秀的文学作品试试？在这种狂妄自大的心态驱使之下，一些当红作家名气越大，脾气也越大，更由于批评家们对其习惯性地捧臭脚，使他们认为自己就是当代文坛的“太岁”，谁也不能在其头上动土。

从这种鸡肠鼠肚、妇姑勃谿的攻击中，我们可以清楚地看到，某些当红作家有着怎样一种令人可笑的“精神格局”。作家和批评家虽然都是从事文学工作，但前者属于生产环节，后者却是对前者的检验和鉴定。文学批评家，恰恰就像是文学的检验官，他们的工作就是向读者推荐优秀的文学作品，杜绝文学的毒猪肉、地沟油流入市场，他们是有效沟通作家和读者之间的桥梁。惟其如此，在古今中外的文学史上，伟大的文学批评家都会受到无数优秀作家发自内心的尊重和敬仰。只有那些自以为是的半吊子作家，才会把文学批评家不当人看，一见如仇，视如敝屣。我们知道，文学作品的经典化，通常要经过伟大的批评家对作家作品权威性的认证和评价。就像尤·谢列兹涅夫所说：“别林斯基为了让普希金这个名字和他的意义家喻户晓，做了许许多多工作，正是别林斯基在俄国社会意识中树立了普希金作为民族诗人和人民诗人的地位，然而与此同时，他却在果戈理身上发现了比普希金更重要的地方，这就是社会内容。”在俄国文学史上，别林斯基在作家们心中的地位，无疑是崇高而又伟大的。

事实上，那些口出狂言、宣称不读批评家文章的当红作家，对批评家的批评反而是极为“重视”，并且爱恨交加的。他们所谓的“不读”，恰恰是言不由衷的谎话，倘若真的不读批评家的文章，他们心中何以会无缘无故地对批评家充满戾气，乃至耿耿于怀？他们不但读，而且非常喜欢和享受某些吹鼓手批评家对自己的吹捧。他们既希望权威的文学批评家甚至文化名人对其进行言过其实的飙捧，又痛恨那些一针见血的批评家对其作品的病象进行指名道姓的批评。他们有的就像祥林嫂逢人就说阿毛一样，只要一有机会，就说某文化名人生前曾经说过，二十年之后，其被痛斥为“春宫画”和“中国《花花公子》”的小说将会大放光芒。如今，某文化名人早已驾鹤西归，我们无法对其话语的真实性进行验证，但二十年过去了，这位当红作家的小说，不但没有“大放光芒”，反而就像从阴沟里挖出的一堆锈迹斑斑的破铜烂铁，无论新闻媒体怎样疯狂炒作，文坛哥们儿怎样集体起哄，都不能改变其遭到冷遇的可笑命运。因为时间本身就是一位最公正、最伟大的批评家，无论有多少文学家批评家为其大唱赞歌，平庸的作品都将会在岁月的长河中，被时间淘汰出局。

真正伟大的作家，从来就不惧怕批评。任何一部经典的作品，都绝不会因为受到批评就从此销声匿迹，埋没于世。果戈理具有强烈的自尊心，总是希望能够写出最优秀的作品，他常常带着自己的作品去请求批评家指正。对于批评家们言不由衷的赞美，果戈理甚至大发雷霆，他毫不客气地要求批评家们不要老是赞美自己，而要多多指出自己作品的缺点。害怕批评，恰恰是当今没有真正的文学才华、浪得虚名的某些当红作家内心虚弱的表现。鲁迅先生对于年轻的李长之对自己的批评，同样表现出了一个伟大作家宽阔的胸襟和气魄。鲁迅先生不但没有破口大骂李长之是企图借批评自己出名，反而就李长之批评中的问题，提出了具体的修改意见。在对待批评上，某些作家的心理常常是脆弱的，表现是变态甚至非常极端的。他们对批评家指出的自己作品中的毛病，如“恋污癖”“性景恋”等，不但不改，反而变本加厉地一条道路走到黑，越写越污秽，越写越淫秽。由此看来，“剜烂苹果”从来就是一条布满荆棘的道路，仅凭屈指可数的一些批评家，人手实在是很不够的。

真正的批评家，是从来都不会在那些红得发紫的作家面前低首下心的。就像别林斯基所说：“批评才能是一种稀有的、因而是受到崇高评价的才能。”批评家的“底气”，来自强大的内心和卓越的文学才能。在当今文学批评这支鱼龙混杂的队伍中，“南郭先生”可说比比皆是。因为缺乏批评的才能，他们只能四处拉帮结伙，向当红作家投怀送抱。为了讨得当红作家们的欢心，他们不惜向自己的批评家同行疯狂地发动攻击，将正常的文学批评说成是个人恩怨。批评的堕落，恰恰说明当下的文学生态已经发生了巨大的变异。为了谋求一点可怜的蝇头小利，一些批评家居然将某些作家吹捧成当代中国的马尔克斯、当代的鲁迅、打败海明威的伟大作家。在这些批评家们拉帮结伙的集体忽悠之下，无数“烂苹果”经过打蜡和增色，被包装成集体哄抢的“巨著”和当代文学的“巅峰之作”。

文学批评家丁帆先生说：“今天，趋之若骛地为名利写作的批评家越来越多。在商品经济时代，客观上，他们是为了个人的生存，主观上则是想在文坛得到名利，弃人类的良知而不顾。”批评的堕落，是因为有许多批评家都是“烂苹果”的鼓吹者和拥护者，他们就像是文学市场上的托，处心积虑地帮助那些当红作家将“烂苹果”包装上市。这样的文学批评家，就像专门为皇帝制作新衣的“文学裁缝”，越来越被作家们瞧不起。而越是被瞧不起，他们就越是巴结这些趾高气扬的当红作家。于是，文学批评始终走不出溜须拍马的怪圈，成了不敢对“烂苹果”说“不”的文学“谄媚书”。

莫言身世竟成“谜”

学者张华在《莫言研究书系》总序中说：“近三十年来，海内外研究莫言的论文和专著众多，从表层到深层，从宏观到微观，从文学领域延伸到对莫言小说的创作主体、审美意识、主体内涵、艺术风格、人物形象与意象、语言特色等都有广泛的探索，在影响研究、比较研究、叙事学研究等领域也提出了诸多有价值、令人耳目一新的见解和观点。”从表面上看，莫言研究真像是应有尽有，蔚为大观，但令人遗憾的是，尽管莫言研究的学术论文和专著早已是汗牛充栋，但莫言研究中出现的诸多“乱麻”，却从来就没有引起过学界的重视。大量的道听途说乃至胡编滥造，让研究领域鱼目混珠、真假莫辨。如程光炜的“莫言家世考证”系列文章纯属捕风捉影，不加分析地以讹传讹（按：笔者发表于《雨花·中国作家研究》2016年第7期B上的文章已有详尽分析）。而这些错讹的源头，恰恰在于程光炜在撰写学术论文时，没有对考证材料进行仔细的甄别和分析，依靠的仅仅是莫言的一些散文以及《莫言王尧对话录》中的有关内容，根本就没有注意到一个至关重要的问题，即莫言的许多散文都是其凭空虚构的。

莫言在散文中大量进行虚构，其直接的影响，或许来自美国作家福克纳。在《福克纳大叔，你好吗?》一文中，莫言说：“对这个美国老头许多不合时宜的行为我感到十分理解，并且感到很亲切。譬如他从小就不认真读书，譬如他喜欢胡言乱语，譬如他喜欢撒谎，他连战场都没上过，却大言不惭地对人说自己驾驶着飞机与敌人在天上大战，他还说他的脑袋里留下了一块巨大的弹片，而且因为脑子里有弹片，才导致了他的烦琐而晦涩的语言风格。”“读了福克纳之后，我感到如梦初醒，原来小说可以这样地胡说八道，原来农村里发生的那些鸡毛蒜皮的小事也可以堂而皇之地写成小说。他的约克纳帕塔法县尤其让我明白了，一个作家，不但可以虚构人物，虚构故事，而且可以虚构地理。”于是我们看到，莫言在从福克纳这里“开窍”，并且在小说创作中大量获益之后，又大胆地将这种虚构的手法运用到了散文创作甚至与人的交谈中。正因如此，莫言的文章以及他与学者和新闻媒体的对话中虚实交织、真假难辨，让读者感到云里雾里，一头雾水。如莫言的身世以及家世，就出现了诸多剪不断、理还乱的“乱麻团”：

一、莫言的出生和入伍时间。莫言在《我的故乡与我的小说》中说自己的出生时间是“1956年春（据父母说我是1955年生，待查）”。在《莫言王尧对话录》中，莫言说：“后来经过准确查证，我的出生日期应该是1955年2月17号，那年正好是农历的羊年。”“我从1973年开始验兵，每年都参加体检，心心念念地想当兵，但每年都落空。一直到1976年，趁着村子里的干部带领全村人到外地挖河，而我在县棉花加工厂当临时工，钻了个空子，偷偷报名，成了一条漏网之鱼，‘混进了革命队伍’。此时我的年龄已经是21周岁，21周岁可能是当兵的最后年限了。”但张志忠在其《莫言论》中却说：“莫言自撰的简历这样写道：莫言，原名管谟业，1956年生于山东高密东北乡一个荒凉村庄中的四壁黑亮的草屋里铺满了干沙土的土炕上，落土时哭声喑哑，两岁不会说话，三岁方能行走（笔者按：莫言告诉王尧说，1958年，即自己3岁的时候不但能行走，而且还能提着热水瓶到公共食堂打开水），四五岁饭量颇大，常与姐姐争食红薯。”而在由张华主编的“莫言研究书系”之《乡亲好友说莫言》一书中，莫言的战友彭宏伟则说：“莫言，1957年出生于山东高密，从小因家境贫寒，没读过多少书，18岁参军入伍，在部队习武从文，几年后调北京军区总参，任宣传干事。”但在同一书中，山东大学贺立华教授的文章却明确写道：“莫言20岁参军入伍离开了高密平安庄”。莫言的大哥在《大哥说莫言》一书中却说：“1976年2月16日，22岁的莫言从棉花加工厂应征入伍。”

二、莫言的入学年龄、辍学原因和具体时间。在《我的老师》

中，莫言说："我五岁上学，这在城市里不算早，但在当时的农村，几乎没有。这当然也不是我的父母要对我进行早期教育来开发我的智力，主要是因为那时候我们村被划归国营的胶河农场管辖，农民都变成了农业工人。"但在《乡亲好友说莫言》一书中，高密莫言文学馆馆长毛维杰却在《莫言的童年》中说："1960年秋，正是人们吃不饱的年月，6岁的莫言入大栏小学，校址就设在平安庄大户单家的老房子里。"莫言的大哥在《大哥说莫言》一书中清楚地写道："1961年，莫言7岁入大栏小学读书，老师为之取名管谟业。"在"莫言研究书系"之《莫言研究三十年》中，该书的主编贺立华却对莫言名字的来历，进行了一番截然不同的绘声绘色的描写："1955年农历正月二十五，山东省高密县大栏乡平安庄管氏家族大院里（笔者按：前面张志忠在文中称莫言出生在"四壁黑亮的草屋里"，贺文又说成是"管氏家族大院里"，这截然不同的环境，究竟有多少属于想当然的描写，或许只有老天爷才知道）响起了一个婴儿响亮的哭声，管氏老祖母拍着手笑嘻嘻地告诉邻人：'嘿！俺家又添了个拉小车的！'瞧瞧这个'拉小车的'，好丑哟，细嫩通红的小脸上有一层细细的绒毛，额头上还有几条皱纹，一双小眼紧闭着，好像不愿睁开眼睛看这个世界。谁也不会想到，连他娘和他奶奶也不会想到，这个'拉小车的'，后来能长成这样一位身高马大、白白胖胖、会写小说的作家。他就是莫言。莫言在管氏家族排'谟'字辈，所以老人家给他取名叫管谟业。"而在叶开的《莫言评传》里，莫言的出生，除了给家里增添了一张似乎永远不能餍足的嘴巴之外，并不能给这个大家庭带来多大的快乐。而在贺立华的笔下，莫言的出生带给莫氏家族的却是无尽的欢乐。

莫言辍学的原因，仅笔者所见，就有N个版本：

1. 王德威在《千言万语何若莫言》中说："莫言小学读到五年级，因文化大革命爆发而辍学。从11岁到17岁，他成了真正的农民。"

2. 莫言在与王尧对话时说："我们把学校的课程表放到炉子里烧了，把学校写的'造反有理'的大字擦掉，编成了'蒺藜造反小报’第一期。我记得我就写了一首诗叫《造反造反造他妈的反》。第二天，跟我一起参加‘蒺藜’的全都叛变了，向老师交代了，那老师也不认为我在挑头，他们认为我大哥支持我出来和学校的老师对抗。”因为怕学校告到大哥的学校，影响到根本不知此事的大哥的前程，莫言压力很大，寝食不安。尽管莫言还想上学，但其父亲恨铁不成钢地说：“你在学校瞎折腾，自己造成的后果。”

3. 在为福建教育出版社《我的中学时代》所写的文章中，莫言说，他的老师不但克扣买红卫兵袖标的钱，用来买花生在办公室吃，还在办公室里要流氓。莫言和同学张立新一起嗅着花生的香气，摸到老师办公室的窗外，从窗户的破洞里看到，担任学校红卫兵头头的老师，正往郑红英的裤腰里塞花生，郑红英咯咯地笑个不停。第二天他们将此事告诉了村里的人。张立新还用粉笔在大队部的白粉墙上画了一幅图画，画面比他们见到的情景还要流氓，吸引了许多人围观。此事得罪了管理学校的贫农代表郑红英。莫言便因郑红英的作祟而辍学。

4. 莫言的大哥在《莫言年谱》中说，1967年，莫言13岁。年初，上海、青岛等地开始夺权。大哥谟贤回乡探亲，带回一些造反派散发的传单。莫言受到启发，到学校造反，贴老师大字报，骂老师是“奴隶主”，撕烂课程表，成立战斗队，到胶县（现胶州）去串联，在接待站住了一晚，尿了炕，吓得第二天跑回了家。为此，学校决定开除他。

5. 贺立华在为大学生做演讲时说：“1968年莫言小学毕业时，才真正领略了阶级理论的严酷：人生下来原来是不平等的，人群是要分类的。在只能推荐工人阶级、贫下中农子弟上学的年代，学习很好但中农出身的莫言是没有上中学资格的。”（笔者按：出生在同一个家庭的莫言大哥上了大学，二哥也上了中学，并且读了高中，莫言因为出身问题不能上学显然无法自圆其说。）

三、莫言写作的动因。关于莫言写作的动因，流传最广的有“饺子说”和“娶妻说”。就像祥林嫂逢人便说阿毛一样，莫言在谈到自己的写作动机时，不知多少次说起过这样一则故事：他的邻居是一位“右派”大学生，他说他认识一个作家，写了一本书，得了成千上万的稿费。他每天吃三次饺子，而且还是肥肉馅的，咬一口，那肥油就唧唧地往外冒。在莫言看来，每天吃三次肥肉馅饺子，那是多么幸福的生活！天上的神仙也不过如此了。从那时起，莫言就下定决心，长大后一定要当作家。但这个“励志故事”，在多年的流传中，不断地被莫言改造升级和逐渐完善，继而又出现了一个“爱情版”的美丽传说。在福克纳的故乡，莫言用福克纳式的“虚构”，为美国读者讲述了一个激励自己写作的凄美的爱情故事：

> 我十五岁时，石匠的女儿已经长成了一个很漂亮的大姑娘，她扎着一条垂到臀部的大辫子，生着两只毛茸茸的眼睛，一副睡眼蒙眬的样子，我对她十分着迷，经常用自己艰苦劳动换来的小钱买来糖果送给她吃。她家的菜园子与我家的菜园子紧靠着，傍晚的时候，我们都到河里担水浇菜。当我看到她担着水桶，让大辫子在背后飞舞着从河堤上飘然而下时，我的心里百感交集。我感到她是地球上最美丽的人。我跟在她的身后，用自己的赤脚去踩她留在河滩上的脚印，仿佛有一股电流从我的脚直达我的脑袋，我心中充满了幸福。我鼓足了勇气，在一个黄昏时刻，对她说我爱她，并且希望她能嫁给我做妻子，她吃了一惊，然后便哈哈大笑。她说：“你简直癞蛤蟆想吃天鹅肉！”我感到自尊心受到了沉重的打击，但痴心不改，又托了一个大嫂去她家提亲，她让大嫂带话给我，说我只要能写出一本像她家那套《封神演义》一样的书她就嫁给我……我至今也没能写出一本像《封神演义》那样的书，石匠家的女儿早已经嫁给铁匠的儿子并且成了三个孩子的母亲。

据笔者所知，除了这两个“著名”的版本之外，莫言写作的动因，即便在莫言口中也仍然是花样百出，乱云飞渡。张志忠在《莫言论》中谈到莫言写作的动因时，引用莫言的话说：“我写作的动机一点也不高尚。当初就是想出名，想出人头地，想给父母争气，想证实我的存在并不是一个虚幻。”在《〈丰乳肥臀〉问答》中，莫言告诉日本学者吉田富夫说：“我曾经多次说过，我最初的创作动机一点也不高尚。我当时在部队当兵，许多战友都有手表而我没有手表，如果想买手表就得跟父母要钱，而我的父母在农村艰苦劳动，生活困苦，仅能糊口而已，他们没有钱，即便他们有钱，我也不忍心要。在这种情况下，我就想写一篇小说，搞点稿费，买一块手表。但最终还是我的父母卖了一头牛，帮我买了一块手表。”在我看来，莫言真有点把日本学者当猴耍，以为他们真的就会相信这样的谎言。莫言明明说即便是父母给他钱，他也不忍心要。而莫言的父母居然会将作为中国农民命根子的耕牛卖掉，给莫言买手表，而莫言却心安理得地要了，这样不合情理的逻辑，在笔者的心中，至少要问十万个为什么。莫言在接受记者采访时，一不小心就透露了父母卖掉耕牛给他买手表的事是一个谎言。记者问：“还记得第一笔稿费多少钱吗？”莫言回答说：“72元。这个不会忘，因为在1981年，我的工资才26元，那一笔就是巨款了。我花了五元八角买了一瓶刘伶醉，一帮战士一起喝掉了，余下的，添上一点积蓄，就买了一块手表（按：既然莫言已经有积蓄，怎么还要父母卖掉耕牛？），是西安产的蝴蝶牌手表。”1999年10月，在京都大学的演讲中，莫言又说：“我开始文学创作的最初动机非常简单：就是想赚一点稿费买一双闪闪发亮的皮鞋满足一下虚荣心。当然，在我买上了皮鞋之后，我的野心开始随之膨胀了。那时的我又想买一只上海造的手表，戴在手腕上，回乡去向我的老乡们炫耀。那时我还在一个军营里站岗，在那些漫漫长夜里，我沉浸在想象的甜蜜当中。我想象着穿着皮鞋戴着手表在故乡的大街上走来走去的情景，我想象村子里的姑娘们投到我身上的充满爱意的目光。我经常被自己的想象激动得热泪盈眶，以至于忘了换岗的时间。但可悲的是，最终我也没能用稿费换来手表，我戴的第一块手表是我的父亲卖掉了一头牛帮我买的。更可悲的是，当我穿着皮鞋戴着手表在大街上走来走去时，也没有一个姑娘把目光投到我的身上，只有一些老太太用鄙夷的目光打量着我。”

莫言的“娶妻说”“买表说”乃至“买鞋+买表说”，采用的都是某些类型小说惯用的叙述模式，即穷鬼老是出洋相，癞蛤蟆总是因幻想吃天鹅肉而遭到鄙视和嘲笑。这种人工编造的痕迹，却是不需要多高的智商也可以一眼就看出来的。

四、莫言的母亲是否为其买过《中国通史简编》。笔者注意到，莫言在多个场合和多篇文章中都在不断地打造其母亲的“当代孟母”形象。以下这则“励志故事”，就是在莫言和新闻媒体的广泛传播中不断“改版”和“升级”的。

1. 1970年，由著名历史学家范文澜主编的《中国通史简编》（4卷本），被当时还是农民的莫言花了4元5角钱买下。从此，这4本书伴随着他从田头来到部队，到了北京。是这本书让没有上过正规大学的他了解了中国的历史，也是这部书带他走上了文坛。（《深圳特区报》2010年8月12日）

2. 莫言记得在自己12岁那年，一位邻居买了一套《中国通史简编》，但不知为什么要5块钱转手卖掉。莫言得知后很想要，但当时的5块钱是一笔数目不小的开支。他不敢告诉父亲，只敢偷偷说给母亲。母亲问：你买了肯定读吗？莫言说肯定，于是母亲就做主让莫言买了。母亲没有文化，但她知道文化的重要，这是父亲对她的影响。拿着新书，莫言对母亲充满感激，也隐隐察觉知识文化，以及拥有着知识文化的父亲，能给人以怎样的影响。（《中国妇女报》，2012年9月4日）

3. 莫言曾经说：“对我影响最大的一部书不是文学作品，而是一部历史作品，是在1970年的时候读到的向邻居借的一本书，范文澜的《中国通史简编》，当时是4.5元，这对农村家庭来说是一个巨大的开支，后来我母亲还是把它买下来。因为当时没有书可以读，只能翻来覆去地读，那个时候在田地里看，下雨阴天的时候就回来看。后来这四本《中国通史简编》在很长一段时间里都一直陪伴着我成长。”（人民网，2012年10月11日）

4. 莫言对母亲当年的开明非常感激。他回忆说，只要是自己在学习方面要钱，母亲都会支持。有次他想买一套《中国通史简编》，价格是四块五。那在当时是很大一笔钱。母亲问他买了之后能不能保证念，莫言自然回答说会念。颇为犯愁的母亲，还是从手巾包里拿出了五块钱给他。莫言后来也确实认真读了那套书。（中国新闻网，2012年10月15日）

5. 到了青年时期，莫言看书的热情依然不减，当兵前，他曾咬牙花了4块5买了一本《中国通史简编》，要知道，全家一年的收入也才几十块钱。（人民网，2012年10月17日）

6. 莫言说："1976年2月，我应征入伍，背着我母亲卖掉结婚时的首饰帮我购买的四本《中国通史简编》，走出了高密东北乡这个既让我爱又让我恨的地方，开始了我人生的重要时期。我必须承认，如果没有多年来中国社会的巨大发展与进步，如果没有改革开放，也不会有我这样一个作家。"（莫言：《讲故事的人》）

这则煽情的故事，之后又衍变出了为给莫言买书，他的母亲甚至不惜卖掉当年结婚时的嫁妆等多个版本。但据笔者所知，莫言的母亲很小就失去了父母，一直穷得叮当响。她出嫁的时候究竟会有什么值钱的嫁妆和首饰？那时候的莫言默默无名，即便是他母亲有嫁妆要卖，谁会来买？而有关"卖首饰"的故事，笔者还看到过另外一则传说："农村太苦了，莫言家太穷了。有一次莫言的母亲生病，无钱买药，父亲只好忍痛把母亲结婚时的首饰、大哥二哥小时候戴的小银锁拿出来，让莫言拿到县城变卖。莫言家这些最值得珍藏的最值钱的物件，共卖了20元钱，抓了几服中药就用光了。莫言一家在贫困中苦熬着，挣扎着。"

根据莫言大哥的回忆，他上大学前就买过《吕梁英雄传》《林海雪原》《海岛女民兵》等小说。既然莫言大哥买小说都没有出现如此严重的资金问题，为什么到了莫言，就非得卖掉母亲的结婚首饰或者嫁妆这些珍贵的东西，才买得起四五块钱一套的《中国通史简编》呢？这种煽情的故事里面，究竟有没有"注水"，只有莫言及其家人才能真正说得清楚。它与前面的"卖牛买表"，属于同一种故事类型。

五、莫言母亲的出嫁年龄和去世时间。在《〈丰乳肥臀〉解》中，莫言说自己的母亲："她老人家三岁丧母，跟着她的姑母长大成人。母亲十六岁时即嫁到我家，从此开始了艰难的生活。"在《我的〈丰乳肥臀〉》中却说："我的母亲是一个身体瘦弱、一生疾病缠身的女人。她四岁时，我的外婆就去世了，过了几年，我的外公也去世了。我的母亲是在她的姑母的抚养下长大成人。""我母亲十五岁时就由她的姑母做主嫁给了十四岁的我父亲，从此开始了长达六十多年的艰苦生活。"在《从照相说起》中，莫言又说："母亲十六岁时嫁到我家，从此就开始了漫漫的苦难历程。"而莫言的大哥与莫言的说法却截然不同："母亲是17岁嫁到我们家的。母亲的亲生母亲在母亲两岁时就去世了。她来到我们家五十多年，当媳妇的时间比当婆婆的时间长……"至于莫言母亲去世的时间，《人民法院报》记者，莫言的山东高密老乡孙文鹰在采访莫言的文章中说："1995年，莫言的母亲去世，这年冬天莫言把妻子和孩子从老家接出来，接到北京的小西天。"莫言的大哥则说莫言的母亲"于1994年1月病故"。但莫言的二哥在接受《瞭望东方周刊》记者采访时却说，他们的母亲是1993年去世的。关于自己母亲去世的时间，莫氏兄弟的说法居然也会如此龃龉，稀里糊涂，实在是不可思议。

在莫言研究中，我们看到，各种虚构的莫言及其家族的传闻已经越来越离谱。管谟贤在书中说自己的大爷爷："19岁开始，一边干活，一边学医（按：莫言在与王尧对话时却说："我大爷爷这个人也很传奇，四十多岁才开始学中医，很晚了，没有时间，在地头休息的时候，拿出书来，背一段，几年后就出道，成了一个很不错的中医。"），很是用功。后来他就开了润生堂药铺，给人治病，擅长妇科、儿科。"管谟贤称："大爷爷的医术是精湛高超的。记得在我小时候，有一年，大概是下村的一家人的一个几代单传的男孩得了大脑炎，送来的时候已经高烧不退，发生痉挛（中医叫角弓反张）现象，眼看快不行了。大爷爷见状，根据中医'一针二拿三用药'的原则，选准穴位，一针下去，角弓反张现象消失，灌了一包药下去，不久就哭出声来，回去后几天就好了。”让人疑窦顿生的是，莫言说：“母亲一生多病，从我记事起，就记得她每年冬春都要犯胃病，没钱买药，只有苦挨着，蜂蜜一样的汗珠排满她的脸，其实分不清哪是汗哪是泪。在母亲低声的呻吟声里，我和姐姐躲在墙角哭泣。母亲腰上生过毒疮，痛得只能扶墙行走。”既然莫言的大爷爷医术如此高超，开着药铺，他怎么就不给莫言母亲医治，忍心让她一生都饱受病痛的折磨和煎熬呢？倘若莫言的大爷爷真的像莫氏兄弟们吹的那样神乎其神，莫言一家在母亲病危时，哪里还用得着倾家荡产，变卖母亲的结婚首饰来治病？

莫言获得诺贝尔文学奖之后，人们对莫言的吹捧进一步扩展到了其家族。莫言当年在棉油加工厂的工友王玉清，在接受《齐鲁晚报》记者采访时说：“管谟贤（莫言大哥）当时考大学的分数可以上北大、清华，但因为家里穷，选择了免生活费的华东师大。”而《莫言研究三十年》的主编贺立华更是登峰造极地吹捧说：“1963年管谟贤以高密县高考状元的身份考入上海华东师大中文系，那年莫言只有8岁，刚上小学不久。”对于这样的狂热飙捧，笔者表示极大的怀疑。管谟贤坦言，自己“从读初中开始偏文科，至高中时尤甚”。这一信息告诉我们，偏科的管谟贤的高考成绩，要想达到北大、清华，并且考上之后又不去读（按：管谟贤说，他的同伴考上了山东农学院，只上了四十几天就退了学，非要考北大物理系），这基本上就像是江湖上的一个传说。要知道，管谟贤高考的那个年代，文理是不分科的。一个偏科的考生，怎么可能天方夜谭一样，一下子爆出个大冷门，成为高密的高考状元？如果管谟贤真的考取了“状元”，他就不可能仅仅说自己是以优异的成绩考上全国重点大学华东师大的中文系。对于高密“状元”大哥，以其推崇的“福克纳说谎风格”，莫言怎么会一直保持低调，只字不提？

事实上，莫言凭空虚构，漫说个人传奇故事及其家世的负面影响，已经明显暴露出来。在小说《红高粱》中，有一位八面威风却英雄命短的任副官，他在擦拭手枪的时候，不慎走火将自己打死。这个人物的来源，就是莫言的三爷爷。据莫言的大哥说，三爷爷管遵礼的死因，与叫姜部的“游击队”有关。他们住在三爷爷的家里，擦枪走火，打中了三爷爷的肚子，肠子都鼓出来了，又塞了进去，贴了膏药算完，不几天就发炎，拖了个把月就死了。但在与王尧对话时，莫言却将《红高粱》中的任副官和自己的三爷爷杂糅到了一起，并且进一步进行夸张，从而制造了一个虚拟的三爷爷。莫言煞有介事地说：“我三爷爷跟这帮人天天混，有一次冷部的一个坐探拿出一把枪，很小的勃朗宁手枪，给我三爷爷看，说管三你看，我最近弄了一支枪，多漂亮，象牙柄的。我三爷爷蔑视说：你那枪，能叫枪吗？这样的枪射出的子弹钻到我鼻孔里边，我给你擤出去了。坐探说真的吗？我三爷爷说真的。坐探对着我三爷爷肚子打了一枪，子弹钻了进去。我三爷爷拍着肚皮说，没事，没事，喝酒，喝酒，找了块破布往肚子上一堵，继续喝酒。”

尤其值得警惕的是，在莫言研究中，叶开的《莫言评传》和王玉的《莫言评传》，完全是两部可疑之书。前者除了将莫言真假莫辨的凭空虚构当真实材料写进书中之外，更是蓄意造假。在谈到三爷爷时，管谟贤说的是事实，莫言所说则是虚构，而叶开却在传记中说，莫言与其大哥在这件事上“记忆产生了冲突”。叶开将莫言虚构的三爷爷当成了真实的三爷爷，并且莫名其妙地说：“像管遵礼这样的英雄好汉，本来就是不需要认真去考证的。他身上的传奇故事越多，越有分歧，就越让人崇拜得热血沸腾。”照叶开这样的逻辑，任何一部作家传记都可以写成《射雕英雄传》或者《三个火枪手》。叶开一方面在传记中蓄意造神，把莫言推向神坛，一方面又在传记中大量编造。叶开肉麻地称：“莫言是一位天才而勤恳的建筑师，他在自己亲自设计蓝图并亲手建造的高密东北乡王国里，日夜不停地大干苦干乃至蛮干……”“那时莫言记忆力好，用飞一样的速度阅读一遍小说，书中的人名就能记全，主要情节便能复述，描写爱情的警句甚至能成段地背诵。”“莫言最自负的是当时记忆力特别好。革命现实主义小说加上古代经典，他匆匆忙忙地阅读，几乎都过目不忘。”在叶开的笔下，莫言简直就是一位时代的“超人”：“对于莫言来说，《红高粱》的诞生，宣告了他的君临天下，一个独裁者诞生了。需要提请各位跟我一样懵懵懂懂的读者注意的是，这位独裁者可不是君主立宪制的国王，而是中央集权制的大帝。他是一世以至于无限世，他是自己也是所有的人。”读到这样的文字，我真怀疑当今某些学人是不是冲昏了头？与其说这样的文字是作家传记，倒不如说是在向作家低首下心地献媚，大搞“个人崇拜”。

正是因为失去理智的写作，叶开的《莫言评传》才处处让人生疑。如书中这样的文字，便是明显的伪造：“莫言少年时代写过一篇歌颂体育比赛的作文，被《大众日报》的李总编看了一眼，删为五十个字，就投到报纸上发表了。”叶开笔下的莫言成了“神童”，这完全是一种失去理智的瞎吹捧。这段文字，出自莫言的小说《三十年前的一次长跑比赛》。真实的莫言从来就没有在少年时发表过文章。正因如此，才从来没有被莫言提起过，其大哥管谟贤在《莫言年谱》中也没有对这样“重大的事件”进行过记载。莫言说自己曾给当时的教育部长写过信，表明自己想读大学的愿望，也同样值得怀疑。如果教育部长真的给莫言回过信，这与莫言在少年时就在省报发表文章一样，可说是惊天动地的大事，如此的壮举，岂不早就传遍四乡八里，莫言的大哥怎么会不知道，莫言的乡亲好友们怎么从来就没有提起过呢？

在传记中大量虚构作家履历，美化乃至神话作家的人生，以孙见喜的《贾平凹传记》为滥觞，到叶开的《莫言评传》后来居上，再到王玉的《莫言评传》青出于蓝。王玉的传记写作效仿的，完全是叶开凌空蹈虚的写作方式，却比叶开有过之而无不及。莫言的高密同乡、学者杨守森在未经仔细阅读的情况下，就贸然赞誉王玉的《莫言评传》“无疑是近年来莫言研究领域值得瞩目的成果之一”。这种以莫言研究权威和长辈的身份所作的轻率判断和提携，无疑是对莫言研究的误导。这部60多万字的大型“专著”，几乎就是莫言散文和其他一些莫言研究资料的汇编和文字串烧。在多年的阅读生涯中，我从未见过这种近乎大面积“掠夺”式的传记写作。该书中有关莫言三爷爷的描写，居然和叶开一样，全盘采用了莫言虚构的神奇传说。笔者所知的一些“莫言研究资料”，都被作者一网打尽，不加过滤和甄别地写进了书中。因为写作仓促，作者连一些人物的名字都没搞清楚就下笔。如将发表莫言处女作《春夜雨霏霏》的老编辑毛兆晃，写成了毛兆晁；将曹禺的女儿、著名剧作家万方，写成了万芳。

在王玉的传记写作中，莫言的整个家族都被神话了一遍。作者照抄莫言大哥的书说：从家族的姓名和字上看，管家也是书香世家或名门望族。先秦时候，管姓或是起源于周文王的第三子管叔鲜，或起源于周穆王姬满（如此一忽悠，莫言仿佛就成了帝王后裔）。莫言的大爷爷精通医术，开着药铺，桀骜不驯，风流倜傥。他本有心通过读书踏上仕途，奈何清末废除了科举，读书人从高处落到了低处——务农。莫言的爷爷管遵义，具有《红高粱》中“我爷爷”余占鳌的反叛精神。他高瞻远瞩，一眼就洞穿了他所处时代的巨大问题，并且大胆地嘲讽了那个假大空的时代。庄稼人辛勤的劳作，也成了一门极具表演性质的“行为艺术”。莫言的爷爷就是穿着纺绸白褂儿，拿着镰刀，四处上坡给人打短工割麦子“开心去”的高手之一。莫言的三爷爷则被描绘成了砍头只当风吹帽，大胆接触抗日游击队的英雄“豪侠”。

总而言之，莫言研究被当成了“造神”运动。凡是与莫言或者其家族有关的人和事，都被某些学者镀上了一层“神话”的色彩。这些“神话”在广泛的传播中，常常注入了作者的凭空想象和道听途说，于是，事情的真相就成了雾里花，水中月。

金庸不上“轿”，何必强行抬

2018年10月30日，一代武侠小说大家金庸先生逝世，享年94岁。至此，这位主张“人生就是大闹一场，然后，悄然离去”的“金大侠”，永远离开了他曾“闹”得翻江倒海的人生和武侠这个江湖。金庸驾鹤西归，但围绕金庸的有关话题，却在一夜之间迅速发酵，被人们热议。有关金庸的形形色色的八卦，统统被翻箱倒柜，陈谷子烂芝麻地搜寻了出来，诸如金庸的三次婚姻，金庸和梦中情人竟在同一天去世；金庸最喜欢其小说中的哪几位女性；金庸家族，以及金庸与穆旦、徐志摩、琼瑶等文学名家有何亲戚关系等。这种“绯闻+奇闻”的恶意炒作，就像漫天飞舞的蝗虫，别有用心地掀起了一场高烧不退的集体狂欢。其中，马云在痛悼金庸时的高调赞美，更像是火上浇油：“若无先生，不知是否还会有阿里。”“先生赐字‘天行’于我，学生终身铭记；‘信不能弃’的告诫，一刻不敢忘；郭靖，黄蓉，行颠，逍遥子，奔雷手，苏荃，语嫣……满满十五部书的花名，托先生之福，常在思过崖行走，在摩天崖争辩，在光明顶见客……”仿佛阿里之有今天，都是因为金庸赐予了马云秘而不宣的《葵花宝典》和《九阴真经》，教会了马云轻松击败竞争对手的“降龙十八掌”。而著名学者李泽厚在悼念金庸时，有关金庸赠送6000美金，却遭到李泽厚断然拒绝的一则八卦，更犹如节外生枝，迅速引爆了一场“李泽厚和金庸：到底谁更抠门”的口水大战。金庸先生虽然已经溘然离世，但有关金庸的话题却总是无法消停。从某些所谓的“金学家”们身上所反映出来的问题乃至不良影响，不得不令我们去仔细思考和认真探讨。

作为一个文化符号，金庸先生无疑为一个时代千千万万的读者，留下了令人难以忘怀的阅读记忆。上个世纪八十年代，金庸的武侠小说刚刚进入内地时，许多读者，甚至很多著名作家和学者，对这种天马行空的故事和功力了得的人物，以及各种从未见过的神奇武功和兵器，都感到极为新奇，以至一读就爱不释手，甚至废寝忘食，通宵达旦。冯其庸在《读金庸》一文中坦言，尽管在1980年路过香港时，金庸曾赠送了一部《天龙八部》，但当时“未及展卷”。1981年秋，他应美国斯坦福大学之邀，赴美讲学。“住Palo-Alto。居亭主人陈治利先生和他的夫人王肖梅女士都是金庸迷，家中藏金庸小说甚富，我因得以一一取读，这是我读金庸小说的开头。我每读金庸小说，只要一开卷，就无法释手，经常是上午上完了课，下午就开始读金庸的小说，往往到晚饭时，匆匆吃完，仍继续读，通宵达旦，直到第二天早晨吃早饭，才不得已暂停。如早饭后无事，则稍稍闭目偃卧一回（会儿），又继续读下去，直至终卷而止……通宵不寐地读金庸的小说，成了我最大的乐趣。”“有的朋友问我，为何对金庸小说如此入迷？我简单地答复，那就是一个字：好。”至于金庸的小说究竟好到了什么程度，冯其庸近乎夸张地说：“而这许多小说，虽然故事有的有连续性，但却无一雷同，无一复笔，这需要何等大的学问，何等大的才气，何等大的历史、社会和文学的修养？把他的小说加在一起看看，难道不感到是一个奇迹式的现实么？难道不感到这许多卷帙，是一座艺术的丰碑么？”“金庸小说的情节结构，是非常具有创造性的，我敢说，在古往今来的小说结构上，金庸达到了登峰造极的境界。”

毋庸置疑，金庸的小说无论在故事情节、人物塑造以及武功绝技和艺术性上，都大大超越了过去的旧武侠小说，有着诸多的新颖之处，也在很大程度上提升了武侠小说的艺术品质，所以能够大量吸引读者，给人以强烈的阅读快感。但是，我们不能因为这一点，或者因为个人喜欢，就感情用事地将金庸的小说夸成“达到了登峰造极的境界”，毫无节制地夸大金庸小说的文学性和社会功能。纵观金庸的小说，简直就像是一个个充满血腥的大型屠宰场。满世界都是不共戴天的旷世仇敌；到处都是以国家和正义的名义，快意恩仇，杀人如杀鸡，砍头如杀驴的所谓“合法”屠宰。《射雕英雄传》

里的洪七公杀人如麻，并且在杀人的时候总是义正辞严、大义凛然：“不错。老叫化一生杀过二百三十一人，这二百三十一人个个都是恶徒，若非贪官污吏、土豪恶霸，就是大奸巨恶、负义薄幸之辈。老叫化贪饮贪食，可是平生从来没杀过一个好人。裘千仞，你是第二百三十二人！”金庸小说中的武林高手和大侠，几乎都是在玩同样一种庄严无比的表演秀似的杀人游戏。

从皇帝到贫民百姓，金庸小说中的人物个个喜欢练功习武，玩枪弄棒；人人心中都有一个义愤填膺的火药桶，一旦被引爆，就会杀得血肉横飞。就连小说中的那些女人，如梅超风、李莫愁、叶二娘等，无一不是杀人不眨眼的女魔头。用形形色色的武林绝招和刺激眼球的杀人描写，投其所好地满足读者的看客心理和阅读快感，这是头脑聪明的文化生意人金庸先生赢得读者、快速赚钱的不二法门。金庸的小说虽然受到许多读者的喜欢，但并非因为其精湛的艺术魅力，而主要是因为小说中那些爱恨情仇、飞檐走壁、寸铁杀人、华山论剑，因为其博人眼球的娱乐功能。金庸招徕读者的“秘笈”，概而言之，就是投其所好。读者缺什么，就设法为其补什么，尽最大的努力，满足人们在日常生活中永远难以实现的各种黄粱美梦。比如，出生于妓院的小混混韦小宝，即便没有任何武功，也可以采用武林不屑的下三滥手段，撒石灰迷住武功高强的黑龙鞭史松的眼睛，将其杀害；不费吹灰之力，轻而易举就能擒杀掉武功高强的满洲开国大臣鳌拜；最后又用同样不入流的招数，用药弄瞎一流武林高手海老公的眼睛，并趁机将其杀死。韦小宝由一名假太监一跃变成首领太监，进而成为皇宫侍卫副大臣，在整个皇宫里要风得风，要雨得雨，不但有花不完的钱财，还可以到处显摆，大肆挥霍。他不仅大小通吃，一路亨通当上了一等鹿鼎公爵，成为深受康熙皇帝恩宠有加的大红人，还受康熙的派遣，担任少林寺的高僧。最终他以娶得七个漂亮的老婆而“笑傲江湖”，实现了一个底层妓女的儿子一步登天，温香软玉抱满怀，令许多普通老百姓连做梦都不敢想的人生美梦。从物欲到肉欲，从官场到情场，金庸用他的小说，撩拨和挑逗起了多少读者在心中幻想已久的升官梦、发财梦和风流浪荡的桃花梦。金庸小说里的女人，往往都是爱我所爱，死而无怨；金庸小说里的男人，常常是艳遇不断，洪福齐天。陈家洛补偿了中国女人为爱而不顾伦理的饥饿的性需求；韦小宝满足了当今的中国男人在现实生活中永远无法实现的三妻四妾梦。

从发轫之作《书剑恩仇录》，到《鹿鼎记》封笔，金庸的小说中，除了大量笑傲江湖、睚眦必报的寻仇和痛快淋漓的杀戮，始终贯穿着大量刺激眼球，令人想入非非的情色元素和火热的肉欲描写。女扮男装的李沅芷与霍青桐之间异乎寻常的亲热举动，看似是异性恋，实则更像是同性恋，继而引起陈家洛的误会和醋意，无一不透露着金庸商业写作的巧妙匠心。正是因为这样的描写，再加之血腥的杀戮，才使读者一读就上瘾，欲罢不能。《书剑恩仇录》中的香香公主，即霍青桐妹妹喀丝丽，她们都不可救药地一起爱上了英俊潇洒、一身武功的红花会总舵主陈家洛。由此产生的姐妹争风吃醋以及各种误解和相互猜忌，使其小说字里行间都弥漫着一种荷尔蒙的气息，产生出一种情欲的骚动，吊足了读者的胃口。“拳头+枕头”，或许正是金庸小说之所以成功的配制秘方。更为蹊跷的是，陈家洛与乾隆皇帝居然还是同室操戈、互相争夺香香公主的骨肉兄弟。乾隆皇帝在见到香香公主之后，明明知道她是弟弟陈家洛朝思暮想的恋人，却照样毫不留情，强行将香香公主从杭州带到了北京，由此导致了陈家洛与亲哥哥乾隆皇帝的一场异常残酷的夺妻之战。

香香公主不仅美貌迷人，其身上散发出的独特香味，更是让人情欲迷乱。陈家洛第一次见到香香公主，是在冰天雪地的季节，居然看见她在冰冷的河水里光着身子沐浴。这种不可理喻的“艳遇”，不仅使陈家洛怦然心动，更让读者获得了一种偷窥美人的“爽歪歪”的感觉。在小说结尾，金庸又在书中进一步添加了荷尔蒙的“剂量”，放宽了情欲描写的尺度，让香香公主在生离死别之时，特意为陈家洛再洗一次澡。这时的陈家洛却异常矫情地说：“我在那边等你。”香香公主却断然回绝说：“不，不！我要你瞧着我。你第一次看见我，我正在洗澡。今天是最后一次……我要你看了我之后，永远不忘记我。”于是，像徐徐拉开的帷幕，香香公主的身体便一览无余地展现在读者眼前：

> 但见她将全身衣服一件件地脱去，在水声淙淙的山峡中，金黄色的阳光照耀着一个绝世无伦的美丽身体。陈家洛只觉得一阵晕眩，不敢正视……

像香香公主这样，仅仅靠美丽的胴体就企图赢得一个男人永久的倾心，既是金庸为天下痴情的女人开出的空头支票，又是其小说杜撰出的情欲神话。在《鹿鼎记》中，小小年纪的韦小宝，迷恋的同样是小郡主身上诱人的气味。有时，他恨不得凑上去用舌头舔一舔她那张美丽的脸蛋。因为写作仓促，金庸小说中那种前后的龃龉和百孔千疮的漏洞，可说比比皆是。为了增加写作的产量，金庸小说的雷同可说是极为惊人的，那些翻来覆去的武打描写，除了名称不同、招式说法不同，其寻仇和争夺的原因几乎大同小异，了无新意。《书剑恩仇录》中，争夺《古兰经》；《鹿鼎记》中，寻找《四十二章经》；《射雕英雄传》中，争夺《九阴真经》；《笑傲江湖》中，争夺《葵花宝典》；《倚天屠龙记》中，那把被称为“武林至尊”的屠龙刀之所以被拼命争夺，正是因为其中藏有抗金名将岳飞所著的《武穆遗书》……

据一位北大博士回忆说：“金庸的武侠小说，很多人在熄灯之后，打着手电筒，钻在被窝里，如饥似渴地补课，这也受到上世纪九十年代金庸研究热的影响。北大中文系主任严家炎、教师孔庆东和人大一位已记不清名姓的教授都在北大或开课，或办讲座大谈其金庸研究。日后，我看了还珠楼主李寿民的《蜀山剑侠传》后才知道，金庸对郭靖、杨过，神雕的人物设计，小说的奇遇记式情节推动，其人物对话和心理描写，原型都是李寿民小说中的主角英琼和配角猩猩袁星。金庸的心理描写抄袭还珠楼主的痕迹就更严重了。”

某些“金学家”对此却总是视而不见。为了抢占学术制高点，在学界“跑马圈地”，他们不惜采取“标新立异”甚至极端的手法，以肆意飙捧金庸小说的方式，来吸引读者的眼球，获取学术话语权，从而建立自己的“学术江湖”，抬高自己在学界的地位。如以北大著名学者严家炎为代表的一批“金学家”，突然对武侠小说的研究产生了非同寻常的兴趣，他们不顾金庸先生是否愿意，就强行大搞拉郎配，非要让属于通俗文学的武侠小说往“高大上”的路子上走，为金庸披上“小说大师”的外衣，把金庸抬上学术殿堂的“花轿”，将其推上与鲁迅先生比肩的小说大师的神坛。自1994年起，严家炎在众多学术期刊和报纸上发表了大量有关金庸小说研究的“学术论文”；1995年春，严家炎正式在北京大学中文系开设“金庸小说研究”课程，万众瞩目之下，不断将金庸小说的艺术成就推向前所未有的高峰，并称其是“一场静悄悄的文学革命”，是“新世纪文化思想之光”。“金庸小说不仅有神奇的想象、迷人的故事，更具有高雅的格调、深邃的思想，通俗而不媚俗。”“我们还从来不曾看到过有哪种通俗文学像金庸小说那样蕴藏如此丰富的传统文化内容，具有如此高超的文化学术品位……金庸的武侠小说，简直又是文化小说；只有想象力极其丰富而同时文化学养又非常渊博的作家兼学者，才能创作出这样的小说。”

为此，严家炎自我论证说：“北大今日对金庸的推重，犹如‘五四’当年蔡元培推重元曲、推重歌谣一样，都是开风气之先，同样体现了这种一贯的精神的。在美国教中国文学的华人教授陈世骧，三十年前就曾直接将金庸小说比作元曲……”至于金庸小说究竟是否可与元曲相提并论，时间这位伟大的批评家最终会得出公正的结论，但严家炎在《金庸小说论稿》一书中，却吊诡地借李陀的话说：“中国人如果不喜欢金庸，就是神经有毛病。”如此缺乏严谨的信口开河，可说是践踏学术伦理和有失学人风范。喜不喜欢金庸的小说，本来就是萝卜白菜各有所爱。即便是那些“金学家”的家庭成员，也未必会百分之百地喜欢金庸，难道他们也属于“神经有毛病”？尤其令人百思不得其解的是，严家炎居然在书中大声呼吁：“社会呼唤新武侠！文化生态平衡需要新武侠！八十年代末期起中国大陆重又在全民中倡导见义勇为精神并设立见义勇为基金，是十分适时的！真正的侠义精神永远不会过时！”严家炎将现代法治社会的见义勇为和古代封建人治社会的侠义精神混为一谈，企图让人们在遭遇不公和受到欺凌时不依靠法律，而求助于路见不平、拔刀相助的侠客，这种以暴制暴的思维，本身就显得不可理喻，极为荒唐可笑。

吴思在《血酬定律——中国历史中的生存游戏》中说：“为什么武侠幻想在中国格外流行？除了合乎我们的梦想之外，社会气候和土壤似乎也格外适宜。对武侠的幻想，其实就是对强大的伤害能力的幻想。中国古典文学中并不缺少类似的先例。孙悟空，梁山好汉，都是超强暴力的拥有者。他们都是人们心目中的大英雄。即使那些大魔头，由于武功高强，也成为人们羡慕尊敬的对象。”如果我们的社会真的像严家炎所说的那样，不去呼唤法治，而是去“呼唤新武侠”，依靠李逵的两把板斧和鲁智深们的满腔义气来评定是非，彰显公平，那将是一个多么可怕的血流遍地的武侠世界。

而像严家炎这样，因为喜欢金庸小说而陷入深深的泥淖，继而无限拔高，拼命将金庸小说推向神坛，巴不得“家家谈书剑，户户论金庸”的北大学者孔庆东，可以说比严家炎走得更远。为了抬高金庸的武侠小说，孔庆东采取了神话创作和传说的夸张手法，大肆飙捧说：“它（金庸小说）能够产生文学理论中所讲的几大功能：认识、教育、审美、娱乐。那是一种与读经典名著同样的甚至更高的感受，它给人美、给人净化、给人力量。北大中文系有位教授，腿部摔伤之后，读金庸的小说，获得了重新站起的力量。有的大学生失恋后，读金庸小说，恢复了对人生的信念。”在孔庆东看来，金庸的小说不仅具有文学欣赏的功能，还具有明显的医疗效果，乃至情感疏导、心理治疗、重振人生、包医百病等诸多功能。

在谈到金庸时，孔庆东一面把喜不喜欢金庸小说，说成是判定一个人懂不懂文学的试金石，一面又鼓吹“动武”要从娃娃抓起。孔庆东说：“一个有希望的民族，小孩是必须要打架的，不然大了肯定出问题。我本人是参加过两百多人的群殴的……”我尤其不能理解的是，孔庆东为何总是忘不了以贬低鲁迅的方式来抬举金庸，以致连托尔斯泰也一竿扫。孔庆东说："我们说鲁迅伟大，但是我见过开电梯的小姐读金庸的小说，却没见过手捧《彷徨》或者《呐喊》的电梯小姐。""比如韦小宝这个人，他其实是对阿Q形象的一个继承。中国20世纪最具有概括性的形象是阿Q，阿Q尽管挖掘得非常深，但展开得却不够广。""《阿Q正传》不是长篇小说，而《鹿鼎记》是一部160多万字的长篇小说，通过韦小宝所到之处，能够把他的性格展示得淋漓尽致，非常丰厚。""由于韦小宝这个人物身世特殊，他走过全国各地，甚至走到俄罗斯去了，所以在韦小宝身上表现了更大的中国国民的劣根性，所以金庸的成就是继承了五四新文学的精神。""2002年，中国天文台命名了一颗小行星：金庸星，这在中国作家中是绝无仅有的；鲁迅这么伟大，都没有一颗星星命名为'鲁迅星'；但是，却有一颗星被命名为'金庸星'，并举行了隆重的庆祝仪式。一个作家的名字用来命名一颗星，这是流芳百世的事情……他是小说艺术的大师，是小说巨匠。""你拿金庸的《天龙八部》可以和《战争与和平》比一比，无论规模、深度，我认为都不次于后者。《战争与和平》我读的时候，觉得很多段落写得很松懈，对战争与和平的主题的挖掘也没这么深刻。"不仅如此，孔庆东还蹊跷地说："如果我们把中国人，分成喜欢金庸作品的和不喜欢金庸作品的两个群体，以我的了解，就整体而言，前者的审美能力、文学水平大大地超过后者。"

金庸爆红，"金学"大热。研究"金学"，犹如招商引资，可以迅速吸引眼球，可以登上"百家讲坛"，可以成为备受追捧的"金学家"，可以到处接受邀请去讲授"金学"，成为新闻媒体时刻关注的热点人物。一时之间，金庸成了一些大学和学术机构集体争相哄抢的香饽饽，"金学家"成了风光无限、广受青睐的学术新宠。一些之前从未读过金庸小说的学者，凭着敏锐的嗅觉，从中发现了"玄机"，旋即将学术重点迅速转向了炙手可热的"金学"研究。经过一番突击"研究"，仅仅三五年，就撰写出了一大批娱乐大众的"金学"专著，成为著名的"金学家"。这些"金学"专著，往往是大同小异地首先概括金庸小说的内容和故事情节，然后分析其武功、结构、爱情、人物刻画等，再不就是往传统文化上去“发掘”金庸小说的微言大义，甚至跟《易经》也扯上关系。浙江大学的徐岱教授，起初连金庸究竟是何方神仙都不知道，在通宵达旦、如饥似渴地阅读了金庸的武侠小说之后，快马加鞭，以“千里江陵一日还”的速度，很快就脱颖而出，写出了一部长达三十多万字的“金学”专著——《侠士道》，奇迹般地火速成了著名的“金学家”。这些“金学家”无一不是把金庸当大神，跪在地上磕头烧香，顶礼膜拜。徐岱在文章中，就像为金庸写诔辞一样，庄严地宣称：金庸先生作为一个人是优秀的，作为一名学者是杰出的，作为一个文学家是伟大的。金庸的封笔之作《鹿鼎记》是20世纪中国小说不可多得的“奇书”。理解金庸小说的核心价值需要把握两个关键词：孔子思想和中国精神。

在众多的“金学家”中，陈墨以其连篇累牍的“评金庸系列”广为“金迷”们所熟知。但这些专著的学术价值究竟如何，我们只要看一看其系列之四《武学金庸》中那些凌空蹈虚的研究，就可以窥见一斑。

众所周知，金庸小说中的那些武林秘笈和超凡武功，都是根据艺术的需要虚构出来的，就像有的学者非要冬烘先生一样地去考证《西游记》中孙悟空的出生地，并且居然“证实”其确切地点是在福建一样可笑，陈墨居然在书中不惜花费大量笔墨，去研究金庸小说里的各种武功，并且天马行空地任意发挥想象说：“就其武功、技击而言，我们想要探究其武学的奥秘，也只有超越其技而悟其道，乃至忘却其形而获得其神其理其意。”金庸明明写的是通俗的武侠小说，何以会被陈墨们如此神秘化、高深化？这背后的原因，或许我们很难知道，但这种急功近利、凌空蹈虚、故弄玄虚的学术态度，显然是令人生疑的。作为学术研究，陈墨不但没有令人信服地揭示和具体分析出金庸的小说真正受到欢迎的根本原因，反而更像是在给文学帮倒忙，一味把金庸的小说当成一种神秘的玄之又玄的武功技击。为此，陈墨一厢情愿地恭维说：“他是一位真正的长篇小说艺术大师，是真正的小说大家。”但金庸的夫子自道，却揭穿了陈墨们不诚实的恭维。金庸说，他当初写作武侠小说的目的，并非为了文学艺术，而是为了给自己创办的《明报》吸引读者，打开销路，拉动经济。基于这样的商业目的，小说仅仅是金庸文化生意的工具，武侠也不过是其营销的一种策略。就此而言，金庸的确是一位非常出色的颇具商业头脑的文化商人，他并非想要做什么文学大师，立志写出什么经典作品。1995年，在与日本学者池田大作对话时，金庸就坦言，说他是文豪，实不敢当。金庸毫不隐晦地说："武侠小说是我赚钱和谋生的工具，所以算不上什么崇高的社会目标，在创作之时，我既没有想到要教育青年，也没有怀抱兴邦之志。这真的是有些惭愧，因为同鲁迅先生和老舍先生比起来，他们的动机就伟大多了。""对于武侠小说本身而言，它只是一个附有娱乐性的东西……"正是金庸这些注重娱乐，匆忙写作，在《明报》上长期连载，甚至在同一天的报纸上连载多部的武侠小说，才使《明报》在面临绝境之时转危为安，订户大增。诚如陈平原先生所说：

> 作为20世纪最为成功的武侠小说家，金庸从不为武侠小说"吆喝"，这点值得注意。在许多公开场合，金庸甚至"自贬身份"，称"武侠小说虽然也有一点点文学的意味，基本上还是娱乐性的读物，最好不要跟正式的文学作品相提并论"。如此低调的自我陈述，恰好与在场众武侠迷之"慷慨激昂"形成鲜明的对照。将其归结为兵家之欲擒故纵，或个人品德之谦虚谨慎，似乎都不得要领。
>
> 在几则流传甚广的访谈录（如《长风万里撼江湖》《金庸访问记》《文人论武》《掩映多姿跌宕风流的金庸世界》）中，金庸对于武侠小说的基本看法是：第一，武侠小说是一种娱乐性读物，迄今为止没有什么重大价值的作品出现；第二，类型的高低与作品的好坏没有必然联系，武侠小说也和其他文学作品一样，有好也有坏；第三，若是有几个大才子出来，将本来很粗糙的形式打

磨加工，武侠小说的地位可以迅速提高；第四，作为个体的武侠小说家，“我希望它多少有一点人生的哲理或个人的思想，通过小说可以表现一些自己的看法”。如此立说，进退有据，不卑不亢，能为各方人士所接受，可也并非纯粹的外交辞令，其中确实包含着金庸对武侠小说的定位。

由此可以看出，睿智的金庸先生对自己作品的艺术性和文学成就早已是心知肚明的。但既然金庸已经说得非常明白，众多的“金学家”们为何还要为难金庸，拼命把金庸往绝路上逼，弄得金庸即便浑身是嘴，不断解释，也总是面临着解释不清楚的尴尬局面呢？这不能不让人怀疑某些人的“学术动机”。金庸小说在上个世纪八十年代洛阳纸贵，“金庸热”堪称是一场喜欢武侠小说的“金迷”们的阅读盛宴和集体狂欢。而某些学者借金庸之名别有所图，进行各种花样翻新的炒作，简直犹如一场场文坛大戏和学界闹剧。为了吸引眼球，打造出新的“文学大神”，以严家炎、刘再复、孔庆东、王一川、陈墨、徐岱等为代表的一批学界铁杆“金粉”，不管金庸愿不愿意，就匆匆忙忙，吹吹打打，强行将金庸“捆绑”起来，作为文学“新郎”抬上了“小说大师”的花轿，以致金庸骑虎难下，进退失据。1994 年，“王一川们”突发奇想，“标新立异”地进行文学策划，在万众不屑的嘲笑声中，急吼吼地重新排上座次，将金庸推上了文学大师的神圣宝座。在这期间，继北大对金庸授予“名誉教授”之后，紧锣密鼓的“金学”活动，也在走马灯似的不断进行。众多大学抢先向金庸抛出橄榄枝的一系列活动更是如火如荼，热闹非凡。1997 年 4 月，犹如追星一样的活动，在浙江大学百年校庆时再度上演。当浙江大学决定授予金庸名誉教授的称号时，无比崇拜金庸的学生们，早已将礼堂挤得水泄不通。1999 年 3 月 25 日，已经年届七十五岁高年的金庸，被浙江大学聘请为人文学院院长。2000 年，浙江大学特聘金庸为硕士、博士研究生导师。但在金庸招生的第一年，却无人问津；

第二年虽有三名学生报名，最终却只有一名学生参加考试，又因为这名考生成绩不合格，使导师金庸没有招到学生。2002年，金庸继续招收博士生，却依然没有人报考。这样折腾来折腾去，到2005年，金庸先生终于心力交瘁，不堪其烦，从浙大辞职，反而低到尘埃里，甘心去剑桥大学攻读历史学硕士和博士学位，远离甚嚣尘上的学界扰攘。这场大学和学界依靠名人来提升自己的名气的闹剧，终于宣告结束。

在一些人看来，金庸就是名气，就是财富，借金庸之光“研究”金庸，完全是为了照亮自己，获得一点可怜的学术声誉和蝇头小利。严家炎更是兴奋地说：“人们可能还记得1994年10月25日金庸被授予北京大学‘名誉教授’称号，并作两次演讲时的盛况，听他演讲的，请他签名的，真是到了人山人海，水泄不通，所发入场券几乎无用的地步，当时主持会的郝斌副校长打趣说：‘今天这形势，金大侠武功再高也不好办了！’”严家炎们在北大对金庸所进行的恭维和鼓吹，终于打动了金庸，迎来了金庸笑逐颜开的更大馈赠。2007年6月18日，北大武侠文化研究会成立。继1993年向北大捐款100万元之后，金庸再次向北大慷慨捐款1000万元，支持北大国学研究。更令人想象不到的是，因为推广金庸产生的轰动效应，郝斌和严家炎仿佛也有了盖世神功，被誉为北京大学的两个“大侠”。在大理举行的“金庸学术研讨会”上，严家炎激情发言说：“金庸没有到过大理，却将滇西景色写得如此迷人，实在是令人佩服。我甚至在想，类似‘无量玉壁’这样的风景，说不定哪天会在大理周围和滇西群山中被发现，那将引起极大的轰动。”这种毫无节制的激情赞美，无疑是在讨好和迎合大理，给大理人乱开空头支票，哪里还谈得上有一丝半点的学术性？在“金学”研究中，严家炎常常丧失作为一个学者应有的严谨，在其学术著作中，充斥着一些无可稽考的娱乐八卦。严家炎说：“我还看到过一个材料，说七十年代初，越南国会议员们吵架，一个骂对方‘是搞阴谋诡计的左冷禅’，对方会骂说：‘你才是虚伪阴狠的岳不群。’可见连《笑傲江湖》里这些人物在当时的越南也几乎到了人所共知的地步。”为了抬举金庸，严家炎竟然不顾文学常识，肆意贬低五四文学革命，甚至哗众取宠地宣称：“在思想的深刻、独到方面，金庸小说不亚于一些新文学大师的作品。”

与此同时，一些喜欢金庸小说的读者，也在为提高金庸武侠小说的地位和影响力费神操心。他们在“授予金庸诺贝尔文学奖的倡议书”中，急切地呼吁：“金先生获奖，可以增进中国和世界的交流，更可以增进世界各国人民对中国文化的了解……诺贝尔奖是有国际影响的大奖，授予金先生文学奖，他是当之无愧的。先生得奖，将极大地振奋民族精神，对中华民族的繁荣昌盛起到正面作用，同时也会多一些好人，世界多一些和平。”金庸先生驾鹤西归之后，一些读者再一次愤愤不平地发表感叹：“抛开民族和国家，一个写出了在几十年里感动了全世界几亿人的不朽作品的文学巨匠，难道还没有资格拿到一个诺贝尔文学奖吗？就因为诺奖评委都是老外，不懂中文，理解不了中华文化的博大精深，get不到金庸先生作品的强大艺术感染力和深厚文化底蕴，就不认可不入围。那这诺奖还算是全世界不分民族不分国家，不分语言不分文化的全球性文学大奖吗？是不是已经矮化成拉丁字母世界的文学奖了呢……金庸先生去了，世界欠金庸先生一个诺贝尔文学奖。”金迷们的一片好心和苦心固然可以理解，但诸如此类的理由，可说是一种天真幼稚的笑话。这种越俎代庖的一厢情愿的呼吁，同样属于强行让金庸上“花轿”的颟顸之举。

我不知道，世界上有哪一个国家的学者会这样浮躁，把无聊当成有趣，把严谨的学术研究当作旅店拉客，使之蜕变成明星见面会一样狂热的追星活动。如此不可思议的热闹场面，与其说是在谈金庸小说对文学的“革命”，倒不如说是在利用金庸的小说和名气糟蹋文学，敲锣打鼓地公开“革”文学的“命”。在将金庸推向神坛的过程中，众多学者对金庸的神话可说是登峰造极，一片聒噪之声。许多学者不断矮化，蜕变成了金庸的忠实粉丝和头脑发热的追星族。在一些学术研讨会上，他们对金庸崇拜得五体投地，不是一心想着真正的学术研讨，而是忙于抢着请金庸签名，失去理智地飙捧金庸。王一川说：“金庸武侠小说标志着中国现代大众通俗小说已经达到了一个前所未有的难以企及的高峰，并且从整个现代文学史的宽广视野来看，金庸的成就也毫不逊色：这座大众通俗小说的高峰本身同时也就是整个中国现代性文学的令人仰止的高峰之一。”陈墨说：“只有金庸的小说，不仅通古，而且通今；不仅通俗，而且通雅；不仅不重复别人，而且不重复自己，从而创造出武侠小说世界的艺术高峰，而且这艺术高峰明显地突破了武侠小说的类型界限，可以在更广阔的天地中，在更高的水准上与20世纪中国小说家一较短长。”“金庸小说的叙事艺术成就及其惊人的读者群，业已形成了20世纪中国文学史中一种不可忽视的独特风景。”陈世骧说：“（金庸小说）可与元剧之异军突起相比。既表天才，亦关世运。所不同者今世犹只见一人而已。”李陀说：“金庸不只是‘新派武侠小说’的一个开创者，而且是一个久已终（中）断的伟大写作传统的继承者。”冯其庸说：“金庸是当代第一流的小说大家。他的出现，是中国小说史上的奇峰突起；他的作品，将永远是我们民族的一份精神财富。”张五常说：“查先生（金庸）的文字，当世无出其右！”严家炎说：“金庸小说的出现，标志着运用中国新文学和西方近代文学经验来改造通俗文学的努力获得了巨大的成功。如果说‘五四’文学革命是小说由受人轻视的‘闲书’而登上文学的神圣殿堂，那么，金庸的艺术实践又使近代武侠小说第一次进入文学的圣殿。这是另一场革命，是一场静悄悄地进行着的革命，金庸小说作为20世纪中华文化的一个奇迹，自当成为文学史上光彩的篇章。”“我个人认为，金庸恐怕已超越了大仲马。他在文学史上的实际地位，应该介乎大仲马与雨果之间。”刘再复说：“在政治权威侵蚀独立人格，意识形态教条干预写作自由的年代，金庸的写作本身就是文学自由精神的希望；他对现代白话文和武侠小说都做出了出色的贡献。金庸的杰出成就使他在20世纪文学史上享有崇高的地位。”面对一浪高过一浪的浮夸，金庸先生却并不买账，他一针见血地说：“满场都是好话，听着是很开心，但意义就失去了。”数十年过去了，这些“金学家”的研究，除了总是流于自说自话的喋喋不休之外，从来就没有得到学界真正的认可。文学史教科书也非常审慎，对“金学家”们这种华而不实、激情冲动的赞美几乎从不采纳。

值得深思的是，这种令人肉麻的“满场好话”，在当代文坛，尤其是在众多作家的作品研讨会上，早已成了家常便饭。文学批评家们对当红作家进行毫无底线的吹捧，从来就没有脸红过。在学术生态雾霾重重的今天，研究金庸如何被学界神话，对于我们铲除学界的凌空蹈虚和“浮夸风”，可说具有巨大的标本意义。“板凳要坐十年冷，文章不写半句空。”不甘寂寞的“金学家”们浮躁的“金学”研究，可说是当今某些学者不甘寂寞、急于求成的集体写照。令人欣喜的是，我们看到，当“金学家”们的聒噪之声甚嚣尘上，犹如洪水猛兽的时候，学界许多有识之士以其难得的勇气，对这种凑热闹、一窝蜂和偏激轻率的学风进行了有力的抨击。曾庆瑞和赵遐秋在《金庸小说真的是“另一场文学革命”吗？——与严家炎先生商榷》一文中指出，严家炎立论轻率。严家炎先生自己可以说金庸小说是“另一场文学革命”，却不能让别人不反对和批评这种说法。严家炎先生个人可以欣赏金庸武侠小说的阅读现象，却不能以著名文学评论家的口气和笔调，夸大这种阅读现象，神话这种阅读现象，乃至炒作式地宣扬这种阅读现象。严家炎在接受记者采访，谈到金庸时说：“伏尔泰说：‘我虽然不同意你的意见，但我誓死维护你发表意见的权利！’这才是真正的君子之风度，是文艺批评工作者应具备的素质。”遗憾的是，一旦遇到别人的质疑和批评时，严家炎的这种“君子之风度”却不知消失到哪里去了。

“大闹一场”的金庸，已经悄然远去。一度扰攘不休，从国内到国际，高烧发热，花里胡哨的“金学”研究，除了无休无止肉麻的吹捧，最终留下一地鸡毛之外，究竟取得了什么真正实质性的学术成果？如今，曾经热热闹闹的各种金庸学术研讨会和金庸研究，早已是一派“枯藤老树昏鸦”，日薄西山的萧瑟景象。难得的是，金庸先生在生前对那些名不副实的无聊吹捧，始终保持着清醒的头脑，他深深地知道，他的小说并非什么“十全大补”，更不是满足某些人民族虚荣心的“大力神丸”。“金学家”们不顾金庸先生的意愿，非要大搞“拉郎配”，生拉活扯地将金庸先生抬上他们事先准备好的“花轿”，将其飙捧为文学大师，这既是对金庸先生极大的不尊重，更是对学术研究的严重亵渎。

放过金庸先生，让他老人家好好安息，这才是我们对金庸这位文化老人最好的怀念。

令人忧虑的“贾平凹研究”

自从孙见喜的造神之作《贾平凹之谜》被天花乱坠地捣鼓出来，并尝到甜头之后，孙见喜专业制作的“贾平凹系列”产品便不断问世。某些学者在孙见喜一部又一部“贾平凹研究”专著的启发和鼓舞之下，集体发力，各自发挥想象，不断大胆创新，于是，对贾平凹作品的赞美一浪高过一浪，不断传出“佳音”。在这些研究者的飙捧之下，贾平凹简直就是传说中的真龙天子再世，文曲星下凡。贾平凹的作品，不是被吹捧为当代的《红楼梦》，就是被夸大为打败了马尔克斯，甚至超越生命的哲学思考。以下这段话，出自传记《作家贾平凹》：

> 贾平凹是当代文坛上为数不多的被称为天才的作家。他对艺术和文学创作有着极高的悟性，凭借着自身特殊的超出常人的认识和思维方式，从普罗大众司空见惯的生活场景中，感悟出生活的规律，文化的传承，历史的变迁。他用手中的钢笔，将它们拔高、浸染、清漂，让每个符号都具有了审美的意味，将它们重新排列，形成结构的最优化，建构起属于贾平凹的艺术和文本世界。在那里，有着五彩斑斓的新事物，诡辩新奇的场景，形成一滴滴琼浆，滋润着人们涸的心田。

该书作者在后记中写道：“说实在的，我读贾老师的书，是从《废都》开始的。在《废都》被禁的风头上，我把《废都》看完了，可以说是废寝忘食，并且常常掩卷而思。从此，我喜欢上了贾老师，常常找贾老师的书来看，甚至当代作家的作品，我只看贾老师的。”如果仅仅是一位普通的读者，这样的偏好倒也无可厚非，但作为一个文学研究者来说，这样偏激的思维方式却是匪夷所思的。这位名叫储子淮的作者，是贾平凹的第一位博士研究生。储子淮说：“我有幸成为他的第一位研究生。在文学和建筑方面，他常有看似不经意，却又很独到的见解，他给我的结课论文打分，为我的学位论文选题定调……”

据笔者所知，贾平凹还曾经担任过西北大学教授。该校网站的网页明确显示：“贾平凹老师一直担任我校教授，经常参加我校文学活动，为我校成立的中国散文研究所揭牌，为我校设立的文学奖颁奖，为中国散文学会在我校建立创作基地揭牌，为陕西省作家网在我校开通揭幕，近年更向社会力荐我校同学的文学作品，深受同学们的尊敬与爱戴。”至于贾平凹究竟有什么学术专长和研究成果，该网页上却语焉不详。而从这些介绍中可以看出，贾平凹在西北大学从事的，并不是什么真正的学术活动，而主要是一些为该校喷香水、抹金粉似的社会活动。揭个牌，推荐一下学生的作品，与真正的学术活动可说是风马牛不相及，西北大学为什么要如此浪费学术资源，给并无多少学术专长的贾平凹加冕一个教授的头衔，干一些驴唇不对马嘴的事呢？

不仅如此，其他的大学也在争先恐后地向“百忙”中的贾平凹大送橄榄枝。储子淮说：“贾平凹虽然很忙，但自当西建大文学院院长以来，只要建大和文学院有重大事情和活动，他都尽量参加，他还给中文系学生讲授过‘关于文学语言’和‘沈从文的文学创作’等课程。他备课讲课都很认真，板书更是工整美观。”这位贾平凹的博士生对导师的评价，反过来倒很像是老师对小学生操行的评价。“备课认真”作为对老师最基本的要求，这也值得一个博士生拿来夸耀自己的导师？一个人脸长得不好，却夸他腿长得好看，我不知道这究竟算不算得上是贾平凹的“学术成就”？

据我所知，贾平凹虽然从事写作数十年，但从未有过什么学术成果，其坦诚评价自己：口拙，不会说话。那么，作为硕导和博导的贾平凹教授，究竟怎样来“导”他的那些学生呢？是手把手，并且现身说法地告诉他们，庄之蝶与他身边的那些女人怎样颠鸾倒凤，还是实话实说地告诉他们，《废都》里那些“□□□□□”与文学究竟有着多大的关系？很久以来，贾平凹究竟培养了什么样的高足，他们取得了什么样的学术成果，我们一无所知。最近，我终于有幸买到了一本叫《作为语言的建筑》的“学术专著”，该书的第一作者是贾平凹的博士生史雷鸣，其次是贾平凹和韩鲁华。这本书对于建筑和文化貌似“高大上”的研究，堪称中国的“当代屠龙术”，就像研究月宫里的嫦娥和吴刚究竟是夫妻，还是恋人关系一样，根本就没有意义。在贾平凹和韩鲁华的悉心指导下，史雷鸣说：“在本书中，我尝试为语言建立一个统一的坐标和维度表达公式：S+T+N=L（3.1）。其中L=语言的总的维度，S=空间维度（1≤S≤3），T=时间维度（0或者1），N=五种基础感官加文字语言公共符号（1≤N≤6）。”接下来，作者还煞有介事地宣称：“我们可以使用这个公式测量所有语言的表达的总维度和表达能力，并且因此而拆分各种语言，测量评估不同语言的内在结构的相通和不同之处，甚至可以由此研究不同的艺术和语言之间的谱系关系。”在这本学术专著中，贾平凹和史雷鸣、韩鲁华合作，共同研究起了《废都》中“求缺屋”的建筑文学混合表达与接受的关系：“在贾平凹最著名也最具争议的代表作《废都》中，主人公庄之蝶借来的一间房子，成为他和知识分子（艺术家）以及朋友们聚会的沙龙，也成为后来他和女主人公偷情约会的密室。这间房子成了他的精神后花园，和秘密的情感世界的主要承载，他给这间屋子命名曰‘求缺屋’。这座建筑平凡的房间，因为这个命名，才完整。这间房子和它的名字，共同构成了屋子的整体。也就是说，在中国的中文文化语境中（笔者按，“中国的中文文化”本身就是一个让人摸头不知脑的奇怪说法），裸房是不完整的。裸房仅仅是A，文学化的名字是B，它们合二为一，成为C，而从精神情感上，C却指向了另一个观念D。”

贾平凹虽然是该书的第二作者，但我敢说，即便是贾平凹教授自己，也未必知道这些忽悠人的符号和公式，究竟与学术研究有着什么必然的关系。如果不是亲眼看到这本白纸黑字的“建筑文化”

和“符号学”专著，笔者很可能会认为，这是贾平凹与风水先生在进行“堪舆”。照贾平凹这样的方法来指导撰写论文，吴承恩要是活在这样写而优则“导”的今天，肯定也会成为一名炙手可热的博士生导师。以吴承恩的名气和才华，许多大学无疑都会争先恐后地为其建立“吴承恩文学馆”，加封其为文学院院长，为某些建筑大学开设“高老庄的地理及其生态环境与猪八戒的情欲关系”“龙宫的建筑形态与天宫的结构模式”“女儿国的居住优势及其水环境和幸福指数的关系”“花果山乡村建设及其农家乐与猴子的和谐关系”等博士生课程。吴承恩还可以从嫦娥奔月讲到我国最早的航天文学，以及嫦娥和吴刚在太空中的情感生活，乃至为何“丁克”这样一些耐人寻味的话题。更令人百思不得其解的是，贾平凹指导的博士，研究的却是自己的小说。

在孙见喜和储子淮的贾平凹传记中，都出现过同样一幅照片：著作等身的贾平凹，乐不可支地坐在自己的作品旁边，脸上露出了藏不住的笑容。数十年来，著作等身的照片，我曾看到过两张，一张是贾平凹的，另一张则是当年一位“辞典大王”的。而那位“辞典大王”的专著，不久就被证明大多是抄袭的。面对贾平凹这样一副笑容可掬，试看天下谁能敌的照片，我想，如果谁要是为鲁迅和钱锺书先生拍出这样的照片，恐怕早就被他们骂得狗血淋头。

迄今为止，研究贾平凹的各种学术论文和专著，可说是汗牛充栋，多如牛毛。而这些文章，大都是大同小异、人云亦云、顶礼膜拜式的写作。许多名不副实的评价，常常令人浑身起鸡皮疙瘩。在贾平凹研究界，韩鲁华是继孙见喜之后深受贾平凹“器重”的又一位文坛“钉子户”，其连篇累牍的一系列文章和专著，梁山弟兄只讲哥们儿义气似的贾平凹研究，对中国文坛的贾平凹神话无疑起到了推波助澜的作用。有学者称韩鲁华的《精神的映象——贾平凹文学创作论》是其所见过的已出版的贾平凹研究论著中写得“最富创见最有理论深度的一本，他将贾平凹研究提升到了一个新的水准，新的高度”。

我们看到，几乎贾平凹的任何一本小说出版，韩鲁华都会在第一时间习惯性地大声鼓掌，并且将其推向新的高度。且看在与贾平凹的对话中，韩鲁华肉麻的吹捧是怎样逐步升级的：

我很喜欢《秦腔》的起句，觉得这句话写得非常精彩："要我说，我最喜欢的女人还是白雪。"这句话有《百年孤独》等作品的气势。

但越反复读你的作品，尤其是小说，我就越坚定自己的看法，我甚至认为在评论界，没有几个人真正读懂你与你的文学艺术创造。(笔者按：中国的文学评论家们都没有几个能够读懂，可见韩鲁华非同一般的鉴赏能力。如此良好的自我感觉，就像是老鼠跳在秤盘上——自己称自己。)

我在《秦腔》中，真正感觉到了《红楼梦》的某种艺术内质。

好久没有读到激动人心的好作品了，《高兴》就是我们期待的好小说，每天一干完个人的事情就去读，好作品、好作家让我们知道这些人在关注现实，关注生存状态，又让我们看到下层人的追求和想象。

在阅读《高兴》的过程中，我有一种强烈的感受，我联想到老舍先生的《骆驼祥子》。

我还注意到，《高兴》非常特殊的一点，就是对人物文化精神、心理感情的描写和剖示。

我也很认真地看了你的后记，我说你的后记，从《秦腔》的后记，到《古炉》的后记，简直是一绝！

我认为截至目前，从语言这个角度讲，你在全国是独一无二的，没有第二个人……

近日沉浸于《古炉》之中，思绪繁复。基本判断：这是大陆写“文革”最独到、最蕴厚、最辟里、最人性、最具人类意识的作品。当与世界名著比肩！

你的长篇小说《古炉》复印稿，我看完了第一遍，现在看第二遍。看完之后感觉非常好，阅读激动之情超过了《秦腔》。我首先对你完成这样一部蕴含着一种旷古之音的通着人类的某种隧道的大作表示祝贺！

我觉得一个伟大的作家他总是在不断地思考、不断地超越自己。读了《古炉》之后，我的确有这种感觉……在阅读《古炉》的时候，我是把手头能够找到的获得诺贝尔文学奖的作品，放在一块进行阅读的，包括米兰·昆德拉的《不能承受的生命之轻》、福克纳的《喧哗与骚动》、马尔克斯的《百年孤独》、奥尔罕·帕慕克的《我的名字叫红》，后来又找到格拉斯的《铁皮鼓》，等等。读了以后确实是非常震惊，感觉《古炉》和这些作品之间有着相同的东西。所以，我是怀着这种激动而又钦佩的心情来读这个作品的。这的确是我读你所有作品中最激动的一次。而且我得出的结论是，就我所了解的世界文学来讲，这是一部最起码可以和世界文学这些名作相媲美的作品。

现在一写这个题材就非常特异地整出了一个大作品。在表现这一段历史上，我觉得可能这个作品会引起人们的惊奇甚至震撼。

韩鲁华对贾平凹的评价，就像迅速飙升的房价，高得实在是太离谱了！据笔者所知，《穿过云层都是阳光——贾平凹韩鲁华对话》，是贾平凹与韩鲁华合作出版的第二部书。这两位博士生导师，别的不说，就连基本的汉语知识和逻辑知识都不懂，却在那里“侃侃而谈”。这里我们不妨来看看二人在该书中的一段对话：

> （贾平凹）一方面，你写东西时，在于搭配虚词、助词，还有标点符号。中国的那些字，就靠虚、助词在那搭配，它能调解情绪、表达情绪。这也就有了节奏。再一个就是语言要有一种质感，状词、副词、形容词用得特别多，不一定是好语言。

我真不理解，写了一辈子文章，并且贵为大学博导的贾平凹和韩鲁华，居然会闹出这种低级的笑话。在汉语里，虚词与助词是包含与被包含关系，并非并列关系，不能并列使用。汉语里只有状语，根本就没有“状词”这样的说法。长期以来，贾平凹的作品之所以疙疙瘩瘩，病句连连，正是因为其不懂中文语法，根基太浅。而韩鲁华连这样一望便知的错误都看不出来，我绝不会相信，其对文学的领悟能力和学术水平还能高到哪里去。

根据我对当代文坛的观察，某些“贾平凹研究”者，已经陷入了一种可怕的泥淖和诡异的怪圈。他们视贾平凹为“大神”，对其一跪三拜，膜拜有加。在他们看来，“文学大师”贾平凹通体完美，浑身金光。凡是对贾平凹的作品进行批评，都会被他们认定为大炮轰蚊子，小题大做，居心不良。这其中，尤以备受孙见喜推崇的贾平凹研究“新秀”孙新峰为代表。孙新峰在《贾平凹及其文学的文化意义探新》一开篇，就抑制不住内心的激动，激情澎湃地赞美贾平凹是中国文坛的“!”，也是中国文艺文化界巨大的“?”。在其眼里，贾平凹不仅是一座在中国文坛巍然矗立的艺术山岳，而且是当空的皓月，光华万丈。贾平凹集文坛奇才、鬼才、怪才和天才于一身。贾平凹是中国难得的良心，其作品就是当今中国社会发展的《清明上河图》。

在孙新峰的这部“贾学”专著中，聚集了贾平凹的粉丝和亲友团对贾平凹作品罕见的飙捧和集体大合唱。肖云儒说：“贾平凹的出现，是中国当代文学的一个奇迹。”魏明伦说：“他是大鬼，我是小鬼。”孔明说：“山上的雾，越接近越不神秘，我们眼中的贾平凹，越接近越觉得他是一个谜。”方英文说：“在我们面前横着一个伟大的小个子，他就是贾平凹。贾平凹是一个天才作家，这一点是大家公认的。”赖大仁说：“在中国当代文坛上，贾平凹及其创作无疑是一道独特的景观，甚至是一种颇为特异的现象，有人将此称之为贾平凹现象。”值得注意的是，孙新峰书中许多赞美之词，都出自孙见喜的贾平凹传记，属于老调重弹。这位“贾平凹研究”新秀，跟着师傅一开始就学走了样。

对于孙见喜的写作初衷，贾平凹的好友健涛说：“有人分析说，孙见喜在文学创作上没有显示出什么独特的才能，作为出版社编辑，工作是十分出色的，要是专门搞创作，恐怕不会如这样一门心思写贾平凹名气大。从全国来讲，孙见喜作为研究贾平凹的权威评论家，是很少有人能与其相比的。”将孙见喜那些用小说笔法写成的贾平凹传记的材料作为引证，这本身就说明孙新峰的学术态度令人生疑。孙新峰在得到孙见喜的热捧之后，感恩戴德地称孙见喜为“商洛作家群”的总设计师，并感谢这位全国著名贾平凹研究专家对其多年的热情扶持，感谢韩鲁华先生对其研究工作的指导，感谢贾平凹先生的爱女、孙新峰的研究生同窗贾浅浅老师的友情协助。

对于西方的文学批评家来说，研究者与被研究者具有如此千丝万缕的关系，简直是不可想象的。以孙新峰如此的“师承”和与贾浅浅的同窗关系，我们很难相信，孙新峰对贾平凹的评价会真正做到客观公正。孙新峰关于贾平凹是文学创作奇才、鬼才、怪才和天才的结论，并非自己独立研究得出的确证，而是来自孙见喜对读者的瞎忽悠。孙新峰对贾平凹崇拜至极，其偏激的思维方式根本就不适合从事客观、理性的学术研究。孙新峰听不得对贾平凹一丝半点的批评意见，其匪夷所思的做法，不禁让人想起鲁莽的李逵手中的板斧。他首先拿敢于直言批评贾平凹写作病象的李建军开刀，对李建军的文学批评罗织出了骇人听闻、罄竹难书的滔天大罪，扣上了一顶顶六月飞雪的大帽子：

一、在貌似敢于直言的名义下，李建军使用“文革”时的红卫兵语言，大搞文字恐怖主义，只能是哗众取宠，根本无益于当下中国文学批评的建设！

二、人们有理由认为，李建军博士的批评，只是当前建设性文学评论中的一股逆流，是一种反文化意义上的批评，如此学风对文学事业的健康发展只能造成混乱和破坏！

三、有人说李建军是唯我独尊，更准确些说是老子天下第一！

四、从他的批评文章和日常性讲座中，我们可以看到他对西方话语体系的依赖已经到了软弱无骨的地步，甚至可以说用走火入魔来形容。

五、李建军博士这种批评实际上是一种反文化批评现象。这种反文化批评的出现不是偶然的。一方面与西方文化思潮对中国的全面侵入有关，另一方面也与其“依附型人格”崇洋媚外的思想有关。

六、李建军是以一个“文学投机者”的身份登上文坛的。

七、李建军善于“伪装”自己，从他的报告和语言中，我们可以发现，他的长处在于很有煽动性和鼓动性，善于背诵外国人的语录，掉洋书袋，往往能够迷惑一些青年学生。

照这样的罪状看来，李建军简直就是里通外国、伪装潜伏的文化特务。正常的学术批评，何以会如此惹怒孙新峰？这背后的原因，值得学界深思。在罗织了如此之多的罪状之后，孙新峰就像孙二娘耍横、顾大嫂撒泼一样，破口大骂：“有人问贾平凹：你怎么就不倒下呢？你还想把李建军博士折磨到什么时候？你还要叫大博士吃多少垃圾和粪便？”如此下作肮脏的文字，居然堂而皇之地出现在“贾平凹研究”中，我不知道，这种有违学术公德，大肆发泄私情的龌龊文字是怎样公开出版，并且作为学术成果获得学术专项经费资助的。这种文品低劣、不负责任、捕风捉影、道听途说的书，让我们清楚地看到，当今学界的“贾平凹研究”已经演变成一幕幕荒唐的闹剧。

更为不可思议的是，在孙新峰的“贾平凹研究”专著中，居然出现了这样八竿子都打不着的文字：“我的6岁多女儿孙肖钰，聪明伶俐，在数学和绘画方面有天赋，她有一个以‘写作’为职业的爸爸……”孙新峰的女儿再聪明伶俐，哪怕是个神童，这与“贾平凹研究”又有几毛钱的关系？借“贾平凹研究”为名，大塞私货，为自己做点小广告，或者朋友之间进行友情吹捧，已经在“贾平凹研究”中呈现出一种上升趋势。但孙新峰的“贾平凹研究”，却如其所说：“在我学术历程的第二阶段，首先感谢我的学术研究对象——著名作家贾平凹先生一贯对我研究工作的大力支持。”为此，我想请教贾平凹的是，你一贯大力支持孙新峰的“研究”，如果你对孙新峰给李建军乱扣帽子、对其破口骂街视而不见，那就说明你支持得蹊跷；如果你连孙新峰究竟“研究”些什么都不清楚，就盲目支持，那就说明你一贯的支持是不负责任的。

事实上，贾平凹从创作之初到如今的大红大紫，其名实不副的巨大声誉，很大程度上得益于孙见喜、韩鲁华以及孙新峰这样一些铁杆粉丝的热捧和新闻媒体的轮番炒作。在他们的心中，贾平凹就是神，谁也不能在太岁头上动土，但纸始终是包不住火的。贾平凹的创作病象正在日益暴露出来，并且受到越来越多学者的批评。其中，《贾平凹创作问题批判》专著的出版，可说是中国的学术界披荆斩棘的非常可喜的研究成果。

从古今中外的文学史来看，贾平凹并非什么早熟，更非所谓的文学天才和鬼才。我们知道，真正的文学天才如王勃，六岁就能作文，十四岁就写出了千古流传的《滕王阁序》。而贾平凹发表处女作《一双袜子》时，已经年满二十一岁，并且是与人合作。从这篇平庸的小说中，非但看不到贾平凹的文学才华，反而暴露出其幼稚和可笑。在小说中，贾平凹将雷锋的袜子写成打着五颜六色的补丁，居然有半斤重。试想，这样厚的袜子怎么穿得进鞋？由于缺乏生活常识和文学性，贾平凹早期的作品，如《兵娃》《荷花塘》《参观之前》《闹钟》等，从来就不被提起。而即便是其获得过全国短篇小说大奖，名噪一时的《满月儿》，随着岁月的流逝，也早已被时间打败。

像孙见喜、王新民、韩鲁华、穆涛、健涛、孙新峰、郃科祥、鲁风这样一些所谓的“贾平凹研究”专家，几乎都是在文学上没有多少感悟能力，在学术上谈不上有多深造诣的“文字从业人员”，但国内许多“贾学”专著和传记，乃至贾平凹“八卦”，都是出自他们之手。这些“贾平凹研究者”的学术水平之低，简直是不可想象。他们的文章，常常是“近亲繁殖”，互相转抄和引用，彼此赞美和飙捧，甚至闹出了许多五花八门的笑话。孙新峰明明想夸奖费秉勋做事认真，巨细无遗，却说其“锱铢必较”。如此褒贬不分，与其说是赞美，倒不如说是在讥讽费秉勋。在健涛的《告诉你一个真实的贾平凹》中，贾平凹自称：“此情难却，那就破例看了你的书稿。”但经由贾平凹审阅过的这本所谓“真实的贾平凹”，在许多细节上却仍然大量失真。更为可笑的是，孙新峰搞不清著名文学评论家孙绍振和贺绍俊，干脆就稀里糊涂，“二合一”自我发明，想当然地写成“贺绍振”。一个大学中文系副教授，连起码的文学常识都没有，甚至连基本的汉语成语都搞不清，却能获得贾平凹一贯的大力支持，这其中究竟有何奥妙，恐怕只有孙新峰和贾平凹最清楚。

“纪实文学”何以越写越离谱

健涛先生的《如此“不实”的贾平凹“纪实文学”》，以贾平凹传记亲历者的身份，对自称为“当世为贾平凹立传第一人”的孙见喜的“纪实文学”进行了无情的揭露。但笔者对健涛先生只知其一，不知其二的并不客观的观点实在不敢苟同。孙见喜在其诸多的贾平凹传记中大量胡编乱造，随意拼凑，自我抄袭，将贾平凹推向神坛，这种拙劣的文风早已是有目共睹的事实。但健涛先生在文中极力为贾平凹先生辩护，试图撇清贾平凹与孙见喜和丹萌传记的关系，这种罔顾事实的说法却是根本就站不住脚的。

健涛先生在文中说，岂不知这些关于贾平凹的纪实文学（主要指孙见喜和丹萌撰写的贾平凹传记），贾平凹本人就很反感，曾多次公开言明写他的书和文章，他“一律不看，文责自负”。健涛先生这段话的依据是丹萌在《贾平凹透视》一书封底上引用的一段他与贾平凹的对话。但该段文字中贾平凹说的并非“一律不看”，而是“一般都不看”。经健涛先生如此巧妙地偷换概念，在不知内情的读者看来，即便是孙见喜和丹萌“用写小说的手法在写纪实的东西，虚构和想象超出了必要的底线”，这一切也与贾平凹没有丝毫关系。因为“一律不看”，贾平凹根本就不知道孙见喜和丹萌在其传记中存在着这种欺骗读者的行为。在贾平凹研究已经成为“显学”的今天，贾平凹即便是想要去看那些汗牛充栋的贾平凹研究专著和传记，以及各种学术期刊上发表的贾平凹研究论文，恐怕也未必就有那么多的时间和精力。但说贾平凹一律不看，甚至很反感孙见喜和丹萌的“贾平凹传记”，我以为，这同样是一种想当然的说法。笔者所知的事实却是，贾平凹对那些描写自己的传记不但丝毫都不反感，还非常赞同，甚至是欣赏有加。当丹萌对是否写《贾平凹透视》一书表示犹豫，担心有人指责自己是靠贾平凹吃饭，从而名声受损时，贾平凹对丹萌却表现出了一种非同寻常的热情。贾平凹为丹萌打气说："要说写吧，咋不写呢？可以写，由你去写。写什么和怎么写是你和出版社的事。从我的角度，当然对你和出版社表示感谢！"而健涛先生在文中指出的关于贾平凹在镇安县的采风总共写了将近九千字，其中前边六千多字写了贾平凹与何丹萌独自去深山野岭，时间长达五天四夜。"瘦小娘子"唱山歌、逛"鬼洞"和"玉皇炉"、黑夜里迷了路宿在一座残败凄凉的破庙、发现墙上有"抗日必胜"标语和"五百三十八年"前题于"景泰三年"字样的壁画等耸人听闻的造假描写，并非始自健涛先生所说的《贾平凹前传》第一卷第十四章的《商州逛山》。这些捕风捉影、子虚乌有的杜撰，事实上早在孙见喜对贾平凹进行神话的滥觞之作《贾平凹之谜》一书中就已经赫然出现了。该书出版于1991年2月，同年8月第二次印刷。也就是说，这是孙见喜在贾平凹传记中想当然地大量杜撰，对读者进行忽悠的初战告捷，同时也是孙见喜在传记中制假造假的甜蜜幸福之旅。它使孙见喜在搭乘贾平凹这个名作家的顺风车时，获得了意想不到的名声和经济上的实惠。而十年之后孙见喜大炒冷饭，捣鼓出版的三卷本《贾平凹前传》，可以说是孙见喜在中国文坛上大肆神话贾平凹的登峰造极之作。

健涛先生在文中爆料说，早在20多年前，贾平凹前妻韩俊芳就对他讲过，见喜一进门她就赶紧把平凹书房门锁上，得像防"贼"一样防着他，不然他进去了看见啥都往本本上记。贾平凹也曾对他讲过，孙见喜"看见啥就往本本上抄，凭着只言片语就弄出一大堆来。我啥话都不敢给他说，他啥也不知道，写出来出了问题还要我负责。我弄得里外都不是人，被动得很"。对于健涛先生的说法，笔者同样持怀疑态度。人们常说，物以类聚，人以群分。如果贾平凹先生和其前妻早就已经觉察到孙见喜在写作上是一个不靠谱的人，把自己搞得"被动得很"，在长达数十年的交往中，贾平凹何以还要在中国文坛上长期与孙见喜形影不离，甚至到处赞美孙见喜呢？贾平凹曾公开坦言："孙见喜与我交往时间最长，争吵最多，友谊也最深。我们虽都不是宗教徒，但在文学的交流和辩论中有宗教的味道。”我以为，健涛先生为了维护贾平凹的声誉，蓄意偏袒贾平凹，轻易就断定贾平凹没有看过孙见喜和丹萌的贾平凹传记，这样的说法是极不尊重事实的。在孙见喜100多万字的三卷本造神之作《贾平凹前传》研讨会上，贾平凹信誓旦旦、赞不绝口地说：“孙见喜是一个做事十分认真的人，他的这部书分别以短文发表时，我差不多都看过。大的事件，凡是他写到的，都是他曾经参与过。小的描写，又全是他平日的观察积累。他是有独立的人格和见解，又有着以自己的创作所得的体会来分析理解我而准确表达的职业道德和职业水平。”从贾平凹的这段书面讲话中我们可以看出，贾平凹对孙见喜捕风捉影的《贾平凹前传》一书，是赞赏有加的。贾平凹甚至充满着无比的感激之情。正因如此，贾平凹才投桃报李地对参加《贾平凹前传》研讨会的专家学者们大肆赞赏孙见喜，说：“孙见喜是一个有着独立精神的人，一个有着高品位审美层次的文人。他善良又充满趣味，生活道路曲折而坚韧不拔。是有着丰富想象力和给文字赋予活力的作家，又是思维开放、知识面广博，有着非常理性的批评家。”“他来写我，对我来说是幸运，对他来说是冒险。”“孙见喜与我是同年代的人，同乡，同样搞文学创作，他又是陕西作家中最关注理论，最能关注国内外一切文学动态的，这是他写这部书的极有利条件。我是一个还很普通的作家，他写我并不是要拔高我，无原则地吹嘘我，尤其写到一定程度后，他的这种意识越来越明确，就是重笔写新时期文学的大背景、大脉络，而大背景大脉络下的我已不完全是我，却是以我来折射这一文学时期的社会状态、文学状态。这部书，可以说是中国新时期文学过程的大记录。”

让人百思不得其解的是，明明贾平凹都亲口承认孙见喜的《贾平凹前传》中的诸多章节他是看过的，而健涛先生为什么要颠倒事实，将责任全部推给孙见喜呢？倘若贾平凹先生像健涛所说的那样，早就对孙见喜颇有微词，作为一个中国文坛上大红大紫的著名作家，贾平凹为什么要违背自己的良心，与有所警惕的孙见喜过从甚密，甚至到处夸奖，为孙见喜评功摆好呢？在我看来，如果贾平凹先生已经在《贾平凹前传》出版之前“差不多都看过”，并且欣然出席该书的出版研讨会，这就说明，书中的内容已经得到了贾平凹的首肯。健涛先生所说的贾平凹对这些书“一律不看”就是一种为尊者讳的极不负责任的说法。贾平凹先生在对待孙见喜的虚假传记这一问题上的信口开河，同样是极不负责任的。孙见喜在书中吹捧贾平凹是“鬼才出世”“神游人间”。面对书中如此之多的胡编乱造，对其大肆神话的描写，贾平凹先生在阅读之后不但没有建议孙见喜不要出版，或者让其进行认真的修改，反而胡乱地忽悠读者，对其大加赞赏。这说明，孙见喜之所以能够将胡编乱造进行到今天，并且能够成为中国文坛上首屈一指的贾平凹传记作家，这绝不是孙见喜一个人在战斗。书中那些犹如“大跃进”浮夸风一样的文字，也并不仅仅只是孙见喜一个人的错。吴王好剑客，百姓多创瘢；楚王好细腰，宫中多饿死。有喜欢坐轿的，才有众多抬轿的。正因为贾平凹从内心里喜欢孙见喜们对自己的神话，诸如孙见喜和丹萌这样的传记作家才应运而生，并且敢用写小说一样的虚构笔法，投贾平凹所好，将其吹捧上了天。

孙见喜在《危崖上的贾平凹》一书的后记中说：“我跟踪贾平凹的创作几十年，累是不必言的。从他的生性和创作实际来看中国当代文学，需要总结的东西实在是太多，常常有人问我，当初你研究贾平凹的时候才二十几岁，你丢下自己的创作投入一个尚未成大名的文学青年，你不觉得太冒险了吗？这问题问得好，却也叫我对我们的理论现状哭笑不得。我说我们的文学裁判师忙着光顾远处的枯树，却忽略了身边的白杨。”在孙见喜看来：“平凹是块碑，碑文篆隶真草，苍劲隽永，却是块悟不尽的无字碑。常人读平凹著作，容易走样，而寡淡，而偏拗，这只是误会。知音觅贾氏，能见真的高山流水，有苏东坡‘大江东去’，浪淘‘千古风流’的脉动；有绚烂之极归于平淡的意蕴；有‘花开半看，饮酒微醺’的幽玄……读深了，平凹就成为刻于心灵的兵马俑；夜冥里，会梦入古拙的《静虚村》，远远鲸汲一口油泼辣子的火香，品它饱含的一个淡泊人轰轰烈烈的情与爱。”从这段文字中我们可以看出，孙见喜对于贾平凹五体投地的崇拜和神话，早已经近乎练气功走火入魔。由于中国文坛某些只讲哥们儿义气的作家和学者对孙见喜不负责任的吹捧和怂恿，以致孙见喜误以为中国的读者都是阿斗，无论其怎样在书中胡编乱造，读者都会信以为真，对贾平凹崇拜得磕头烧香，五体投地。于是，我们才能够在“百度百科”的“孙见喜”这一词条中看到如此王婆卖瓜的文字：“作为当世为贾平凹立传的第一人，20多年来孙见喜不间断地关注贾平凹的文学创作与活动，并以纪实的笔法不断续写有关贾平凹的传记性作品；他对贾平凹的持续性研究，开辟了‘贾学’研究的新方向。出版的长篇纪实《贾平凹之谜》（1991）、《鬼才贾平凹（两部）》（1994）、《中国文坛大地震》（2000）、《贾平凹前传（三卷）》（2001）、《危崖上的贾平凹》（2008）等‘构成了一部包罗万象、纷纭复杂的文坛思潮史、文学观念史乃至社会文化史’。”正是因为这些鱼目混珠的宣传和接二连三炮制出来的诸多虚假之作，为孙见喜涂上了一层诱人的光彩，再加之贾平凹对孙见喜丧失理智的公开吹捧和欣赏备至，使无数不明真相的学者和读者误以为，孙见喜的的确确是一个具有深厚理论素养的治学严谨的纪实文学作家和贾平凹研究领域的权威。

贾平凹对孙见喜的高度肯定，无疑起到了一种误导读者的作用。于是我们看到，许多闭门造车的学者在撰写学术论文甚至出版贾平凹研究专著时，都是在大量参考和摘抄孙见喜的那些子虚乌有的贾平凹研究和纪实作品。难怪有贾平凹的粉丝在其出版的新书中写道：“孙见喜堪称领军人物。在为人做嫁衣裳的同时，孙见喜的贾平凹研究不断出成果。”“其中，《贾平凹前传》为贾平凹研究的集大成者。”“海内外从事贾平凹研究的专家学者也跟孙见喜要《贾平凹之谜》，他们很看重该书的资料性和文献性。”唯其如此，我敢说，市面上出版的那些贾平凹纪实作品和一些有关贾平凹研究的论文，都是值得怀疑、必须大打折扣的。从孙见喜早期的《贾平凹之谜》开始，我们看到，为了吊足读者的胃口，孙见喜甚至不惜采用地摊文学的方式来暴露贾平凹的隐私，挑逗和撩拨读者。如：“平凹欲伸手动她（贾平凹的前妻韩俊芳）却又不敢，自己把自己的双手藏到身后，腰却不由躬了下来；他低下头来，和她脸对了脸；他悄悄地用她的五官来丈量自己的五官，眼对眼、鼻对鼻、口对口……不由得，他长长地伸出了舌头。可是，该他舔的地方没有瞄准，她就从梦呓中苏醒了，第一句话是：‘闻你那气，快去漱口！’”在《危崖上的贾平凹》一书中，孙见喜又以贾平凹的好友和研究权威自居，大爆贾平凹与其前妻韩俊芳离婚的内幕，称贾平凹的前妻怀疑其“与人有染”，并借用友人的训示告诫贾平凹不该过早地暴露和夏女士的关系，这样离婚便有喜新厌旧之嫌，这有损先生道德形象。我不知道，贾平凹为什么会对孙见喜在书中大量暴露自己的隐私如此容忍？凭贾平凹的名气，哪有必要以如此的噱头来进行炒作？看来，这才是一个“贾学”研究中从未引起注意的真正的“贾平凹之谜”。

2013年，孙见喜在其新作《废都里的贾平凹》一书中，同样一如既往地在用小说笔法神话贾平凹。该书借他人之口吹捧贾平凹说：“人类文学史上自觉抛弃‘作家’神圣外衣的不多，屈原是一个，曹雪芹又是一个。今天我在《秦腔》中又见到了平凹。”“贾平凹无疑是当今中国作家中对汉语最具贡献的一个，就连对他的创作持反对意见的人也不得不承认他是个‘语言天才’。”如此不靠谱的吹捧，却被孙见喜作为证据来神话贾平凹。只要认真读一读贾平凹的文学作品，我们就可以知道，贾平凹不但不是所谓的“语言天才”，反而在其作品中，常常是连基本的语法，乃至中学生都能够掌握的结构助词“的、地、得”和时态助词“着、了、过”，都云里雾里，搞不清楚。即便是其入选中学语文教材的散文代表作《丑石》，也是病句迭出。遗憾的是，迄今为止，却鲜有文学批评家和有关专家学者对贾平凹语言的病象进行过批评。相反的是，由于受到文坛浮夸风和孙见喜们对贾平凹过度神话的影响，许多所谓的贾平凹研究成了梁山弟兄只讲义气的无聊吹捧。某作家坦言，其新近出版的《贾平凹纪事》就参考了孙见喜等人的有关资料。该作家在书中对贾平凹的神话，可说是青出于蓝而胜于蓝。如：“贾平凹成名之后，‘我的朋友贾平凹’几乎成了一句新成语，每个熟悉平凹的人，心里都有一个他自己的贾平凹。”在该作家的书中居然如此写道：“贾妈妈给了贾平凹生命，造就了一代文豪，文豪的作品滋养了一代又一代读者。如果没有贾妈妈，就不会有贾平凹，而没有贾平凹，中国的文坛乃至世界文坛将会少了一道风景。所以贾平凹妈妈的去世无疑也是文坛和读者的一大损失。”我真佩服这位贾平凹研究专家的逻辑推理能力，照此类推，贾平凹妈妈的妈妈的去世，也是文坛和读者的损失；贾平凹父亲和爷爷，以及爷爷的爷爷去世，无一不是中国文坛和世界文坛，以及全世界广大读者的损失。没有他们，都绝不会有贾平凹。这些传记作家以跪在地下的朝圣般的心态和荒唐的逻辑推理写出的“贾平凹纪实”作品，怎能不越写越离谱，越写越玄乎？

是“笑话”，还是“文学史”？

当今许多披着“文学史”外衣的书往往都不堪细读。例如，自称孔子73代直系传人的北大教授孔庆东所著的《国文国史三十年》，就被治学严谨的学者称为一部“满嘴跑火车的文学史”。而被某些作家飙捧为“先锋中的先锋、作家中的作家、编辑中的编辑”（《一个人的文学史》腰封）的程永新所著的《一个人的文学史》，尽管被书商们称为“中国第一部‘个人文学史’，‘文学史’的翻身解放，80后的‘文学补课教材’”（《一个人的文学史》腰封），但仔细拜读了该书之后，我发现，它与“文学史”毫不相干。因为，我们从中看到的，是某些作家们的功利心和下作状，是他们对手中拥有发表大权的程永新朝圣般的顶礼膜拜和肉麻的吹捧，而不是对文学发展过程的客观研究和准确描述。

自大和自吹自擂是中国作家身上常见的毛病，例如，马原在写给程永新的信中，就曾这样自我吹嘘：“当我自想是写出好诗来的时候，我真要抖起来，哼哼小调。可不是在发头条的时候。我的《星期六扑克》是一首绝唱，不信你出声音地读两遍！只要读两遍就够了”，“我是个天才诗人，只不过生不逢时，这不是诗人的年代”（《一个人的文学史》第34页）。马原先生真的是天才的诗人吗？我想，这样的问题只有上帝才能够回答。程永新先生将马原与自己这种无厘头的通信展示出来，丝毫没有让人感觉到其中真有多少文学的品质，反而让人看到了大量的无聊和肉麻。作为一个著名文学杂志的编辑，程永新自然会受到那些想在该杂志上发表作品的作家的巴结，甚至吹捧，这一点都不奇怪。奇怪的是，程永新先生竟然把对自己的无聊吹捧当成了资本和宝贝，私下欣赏还嫌不过瘾，还要拿出来到处炫耀，甚至以这样的“资料”为素材，写了一本煞有介事的“大作”，名之曰：《一个人的文学史》（天津人民出版社，2007年10月出版）。我们看到，在该书中，作家们对程永新的吹捧，简直就像吹牛大赛一样登峰造极，一个比一个更投入和离谱。例如，余华这样写道：“程兄：刊物收到，意外地发现你的来信，此信将在文学史上显示出重要的意义，你是极其了解我的创作的，毫无疑问，这封信对我来说是定音鼓。”“你的长篇快完成了吧？我充满热情地期待着读它，我预感到它是一部了不起的作品。这是从对你的了解后产生的。你肯定会成功的，这是命中注定的事。”（第46、47页）贾平凹这样吹捧道：“我一直认为里程（程永新笔名）的小说肯定是好小说，但我读完《穿旗袍的姨妈》后还是震惊。”“里程的阅读是中国作家里最为丰富的一位，对于新时期小说革命他是最早的鼓吹者和参与实践者，正因为如此《穿旗袍的姨妈》里现代小说的手法足够的圆熟。”“对于我来说，他写得太洋了，洋得让我喜欢而嫉妒！”（第145页）北村的赞词是：“而程永新是先锋中的先锋，作家中的作家，我认为在他心中一定有一种比作家更广阔的先锋意识，又有一种更完整的成熟的力量来把握当时的先锋文学潮流。我们作家像演员，而他则像导演。所以，批评家在书写文学史的时候遗漏这样优秀的编辑家是奇怪的事，他甚至比批评家更贴近那个时代的文学的胸膛。”（第147页）李洱送上的“礼物”是：“没有程永新，1985年以后的中国文学就会是另外一副模样。”（第275页）丁伯刚的“谀辞”是：“我看的第二篇小说是《迷失》（程永新的小说），看后完全被那样一种精神涵盖力震（镇）住了。在中国的当代小说中，这无疑是最优秀的一篇。”（第73页）

看罢中国作家以上这种吹牛不上税的无聊吹捧和集体表演，我们就可以知道那些常常宣称要有“全球意识”的著名作家们，拍起程永新的高级马屁来是多么心潮起伏，毫无节制。贾平凹说程永新的阅读是“中国作家里最为丰富的一位”，这样的事实依据是从何而来的呢？试问贾平凹先生，鲁迅先生算不算中国作家？钱锺书先生难道是外国作家？难道程永新的阅读比鲁迅先生和钱锺书先生这样的大师的阅读还要丰富？果真是这样的话，程永新就成了中国文学史上的第一“牛人”了。恕我直言，就小说的品质而言，程永新的小说最多也只能用“稀松平常”四个字来形容。

试问丁伯刚先生，汪曾祺的《破戒》和《大淖记事》是不是当代小说？史铁生的《我与地坛》、韩少功的《爸爸爸》是不是当代小说？程永新的那些小说拿什么来与汪曾祺、史铁生、韩少功的作品相比？丁伯刚为了能在《收获》上多发几篇作品，就拼命和程永新套近乎，把其小说吹捧成当代小说中“最优秀的一篇”，并宣称不但自己爱读程永新的小说，其老婆也爱读程永新的小说，甚至连他的朋友们都对程永新的小说喜爱有加。如此肉麻的吹捧，本身就是中国文坛的大笑话。可是，程永新先生却是花椒树上挂猪头，不但不嫌丁伯刚肉麻，而且还要拿出来到处显摆，我真佩服程永新先生把肉麻当有趣，如此写“一个人的文学史”的勇气。

被贾平凹称之为中国作家里阅读最丰富的程永新先生，至少应该读过《战国策》中的《邹忌讽齐王纳谏》这样一篇文章。作为一个生活在遥远的战国时代的古人，邹忌尚且都知道对别人的吹捧去仔细反思：“吾妻之美我者，私我也；妾之美我者，畏我也；客之美我者，欲有求于我也。”与之相比，我觉得程永新先生似乎还缺乏了一点邹忌那种面对无聊的吹捧“暮寝而思之”的清醒。

程永新先生将其书名称之为《一个人的文学史》，在我看来，这颇有点类似赵本山小品中小沈阳的裤子——“跑偏了”。这里我们不妨来看一看书中这样的文字，究竟有多少文学史的意义：“那时的程永新只有二十九，其英俊、其潇洒、其谈吐之风趣无人能及，是《收获》编辑部的宋玉，巨鹿路的潘安，外滩的丘比特，黄浦江上空的阿波罗。”“如今我们都已年过四十，程永新的机智风趣更胜一等，他的俊美却正在成为传说。”（余华语，第130页）“一位熟悉程永新的女士向旁人介绍他时说：程永新是一个漂亮的小伙子。这种来自女性的判断和推崇无疑是令人愉快的，更何况它是恰当的。”“这个毕业于复旦大学中文系却又迷恋于优美的法国语言的小伙子确实是风流倜傥儒雅浪漫。”（孙甘露语，第139页）“您真谓性情中人，潇洒名士，又含而不露，有浑然之美质。”（贾平凹语，第93页）“有关程永新的风流韵事传说不少，这是好事。”（黄小初语，第22页）诸如此类令人浑身起鸡皮疙瘩的文字，在程永新的书中不断往外冒。

对于余华们的吹捧，程永新先生早已是心领神会，并且不失时机地进行了知恩图报的投桃报李。余华的《兄弟》中李光头和刘镇的人们整天都在消费着小镇美女林红的屁股，这种不厌其详的夸张和煽情描写，使《兄弟》早已经沦落为地摊文学，程永新却信誓旦旦地忽悠读者说：“《兄弟》绝对是一部重要的作品，你难道能够设想文学史写到世纪后可以不提《兄弟》，可以没有《兄弟》这一章节，可能吗？绝不可能！”（第190页）由此看来，程永新所谓的“文学史”，就是其与在《收获》上发表作品的这帮文坛哥们儿姐们儿的交情史。反之，倘若谁与其发生了龃龉，程永新先生就忘不了在他的“文学史”中对其进行曝光和羞辱。程永新如此出韩东的洋相说：“他们俩（朱文和韩东）喜欢来事，却又缺乏搞运动的素质，像是发育不良的侏儒。”“我第一次给他（韩东）发了个很短的短篇，纯属是帮忙性质，严格的意义是人情稿。”“严格说，这篇东西按照苛刻的标准，是不一定能在《收获》上发表的。但是出于情面，还是想帮他。”（第180、181页）如此的睚眦必报，可以说是程永新对不愿俯首称臣的韩东进行的一次巨大的羞辱和“脱光”，它使著名的诗人和小说家韩东颜面丧尽。

在《一个人的文学史》中，程永新还总是忘不了借他人之口来为自己做广告。在书中，那些哄抬程永新的作家们不是对程永新的小说感到“吃惊”，就是感到强烈的“震撼”，或者被“震（镇）住”，仿佛程永新就是中国文坛的核电站和震中区，无论其写的是什么小说，都会对中国的文坛形成巨大的震撼和冲击波。如：“这个小说的阅读过程是让我不断受到震撼的过程，小说大量密集的精彩细节要是落到别人手里说不上可以掺多少水呢，而且对人性、历史的书写有许多难得的突破。通篇的文气从容，情绪饱满，笔触自然，颇有普鲁斯特的韵味。还有宗教情怀。我已经好长时间没有遇到可以赞美的小说了。”（第177页）这位编辑对程永新的赞美，简直胜过了一对热恋中的情人的甜言蜜语，那么抒情，那么温馨，那么依依不舍。在这种友情吹捧中，程永新的小说就理所当然地有了大师的韵味和宗教的情怀。当代中国的小说中恐怕很难找到第二部程永新这样可与普鲁斯特的小说比肩的经典了。又如："你就是好评论家。可惜这样的评论家中国好像几十年没出一个了。"（第310页）难怪在程永新的书中居然出现了"《收获》有个程永新"这样令人笑掉大牙的高级马屁。据笔者所知，近年来，在中国文坛，诸如此类的高级马屁可说是不绝于耳。像什么"广东出了个×××！"，仿佛程永新们就是中国文坛的红太阳和大救星。程永新还常常忘不了狂妄自大地贬低同行："其实中国真正懂小说的人，刻薄一点说，没有几个人。"（第208页）我真佩服程永新先生站在世界之巅俯视众生的勇气。一个十多亿人的泱泱大国，那么多文学期刊的编辑，那么多大学中文系的教授和文学研究所的专家和学者，在程永新的眼里通通都成了饭桶和白痴，通通都被踩在了脚下。一个人狂妄到这样舍我其谁，一点都不把同行放在眼里的地步，这确实是需要一种超乎常人的勇气的。

人们常说，上帝都有打瞌睡的时候，可是程永新先生却比上帝还要牛地说，他当编辑这么多年，完全看走眼的就没有过。一个编辑究竟对其审阅的稿件是否看走眼，哪有自己说了算的？王婆卖瓜，也没有这样卖的。以笔者对《收获》杂志的观察，一般的作家，即便是有再好的稿件，也早已被程永新认定的大师们给挤在了门外。正因为有了这样一种目中无人的狂妄，程永新才敢随心所欲地将在《收获》杂志上发表作品的某些当代作家批发成大师，将他们的作品美化成经典。倘若谁不认同他的这些经典，程永新就会在自己的"文学史"中将其臭骂成是瞎了眼。真是顺我者昌，逆我者亡！

更让人不可理喻的是，贾平凹在程永新的"文学史"中对其表白的一番忠心："您是我在文艺界最敬重也最亲近的人，我也是不善交际和说话的人，但谁好谁坏，善与恶，心里却也知道。有些人可以敬重但不亲近，有些人能亲近而不敬畏，您却两者皆全。我对您的关系早已超越了作者和编辑的关系，我想我们之间的友谊将长久一生。”（第94页）正是因为有了这样一种特殊的关系和“长久一生”的暗中契约，程永新才处处像对待自己的亲人一样，意气用事地为贾平凹的作品充当保护伞。在程永新的书中，我们赫然看到了这样一段描写：“比如有个人，他写任何文章都要骂贾平凹，一篇文章写得好好的，分析图书炒作等弊病，突然笔锋一转，开骂贾平凹，只要贾平凹有新作品，他都要骂。后来贾平凹说：‘我已经帮你那么多年了，你再不出息我也没办法。’老贾是大家，把话说得既智慧又幽默。”（第200页）程永新在其“文学史”中，几乎是在故意搅浑水。事实是，贾平凹作品中诸多的病象受到了某文学批评家的严厉批评，于是贾平凹就对该批评家耿耿于怀，并且像祥林嫂说阿毛一样，到处对人说起这段无中生有、妖化批评家的故事。在笔者看到的贾平凹与诸多批评家的谈话和接受记者的采访中，无论在哪种场合，他都忘不了向该批评家泼脏水，将其心中刻骨的痛恨一股脑地发泄出来。而程永新在书中津津乐道的，只不过是经过其进一步加工的故事“升级版”。

由此可见，程永新的“文学史”，的确是只属于他“一个人”的；最多，再加上那些与他结成“利益同盟”的著名作家。这种三姑六婆，背后四处传播小道消息的“杰作”，只可归入《古今笑话》一类，哪里称得上是什么“文学史”？

装腔作势的“组合轴”

在一片喧嚣的当代文坛，文学批评的诸多病象，早已受到越来越多有识之士的诟病。尽管如此，在当今的中国，文学批评这支鱼龙混杂的队伍仍然是人员有增无减，阵容越来越浩荡。为此，有人曾将文学批评这支庞大的“部队”按编制划分为“学院派”“作协派”与“媒体派”三个不同的兵团。而这三个兵团每年制造出的文字垃圾，数量却是相当惊人的。我们知道，许多小说家在写作时，就像那些在炒菜时从不看菜谱的厨师一样，他们从骨子里就根本看不起文学批评家们纸上谈兵的所谓理论。在他们看来，许多文学批评家根本就不懂文学，他们闭门造车撰写出的文章，常常就像那些说味精多少克，精盐少许，料酒少许，酱油和葱姜少许的《烹饪大全》一样，看似头头是道，却说不到点子上，对于烹制美味佳肴来说，没有丝毫的可操作性。试想，连专门从事小说写作的作家都不会去读那些文学批评文章，普通的读者难道还会去认真阅读？我以为，文学批评之所以被作家们视如敝屣，关键在于许多从事文学批评的批评家自己没有底气。他们既不懂文学，又没有学术的底线，要想在文坛和学术圈内得到世俗的认可，唯一的办法就是跪倒在那些著名作家的面前，对他们溜须拍马，或者称兄道弟，以获取一点可怜的蝇头小利。

身处在这样一个娱乐至死的年代，文学面临的巨大冲击，可说是有目共睹的。试想，在网络和影视高度发达的今天，究竟还有多少人在怀抱着书本，如醉如痴地阅读文学作品呢？据悉，即便是像莫言这样著名的作家，在其获得诺贝尔文学奖之前，上海书城一个月才只卖掉一本莫言的作品。在笔者所居的深圳，在一些著名的书城中，莫言的作品长期都是在打7.5折销售。但即便如此，照样是很少有人问津。但出人意料的是，在莫言获得诺贝尔文学奖之后，蜂拥而至的读者，就像那些抢购大米和食用油生怕“掉队”的大婶大妈一样，将书店和网上所有莫言的作品在一夜之间通通抢购一空。但这种可笑的心血来潮和赶热闹似的跟风阅读，已经与文学没有多大的关系。

如果说莫言获奖迅速搅起的文学的虚热，凭借的是诺贝尔文学奖在全世界巨大的影响力，那么当代文坛上那一股又一股不断掀起的文坛旋风，将某些著名作家日益神话，则完全是那些自甘堕落的“红包批评家”和书商们勾肩搭背、兴风作浪的结果。在“红包批评家”与书商们疯狂的炒作之下，中国文坛的大师和经典作品，简直就像那些地下黑工厂的贴牌产品一样，在金钱的交易之下，不断被生产和制造出来。说到“红包批评”，笔者常常不禁想起何东先生在《胳膊拧得过大腿》一书中讲到过的一个“红包批评家”们丢人现眼的故事：一次，何东先生作为旁听客，参加了一个小女人散文集的“研讨会”。聪明的女作者不知从哪儿傍到了一位大款，专门出钱为她包办了这台很有排场的“研讨会”。当何东先生赶到会场，屁股还没坐稳，就有一位负责会务的半熟脸先生，走上来很亲切地对其耳语：“发言，赶紧发言！”何东先生忙不解地惊问：“为什么非得发言？”那位半熟脸先生环顾左右低声说：“发言，给钱！”何东先生又问：“要不发言呢？”他摇摇头说：“不发言就不给钱。”于是，何东先生环顾四周，只见许多经常在报纸杂志上对各种作品发议论、做评价的著名批评家都争先恐后地赶紧发言，而且全是毫无保留的溢美之词。如此“研讨”之后，结果还是没有真的给钱，原因是上级刚颁发了新文件，凡召开发布会和研讨会一律不得发红包。最后是所有到会的“著名”评论家，全被领进一家临近的小百货店，每个人得到了一条蓬松棉大花被，还附加一个带扣盖的高级垃圾桶。何东先生揭开的文学批评的冰山一角，让我们看到，区区一点蝇头小利，轻而易举地就将许多文学批评家击倒在地，让他们乖乖地向金钱举起了白旗。

“红包批评”直接污染的是文坛，受害的是无辜的读者。那些所谓的著名文学批评家和学者利用自己的名气，与作家和商家们共同勾结，对广大读者进行的误导，常常使人们无所适从。就像《北京文学》副主编师力斌所说："现在好的批评难觅，快评、浅评、乱评、滥评、网评、报评、圈评、商评随处可见，把读者搞晕了，不知道该听'豆瓣'还是该听'新浪读书'，该信批评家的还是信'微博达人'的。""红包批评"弊端不言自明，但当今某些学院派文学批评给文学带来的危害却很少为外界所知。打开当今众多的文学学术期刊，上面发表的文学批评和学术论文，简直就像是孔乙己对茴香豆的"茴"字的研究成果一样酸腐无聊。除了拼命掉书袋，浪费纳税人的血汗钱和糟蹋纸张以外，对于作家的写作和文学的发展没有丝毫的意义。秘鲁作家里维罗说："一位拉丁美洲作家在一篇8页的文章里引证了45位作家的话。其中有：荷马、柏拉图、苏格拉底、亚里士多德、赫拉克利特、帕斯卡尔、伏尔泰、威廉姆·布莱克、约翰·唐恩、莎士比亚、巴赫、契诃夫、托尔斯泰、基尔基加德、卡夫卡、马克思、恩格斯、塞万提斯、弗洛伊德、荣格、胡塞尔、爱因斯坦、尼采、黑格尔、马尔罗、加缪等。我以为，这些引证，大多是不必要的。文化不是读过的作品的堆积，而是判断推理的形式。一个有文化的人，如果引证过多，就缺乏修养了。"

然而，在当今的学术界，越是像这样"缺乏修养"，故弄玄虚的文章，就越是受到学术界的青睐和追捧。倘若谁要像李长之和李健吾那样不滥用文学术语，不装腔作势地写文学评论，肯定会被认为是没有学问的雕虫小技而不能申报学术成果，获得教授职称的。于是，不少评论家动辄就将海德格尔、福柯、罗兰·巴特、巴赫金、萨义德等外国学者的文章生搬硬套，像注水猪肉一样大段大段地注入自己的文章中，越是不说人话的"太空话"和让人脑袋发晕的文章，就越是被视为高深莫测的优秀学术论文。例如笔者最近在某著名学术期刊上读到的一篇题为《失语者的出场：打工诗人的符号自我》的文章，该文在"摘要"中写道："1980年代以来的打工诗歌，在内与外的张力之间，表述打工诗人的情与网。打工诗人通过语言的弱编码，追溯打工者的身份，从而实现打工诗人的符号自我。打工诗人的自我符号，是把自己对象化，从而理解打工者自身。从符号学切入打工诗歌的解读，有助于理解打工诗歌组合意象与聚合意义。”紧接着，作者就在论文中侃侃而谈：“组合轴与聚合轴是符号学中出现的‘双轴’。雅柯布森在1950年代提出：组合轴可称为‘结合轴’，功能是邻接与粘（黏）合；聚合轴可称‘选择轴’，功能是比较与选择。打工诗人通过意象的邻接与粘（黏）合，组成中国打工诗歌的组合轴；通过比较与选择，寻求打工诗歌的聚合意义。通过邻接与粘（黏）合，中国打工诗人群创造了具有打工印记的诗歌意象群，大部分为‘异乡’组合意象群，‘沧桑’组合意象群，‘时间’组合意象群，‘故乡’组合意象群。”“标出性（Markedness）是符号学中常用的一个概念。1944年艾利斯公式：如果相关两项之一有x特征，另一者有x+y特征，那么x就是‘基本特征’，x+y就是‘以y方式显得比较特别’。”通过这些绕口令一样的表述我们可以看出，该文的作者简直就是要下决心将学术论文写成罕见的“天书”，发誓不让任何一个读者看懂。

读罢以上这种为学术而学术的“论文”，笔者真不知道该文的作者究竟想要表达什么意思。尽管该文是用中文撰写的，但笔者读起来就像是在面对着一堆古老的玛雅文和印第安文字，根本就不知所云。更令人百思不得其解的是，就是这样让人摸头不知脑的学术论文，却属于某大学“创新项目”中的研究成果。真是不看不知道，当今学院批评热衷于“屠龙术”和“忽悠术”之荒唐可笑。用高射炮打苍蝇，驴唇不对马嘴的文学研究方法，由此可见一斑。

余秋雨怎样谈文化

2012年10月，文化大师余秋雨先生的新作《何谓文化》由长江文艺出版社倾情打造，隆重推出，并在各地书店抢先登陆。在该书的腰封上赫然写着：“继《文化苦旅》之后，20年来余秋雨关于文化的最诚恳、最隆重的回答——《何谓文化》”。根据我的阅读经验，当今出版社在新书出版时绞尽脑汁使用的那些花里胡哨的腰封，基本上都像是赵本山的小品《卖拐》那样，纯属忽悠！

该书前面的作者简介，将余秋雨先生称为“中国最值得尊敬的文化人物”；“二十世纪末，又冒着生命危险贴地穿越数万公里考察人类最重要的文明故地，对当代世界文明作出了一系列全新思考和紧迫提醒。作为国际间唯一亲身完成这种穿越的人文教授，及时判断了新一轮恐怖主义的发生地，准确预言了欧洲不同国家的经济危局，在海内外引起极大关注”；“2010年1月，国内发行量最大的《扬子晚报》和江苏教育出版社在全国各省青年中学生中票选‘谁是你最喜爱的当代作家’，名列第一，且遥遥领先”，是“文采、学问、哲思、演讲皆臻高位的当代巨匠”。在出版商们看来，一鼓作气地给余秋雨先生加封如此之多的NO.1，连吉尼斯评委想不服中国的余秋雨先生都不行，更不要说普通的中国读者。然而，中国的读者们并非都像书商们想象的那样，愚蠢得个个都像是阿斗。只要稍微仔细地读一读余秋雨的这本《何谓文化》，我们就可以清楚地知道，余秋雨的这本披着文化外衣的书，究竟有多少文化。

在我看来，《何谓文化》与其说是一本“最诚恳、最隆重”，畅谈文化的书，倒不如说是一本利用文化做包装，进行自我炫耀和自我表扬的书。文化到底是什么？余秋雨先生写道：“如果你到辞典、书籍中寻找‘文化’的定义，一定会头痛。从英国学者泰勒（E. Burnett Taylor，1832—1917）开始，这样的定义已出现两百多个。那两百多个定义，每一个都相当长，我敢担保，你们即使硬着头皮全部看完，还是搞不清楚文化到底是什么。”在将世界上的文化学者们都贬得像饭桶一样之后，余秋雨自我炫耀说：“我的定义可能是全世界最简短的——文化，是一种包含精神价值和生活方式的生态共同体，它通过积累和引导，创建集体人格。”在如此一番夜郎自大的自我吹捧之后，紧接着，余秋雨高瞻远瞩，洞察世界风云，深入世界上最恐怖的地方考察文化，可歌可泣的英雄事迹便像电视连续剧一样，徐徐拉开了序幕。余秋雨自我吹嘘说，早在十多年前考察欧洲的时候，他就判定西班牙、希腊、爱尔兰、葡萄牙四国会是“贫困国家”，每年必须接受欧盟的援助；其中，又判定希腊社会已经“走向疲惫、木然，很容易造成精神上的贫血和失重，结果被现代文明所遗落”。而且，余秋雨还判定欧洲很多富裕国家“社会福利的实际费用是一个难以控制的无底洞，直接导致赤字增大和通货膨胀”。在余秋雨的这本披着文化外衣的书中，我们看到，余秋雨不仅把自己打扮成一个文化大师和有远见卓识的经济超人，而且还把自己塑造成一个为了全人类的文化事业，不惜深入到世界上最危险的地区，和恐怖分子斗智斗勇，砍头只当风吹帽的孤胆英雄。例如：“二十世纪末，最后那个冬天。我考察人类古文明四万公里，已由中东抵达南亚、中亚之间。处处枪口，步步恐怖，生命悬于一线。”“话没说完，几个持枪的男人走近了我们。那是这里的黑帮组织。”在用惊险小说的笔法描写了自己的这样一番壮举之后，余秋雨又用自己擅长的戏剧笔法，再一次把自己塑造成一位在“文革”中冒着生命危险，与“四人帮”拼死搏斗的民族英雄和大义凛然的知识分子。

我们看到，余秋雨的这本书，极力为自己树碑立传，一些文字像蝗虫一样漫天飞舞，其实根本就与文化毫不沾边，却被余秋雨生拉活扯地美化成了文化，并以文化的名义写进了自己的书中。这不能不说是一件无比滑稽的事情。其实，以文化做标签，早已成了余秋雨一贯的做派。自从余秋雨像哲人一样痛苦思索，以《文化苦旅》一书暴得大名之后，他的“文化甜旅”就幸福得像花儿一样。当年，巴蜀鬼才魏明伦的文化经济公司开业的时候，众多演艺界的明星和作家、画家以及各路精英像赶集一样争相捧场，余秋雨先生更是以“文化”的名义为魏明伦先生馈赠了一个罕见的“大礼包”。余秋雨在给魏明伦的贺电中写道：“明伦吾兄：中国文化的重新崛起，需要构建一种全新的文化运作机制，也需要造就一批在心态和生态上都能与现代生活密切相融的艺术家。我相信以你的名字命名的公司一定会成功地完成这两项使命，这是你文化良知在今天做出的必然选择。中国文艺界将会看到一个更加光彩夺目的魏明伦！请接受我兄弟般的祝贺。”有谁能够想到，魏明伦自己开办经济文化公司，只不过是为了多赚几个钱，这与中国文化可说是驴唇不对马嘴的事情，却被余秋雨拔高到了关系到“中国文化的重新崛起”这样一种骇人听闻的高度。难道魏明伦财源滚滚之后，中国文化就真的能够重新崛起了吗？

余秋雨在书中宣称：“文化的最终目标，就是在人间普及爱和善良。”遗憾的是，透过余秋雨字里行间怨妇一样的文字，我们所看到的却是其鸡肠鼠肚的心胸和耿耿于怀的抱怨，甚至刻骨的仇恨。对于曾经批评过自己的那些著名的专家和学者，余秋雨不惜用最刻毒的文字大肆妖化和贬损他们。众所周知，余秋雨书中那些比比皆是的文史知识错误被金文明先生等著名学者指出之后，余秋雨文化大师的形象立即遭受到了公众的质疑，并从此迅速开始掉价。对此，余秋雨在《何谓文化》一书中对金文明先生怀恨在心地进行了有失一个文化人起码良知的无中生有的妖化和抹黑。余秋雨煞有介事地说：“这个人，恐怕存在精神方面的障碍”，甚至假借别人未经证实的来信，断言金文明先生在“文革”中一定担当过特殊的角色。不仅如此，余秋雨还在书中对质疑自己在5.12汶川大地震中捐款真实性的易中天先生，进行了极不负责的人身攻击，污蔑易中天先生“快速推高了全国性的诽谤大潮”。

我们知道，法国十八世纪启蒙主义的领袖伏尔泰和卢梭曾经是一对著名的论敌。伏尔泰曾经猛烈地抨击过卢梭的观点。然而，当伏尔泰得知当局要查禁遭到他抨击的那本卢梭的书时，却毅然挺身而出，为卢梭大胆辩护，并说出了一句永远令人敬仰的名言：“我坚决反对你的观点，但我誓死捍卫你说这种话的权利！”余秋雨这样的文化大师与伏尔泰相比，真是判若云泥，高下立见。

作家文学馆与暴发户心态

有消息称：由成都安仁文博旅游发展区管委会、成都文旅集团主办，成都安仁文博旅游发展有限公司承办的魏明伦文学馆签约仪式，在安仁中国博物馆小镇陈月生公馆举行。魏明伦文学馆坐落于安仁民国风情体验街区二期，总面积约1200平方米。整个展览馆分为上下两层，将通过大量丰富翔实的图片、作品、影像、实物等资料，反映魏明伦的文学创作历程。

在当代文坛上，魏明伦究竟有多高的文学成就，值得在一个著名的商业街兴建一座“魏明伦文学馆”？在波诡云谲，中国的文人和商人常常像恋人一般形影不离地纠缠在一起的今天，“魏明伦现象”的确是一个值得我们关注和警惕的现象。这位作品不多、佳作难觅的所谓“巴蜀鬼才”，之所以能够在文坛内外搅起一阵又一阵的热浪，在我看来，完全得益于一些文化名人和商人不负责任的胡乱吹捧，以及魏明伦先生长年累月、持之以恒的自我炒作。多年来，魏明伦几乎就没有什么像样的文学作品问世，而媒体上有关魏明伦的报道，几乎都是一些与文学风马牛不相及的社会新闻。

这是一个中国作家耐不住寂寞和前所未有的浮躁的时代。我们看到，一些作家在暴得大名之后，为了永垂青史，万古流芳，让人们永远记住自己的名字，不但疯狂地炒作，而且就像古代的封建帝王在活着的时候就开始大兴土木修建陵墓一样，与商家合谋，大肆兴建一些以文学为幌子的文学纪念馆。据悉，西部某省一位比魏明伦名头更大，更善于炒作的作家，不但在自己的家乡兴建了文学馆，还准备像肯德基开快餐国际连锁店一样，在贵州省铜仁市建立一个该作家的文学分馆。该馆占地面积600多平方米，总投资600万元。日前，又有报道称，该著名作家家乡所在的那个贫困县，将投资112亿元、历时五年聚力打造“××作家村、商山商祖文化区和龙驹老街”三大黄金旅游板块。其中，××作家村旅游项目规划占地1500亩，建设××艺术馆、作家公寓、棣花采摘度假村等，投资2亿元；目前，该县邀请国内外相关专家实地勘察后，商丹文化旅游产业园规划已经出台。读罢这则打肿脸充胖子，跑马圈地，劳民伤财的新闻，我的心里总觉得很不是滋味。

笔者从该作家故乡所在的县人民政府网公布的信息得知，该作家家乡所在的县，2008年的财政收入才首次突破1亿元；到2011年，每年的财政收入全部加在一起，还不到2亿元。诸位可以估算一下，该县投资的“××作家村”等旅游项目所需的112亿元，是该县多少年财政收入的总和。如此巨大的资金，究竟是从哪里来的呢？难道该县每年的财政收入可以自己留用，不上缴给国家财政？试问，被该作家村、商山商祖文化区和龙驹老街开发占有土地的那些村民，在失去土地之后将被迁往何处？他们今后的生活将靠什么来维持？他们是否都会得到满意的赔偿和适当的安置？而该县匆匆打造的××艺术馆究竟有多少艺术可言？建成后的作家公寓和棣花采摘度假村，究竟是由该作家及其家人入住，还是由其他的中国作家朝圣一样，经指定集体入住？其入住的费用究竟属于公费，还是私费？由此可以看出，犹如乱抢建一样的作家文学馆也好，作家村也好，这背后隐藏的，都是一些见不得人的东西。

在我看来，作家文学馆并不是酒馆和茶馆，只要浪得一点虚名的作家都可以兴建的。在中国历史上，出过李白、苏东坡这样伟大的文人的四川，绝对是不需要用魏明伦这样并无多高的文学造诣的人来支撑门面的。稍有一点文学常识和欣赏能力的人都知道，魏明伦写出的那些东西，根本就谈不上有多少文学价值。2009年1月，《魏明伦随笔选》由陕西师范大学出版社出版。在该书的腰封上，赫然印着——“钱锺书破例：‘魏明伦的文章写得好！’”“李敖自谦：‘还是四川来的魏明伦为大！’”2010年11月22日，“祝贺著名戏剧家魏明伦从艺60周年”系列文化活动周在成都拉开序幕。活动周上，我们看到，巴蜀“鬼才”魏明伦先生的好友贾平凹等诸多文化名人不但亲临捧场，而且一个个都开足了马力，不吝为魏明伦先生大肆鼓吹和唱起了赞歌。贾平凹先生说：“明伦虽然没有上过多少学，但是他确实学得翻江倒海，他的剧本我都看过，确实写得精彩，他写的杂文我觉得可以说是文坛金庸了，他的一些辞赋也是一团锦绣。作为一个人来说从事一项，比如写剧本或者写杂文、辞赋一样都了不得了，他三样都写得不错，足见这个人有多大的才华。”看到这些犹如商业广告一样的赞美之词，笔者不禁想到了俄罗斯古典作家克雷洛夫笔下的一则寓言：一个刚从国外回来没几天的贵族，在跟他的朋友一起到田野散步时，满嘴跑火车地说，他到过的地方可真是了不得。比如说罗马，那里的黄瓜简直有山那么大。夏志清先生在谈到钱锺书先生时也曾说：“钱锺书就是写信太捧人了，他客气得一塌糊涂。”喜欢捧人的钱锺书先生究竟在什么时候说过魏明伦的文章写得好，笔者至今没有从钱锺书先生的著作中查到只言片语，倒是在魏明伦自己的书中看到的。在我看来，廉价的赞美，可以说是中国文人历来的通病，而贾平凹先生把魏明伦的杂文说成是文坛的金庸，辞赋说成是一团锦绣，简直就像是把瓦砾说成是玉石，把鸡毛吹上了天。这里，笔者仅以魏明伦先生的文和辞为例，看一看罗马的黄瓜究竟是否有山那么大。如：

> 敝姓魏，这个字不能简化，一半委，一半鬼。姓氏注定委身于鬼，写起戏来便有些鬼聪明、鬼点子、鬼狐禅，总爱离经叛道，闯关探险。于是招来褒贬不明的绰号——戏鬼！
>
> ——《巴山鬼话·自序》

> 文学就是我，七情六欲皆有，强烈度超过一般人。多梦，神驰八极，喜欢自由自在，第六感特别敏锐：风吹竹，雨打萍，疑是民间疾苦声。联想无边无际，没完没了，越是讳莫如深之事，越想弄个水清石现。
>
> ——《文学与自我》

性早熟无伤大雅，过早思索社会人生就危乎险哉。记得斯大林逝世，召开追悼会，奏起国际歌："从来就没有什么救世主，也没有神仙皇帝……"我的童心略感悲怆，跟着教师们默哀。忽然，有人放声干嚎，像麻五娘哭丧的"调门"！有人当场昏倒，像皇帝驾崩，臣民昏厥的"身段"！有人跪地叩呼"斯大林万岁"，竟与国际歌词发生尖锐矛盾！我的小脑瓜里迅速闪过一丝"独立"思考——这不是做戏吗？是表演啊！当时，肯定也有人和我一样反感，但都比我世故，不像孩子有感而发。我忍不住破涕为笑，两声哈哈，大逆不道！一位身穿黄军装的导演厉声斥责："这娃娃没有无产阶级感情！"

——《我"错"在独立思考》

士为知己者死，女为悦己者容。中国的才子，也和佳人一样。无论当初怎样打入冷宫，受尽折磨，只要万岁爷一下子回心转意，放人出来，抬上龙床，宠幸一夜，臣妾立即感恩戴德，大唱雨露滋润禾苗壮——表白自己在冷宫中也没有动摇过对龙颜的信仰，今后更该献身献命，九死不悔。我从牛棚出来，偏不识抬举——"抬"上龙床，我可不干！

——《士可杀不可辱》

开句玩笑，我是"三反分子"！反思历史，反抗封建，反对专制。还有关注现实，关心民众，关怀妇女。直揭"文革"，直捣腐败，直言时弊。只有通过独立思考，才可能有独家发现。我思考"文革"个人崇拜，发现了"文革"是帝王崇拜！我独家发现了初级阶段、转型时期乃是浮华时代！

——《杂文如戏，"戏说"杂文》

观众都说这是你写得最好的戏！看过外国演出录像的行家里手评说，这个完全由中国人再创造的《杜兰朵》，并不比洋人歌剧逊色。

——《深井困卧〈杜兰朵〉》

请您细看拙作，对照一下艾略特的长诗《荒原》，诗中古代圣杯的传说和当代生活画面互相穿插，贯串全篇。我这古今交错的川剧，是否与《荒原》有点移花接木的关系呢？请您再分析《潘金莲》的总体艺术构思，这里边是否还有一点魔幻现实主义的影子呢？

——《我做着非常荒诞的梦》

读罢魏明伦先生这些要文采没有文采，要思想没有思想，不知道究竟应该叫散文还是杂文的口水文章，我们清楚地看到，这其中最突出的一点就是魏明伦先生极度的自恋和自大。魏明伦先生的这些文章，真不愧就像四川人所说的那样：叶儿粑，自己夸。我们看到，只要一下笔，魏明伦先生就总是忘不了把自己吹捧成一个不仅脑袋比别人聪明，而且像郑板桥那样总是关心民生疾苦，甚至在童年的时候就开始反对个人崇拜的思想先锋、民主斗士。如此的自卖自夸，真可说是得到了王婆的真传。在魏明伦先生轰动一时的代表作《巴山鬼话》一书中，我们看到的是当代中国的文人集体上阵、联袂表演的一场罕见的闹剧。这里我们不妨来看一看以下这样一些文字是多么肉麻和令人起鸡皮疙瘩：

欣闻“蜀娃”魏明伦继“巴妹”刘晓庆之后，双双下海，掀浪弄潮；乃知文坛艺苑之胜事，非徒舞笔弄姿，而在于能掐会算，经四海腰缠万贯济扬州也。

鬼才魏生乎，使汝多财，吾为而宰。

——文怀沙

明伦兄：

兄蜀中文坛奇才，已濯浪沧海，知商品之大潮之所向披靡矣。遥望夔门，曷胜欣羡，此中气象万千，非杜甫“萧森”二字可概括矣。

昔读兄之文，散淡萧疏之外复有排闼捭阖之气。前者足可为风流才子，后者必可期巨商大贾。兄真可谓“开张天岸马，俊逸人中龙”也。……

——范曾

倘若今后我们的后人想知道什么是中国历史上最肉麻的文字，想知道什么是中国文人的浮夸之风，我想，以上这些毫无节制的友情吹捧，可说就是最好的标本。在仔细拜读了魏明伦先生的《巴山鬼话》《魏明伦短文》和《魏明伦随笔选》之后，笔者发现，其中的许多文章，均属于溜须拍马和把肉麻当有趣的“极品”文字。如：

那段时期，牟其中客旅成都办事。为了应邀替我公司开张出场压阵，他推迟了飞回北京的班期，率领南德经济集团一帮智囊前来赴我之约。这对于笃信“时间就是金钱”的大忙人，确是破例之举动。那天，牟其中是最早登门之客。由他剪彩、揭幕、题词，词曰“衣食足，礼仪兴”。此公是天才的演说家，不打讲稿而能长篇大论而又言之有物！只可惜当时没有把他的演说录下音来，白白随空气振荡流失了。

——《悲愤投“海”，佯狂经商》

女伶巩俐好玩，仿红头文件，过把首长瘾。其幽默才华与从政能力均可开掘。王侯将相，宁有种乎？电影女演员成女官员者，已有两个“波儿”：美国邓波儿，吾国陈波儿。巩俐应做超级“波儿”，居高蔑视港台低俗“波霸”！

——《乱点群星谱》

巩俐天生丽质，光彩照人，兼具海报型美和雕塑型美（所谓海报型：指那种初看很吸引人，但不耐久看；雕塑型则指乍看不强烈，但很经得起反复衡量，越看越美）。

——《三位影后》

许戈辉人长得蛮漂亮，不妖艳、纯情、端庄，像个小学生。待人接物和蔼可亲。我收到过她从香港寄来的贺年卡。

在我印象里杨澜像个小妹子，现在她生了小孩之后，不知发福了没有，还像不像以往那个样子？小妹别三日，愚兄要刮目相看了。

——《三只“凤凰”》

一九九七年初，报告文学家陈祖芬有两篇作品写了两个“来”。一篇长达八万字，写的是大连市长薄熙来；另一篇最短，几百字，写的是我家小孙子魏如来。我的儿子叫魏来。孙子出世长得跟他爸魏来小时候一个样。我因此给孙子取名魏如来——如同魏来。陈祖芬写道：“如来，这名字只有魏大胆敢取！”这篇短文在全国政协开幕时见报。我家婴儿还躺在摇篮里傻笑，他小小的“大”名已在首都一鸣惊人了！

——《我家如来》

当代中国女人为什么都以自己的腋毛为耻？恨不得“干净、彻底、全部”消灭腋毛？这是盲目照搬西洋习惯，没有研究中国男人的性心理。女人，您看过《素女经》

么？您看过茅盾先生的小说《子夜》与《蚀》么？过去，中国男子是以女性腋毛为美，为魅，为性感，被其吸引，被其诱惑！小说《子夜》与《蚀》塑造性感女郎刘玉英，孙舞阳、章秋柳，神来之笔是细腻描写女性腋毛给男人的煽情感觉。暑天无君子，短袖亮美色。雪肤与腋毛黑白相衬，妙在遮掩时多，闪露时少，玉臂偶尔伸屈，诱使男人想入非非……

——《美容异想》

这就是被贾平凹先生吹得天花乱坠的“文坛金庸”魏明伦先生的精彩文字。其字里行间透露出的，是对大陆首骗牟其中极端的崇拜，把明星的美貌当作甜品来反复咀嚼和回味，把自己家中鸡毛蒜皮的事当作轰动首都的大事和对女性的腋毛垂涎欲滴的畸形心理。如果不读魏明伦先生的书，读者恐怕永远也想不到，在当今的中国，居然还有如此令人作呕和腐朽的文字。中国的女性们与其像魏明伦所说的，留住腋毛去煽中国男人的情，让他们欲火中烧，还不如统统都去裹脚，个个成为三寸金莲，以满足西门庆和中国男人们几千年来畸形变态的性心理。君不见，连老婆都讨不上的穷光棍阿Q，不是都还嫌吴妈的脚大吗？

纵观中国文坛，浪得虚名的文人可说是比比皆是。在我看来，像魏明伦这样的文化“名人”，其笔下的文字，大都如同陈谷子烂芝麻。但就是这样的文字，却受到了众多文化名人的竭力追捧。魏明伦先生曾自我感觉良好地说：“我的第一职业主攻戏剧，第二职业兼写杂文；近年鬼迷心窍，又有一手小小的余技——应邀试作变体骈文碑铭。”这里我们不妨再来看一看被贾平凹先生友情吹捧为“一团锦绣”的魏明伦的辞赋究竟有多么“锦绣”：

有日必有夜，有夜必有灯。自燧人氏钻木取火以来，悠悠时间，茫茫空间，与日月交相同辉，灯也；与人类每夕共度，灯也。古人点灯，今人开灯。地域不分亚非欧美，种族不分黑白棕黄，何人不识灯？何国不用灯？有灯必有灯文化，而灯最发达处，莫过于泱泱中华。

——《华灯咏》

有会必有会议，有会议应有会堂。滔滔会海无涯，座座会堂无数。首都人民大会堂丽日中天，各地大小会议厅星罗棋布。高山有流云更雄，森林有鸣鸟更幽，丹青有题咏更美，会堂有碑铭更佳，以首善之区大雅之堂缺乏相应美文为憾事。安得椽笔作赋，继岳阳楼风骨，取滕王阁华采，兼醉翁亭谐趣：文章为楼阁增光，楼阁偕文章传世。

——《会堂赋》

吾友韩美林，一生勤奋如牛。历经浩劫，打入“牛棚”，然而始终不改牛脾气！年当鼎盛，志在斗牛，以其受伤之手，苦塑造福之作。古云庖丁解牛，游刃有余。今看美林塑牛，绕指柔成百炼刚矣。

——《盖世金牛赋》

化肃杀为肃穆，变幽冥为幽居，借风水成风景，将公墓作公园。旨在广为公众开放，并非仅供公仆专用。此处不按职权排座次，也不依姓氏笔画列名单。凡是盒匣骨灰一律欢迎，凡是棺殓遗体一概拒绝。火葬乃国家立法，铁律促大家遵守。生前等级森严，到此差别缩短。黄泉路上无老少，死神面前求平等。

——《华夏陵园诔》

本世纪内，先后有法国牧师、英国学者、国民党军队、苏联专家到此开发，尽皆望河兴叹，束手而归。尔后长年以阶级斗争为纲，人整人胜于人治水。山还是那些山，河还是那些河，山山水水亦如有志之士手足被缚。饿马与居民相怜，似在问人曰：谁敢异想天开？

——《深山骏马碑》

广场：无顶之会堂，无门之舞厅，无票之景点，无墙之公园。公仆居所，不妨简朴；公众广场，尽可繁华。琴廊曲折，鲜花垒成金字塔；风铃摇曳，喷泉洒作水晶宫。露天舞台，云造气氛霞配景；临江坦道，路如彩带堤为裙。满眼林荫，遍地草坪。绿到天边天也碧，翠至白头白转青。老者闻鸡起舞，顽童跨马游园。夫妇良辰散步，师生假日联欢。拍照全家福，赛歌合唱团。情侣悄悄私语，侃爷滔滔雄辩。市民游客，百姓千家。……

——《大洲广场赋》

以上这样的文字与其说是“锦绣一团”，倒不如说是“败絮一堆”。在《华灯咏》和《会堂赋》中，我们看到的就像是乡下的刘姥姥带着板儿走进了大观园，纯属少见多怪。什么“有日必有夜，有夜必有灯”，“古人点灯，今人开灯”，“有会必有会议，有会议应有会堂”，我想，即便是今天的小学生写作文，都不会写出这种唠唠叨叨的文字。只要对《华灯咏》和《会堂赋》稍加比较，我们就会发现，两者在写作手法上几乎没有什么区别，简直就像是一个模子里浇注出来的水泥预制板。而在《盖世金牛赋》中，我们看到的根本就不像是什么辞彩洋溢的赋，而更像是韩美林先生的档案材料和个人小传。更有甚者，在魏明伦先生的辞赋里，居然出现了诸多如同标语口号似的句子：“从无名捐款者到无数建设者；从寻常百姓到政府公务员，异口同声祝愿——还我锦江水！”“毅然停建市委市府大楼，全力奔赴前沿一号工程。号排第一，事大于天。九百余万市民参与，二十七亿巨资投入，而罕闻几声反调非议！”（《府南河碑记》）

据说，在中国古代，曾经有一个喜欢卖狗皮膏药的人。这个人逢人就吹嘘说自己的文章写得好。为此，他为自己写下了一首著名的广告诗：“天下才子在浙江，浙江才子数敝乡，敝乡才子数老弟，老弟请我改文章。”由此看来，中国文人的浮夸并非始自今日。钱锺书先生破例称赞也好，李敖先生暗中抬轿也好，都不能被当成皇帝颁发的金牌而为魏明伦加冕。拜读了魏明伦先生一本又一本的得意之作，听到文坛上喧嚣一片的赞美声，作为读者的我们，不妨还是仔细地掂量掂量，罗马的黄瓜真的有山那么大吗？

光环背后的季羡林

2002年4月25日，季羡林先生在其即将出版的《清华园日记》的后记中写道："日记是写给自己看的，什么样的思想，什么样在人前难以说出的话都写了进去。万没想到今天会把日记公开。这些话是不是要删掉呢？我考虑了一下，决定不删，一仍其旧，一句话也没有删。我七十年前不是圣人，今天不是圣人，将来也不会成为圣人。我不想到孔庙里去陪着吃冷猪肉。我把自己活脱脱地暴露于光天化日之下。"

与当今图书市场上出现的那些多如牛毛，动辄往季羡林先生脸上贴金的虚假的季羡林传记相比，《清华园日记》的真实和坦诚简直令我吃惊！如季羡林先生对于婚姻的矛盾和在大学校园中青春的性苦闷：

1932年9月13日

使我最不能忘的（永远不能忘的）是我的H（这里的H是指季羡林的夫人彭德华。《清华园日记》注）。竟然（经过种种甜蜜的阶段）使我得到der Schmerz（德文"痛苦"的意思。《清华园日记》注）的真味。我现在想起来仍然心里突突地跳——虽然不成的东西也终于成了东西。

1932年12月1日

星期四，今天早晨上三班。又叫王文显念了一通，我干抄了一遍，结果手痛了。

过午看同志成中学赛足球和女子篮球。所谓看女子篮球者实在就是去看大腿。说真的，不然的话，谁还会去看呢?

1932年12月21日

过午德文，颇形疏散。看清华对附中女子篮球赛。说实话，看女子打篮球，其实不是去看篮（球），是在看大腿。附中女同学大腿倍儿黑，只看半场而返。

晚上看法文，整理书籍。

1934年5月10日

晚上，有人请客，在合作社喝酒，一直喝到九点，我也喝了几杯。以后又到王红豆屋去闲聊，从运动扯起，一直扯到女人，女人的性器官，以及一切想象之辞，于是皆大欢喜，回屋睡觉。

1934年5月17日

前两天下了点雨，天气好极了。

今天看了一部旧小说，《石点头》，短篇的，描写并不怎样秽亵，但不知为什么，总引起我的性欲。我今生没有别的希望，我只希望，能多日几个女人，（和）各地方的女人接触。

从季羡林的《清华园日记》中我们得知，季羡林的大学生活实在是“太刻板了”，而性的饥渴简直就像是一头发疯的猛兽一样，时常闯进季羡林的心。在婚姻失意、激情难耐的情况下，“看大腿”就成了季羡林最大的业余爱好。于是，我们在季羡林的日记中屡屡见到有关看篮球，即“看大腿”的记录。如：“过午看球，共三场——女子篮球，师大对清华锦标赛……”“过午看篮球赛。我虽然对两者外行，但却是有球必看，即便在大考的当儿。”“过午看女子篮球赛，不是去看打篮球，我想，我只是去看大腿。因为说到篮球，实在是打得不好。”“晚饭前，之琳忽然来了，喜甚。晚上陪他谈话，又到体育馆去看足球队与越野赛跑队化妆女子篮球比赛。”试想，倘若“看大腿”这样的话不是由季羡林先生说出来，而是由某个普通的人记在日记里或者说出来，岂不要被骂得狗血淋头？至少像“色鬼”和“流氓”这样的帽子是一顶都不会少的。好在季羡林先生并不装那种假正经。好色就好色了。作为一个青年时期荷尔蒙分泌旺盛的男人，季羡林先生“好色”实在是一件非常正常的事。我想，倘若孔子活在今天，或许他也会像季羡林先生那样，以看篮球的名义，去“看大腿”的。因为他老人家就说过：“饮食男女，人之大欲存焉。”真正的君子并非不好色，而是能够在关键时刻把握得住自己，真正做到“好色而不淫”。

在《清华园日记》中，我们还看到，季羡林先生曾经也是一个牢骚满腹的“愤青”。如：“近几日来，心中颇空虚而不安。有烦闷，然而说不出，颇想放纵一个时期。我讨厌一切人，人们都这样平凡。我讨厌自己，因为自己更平凡。”“心绪极坏，不能静心读书。”“今天才更深切地感到考试的无聊。一些放屁胡诌的讲义硬要我们记！”“晚上听朱光潜的文艺心理学，一塌糊涂。”“郁达夫的《自选集》简直不成话，内容没有内容，文章不成文章。”“想写几篇骂人的文章，也只想出了题目，写来恐怕不能很坏。”“拼命看了一天文字学，我仍然骂一声：毕莲混蛋！”从这些情绪化的文字中我们清楚地看到，年轻时的季羡林常常是缺乏冷静的，甚至有许多事是拿不上台面的。如：“宏告送我了一本他著的《诺贝尔文学奖金》，我打算替他吹一吹。”“晚饭后，同曹葆华在校内闲溜，忽然谈到我想写文章骂闻一多，他便鼓励我多写这种文章，他在他办的《诗与批评》上特辟一栏给我，把近代诗人都开一刀。”尤其是如下这则日记：

1934年3月25日

这几天心里很不高兴——《文学季刊》再版竟然把我的稿子抽了去。不错，我的确不满意这一篇，而且看了也很难过，但不经自己的许可，别人总不能乱抽的。难过的还不只因为这个，里面还有长之的关系。像巴金等看不起我们，当在意料中，但我们又何曾看（得）起他们呢？

在我看来，既然季羡林先生对自己的文章都不满意，那么作为《文学季刊》的编辑，巴金先生顺理成章地将不好的文章撤稿不用，这也正是对读者负责的表现。季羡林先生有什么理由对巴金先生怀恨在心呢？至于季羡林在前面提到的“想写文章骂闻一多”，更让人怀疑，年轻时的季羡林曾经卷入了一场文人相轻的无聊闹剧。好在晚年的季羡林先生终于大彻大悟，将自己的《清华园日记》一字不删地展现在了我们眼前，从而让我们从新闻媒体的喧嚣声和一哄而上的造神运动的光环背后，看到了一个从神还原为人的真实可信的季羡林。

中国文坛的诺贝尔文学奖神话

《到黑夜想你没办法》（下文简称《到黑夜》）的出版和发行炒作，以及众多“书评人”和媒体的一哄而上，给疲软的中国文坛再一次注入了一针强心剂。由于该书不但获得了诺贝尔文学奖评委马悦然先生的高度赞扬，而且还由马悦然先生亲自作序并翻译成瑞典文介绍到诺贝尔的故乡，于是，仿佛在一夜之间，一个特大的喜讯迅速传遍了祖国的大江南北和万水千山：“乡巴佬”曹乃谦逼近诺奖！

但笔者拜读了被马悦然先生热捧的“天才作家”曹乃谦的这本小说之后，却犹如看到了一个在文坛突然泛起的巨大的泡沫。与叶芝、泰戈尔、海明威、帕斯捷尔纳克、索尔仁尼琴、马尔克斯、福克纳、川端康成这样一些诺贝尔文学奖获得者相比，曹乃谦拿什么来与这样一些世界级的优秀的文学大师比肩呢？在《到黑夜》中，我们看到的到处都是“狗日的”“日你妈”“球”这样的脏兮兮的字眼，要不就是男人和女人“做那个啥”，或者穷光棍们的性饥渴和性变态。小说中那些遍地都是的雁北方言和土语简直让人丈二和尚摸不着头脑。对此，曹乃谦先生生命中的贵人汪曾祺先生在为《到黑夜》所作的跋中早就明确指出：“不楔扁她要她挠”这样的土话最好是加点注解。遗憾的是，曹乃谦先生仍然是我行我素，根本就听不进汪曾祺先生的意见。作为一个生活在雁北以外地区的中国人，有几个能够真正顺顺当当地读懂曹乃谦的小说？如“糕软点儿肉满点儿，东家的媳妇圪谄点儿”“她又圪挤住眼”“隔上个一月两月的，年轻些的光棍们就要朋各着打一顿平花”“天不算是很热。街上哑圪悄静的”“狗日的喜儿真好看，真打眼”“差不离儿一认灯”“羊娃你真球什”这样的方言土语，在《到黑夜》中毫无节制地像洪水一样到处泛滥。而在曹乃谦先生的小说中，这些让人云里雾里，百思不得其解的方言土语却连半个注解都没有。试问，有几个读者能够真正读懂，或者能够像马悦然先生那样，一有不懂就马上打电话给曹乃谦先生让其为自己解释呢？一本逼近“诺奖”的小说，却连马悦然先生这样潜心研究汉学几十年的著名汉学家都莫衷一是，对其中的方言土语找不着北，而一般的普通读者即便智商再高，想来也不会对曹乃谦先生小说中的那些方言土语无师自通吧。在谈到该小说时，陈忠实先生曾不吝赞美地说：“这是我所能看到的最精练，最简约的文学语言。”然而，事实果真是如此吗？且不说陈忠实先生究竟有没有真正搞懂曹乃谦先生小说中的那些方言土语，看没看完《到黑夜》这本小说，这里我们不妨来看一看曹乃谦先生小说中的语言究竟精练在何处：

> 红的辣椒段儿和绿的葱丝儿跟大鱼鱼小鱼鱼胖鱼鱼瘦鱼鱼在锅里翻腾着，直翻腾得大伙儿咕噜咕噜咽唾沫。
>
> ——《打平花》

> “再说爷不好！”他就说就狠狠地抓。
>
> “再说爷不好！”他就说就狠狠地抓。
>
> 他就这样不停地就抓就说就说就抓。
>
> ——《福牛》

> 一后晌他想想这想想那的，把这辈子的酸甜苦辣一幕幕想了个遍。有时想的想的就摇摇头，有时想的想的就叹口气，有时想的想的就想哭，有时想的想的就想笑。
>
> ——《贵举老汉》

> 背后狗日的说不定说得更灰。老柱柱常这么想。狗日的对他嫂嫂有心意了。老柱柱常这么想。起初，老柱柱常

这么想，心里就发慌发急。

——《男人》

会计等了三天等了五天，等了三五十五天，又等了三十五天，还没见狗子来。

——《狗子，狗子》

以上这样疙疙瘩瘩，像相声演员练嘴皮子基本功时的绕口令一样绕来绕去的语言，即便是没有气管炎的读者，读起来也会觉得喘不过气来。我想，倘若将这样的“绕口令”翻译成外文，别说是艺术享受，不把那帮诺贝尔文学奖的评委们搞得个稀里糊涂、脑袋发蒙就算烧高香了。曹乃谦先生曾感觉良好地对记者说，我就只会这一种语言。我的小说就是我的口语，而且当地人也这么说。在此，我想请教曹乃谦先生，难道作为人民警察的你和当地的工人、农民以及雁北地区各个阶层的人们在日常生活中，也真的就像你小说中那样说话时动不动就是“狗日的”“日你妈”“球”吗？照曹乃谦先生的这种逻辑，广东人的口语是“白话”，福建人说话，讲的是闽方言，那当地的作家们是不是也可以不加注解，用那样的方言来写小说呢？有评论说曹乃谦的小说具有显著的特色，但笔者认为，曹乃谦小说的所谓“显著的特色”，不外乎就是小说中大量使用了雁北的方言和土语以及雁北民歌。但这样的“特色”充其量不外乎就是一种乡土特色较浓的“地方台”节目。而这一招贾平凹先生早在20多年前创作的小说《火纸》中就用过了，且其语言功力和艺术表现力恐怕都远在曹乃谦先生小说之上。

综观《到黑夜》一书，单调呆板、叠床架屋、重复啰唆的叙述几乎随处可见。如若不信，我们不妨来比较一下这样一些句子：

一只粗粗糙糙的像玉茭轴那么涩巴巴的大手给她抹去了那两行泪。长到十八九，除了自个儿，她还没记得有谁给她抹去过泪。他（她）抱住了他的手后，又搂住了他的脖子。

她哭了。可她没有哭出声，只是扑簌簌扑簌簌地往下流泪。那只粗糙得像玉茭轴那么涩巴巴的大手，给她抹去了那两行泪。长到十七八了，除了自个儿，她还不记得有谁给自个儿抹去过泪。她先是捉住了他的手，后来就搂住了他的脖子。

她又圪挤住眼，又流出两行泪蛋蛋，又是那只涩巴巴的大手给她抹去了泪。

她紧紧搂住他的脖子。

——《三寡妇》

划呀游呀，划呀游呀。他俩相隔有丈数远的时候，就都给钉在原地不动了。他俩你看我我看你，老半天才说话。

说完，他们就没话了。又是你看我我看你，你看我我看你，还都呼哧呼哧地喘大气。

急急地喘着的气又把他们给噎住了。又是你看我我看你，你看我我看你。他们都想说个啥，可就是一下子想不起该说个啥。

——《莜面味儿》

玉茭最是个有贼心没贼胆的人了。要是有个女人真心的（地）叫他，他也不敢跟着去。就是在黑夜里梦梦跟女人做那个啥的时候，他老梦见的压在身底下的女人不是别人，而是自个儿的妈。他不敢梦别的女人，就算是梦见了，也只是躲藏起来偷偷地跟着看人家。不敢就像跟自个儿妈那样子，压在她身上做那个啥。

不管想到谁，最后总得要跟他（她）们做做那个啥。他就按下等兵教给光棍儿们的办法，把枕头夹在裆里滚呀滚地瞎揉搓。可他瞎揉搓的最终，总觉得压在身底下的女人不是别人，而是他的妈。尤其是当他“热！热”的时候，身底下的枕头已经完完全全变成了一个光身子的女人。这个女人不是别旁人。这个女人就是他的妈。

——《玉茭》

在这里，我们看到的雁北温家窑风景，简直就像“动物世界”。到处都在不分时间、不择地点地“做那个啥”。如：“柱柱家的看见脚边有两个白肚皮蛤蟆，他们正好是在做那个啥。母的肩背上面是公的，公的肚皮下面是母的。公的拦腰把母的死死搂住。母的腰被勒出一条沟。”（《柱柱家的》）又如：“她看见招招在高粱后头的这片空地里，他光着屁股正想骑一只羊。”（《黑女和她的二尾》）

我相信，在那个非常的年代，像曹乃谦先生笔下描写的那种性饥渴，确确实实是许多贫穷的中国人的生活常态，就像余华的小说《兄弟》中李光头在公共厕所偷看过五个女人屁股一样。但是，聚焦温家窑，曹乃谦把《到黑夜》描写成了雁北农民的“性生活大全”实在过度了。在书中我们看到的是，父亲为了儿子娶媳妇，不惜将自己的老伴儿让给自己的亲家每年同居一个月，并认为中国人说话就得算话。买不起媳妇的光棍们要么两兄弟合伙买一个媳妇来“做那个啥”，要么就跟自己的妹妹甚至母亲乱伦，或者跟一只母羊“做那个啥”。雁北温家窑的农民们啊，难道你们个个都是那样寡廉鲜耻，性欲亢奋得像一座座无法控制的火山，随时都在爆发和燃烧？你们究竟有多少人真的就像曹乃谦先生笔下的玉茭，小时候喜欢看母牛母驴尿尿，长大后喜欢看女人甚至自己的母亲尿尿？有几个像玉茭那样，认为“太好看女人尿过的地方，太好闻女人尿过的尿味”呢？汪曾祺先生当年在为曹乃谦先生的小说《到黑夜》所作的跋中，虽然没有直截了当地指出曹乃谦先生小说创作中的这一“软肋”，以及其题材的狭窄和表现手法的雷同，但已明确指出：

"曹乃谦说他还有很多这样的题材，他准备写两年。我觉得照这样，最多写两年。一个人不能老是照一种模式写。"

在我看来，曹乃谦先生小说中的玉茭和余华小说中的李光头在偷看女人屁股这一特大嗜好上，仿佛是一对天生的孪生兄弟。两位作家对玉茭和李光头偷看女人时的描写，简直是毫发毕现，真可说是英雄所见略同。据笔者所知，马悦然先生也非常喜欢余华。但我觉得，马悦然先生也许是太爱屋及乌了。倘若马悦然先生将这样的"屁股文学"当作趣味来大肆渲染，极力吹捧其代表中国文学的最高成就，并认为这样的作品可以获得诺贝尔文学奖，那么我们可以说，在中国，这样的诺贝尔文学奖作家至少也有两大卡车。

曹禺是怎样恭维巴金的

韩石山先生在《〈雷雨〉是巴金发现的吗》（见《谁红跟谁急》，韩石山著，中国友谊出版公司2006年1月出版）一文中，以其翔实的考证和雄辩的事实说明："巴金发现《雷雨》这个神话，是萧乾制造出来取悦巴金的。《曹禺传》的作者不仅不加纠正，反而移花接木，使之发扬光大。"在痛惜文学史被当成了任人打扮的小姑娘之后，韩石山先生一针见血地写道："至此，我们不妨问一句，一件稍加推勘不难明白的事，为何一错再错，错得没有边沿了呢？原因种种，一个谁也无法否认的大原因是，靳以早在一九五九年就去世了，而'文革'后巴金却声誉日隆。"

我们知道，萧乾先生的《鱼饵·论坛·阵地》这篇制造文坛神话的文章是发表在一九七九年二月出版的《新文学史料》第二辑上的，文中写道："曹禺的处女作《雷雨》就是《文学季刊》编委之一的巴金从积稿中发现并建议立即发表的。"而此时的巴金，已经当选为中国文联第四届全国委员会委员、中国文联副主席、中国作协第一副主席。萧乾何以要写这样一篇美化巴金、拍马溜须的文章，其用意已是不言自明。但让人难以理解的是《雷雨》的作者曹禺本人。在一九七九年第二期的《收获》杂志上，曹禺曾发表过一篇名为《简谈〈雷雨〉》的文章。曹禺在文中写道："那时靳以和郑振铎在编辑《文学季刊》，他们担任主编，巴金是个编委，还有冰心和别人。靳以也许觉得我和他太接近了，为了避嫌，把我的这个剧本暂时放在抽屉里。过了一段时间，他偶尔对巴金谈起，巴金从抽屉中翻出这个剧本，看完之后，主张马上发表。靳以当然欣然同意，这个剧本就在《文学季刊》第三期上刊载了。我始终感谢巴金和靳以这两位把我引进中国剧作者行列的编辑。不仅是我，他们发现的有前途的青年作者是不少的。他们不但选稿，还亲自校对，我记得《雷雨》的稿子就是巴金亲自校对的。我知道靳以也做了极好的编辑工作。”从曹禺的文中我们看到，作为《文学季刊》主编之一的靳以，明明是为了避嫌才暂时将《雷雨》剧本放在了抽屉里，也就是说，靳以不但认真看过曹禺的剧本，而且迟早都会发表曹禺的这个剧本。巴金的作用，只是解除了靳以避嫌的忧虑，促成了《雷雨》的早日问世。然而，在靳以去世三十多年后，曹禺在一九九一年九月二十八日给巴金的信中却擅自篡改了事实，有意将靳以抛在旁边避而不谈。曹禺写道：“我想到我23岁时，你在三座门读了《雷雨》，朋友中是你首先读的，你发刊了它。从此我走上了文学的路。”

在曹禺看来，只有巴金才是自己文学创作上的恩人和大救星，而作为伯乐向巴金引荐曹禺的靳以，却早已被曹禺抛弃到了爪哇国去了。在一九九二年八月二十日给巴金的信中，曹禺再一次地表达了对于巴金的无限感激之情：“我常念起你第一次读我的《雷雨》，便立刻推荐给人发表，这是终身（生）难忘的事，识作品不易，识人也不易。我多么想念你，芾甘！”在这里我们看到，曹禺对巴金的这一番表白，简直近乎颠倒黑白。明明是曹禺自己在“没有决心发表”的情况下交给靳以，再由靳以推荐给巴金，且靳以和巴金都被曹禺的这部戏感动了，曹禺先生怎么能够不顾事实，将《雷雨》说成是巴金推荐给别人发表的呢？这其中的奥秘，的确很值得我们深思。

熟悉现代文学史的人都知道，曹禺自一九三四年七月发表《雷雨》一举成名之后，其文学创作便一直没有新的突破，年纪轻轻，其写作便每况愈下，逐渐开始江郎才尽。对此，巴金先生曾对曹禺有过善意的提醒，奉劝其不要人喜欢热闹，并且不断地勉励曹禺要多写东西。然而，尽管巴金先生的话常常就像芒刺一样，让曹禺感到坐卧不安，但对于向来喜欢热闹的曹禺来说，没有鲜花和掌声，没有了热闹还行吗？作为一个剧作家，曹禺不是不想写，但诚如其在给巴金的信中所说：“但有时，在京，各种会议真叫‘铺天盖地’而来，又不能不参加，因此时间还是很少。我现在还得开一两个会，然后便躲起来，写点东西，写《王昭君》。”“我经常回忆我这一生，我太不勤快。你一直劝我多写点东西，我却写不出一个字。”“现在日暮途穷，悔也无益，不如不想。不想还好过些。”试想，一个非常热衷于各种热闹的场所、热衷于开各种各样会议的人，他究竟还有多少精力来进行文学创作？可以说，在一生勤奋不辍，著述颇丰，并努力提携过自己的巴金面前，曹禺始终是自愧不如并心存感激的。巴金先生即便是到了耄耋之年，仍然是笔耕不辍，著述不断。而比巴金先生小七岁之多的曹禺，在创作上早已是文思枯竭，几近颗粒无收。因此，内心愧疚的曹禺在巴金面前，只能是除了羡慕，还是羡慕；除了恭维，还是恭维。

作家用什么让读者上钩

钓鱼的人都知道，如果要想钓到更多更大的鱼，诱饵味道的好坏，无疑起着十分关键的作用。在当代的一些中国作家们看来，所有的读者，都只不过是一条条等待上钩的鱼，而“性”，则是他们百食不厌的最佳诱饵。就像英国作家毛姆在其《巨匠与杰作》一书中一针见血地批评的某些外国作家那样：“只要感觉到有必要采取什么措施来维持读者衰退的兴趣，他们就会让笔下的人物上床做爱。”但是，如果仅仅是做爱，这似乎还并不能真正吊住读者的胃口，让其轻易就掏腰包乖乖上钩。因此，“出奇、刺激、偷窥”，诸如此类颠鸾倒凤的性描写，可以说是当今某些作家战胜读者的“三大法宝”。在笔者阅读过的众多当代小说中，首屈一指的，无疑当推被贾平凹先生称之为“安妥灵魂”的《废都》。在《废都》中，庄之蝶的情妇唐婉儿有一句名言：“女人的作用是用来贡献美的。”因此，我们在《废都》中看到，那些恬不知耻的女人们，处处都在想方设法、变换着姿势为大作家庄之蝶“贡献美”。一次，正当庄之蝶与其情妇唐婉儿蜂狂蝶乱之际，恰巧被庄之蝶的保姆柳月撞了个正着：

> 唐婉儿一声惊叫，头就在那里摇着，双手痉挛一般抓着床单，床单便抓成一团。柳月也感觉自己喝醉了酒，身子软倒下来，把门撞开了。这边一响动，那边霎时间都惊呆了。

如果这段偷窥奸情的描写仅仅到此结束，贾平凹先生肯定会觉得非常遗憾。这就像酒桌上让人喝酒，而客人完全没有尽兴一样。

于是，贾平凹干脆让庄之蝶乘胜追击，一鼓作气地将保姆柳月也一起拿下。出人意料的是，此时的柳月，不但没有一丝一毫的反抗，反而就像久旱的禾苗逢到了甘霖一样，心中有一种说不出的欣喜。难怪庄之蝶当着柳月对其情妇唐婉儿说：“我只说柳月不懂的，柳月却也是熟透了的柿蛋！”唐婉儿一直在一旁欣赏和观看，事后还无耻地对柳月说：“柳月，咱们现在是亲亲的姐妹了。”

可以说，在毛片并未普及的年代，《废都》的发行量之所以一路飙升，或许正是因为这种刺激的描写助了一臂之力。于是我们看到，在贾平凹其后的创作中，一直都将刺激的偷窥和性描写作为吸引读者上钩的诱饵和保留节目。这里我们不妨来看一看，贾平凹获得“茅奖”的长篇小说《秦腔》中的一段描写：

> 狗走得比人快，来运已经走到前边了，却一拐身趴在了一家窗前摇尾巴。哑巴认得那是陈星的住处，走近去从窗缝往里一望，里边是高举起来的一对大腿，便莫名其妙，再望炕上躺着的是翠翠，炕下站着的是陈星，两人都一丝不挂。哑巴脚一闪，跳了开来，也把来运的耳朵提起来往后拉。赵宏生说：“啥事？”哑巴呸呸直唾唾沫。赵宏生说：“看见啥了，你唾唾沫？”哑巴拦了他，伸了个小拇指，在小拇指上又呸了一口。

在贾平凹被出版商们天花乱坠地吹捧为“十年浩劫，民族史诗”的长篇小说《古炉》中，我们再一次看到了这种如出一辙的偷窥刺激的性描写：

> 隔了门缝往里一瞧，炕上的被筒露出了四只光脚，两只脚朝上，两只脚朝下，指头都跷着。他一时还没看清咋回事，猫在炕下叼着垂下来的被角使劲拉，把被子拉到地上了，炕上赤身裸体的是霸槽和杏开在坐着。狗尿苔登时脑子里轰隆一下，他明白这是在忙什么，却呆在那里半会

儿不动，不知道了离开。霸槽的屁股凸起来，像是个磨盘在砸，发出一种吭声，咬牙切齿的那种吭声，杏开却像被杀一样地叫，越叫吭声越大，后来炕中间就塌下去，杏开的身子不见了，两条腿举在了空中。狗尿苔这才离开，一转身跑过了木屋，绕过了镇河塔，坐在河边的石头上了。

其实，贾平凹小说中的这些“激情戏”，并非都是其独出心裁、想落天外的原创之作，而是直接师承于中国古代的性文学大师兰陵笑笑生的小说《金瓶梅》。且不说《废都》中疯狂的庄之蝶在玩弄女人时，与《金瓶梅》中的西门庆是多么相似，就连其中的诸多细节也与《金瓶梅》如同孪生。在《金瓶梅》中，就有“妇人夜间和小厮在房中行事，忘记关厨房门，不想被丫头秋菊出来净手看见了”的一段描写。我想，倘若兰陵笑笑生地下有知，一定会对贾平凹赞不绝口地说：“青，取之于蓝而青于蓝。冰，水为之而寒于水。在我的《金瓶梅》中，我还根本不知道采用□□□□□□（作者删去××个字）这样的噱头来吊读者的胃口，你在性文学方面，有继承，有发扬。你真是我难得的知音啊！”

“茅奖”获得者的傲慢

翻开古今中外的文学史，我们从未见过有哪一个时代的作家，像今天的茅盾文学奖作家们这样自以为是和傲慢。当著名作家张炜四百五十万字的小说《你在高原》获得茅盾文学奖之后，在接受记者采访时，有记者问：“全书四百五十万字，有没有考虑读者的接受能力？”张炜回答说：“我不是一个以大为美的人。写这部作品，是1988年起步的，之前发表作品很多年了，《古船》等获奖不少，但我总觉得内心巨大的压力和张力没有释放，无论是艺术还是精神方面的探索，都还没有掀开盖子。我写作，基本不考虑读者，讨好读者而过分考虑市场，这话或许有点极端。但为读者去写，作家必然做出许多妥协。究竟为谁写作，我慢慢才想明白，我这是为遥远的‘我’写作，写作时总觉得在很远很远的地方另一个‘我’在看着我，我写作要让那另一个‘我’满意。”

无独有偶，以长篇小说《秦腔》获得茅盾文学奖的著名作家贾平凹，在其新作《古炉》的新闻发布会上，面对小说中广遭读者诟病的节奏缓慢，公然宣称：“萝卜青菜各有所爱，我写作从来不管读者。”而当代文坛另一位重量级的女作家，以长篇小说《长恨歌》获得茅奖的王安忆，在接受记者采访时，同样表现出了惊人的傲慢。有记者问：“现在阅读长篇小说是‘奢侈’的事情，因为需要时间和耐性。而您这部小说似乎尤其需要耐性，因为书里有连篇累牍对革命思想的阐述，对社会体系、人生观的分析。您在写作中，是否考虑过这些内容的可读性？”王安忆却回答说：“如果读者看得不耐烦，我会觉得无奈和遗憾。但我写作从不考虑读者，读者不会影响到我的创作。你说到‘奢侈’这个词，事实上阅读在今天本来就是很奢侈的，因为需要读者有很多的知识储备，它不像娱乐那么简单。”

看了这些茅奖作家的回答，或许我们就会真正知道，为什么当代作家的作品在短暂的喧嚣和热闹之后，很快就会被人遗忘。倘若读者在读小说时，真的都必须有像王安忆所说的知识的储备，那么笔者有理由怀疑，这样的作家并不是在写小说，而是在贩卖和炫耀知识。难怪有人戏称王安忆被某些评论家飙捧的新作《天香》，简直就像是故纸堆里整理出来的知识文库，而并非什么优秀的小说。而在贾平凹的《古炉》一书中，我们看到，书中的善人所说的话，大量是从《王凤仪言行录》一书中摘抄的。在王安忆和贾平凹们看来，仿佛只要书中有了这样一些“知识”和智者的嘉言懿行，小说的文化韵味就非同一般，就完全可以吓唬和镇得住读者了。谁要再说其小说写得不好，要么就被作家们说成是不懂小说写作，要么被说成是读者自身的知识储备不够。

以自称是农民的作家贾平凹为例，其长篇小说《秦腔》和《古炉》写的都是陕西农村的事。但是，试问中国的几亿农民们，有几个人读过贾平凹的这些拖沓冗长、凌空蹈虚的反映农村生活的小说？而即便是像李敬泽和雷达这样一些著名的文学评论家，要么是读《秦腔》读得发火，要么是将小说中的情节搞得个稀里糊涂，人物搞得个颠三倒四。更让人百思不得其解的是，第八届茅奖的六十一位评委，虽然发扬了连续作战的精神，夜以继日地阅读张炜四百五十万字的《你在高原》，但临到投票时也还有相当多的评委根本就没有读完。自此我们看到，傲慢的茅奖作家们已把读者当成了自己的天敌。他们错误地认为，只要是读者喜欢的小说，作者的写作必然是在讨好读者。小说写得越长、越难懂，就表明作家的水平越高。于是，小说不但成了马拉松比赛，还成了作家们千方百计地考验读者耐心的工具和对读者进行精神折磨的苦刑。

愈演愈烈的文坛浮夸风

熟悉当今文坛的人都知道，如今的文学界简直就像是演艺界，某些书商和专家学者勾肩搭背的集体起哄和疯狂炒作，早已成为文坛哥们儿姐们儿互相吹捧和与书商一起联袂演出的拿手好戏。2004年4月，由长江文艺出版社出版的长篇小说《狼图腾》在各大媒体地毯式轰炸般的跟风炒作中，一夜之间便迅速占领了市场，并长期登陆各大书店的排行榜。该书的策划人安波舜在编者荐言中天花乱坠地吹嘘说："这是世界上迄今为止唯一一部描绘、研究蒙古草原狼的'旷世奇书'。阅读此书，将是我们这个时代享用不尽的关于狼图腾的精神盛宴。因为它的厚重，因为它的不可再现。"我们看到，紧跟在书商后面，为《狼图腾》摇旗呐喊的，是由当今文坛某些著名的作家和文学批评家组成的庞大的炒作方阵。他们争先恐后、不吝赞词地吹捧道："这当然是一部奇书，一部因狼而起的关于游牧民族生存哲学重新而起的大书。它直逼儒家文化民族性格深处的弱性。煌煌五十万言，五十万只狼群汇合，显示了作家的阅历、智慧和勇气，更显示了我们正视自身弱点的伟大精神。""《狼图腾》在当代中国文学的整体格局中，是一个灿烂而奇异的存在：如果将它作为小说来读，它充满了历史和传说；如果将它当作一部文化人类学著作来读，它又充满了虚构和想象。作者将他的学识和文学能力奇妙地结合在一起。具体描述和人类学知识又相互渗透得如此出人意料、不可思议。显然这是一部情理交织、力透纸背的大书。"

2012年8月，著名作家刘震云的长篇小说《我不是潘金莲》由长江文艺出版社出版。我们看到，众多的专家和学者在多年的历练中，早已成了书商们的座上客。哪里有书商们的新闻发布会和作家的签售活动，哪里就有众多的专家和学者前呼后拥的火辣热捧。该书的策划人安波舜再一次用当年炒作《狼图腾》的方法，对刘震云的新书大肆吹捧说：“今天用了《我不是潘金莲》，照样是经典，别看名字，确实是经典，经典在哪，我说两个情节，一个是刘老师里面主人公李雪莲最后告了二十年状，告到最后的时候还是要坚持下去，儿子来的时候，说你别告了，我爸死了。这个时候一说他死了，我以为一般的我们的俗民会写高兴。到了刘老师这个地方，她是放声大哭，刘老师也曾经做了很多结尾，就剩了一个，放声大哭。让我想起《雨果》里的结尾，警察局长追好几十年，终于追上了，结果被对方抓，这个警察局长想，我追杀你二十年，你反过来抓住我的时候，肯定要打死我。结果那个人说不杀，你走吧，这一放把仇恨击退了，警察局长一头栽在河里，我的敌人变成了朋友。这一比，我一看刘老师改得太好了，这个结尾也非常好，它说明什么，一个人在仇恨当中，或者在告状当中，不管什么人，一生当中你想抓到一个人，发现你真正抓的人或者他死了，或者他是一个什么什么其他的状况，忽然觉得那个人比你还惨的时候，你会觉得怎么样，这个里面有泛宗教的意义，就是神性的意义，这样的作品都是经典作品。”“之所以这个作品伟大，弥足珍贵，就是因为五六十年代的作家，无力书写这个东西，都在写‘文革’，个别写的都是官场文学。……原来我们觉得他是作品优秀，看了这个作品之后，我得说刘老师你是伟大的作家。”

在我看来，作为书商，安波舜说出如此离奇的话，这只不过是王婆卖瓜，自卖自夸，一种商业手段而已。但北京大学中文系教授、著名学者张颐武先生对刘震云的吹捧，简直就像是刘震云的广告代理商和图书推销商一样，这就让人觉得十分荒唐和可笑了。张颐武对刘震云的《我不是潘金莲》如此推荐道：“这本书最好的地方是各取所需，雅俗共赏，每个人都可以了（解），小学毕业能看，大学毕业能看，外国人也能看，这本书就好在大家都能看。”“这本书把我们用的理论都能用上，对我的学生来说，写出长论文有很大的帮助。它超越了我们现在遇到的很多难题，直逼人类重大主题，人类交流沟通信息越来越快，越快越好，越快越有误解。省长后来一个大领导讲了话，最后第一章的最后一段，大领导讲话，他去处理人了，大领导反而不高兴了，最后就没提拔，就讲了人和人之间交流的难处，越做好反而越糟糕。这本书真是迈向新的高度，从更高的角度解释，它关系到人类怎么沟通，人类之间怎么对意义的解释产生很多歧义的故事。”“我建议这个故事拿去得鲁迅奖（鲁迅文学奖），把前面的拿去得茅盾文学奖，分开得。十八大以前最重要的两篇小说……”照张颐武先生的特别推荐，《我不是潘金莲》不但老少咸宜，而且洋人也需要，甚至还是大学生和研究生撰写论文的好帮手。由此看来，张颐武已经把刘震云的小说当成了现代中国人的生活教科书。而这样的“教科书”居然还可以一石二鸟，大包大揽，想当然地既可以得鲁迅文学奖，又可以得茅盾文学奖。至于这部小说好在哪里，艺术性究竟有多高，张颐武先生却根本就没有说出只言片语。

曾经有人戏谑说，刘震云的小说是写来吓人的。比如砖头一样的四卷本《故乡面和花朵》，被飚捧为“完全打破了传统的线型或板块组合的叙事结构，它的结构方法也不限于时空交错和线型，而似立体交叉等等，它建立在一种崭新的小说观念的基础上，把传统和现代揉（糅）合在一起，把叙事、议论、抒情融（熔）于一炉，把故乡延津的‘老庄’与整个世界的大舞台融合起来，采用某种物景描述，插进书信、电传、附录以及歌谣、俚曲等各种可以调动的叙述形式，组成一种使人眼花缭乱然而又井然有序的新的结构形式”。但看了刘震云的小说和这样的评论，脑袋不晕的人，想不晕都不可能。《我不是潘金莲》这部小说，正文很短，但仅仅是所谓的“序”就长达260多页。难道刘震云在前面的序言中就不讲故事？事实并非如此，只不过是刘震云先生在小说中和读者玩起了脑筋急转弯一样的文字游戏，测试了一下读者的智商而已。事实上，《我不是潘金莲》无论在语言还是在小说的艺术性上，都没有给我们带来任何惊喜。它仅仅是向我们讲述了一个2012版的秋菊打官司的故事，只不过是小说中的故事情节更加离谱而已。

数年前，当山西某作家像一匹黑马突然在中国文坛闪亮登场的时候，很快就有人大声惊呼：山西作家曹乃谦乡巴佬逼近诺奖！其理由是，连诺贝尔文学奖评委马悦然先生都称曹乃谦是天才的作家，他和另外几位被马悦然先生看好的中国作家都有可能获得诺贝尔文学奖。于是，一大批中国的作家和文学批评家便欢呼雀跃，吸食了兴奋剂一样地跟风炒作。于是，该作家的小说转瞬便成了各大书店的抢手货。至于这位作家的作品是否像马悦然先生所说的那样具有天才，我想，只要具备一定文学欣赏水平的读者，在读了该作家的作品之后都会做出自己的判断。数年过去了，文坛的炒作之风不但从未消停，反而变本加厉，一浪高过一浪。这种你方唱罢我登台的浮夸之风，更是成了众多书商和某些专家学者联袂演出的家常便饭。而那些不屑于炒作的真正的好作品，却在这种不公平的竞争中，被无情地冷落在了各大书店的书架上。

“木心热”或当降温

陈丹青先生在《1989—1994文学回忆录》一书的《后记》中写道：“当初宣布开课，他（木心）兴冲冲地说，讲义、笔记，将来都要出版。但我深知他哈姆雷特式性格：日后几次恳求他出版这份讲义，他总轻蔑地说，那不是他的作品，不高兴出。前几年领了出版社主编去到乌镇，重提此事，木心仍是不允。”木心为何不高兴出，并且“不允”？随着木心的仙逝，这或许将永远是一个谜。但根据陈丹青文中提供的信息，笔者认为，答案已经清楚地写在了陈丹青的这段文字中。诚如木心先生坦言“那不是他的作品”，而是木心以郑振铎的《文学大纲》为蓝本，给陈丹青们讲述的文学课。所不同的是，木心在讲述这些文学课时，大量采用了借题发挥和插科打诨的方式，从而使这样一部文学讲义，有别于那些一本正经、板着面孔的文学史。

曾经有人认为，在很长的一段时间里，木心卓越的才华被埋没了。但笔者对这样的看法，却不敢轻易苟同。在笔者看来，木心本身就没有多高的文学天赋和写作才能。倘若没有陈丹青和梁文道们的重磅推荐，以及新闻媒体的地毯式轰炸和大肆哄炒，木心这个名字，就根本不可能在一夜之间红得烫人。通过木心的迅速蹿红，我们可以清晰地看到，名人效应和大众传媒是怎样左右着人们的常识判断，暗中驱使读者的：某出版社在借陈丹青的影响力出版了木心的一系列作品，并引起强烈反响之后，紧接着又趁热打铁，策划出版了木心当年上课的讲义《1989—1994文学回忆录》。尽管此书的出版是在木心先生去世之后，却仍然将“木心热”进一步推向了高潮。为了将这一高潮进行到底，该出版社又精心策划，进一步出版了远在美国的学者李劼所著的《木心论》一书。

有媒体报道说，木心先生在台湾和纽约华人圈中被视为深解中国传统文化的精英人物和传奇式大师。其学生陈丹青推崇："木心先生自身的气质、禀赋，落在任何时代都会出类拔萃。"根据对木心著作的大量阅读，笔者发现，陈丹青对于自己恩师木心的评价，完全是一种感恩之心过于浓烈的激情评价，难免有失公允。许多读者购买木心的书，恰恰是因为喜欢陈丹青和他的文字，从而爱屋及乌地偏信了陈丹青信誓旦旦的宣传。早些时候，一位著名文学评论家在谈到木心时告诉笔者，因为喜欢陈丹青的文字，他在进入一家书店时，便毫不犹豫地将木心的书买了一大摞带回家。但刚一翻开木心的作品，却忽然有一种说不出来的感觉。木心的书，哪有陈丹青们说的那样好。在不同的场合，又有多位著名学者告诉笔者，陈丹青们高估了木心。

在对木心的轮番炒作中，李劼的《木心论》，可说就是一部达到了白热化的疯狂之书。其对木心毫不靠谱的吹捧，真可谓是登峰造极：

> 那时候能够听到木心这样的讲学，有如出埃及的希伯来人跟着摩西。

> 木心的聪明非凡，灵气逼人，有时直追奥修。

> 几千年来士子堆里，能够读懂老子的没有几个，但木心却绝对算一个。

> 木心最出色的散文足以与《道德经》媲美，作为诗人的木心，乃中国的但丁，是一颗中国式文艺复兴的启明星。

> 木心在《上海赋》里纵横驰骋，有类王勃《滕王阁序》的才气横溢。

乔伊斯的英语小说，木心的汉语诗作，相看两不厌。木心的诗歌语言，可以说，自五四现代白话诗以来，首屈一指。

诗人木心，堪比但丁。木心，其实就是中国的但丁。但丁开启了欧洲文艺复兴之门，木心有如中国式的文艺复兴启明星。彼此的历史地位，一模一样。

木心毋庸置疑是天才，既是文学的天才，也是文化的天才。这样的天才在意大利叫作但丁，在英国叫作兰姆，在德国叫作尼采或者荷尔德林，在法国叫作蒙田或者帕斯卡尔，在美国应该叫作爱默生加上梭罗。

木心的散文诗作，可以毫无愧色地跻身于先秦诸子，并列于《诗经》、楚辞。

我不知道，陈丹青看到李劼这样跪在地下，对木心一叩三拜的胡言乱语和“假大空”的评论，会有什么感想。难道这就是陈丹青及木心的鼓吹者们想要的结果？把并没有多少文学天赋和写作才能的木心吹捧得就像天人，这本身就说明，木心的暴得大名，完全就像热气球升空。木心的诗歌，大都是一些分行的文字和口水话，根本就谈不上有什么诗意可言。如此低劣的诗歌，哪里能够和但丁的诗歌和《诗经》、楚辞相媲美？这里请读者来欣赏以下两首木心的诗歌“佳作”：

屠格涅夫来了
我被派去领他参观
我敢请他说几句俄文么
他那模样像只白狮子

阿呀呀，一口流利的英语
令人失望透了

——《哈理逊的回忆》

早晨扒了两碗稀饭
到十点钟下课
肚子饿得咕噜噜
派听差去校门口买侉饼
加一个铜元麻油辣酱醋
蘸着吃得又香又辣又酸
比山珍海味还鲜美点饥
实在特别好吃
未必出于饿极了的缘故吧

——《好吃》

如果木心的鼓吹者们非要说这样味同嚼蜡的文字是诗，那么我也只能说这样的文字确乎就是世界上最无聊的“废话诗”。以陈丹青、梁文道和李劼们的文学鉴赏能力，我不相信他们分辨不出木心诗歌的好坏。

梁文道在谈到木心时说：“读书是很奇妙的事，偶尔会出现一些重新被发掘出来的作家让你非常惊讶：居然世界上还有这样的作家，文章写得这么好，怎么过去大家没注意到？木心就是一个例子，不过他已经被发掘过两次。第一次是在80年代的台湾，当年有人在台湾登了他的文章，大家都惊为天人，抢着要出版他的书；第二次则是最近几年在大陆被人发掘，其实早在80年代，陈丹青等人在美国混的时候就深受木心影响，常去看他，上他的课，那时木心自己在那边开了一个中国文学史班。”事实上，木心的文章并非像梁文道所说的那样，此曲只应天上有，人间能得几回闻，而更像是一具具干枯、僵硬的木乃伊，毫无生命的气息。

某些学者飙捧木心时，常常称其文字有一种“民国范”，但木心的文字，却根本没法与民国文人胡兰成的文字相比。木心缺乏胡兰成那样的文学天赋和驾驭语言的能力。胡兰成的文字，有学养而不卖弄，口齿留香，自然天成；而木心的文字却处处透露出一种畸形的自恋和病态的炫耀。就像那些满身珠光宝气，一脸浓妆艳抹的女人，既想显示自己的财富，又要炫耀自己的美丽，整个透露着一种浅薄的俗气。这里我们只要将木心与胡兰成二人同是描写河水的文字进行仔细的对比，便可高下立判：

> 河水平明如镜，对岸，各个时代，以建筑轮廓的形象排列而耸峙着，前前后后参参差差凹凹凸凸以致重重叠叠，最远才是匀净无际涯的蓝天……那叠叠重重的形象倒映在河水里，凸凸凹凹参参差差后后前前，清晰如覆印，凝定不动……如果我端坐着的岸称之为彼岸（反之亦然），这里是纳蕤思们芳踪不到之处，凡是神秘的象征的那些主义和主义者都已在彼岸的轮廓丛中，此岸恐无所有，唯我有体温兼呼吸……
>
> 起风了，河面波瀫潾潾，倒影潋滟而碎，这样溶溶漾漾也许更显得澶漫悦目——如果风再大，就什么都看不清了。
>
> ——木心《哥伦比亚的倒影》

> 从蒿坝换船在内河中行，比外江就是另一番景象，河岸迤逦人家，一路有市镇。到得鉴湖水域，田地便平洋开阔，山也退远去到了天边，变得斯文起来。这里的田地都是好土壤，阳光无遮拦，所以出得绍兴这样名城。绍兴城此时从船上还望不见，只觉它隐隐地浮在水乡之上，又像是在云中，却人语与鸡犬之声可听得见似的，河水里渐渐繁密起来的菱角芡叶，与从我们船旁掠过的一只两只乌篷船，好比从绍兴城里流出来的桃花片。
>
> ——胡兰成《今生今世》

通过以上对比我们可以看出，木心疙疙瘩瘩的文字是多么死板。在木心的文章中，诸如“前前后后参参差差凹凹凸凸以致重重叠叠”这种叠罗汉一样的文字游戏，可说比比皆是。木心在写文章时，常常是以艰深掩盖浅陋，以故弄玄虚来显示自己的博学。明明汉语中有“波光粼粼”这样现成而又通俗形象的成语，木心却偏偏要用“波瀫潾潾”来捉弄读者。面对“瀫”这样冷僻的字，我想即便是各大高校中文系的教授们，恐怕也只有瞠目结舌，抓耳挠腮。木心充满方巾气的文字，就像是从千年古窟中挖掘出来的木乃伊，根本就没有生命的气息。如将“亲昵”写成“亲嫟”，“饭碗”写成“饭盌”，将“温吞”写成“温暾”，将“诚实”写成“诚悫”。在我看来，木心的写作，只不过是一种无病呻吟、自我消遣似的游戏化写作。它最大的要害就是缺乏生命的体温，误导读者的审美趣味。总而言之，越是让读者抓耳挠腮，摸头不知脑，木心就越写得开心。木心笔下的河水，因其枯涩的文笔而成为一潭死水，而胡兰成的文字，却写活了笔下的河水。它使我们在舒心的阅读中，看到了一条既有生命又有性格的河流。尤其是像“到得鉴湖水域，田地便平洋开阔，山也退远去到了天边，变得斯文起来”这样的句子，是木心这样的文字工匠永远都无法写出的。倘若我们将木心和他的学生陈丹青相比，我们就会发现，木心的文字，反而远远赶不上陈丹青。

木心在其小说集《温莎墓园日记》的序中说：“我的童年，或多或少还可见残剩下来的‘民间社会’，之后半个世纪不到就进入了‘现代’，商品极权和政令极权两则必居其一的‘现代’，在普遍受控制的单层面社会中，即使当演员，也终归身不由己，是故还是写写小说（其实属于叙事性散文），用‘第一人称’聊慰‘分身’‘化身’的欲望，宽解对天然‘本身’的厌恶。”我以为，木心的这一夫子自道，恰恰证明木心不会写小说。我们在读木心小说的时候，根本就感觉不到那是小说。木心在为陈丹青们讲述文学史时，把古今中外众多的著名诗人和小说家都糟蹋得一钱不值，但自己动手进行创作时，却总是眼高手低，心有余而力不足。木心的小说，要情节没情节，要故事没故事，更不懂得怎样去刻画人物，以致常常以直接走上前台发议论的方式来代替小说。如："我渐渐发现《红楼梦》之所以伟大，除了已为人评说的多重价值之外，还有一层妙谛，那就是，凡有一二百人日常相处的团体，里面就有红楼梦式的结构。我们这个小研究所，成员一百有余两百不足，表面上平安昌盛，骨子里分崩离析，不是冤家不聚头，人人眼中有一大把钉，这种看不清摸不到边际、惶惶不可终日的状况，一直生化不已。于是个个都是脚（角）色，天天在演戏，损人利己，不利己亦损人，因为利己的快乐不是时时可得，那么损人的快乐是时时可以得来全不费工夫的。"

从木心的这些"小说"中，我们可以看出，木心根本就不具备小说创作的才能，甚至连小说创作的基本理念都没有。木心的小说，要么干瘪得只剩几条筋，要么干脆写得就像电视剧脚本。如《SOS》开头的这段描写：

> 门都打开，人都拥挤到走廊里……
>
> （他退进舱房，整理物件）
>
> 船长室内播音：
>
> ……营救的飞机已起航……两艘巡弋的炮舰正转向，全速赶来……
>
> 船长说，但他不能劝告大家留守船上等候……
>
> 船长说，但如果旅客自愿留在船上，他也不能反对，因为，下救生艇，并非万全之策，尤其是老人和孩子们。
>
> 按此刻船体下沉速度……
>
> 排水系统抢修有希望……
>
> （他能加快的是整出最需要的物件，离船）
>
> ……决定下艇的旅客，只准随带法律凭证、财产票据、贵重饰品……生命高于一切……身外之物必须放弃……

如果陈丹青们非要说这就是经典的小说，打死我也不会相信。对于木心的文章，学者孙郁先生简直是崇拜得五体投地：“汉语惟有奔淌在精神的激流里，才能闯过认知的盲点，穿越意识的极限。读木心，就是湍流的冲洗，那些僵死的湖泊是不能懂得奔淌者的快慰的。无论是他还是他的读者，都经历着一个奔淌的过程。而我们的过去，凝滞得太久了。感谢木心，他带动了众人的审美起飞。正是在这个意义上说，木心诞生于汉语的世界里，却又不仅仅属于这个世界。倾听他，一个重要的发现是，他的经验建立在读者陌生的历险里，其灵智力散出的反俗的光泽，让腐儒们顿觉黯然。我自己就是这样，阅读他的时候，忽觉得自己是趴在地下，而他腾飞在高高的上面。也由于此，我们和他的相逢形成了一个精神的讽刺——汉语的可能，远未被调换出来呢。”如此拔高的评论，无疑是将口香糖嚼出了牛肉干的味道的过度阐释。

在我看来，学术功底并不扎实的木心，内心是非常狂妄自大的，谈论问题也是非常偏激的。许多东西明明不懂，却偏偏要装出一副旷世高人的样子。在这个世界上，木心谁都看不上眼。木心说：“‘五四’以来，中国够分量的评论家一个都没有啊！出了一个战士，鲁迅先生，出了一个教育家，蔡元培先生。没有评论家，苦在哪里呢？是直到现在，不是谁好谁坏的问题，而是什么是不好的问题，都没弄懂。鲁迅没有担当这些，热心于枝枝节节，说得再好，还是枝枝节节。让鲁迅评论，他也担当不起来。丹麦的勃兰兑斯把近代欧洲文学统统读过，统统来写，写成《十九世纪文学主潮》（这）套书。鲁迅在文学上缺乏自己的理论，也缺乏世界性的艺术观。谈绘画，谈到木刻为止。对音乐鲁迅从来不谈。”“回想鲁迅之死，抬头的抬头，抬脚的抬脚，后来哪个成了器？”如此的尖酸刻薄和冷酷，如此的仇恨和欲加之罪，竟连鲁迅先生的死也不放过，木心的心理之扭曲，真是天下罕见。我不知道，动辄大谈常识和思想的陈丹青和梁文道们，为什么会对一个满腔戾气，无理纠缠，而又并没有多高写作天赋的人如此推崇有加？照木心这样的偏见和歪理，中国的足球不能走出国门，也应该由鲁迅先生负责，因为鲁迅先生从来就没有谈论过足球，更没有谈到过如何防止电信诈骗。

木心的《文学回忆录》可说是自相矛盾不断，谬误迭出不穷。对此，学者张柠先生直言不讳地说：“这本《文学回忆录》，一般文学爱好者读一读也无妨，但我不打算向我的学生推荐。同类书籍中有施蛰存先生的《唐诗百话》和《文艺百话》，堪称经典，其语言之流畅活泼，‘可信’与‘可爱’兼得，关键在于评价准确性上的无懈可击，实在是文学史课后补充阅读的好材料。”在张柠先生看来，不能任由大众媒体借助传播强势，给公众造成错觉，认为木心的创作就是新文学的标准。“木心热”在开始之初，就一直遭到了学界共同的坚决抵制。正因如此，文学界的专家学者们，几乎都没有真正从学术的层面上谈起过木心，也没有被众多新闻媒体“乱花渐欲迷人眼”的轮番炒作所诱惑。他们清醒地知道，所谓的“木心热”，只不过就像在文学界突然暴发的流行感冒一样，来得快，但去得也快。

文化名人何以蜕变成娱乐明星？

在一个名为“大唐李白：盛世之下，诗人何为？”的文化沙龙上，小说家张大春携其新书《大唐李白——少年游》与作家阎连科展开了对话。在谈及李白的诗时，阎连科说，这些今天看来韵味十足的“诗”，在唐代或许就只是“顺口溜”。“这个诗在当年可能没有那么大的意义，无非是为讨一碗饭吃。今天的我们看不懂，但是当年对他们来说那就是白话文。李白当年写诗，在茶楼或者酒楼，那一定是打油诗、顺口溜，顺手就来的。而今天随着时间的推移，随着我们彻底的白话文化，我们对那些诗完全不懂。如果不是顺口溜绝对不会有这样的天才出现。”看了阎连科这样的惊人之语，我不得不佩服阎连科语不惊人死不休的“勇气”。在文学早已失去轰动效应的今天，阎连科作为一个著名的小说家，如此的不懂装懂、口无遮拦，难道是想成为第二个王朔，像其当年试图颠覆鲁迅那样，进行一次农民起义似的文坛大暴动，颠覆唐代的大诗人李白？

是什么给了阎连科先生如此百无禁忌、豪情万丈的勇气，使其居然敢于不顾事实，气定神闲地信口雌黄？一叶可以障目，被无知和狂妄遮住双眼的阎连科或许误以为，世界上所有的事情都可以像写小说那样凭空虚构。阎连科先生究竟在哪一本书上，或者根据哪一首诗，就认定是李白在茶楼或者酒楼讨饭时写出的打油诗和顺口溜？如此不知天高地厚，不能不让人怀疑阎连科与张大春对话的动机。难道阎连科是要以这种偏激和惊人的方式，来为张大春的新书进行巧妙的炒作？倘若李白的诗歌都只能叫作“打油诗”和“顺口溜”的话，中国所有的诗歌都将难逃厄运，都可能被手下不留情的阎连科一棍子打死，用“戏说乾隆”的方法，说成是“打油诗”和“顺口溜”。李白的想象力再丰富，无论如何也绝对想象不到，一千多年之后，他会成为中国文人们博取眼球、炒作新书的牺牲品。前些年，在中国文坛翻江倒海、在影视编剧方面独领风骚的王朔曾大脑膨胀地自以为，四海之内，唯有自己才是真正的文坛高人。王朔高调吹嘘自己一不留神就会写出一部《红楼梦》，最损也能写出一部《飘》。俨然站在中国文坛珠峰之上的王朔，不把任何一个中国作家放在眼里。即便是像鲁迅先生这样的文学大师，也被王朔贬损得一钱不值。王朔讥评鲁迅的《阿Q正传》说："鲁迅写小说有时是非常概念的，这在他那部备受推崇的《阿Q正传》中尤为明显。小时候我也觉得那是好文章，写绝了，活画出中国人的欠揍性，视其为揭露中国人国民性的扛鼎之作，凭这一篇就把所有忧国忧民的中国作家甩得远远的，就配去得诺贝尔奖。"而当王朔长大之后，重读鲁迅的这篇小说时却发现：鲁迅是当杂文写的这个小说，意在针砭时弊，讥讽他那时代一帮装孙子的主儿，什么"精神胜利""不许革命""假洋鬼子"，这都是现成的概念，中国社会司空见惯的丑陋现象，谁也看得到，很直接就化在阿Q身上了，形成了这么一个典型人物，跟马三立那个"马大哈"的相声起点差不多。然而，随着岁月的流逝，王朔不但没有写出什么《红楼梦》和《飘》，而且其创作的那些曾经红极一时、备受追捧的作品，短短一二十年之后，就像是过眼的烟云，已经被时间彻底打败。

从王朔将鲁迅的经典小说《阿Q正传》贬低成为杂文化的小说和不入流的相声，到阎连科将李白的诗歌妖化成"打油诗"和"顺口溜"，一贯剑走偏锋的阎连科，作为"王朔精神"的传人，可说是青出于蓝而胜于蓝。因为王朔再怎么狂妄和损，也没有将鲁迅当成讨饭吃的小说家。作为一个伟大的诗歌天才，李白在阎连科的眼里，简直就是一个游走于酒楼和茶楼之间，靠写诗讨一碗饭吃的文坛乞丐。如此哗众取宠、石破天惊的轻率之言，其手法几近于当今某些狗仔队和娱记们捕风捉影、不负责任的胡乱八卦，它典型地凸显出当今某些作家捉襟见肘的文化功底和内心的浮躁。阎连科只要稍稍静下心来，读一两本有关李白生平的书就可以清楚地知道，李白根本就不像阎连科想当然认为的那样，穷得只能喝西北风，写诗只是为了讨一口饭吃。“天生我材必有用，千金散尽还复来”的李白，在唐代简直就是一个从不差钱的典型富二代。不知从什么时候起，自爆猛料，故作惊人之语，已经成了某些文化名人吸引读者眼球的制胜秘笈。早些时候，学术明星易中天在西安的“2013华山论剑西凤酒品牌文化峰会”上说，其写作的《青春志》是目前出版的四卷“中华史”里最好看的一本，“一定要看”。当谈及自己的写作生活时，易中天更是大呼：“写作就像做爱一样爽！”易中天何以如此王婆卖瓜，将自己的新书吹得神乎其神，并且将做爱这样私密的事情也拿到“文化峰会”这样的大庭广众中来说事，这不能不让人对易中天先生“暖风熏得游人醉，直把杭州作汴州”般时空颠倒的得意忘形，感到非常的失望和遗憾。作为一个著名的学者，易中天先生至少应该知道，文化峰会并非性知识讲座和避孕套推广，主讲人非得为了活泼和生动，要用自己做爱的感受来现身说法，否则，就不能刺激读者的荷尔蒙和购买欲，使其犹如干柴烈火般的激情熊熊燃烧。

在一个只注重眼球经济，对文化失去了敬畏的年代，某些文化名人越来越习惯于把自己打扮成一个娱乐明星，其出场费也直追国内某些著名的影视歌星。按照娱乐圈的潜规则，明星们宣传新片般地炒作自己，说一些匪夷所思的话，已经成为一种时尚。如被吹捧为“巴蜀鬼才”的魏明伦就毫不脸红地宣称，自己才是穿越文学的鼻祖，因为《潘金莲》把潘金莲、武松、施耐庵、曹雪芹、安娜·卡列尼娜等人物，全部搁在一起，让每个人对潘金莲发表看法，这种做法之前在文学史上从未见过。魏明伦标榜自己的文章，连从不轻易夸奖人的钱锺书都赞不绝口。这位总是利用各种场合分秒必争地吹捧自己的“鬼才”，对绘画艺术明明一知半解，却装腔作势，肉麻地吹捧其好友贾平凹的画“具有后现代主义，有一些变形，有一些省略，有抽象的东西在里面，甚至很像毕加索”。而同样是具有“鬼才”之称的贾平凹，比魏明伦的想象力更加丰富。面对某著名文学评论家的访谈，贾平凹近乎荒唐地说：“世上的毒品很多的，鸦片是毒品，麻将是毒品，茶是毒品，读书和上网也是毒品。凡是可以上瘾的东西都是毒品。”将读书与鸦片等同为毒品，这种青红不分、皂白不辨的逻辑推理，无异于糊涂官判案，永远是黑白颠倒。为了制造文坛热点，贾平凹就像是在说评书一样，采用戏说历史的方式，在对秦朝的历史缺乏真正了解的情况下，居然犹如哥伦布发现了新大陆一样，煞有介事地忽悠读者说，秦灭六国靠的是羊肉泡馍。如此石破天惊的巨大“发现”，轻易就将中国历史上一段风起云涌、错综复杂的历史，简化成一个羊肉泡馍的传奇故事。贾平凹的“六国败在饮食”的观点，虽然可以语惊四座，却只能让那些稍有一点历史常识的人笑掉大牙。对历史一窍不通，却居然有勇气满嘴跑火车，蓄意把历史当作任意打扮的小姑娘，用自己的无知将历史搅成一潭浑水，这种娱乐大众的无稽之谈背后，潜藏着的必是巨大的猫腻。

面对形形色色的诱惑，许多文化名人再也不甘于仅仅读书和写作，为了获取更大的利益，他们甚至不惜像明星作秀一样，直接走向前台，频频出现在各种公众场合，言听计从地配合书商四处炒作，或者利用接受记者采访的机会，拼命制造出各种稀奇古怪的“舆论热点”，从而吊足读者的胃口，为自己著作发行量的迅猛增长造势，赚得个盆满钵满，开辟出一个潜在的市场。要名利不要道义，在市场的吆喝声中发出种种尖叫似的奇谈怪论，这种令人忧思的现象，或许正是文化名人蜕变为娱乐明星的真正原因。

文学评论不能误导读者

1987年，著名翻译家叶君健先生在为《“冰山”理论：对话与潜对话》一书所作的序言中写道：“文学创作的发展离不开评论；但没有文学创作，评论自然也就无的放矢了。两者的关系是显而易见的。但如果说评论指导创作或者指导读者的阅读，那也未免言过其实。有的评论恰恰起了相反的作用，妨碍创作，把读者引入歧途，甚至还搅起一场混乱。”“但有的评论家确实起了推动文学创作的作用，开创了文学的新时代。如俄国的别林斯基和丹麦的勃兰兑斯。他们有学识，有见解，熟知本国的文学传统和实际，也熟知世界文学的传统和实际，实事求是，总结本国文学的发展，以世界文学、世界历史和人类文明为背景，观察本国文学的创作实际，从而提出自己的文学主张，供作家和读者思考。他们的主张不是先入为主，自上而下，机械地形成的，而是通过钻研、思考、实践而逐渐取得的。”二十多年过去了，在文坛日益浮躁，作家与文学评论家常常勾肩搭背构成利益共同体的今天，一些文学评论家出于自身利益的需要，充当作家作品的“代言人”误导读者的现象可说是愈演愈烈。

我们知道，在国外，那些具有独立人格的文学评论家从来就不会轻易去靠近某一个著名作家，与其如胶似漆地黏糊在一起。他们更加看重的是自己文学评论的学术价值和宝贵的声誉。然而，纵观当今的中国文坛，文学评论家与著名作家形影不离地一起出现在各种场所，甚至在该作家的新作发布会上为其作品吆喝捧场，早已成了屡见不鲜的家常便饭。许多文学评论家主动把自己打扮成某些当红作家的仆人，把自己的人生目标定格为赢得著名作家的欢心和礼赞，绞尽脑汁地为当红作家提供最肉麻的吹捧。为了让著名作家们对自己满意，他们恨不得将某些当红作家的每一部作品都吹捧上天。在如此畸形的生态下，一些著名作家的作品研讨会，几乎演变成了一场又一场的集体表扬会和浮夸比赛。有的学者连该作家的作品都没有仔细阅读，就公然在研讨会上滔滔不绝地评论作品是如何了不起，甚至荒唐地断言说，某著名作家的作品，一看名字就知道是一部大作品。有的与会者甚至将某作家飙捧为前无古人、后无来者的一代文学大师，称其长篇小说是《红楼梦》似的百科全书。有的学者动辄就宣称："这部作品我们怎么高度评价都不为过。""确实这是一部奇书，我觉得我看了以后非常吃惊。"数年前，在某著名作家作品的研讨会上，一位评论家激情澎湃、如出一辙地评论道："这部作品确实非常令人震惊地写出了乡土中国历史在这样一个后改革时代的命运"，"作为小说我开始看了很吃惊，×××是个大师"。

近年来，文学评论家们对某些著名作家的飙捧，可说是一浪高过一浪。其表达方式几乎形成了一套固定的模式，"巅峰、经典、超越、突破、新高度、史诗、百科全书、震惊、震撼、吃惊"这类大而无当的词语经常挂在他们嘴上，而有了这些关键词，任何一个人都可以把一部稀松平常的平庸之作吹捧成不亚于马尔克斯、福克纳、米兰·昆德拉和格拉斯等世界文学大师的作品。如："这是一部汉语文学经典的巅峰之作，它突破了以往小说的写法，是一部百科全书似的民族生活的史诗，读完该小说后，我不能不对×××如此深刻的艺术表现力感到吃惊（震撼、震惊）。"

在一些评论家禁不起世俗诱惑的今天，"红包批评"和哥们儿义气式的友情吹捧，越来越使文学批评屡遭诟病，让评论家们名誉扫地，颜面丧尽。在这样一股恶俗世风的熏染之下，一些评论家已经逐渐蜕变成了某些著名作家的托儿，无论这些著名作家的作品写得有多差，他们都会不遗余力地将其作品吹捧得天花乱坠。诚如作家残雪一针见血所指出的那样："如果我们的批评家不是像现在这样违背良心地胡说一气，他们早就应当指出文学的水平下降得不成样子了。"难怪有作家坦言，无论自己怎样写，评论家们都会一个劲地为其作品叫好。数年前，某著名作家的某部新作出版之后，有的评论家直言读了多次该作品都很难进入，有的评论家曾为读该作品一度发火，有的评论家常常张冠李戴地将该小说中的人物弄混淆。但是，这并不妨碍他们对该作家的作品发出一片叫好之声。试想，如果这是一部无名作家写出的作品，我们的批评家们还会这样费尽了九牛二虎之力，耐着性子去拼命苦读吗？就是这样一部鸡零狗碎，犹如一盘散沙一样的作品，却照样被某些评论家吹捧成了如同《红楼梦》一样的经典之作。某评论家甚至振振有词地说，当初胡适考据《红楼梦》也是读了几遍，没有一遍是读完的。早些时候，某著名作家的长篇新作刚一出版，有评论家就高调宣称："这本书最好的地方是各取所需，雅俗共赏，每个人都可以了（解），小学毕业能看，大学毕业能看，外国人也能看，这本书就好在大家都能看。""这本书把我们用的理论都能用上，对我的学生来说，写出长论文有很大的帮助。它超越了我们现在遇到的很多难题，直逼人类重大主题，人类交流沟通信息越来越快，越快越好，越快越有误解。最后第一章的最后一段，大领导讲话，他去处理人了，大领导反而不高兴了，最后就没提拔，就讲了人和人之间交流的难处，越做好反而越糟糕。这本书真是迈向新的高度，从更高的角度解释，它关系到人类怎么沟通，人类之间怎么对意义的解释产生很多歧义的故事。"一部并非出类拔萃的文学作品，居然被该评论家吹捧成了解决现实问题、处理人际关系的灵丹妙药。如此的评论，不禁令人想起大街小巷里屡屡出现的那些包治百病的医药广告。

文学评论家并不是作家的产品推销员，只需帮助作家将作品推销给读者，然后背地里数钞票就算完事。一个优秀的评论家，至少应该懂得对文学的尊重和做人的尊严，而绝不应该为了一点蝇头小利，就自甘堕落地成为某些著名作家的吹鼓手，将老白干说成是茅台，误导消费者。在文学繁荣的今天，我们更加渴盼中国的文坛上，能够有像别林斯基和勃兰克斯这样伟大的文学批评家产生。

“新红颜写作”与“非虚构”文学

鲁迅先生在《谈皇帝》一文中曾经说过这样一个故事：往昔的我家，曾有一个老仆妇告诉过我，她所知道而且相信的对付皇帝的方法，就是在给皇帝吃菠菜的时候，绝对不能说这是价格便宜的菠菜，为了让皇帝吃得开心，就得另外给菠菜起一个好听的名字，“红嘴绿鹦哥”。在这位老仆妇看来，这个皇帝简直就是一个傻子，只要稍微玩弄一下概念，变换一下名称，他就会心甘情愿地去吃那些普普通通的蔬菜。

在作家们慨叹文学越来越边缘化的今天，广大读者阅读口味的挑剔，简直就像那位不愿意吃普通菠菜的皇帝，令众多的作家和文学评论家头痛不已。于是我们看到，将菠菜改名为“红嘴绿鹦哥”这样的把戏，便成了某些文学评论家们忽悠读者的不二法门。所谓的“新红颜写作”和“非虚构”文学，可说就是当今文学界凭空冒出的两只“红嘴绿鹦哥”。有评论家宣称：“红颜”一词具有中国传统美学色彩，是来自传统的，吸收了传统美德、传统文化与传统美学，因此，又有传承。所以我们始终强调“新红颜写作”的女性维度，女性在历史上尤其在中国传统中是弱势群体，“新红颜写作”的命名，堪称中国诗歌史上第一次对女性诗歌命名，即使在世界诗歌史上，也是少见的。

在我看来，所谓“新红颜写作”，与前些年曾经出现过的“小女人散文”和“美女作家”这样的名词一样，只不过是为了吸引广大读者眼球的一种商业炒作。如果说真的有一种所谓的“新红颜写作”，那么我们可以说，它并非始于今天，而是早就从唐代的薛涛和南宋词人李清照那里开始了。李清照无论在诗词，还是散文，甚至在文学理论的建树上，都是当今所谓的“新红颜写作”的诗人们难以企及的。而在外国文学史上，优秀的女作家和诗人更是不胜枚举。如俄罗斯女诗人阿赫玛托娃、茨维塔耶娃，英国的勃朗特三姐妹的小说和诗歌创作，同样是突出地展现出了女性在创作中的优势，同样是关注现实生活和关注细节，但我们哪怕翻遍了所有的俄国文学史和英国文学史，甚至整个的世界文学史，也从来就没有什么“新红颜写作”这样哗众取宠的说法。

自从《人民文学》揭竿而起，高举起“非虚构”文学的大旗之后，众多的文学评论家们便迅速跟风，呼声四起。有的文学评论家甚至高呼：“非虚构”文学走进了中国社会的最深处，它们选择了文学新的道路和方向。有的学者则激情难抑，撰文盛赞：“非虚构”作为文学观念的倡导，是对20世纪虚构文学的反拨，也是传统文学的一种精神回归。

事实上，“非虚构”文学的提出，本身就是一个很不靠谱和自相矛盾的说法。古今中外，谁能说文学是可以依靠“非虚构”长久活下去的？即便是被鲁迅先生称之为“史家之绝唱，无韵之离骚”的《史记》，其中也少不了必要的想象和虚构。在《项羽本纪》“会稽起兵”中，司马迁写道：“秦始皇帝游会稽，渡浙江，梁与籍俱观。籍曰：‘彼可取而代也。’梁掩其口，曰：‘毋妄言，族矣！’”在“乌江自刎”中，则有这样一段撼人心魄的描写：“有美人名虞，常幸从；骏马名骓，常骑之。于是项王乃悲歌慷慨，自为诗曰：‘力拔山兮气盖世，时不利兮骓不逝。骓不逝兮可奈何，虞兮虞兮奈若何！’歌数阕，美人和之。项王泣数行下，左右皆泣，莫能仰视。”试想，司马迁当时根本就不在现场，并且时隔了那么多年，如果不依靠虚构和合理想象，《史记》何以能够流传千古？

1991年，《巴黎评论》记者在采访后来以《铁皮鼓》获得诺贝尔文学奖的德国著名作家君特·格拉斯时问道：“你如何区分你的纪实作品和虚构文学作品？”君特·格拉斯立即将记者的问话给顶了回去：“这个虚构文学对纪实文学的命题毫无意义。对于书商来说，区分书的门类也许有意义，但是我不喜欢我的书被这样区分。

我总是想象有些书商委员会开会讨论，什么书算是虚构文学，什么书算是纪实文学，我觉得书商们的这种行为才是虚构的！”以目前中国在当代文坛大热的那些非虚构作品为例，中国的文学评论家们谁又能够说清楚这其中究竟有没有虚构？

让人迷糊的文学批评

作为一名热爱文学，同时又长期关注中国文学批评的读者，我始终读不懂某些著名学者和当红文学批评家弯弯绕一样的文学评论。例如：“东西是我认为当今最好的小说家，就小说而言，实力还在李冯之上。他可以在完全忽略历史的情形下，把历史整治得有声有色。”（陈晓明《不死的纯文学》）据笔者所知，在当今中国的著名作家中，被陈晓明先生飚捧过的，至少还有贾平凹、阎连科、刘震云、铁凝等诸多名家。难道东西的小说就真的都在这些名家甚至所有当代中国作家的水平之上？小说写作不是武台打擂，可以通过比拳头的方式，在擂台上一决高下。陈晓明先生就曾经说过：“我认为，由于这两年阎连科的《受活》、贾平凹的《秦腔》和这部《生死疲劳》的出现，表明汉语言文学已经达到了世界文学的高度。”“我认为，《受活》将作为纪念碑式的作品在中国的历史上留下来。到现在为止，很多人还没有认识到这部作品的重大价值。如果真有所谓的文学世界水平，我觉得阎连科代表了一种非常具有高度的后现代的文学表达方式，丝毫也不逊色于《百年孤独》，这种作品给人的震撼和冲击是非常强大的。”“莫言在90年代后，成为中国首屈一指的作家。”照陈晓明先生的逻辑，东西的小说就比世界文学的高度还要高，那么陈晓明先生所谓东西是当今最好的小说家这样的结论是用秤称出来的，还是用斗量出来的呢？至于陈晓明先生所说的，东西“可以在完全忽略历史的情形下，把历史整治得有声有色”这样的话，简直就像是一头雾水，让人摸不着头脑。历史难道就是面团，或者像胡适所说的“是任人打扮的小姑娘”？

纵观陈晓明先生的诸多文章，类似这种自相矛盾，弯弯绕一样，让人犯迷糊的话可说比比皆是。如：“汉语小说有能力以汉语的形式展开叙事；能够穿透现实、穿透文化、穿透坚硬的现代美学，例如，贾平凹的《废都》与《秦腔》。”我以为，陈晓明先生在这里所说的，简直就是一大堆废话。请教陈晓明先生，如果汉语小说不能够以汉语的形式来展开叙事，难道还能以英语、德语、法语、日语，甚至是阿拉伯语等的形式来展开叙事？至于陈晓明先生文中所说的“（汉语小说）能够穿透现实、穿透文化、穿透坚硬的现代美学”就更像是一种梦话。现实和文化又不是脓疮，现代美学又不是坚硬坍塌的旧城墙，汉语小说怎么去穿透它们？又如：“欧阳江河是90年代最出色的诗人，在80年代，北岛的诗挑战了思想极限；90年代，欧阳江河的诗则挑战了汉语的极限，这一极限不是简单地把汉语捣碎，而是汉语的修辞可能性抵达的奇妙极限。”（陈晓明《当代文学主潮》）恕我孤陋寡闻，作为一个中国人，也读了几十年的书，像陈晓明先生所谓的挑战“思想的极限”和“汉语的极限”这样的话，我还真的是头一次听说。我真怀疑陈晓明先生是不是电视里那种“挑战极限”的娱乐节目看多了，以致耳濡目染，写起文章来也就不知不觉地用这类游戏一样的词来娱乐读者。在我看来，即便是古今中外那些伟大的思想家，我也从未听说过有谁敢说他是挑战了思想的极限的。倘若思想都有了极限，那样的思想就只能是僵死的思想，而绝不是真正的思想。诗人北岛仅仅凭其几首诗歌，就被陈晓明先生视为挑战了思想的极限，这不是在瞎忽悠吗？众所周知，汉语是一种博大精深的语言，它无比丰富的表达，是永远不可穷尽的。倘若哪一位诗人真的要想用诗歌来挑战汉语修辞奇妙的极限，我以为，这就无异于堂吉诃德企图用长矛来挑战风车，只能说是在干一桩傻事。

著名翻译家和诗人黄灿然说：“当今中国的小说家和批评家多数不懂诗。”看来陈晓明先生对欧阳江河诗歌的评论，果真应验了黄灿然先生的判断。像陈晓明先生这样本来不懂诗，却又从来不忌生冷，敢于信口开河的批评家，确实也称得上是当代中国文坛上的一道奇异的风景。为了说明陈晓明先生是一个彻头彻尾的诗歌的门外汉，这里笔者再举一例陈晓明先生对北岛诗歌的评论：“确实，北岛的写作越来越纯粹，如同是一种本质性写作，它要找到一种直接性，直接追问事物的本质。在这种写作中，北岛不能容忍任何共同的东西出现，不能容忍集体、共鸣的事物，不能忍受个人经验之外的历史，这使他的写作本身陷入巨大的孤独，他的那些不经意的写作，看上去单纯性的写作，就像是他个人在与庞大的语言系谱学作战一样。”从这些疙疙瘩瘩的话中可以看出，陈晓明先生根本就说不出北岛的诗歌究竟好在哪里，其艺术性究竟如何，反而真的把北岛和欧阳江河等诸多的诗人当成了成天疯疯癫癫的堂吉诃德，动不动就宣称诗人是在挑战“汉语修辞的极限”，与“语言谱系学”作战。

陈晓明先生在《向死而生的文学》一书中说：“同样这些年被中国捧为最好的小说家是张爱玲，有位同行朋友说中国最好的作家只有两个，一个是作家张爱玲，一个是诗人卞之琳。四川的一个诗人白桦说应该再加上一个文人，就是胡兰成。”从这句话也可以看出，陈晓明先生在写作时逻辑是多么不通，对当代诗坛是多么生疏。中国什么时候捧过张爱玲和卞之琳是最好的作家？吹捧张爱玲和卞之琳是中国最好的作家的人，就能够代表整个中国吗？陈晓明先生不懂诗，连当代诗坛上著名的“四川五君子”之一的诗人柏桦的名字都没有搞清楚，就张冠李戴地将柏桦的名字混同于另一位诗人白桦，其稀里糊涂的文学评论怎么不让人越读越糊涂呢？

图书在版编目（CIP）数据

当代文坛病象批判 / 唐小林著. -- 北京：作家出版社，2020. 12

（剜烂苹果 · 锐批评文丛）

ISBN 978-7-5212-1103-0

Ⅰ. ①当… Ⅱ. ①唐… Ⅲ. ①中国文学 - 当代文学 - 文学评论 - 文集 Ⅳ. ①I206.7-53

中国版本图书馆CIP数据核字（2020）第163871号

当代文坛病象批判

作　　者： 唐小林
责任编辑： 向　萍
装帧设计： 孙惟静
出版发行： 作家出版社有限公司
社　　址： 北京农展馆南里10号　　　　**邮　　编：** 100125
电话传真： 86-10-65067186（发行中心及邮购部）
86-10-65004079（总编室）
E-mail:zuojia@zuojia.net.cn
http://www.zuojiachubanshe.com
印　　刷： 天津中印联印务有限公司
成品尺寸： 152×230
字　　数： 323千
印　　张： 23
版　　次： 2020年12月第1版
印　　次： 2020年12月第1次印刷
ISBN　978-7-5212-1103-0
定　　价： 48. 00元